LA REINE DU NOIR

Julia Bartz

LA REINE DU NOIR

Traduit de l'anglais (États-Unis)
par Laurent Boscq

SONATINE ÉDITIONS

Directeurs de collection : Arnaud Hofmarcher
et Marie Misandeau
Coordination éditoriale : Hubert Robin

Titre original : *The Writing Retreat*
Éditeur original : Emily Bestler Books/Atria Books

Sonatine Éditions
92, avenue de France
75013 Paris
lisezsonatine.com

Ouvrage réalisé par Cursives à Paris

ISBN 978-2-35584-976-3
N° d'édition : 976 – Dépôt légal : novembre 2023

Pour Andi, mon sang et mon âme sœur,
toujours d'attaque pour un film d'horreur

PREMIÈRE PARTIE

LA VILLE

1

Qu'elle aille se faire foutre !

C'étaient les mots qui me trottaient en tête pendant que je descendais les marches du métro. J'allais au cocktail organisé pour la sortie du livre d'Ursula, et si Wren devait s'y trouver également, eh bien, elle pouvait aller se faire foutre.

Mais au moment d'agripper la barre du métro, je me rendis compte que j'avais la main qui tremblait. Tant pis pour la bravade. Je dus me rendre à l'évidence : cette énergie sauvage et frénétique qui me parcourait le corps n'était pas vraiment de la colère, mais ressemblait plus à une terreur abjecte.

Bondé de banlieusards du vendredi soir, le métro puait la sueur. J'étais debout au-dessus de deux jeunes filles assises, aux yeux chargés de mascara, des lycéennes sans doute, qui se trituraient nerveusement les cheveux. L'une se pencha pour murmurer à l'oreille de sa copine. L'autre hocha sagement la tête, et elles échangèrent un petit sourire en coin.

Leur complicité me fit l'effet d'un coup de canif dans les côtes. Tout ce qu'elles partageaient. Et cette indiscutable certitude de former une équipe. Ça me rappela les premiers temps avec Wren, quand on allait se balader du côté de Bushwick, main dans la main dans nos leggings similicuir, en sirotant à tour de rôle une bouteille en plastique pleine de whisky soda.

Stop. Je serrai le poing dans ma poche jusqu'à m'enfoncer les ongles dans les paumes. Je ne pouvais pas me pointer dans cet état, avec ce désir languissant et pathétique dans les yeux.

Wren et moi n'étions plus les meilleures amies du monde. En fait, nous n'étions même plus amies. Et c'était très bien comme ça. J'avais trente ans. C'était ridicule d'être encore aussi démolie par une putain d'histoire d'amitié.

Les portes s'ouvrirent. En sortant sur le quai derrière quelques passagers, je jetai un dernier coup d'œil aux deux ados. L'une d'elles me fixa d'un regard à la fois curieux et hostile.

Pete m'attendait dans le hall de l'hôtel surchargé de canapés en cuir, de meubles en bois lustrés et de chandeliers dorés.

« Salut, Alex ! » Il se leva d'un bond, planta ses mains dans ses poches et afficha un grand sourire. « Ne va pas le crier sur les toits, mais je ne suis carrément pas assez cool pour ce genre d'endroit. »

Quand Pete, mon seul ami au boulot, avait accepté de m'accompagner au cocktail, j'avais été plus soulagée que je ne l'avais laissé paraître. Et le voir avec ses lunettes sales, son jean trop large et ses chaussures de jogging, m'aida à ralentir mon rythme cardiaque.

« Méfie-toi, dis-je en souriant et en enlevant mon épais manteau. Ils peuvent sentir ta peur. »

Alors qu'on se dirigeait vers l'escalier conduisant au sous-sol, j'essayai de me concentrer sur son bavardage. Ça ne faisait pas longtemps que Pete et moi avions commencé à nous fréquenter en dehors du travail, et si j'appréciais sa personnalité naturellement affable, j'avais aussi un peu de mal à la supporter. Je pouvais presque entendre la voix railleuse de Wren : *Sérieux ? Ce geek est ton nouveau meilleur pote ?*

En haut des marches, deux femmes nous dépassèrent, dispersant derrière elles les effluves aux notes florales qui s'échappaient de leurs manteaux de fourrure. Comme dans un rêve, je suivis Pete dans l'escalier, fascinée par les mouvements de sa nuque lorsqu'il se retournait à moitié pour m'expliquer une bourde que sa boss avait commise ce jour-là.

En bas, un corridor se déployait des deux côtés. De la droite venaient des rires et des tintements de verres, estompés par le martèlement de la musique électro. Un miroir courait le long du mur, comme une bande fine qui coupait nos reflets sous les épaules. Avec ma peau livide tachetée de plaques rouges à cause du froid, mes yeux rendus larmoyants et mes cheveux noirs qui pointaient de mon bonnet comme des baguettes chargées d'électricité statique, je ressemblais à une goule sans corps. J'essayai de plaquer un sourire sur mes lèvres. Je m'étais remaquillée avant de quitter le boulot, ajoutant une touche d'eye-liner et de rouge à lèvres, mais j'avais peur que ça me fasse seulement paraître encore plus artificielle et bizarre.

On se dirigea vers la musique. Près de la porte ouverte, un panneau lumineux annonçait en lettres gaufrées : « LANCEMENT DU LIVRE D'URSULA !! BIENVENUE, BITCHES !!! »

Derrière, le public s'amassait, telle une créature vivante clignotante et chatoyante qui étendait ses nombreux tentacules vers le bar. Je sentis mon ventre se nouer. C'était la première fois qu'une foule me faisait peur. En fait, je m'y étais toujours plongée avec passion – sur les pistes de danse, lors de concerts dans des sous-sols surchauffés, ou dans des galeries d'art tellement blindées de monde qu'on savait en entrant que quelqu'un finirait par faire tomber une sculpture.

Mais maintenant, j'étais effrayée. Pire : j'étais au bord de la crise de panique.

« Argh. » Pete considéra la masse de gens. « Je sens que ma phobie sociale remonte en flèche. »

Ses mots m'arrachèrent un sourire.

« Moi aussi.

– T'en penses quoi ? »

Pete m'observait. Je savais que si, pour une raison quelconque, j'avais envie qu'on s'en aille, il me suivrait sans sourciller. Et m'offrirait probablement un plan B : une bière, ou un truc à manger dans le coin.

Mais il fallait que j'y aille. Certes, je n'avais plus jamais revu Wren depuis cet horrible jour – sa fête d'anniversaire, presque un an plus tôt. Et, bien sûr, je l'avais traquée sur les réseaux sociaux, observant comment son job de rédactrice beauté lui avait valu une coche bleue sur Instagram. J'avais vu son style changer, ses cheveux noirs en bataille évoluer vers une frange droite millimétrée et son goût de plus en plus prononcé pour les vestes de créateurs. Pourtant, je n'arrivais pas à imaginer ce que ça me ferait de la voir en personne ; ce serait comme retrouver un fantôme revenu à la vie.

« Tentons une percée vers le bar, dis-je d'une voix grave qui fit rigoler Pete.

– C'est parti ! »

On s'enfonça dans la cohue. Pete se faufila jusqu'au bar, quelques pas devant moi. La chaleur était suffocante, et dans le brouhaha assourdissant, les gens hurlaient pour se faire entendre au-dessus de la musique, s'enivrant de cocktails comme s'il était 2 heures du matin, alors que la soirée ne faisait que commencer. Je lançais des coups d'œil furtifs autour de moi. Ma gorge se serra lorsque j'aperçus de dos une femme à l'élégant carré noir. Mais elle se retourna, et ce n'était pas Wren. Je m'efforçai de respirer profondément. Peut-être qu'elle n'allait pas venir, qu'elle n'était pas en ville. Toute cette panique pour rien ? Ce serait hilarant.

« Seigneur. » Pete était de retour avec deux verres dans les mains. « Douze dollars la bière. Moi qui pensais que le seul intérêt de ces cocktails littéraires, c'était de picoler à l'œil.

– Merci, je te rembourserai par Snapcash. »

J'acceptai le verre avec gratitude et bus une gorgée.

« Hum. » Pete balaya la foule du regard comme un marin en quête d'horizon. « Allons voir par là-bas, il y fera moins chaud. »

Je le suivis dans la grande salle avec la scène. On traça vers le fond et on s'adossa au mur avec soulagement. Mon stress redescendit d'un cran.

« C'est Ursula, n'est-ce pas ? demanda Pete en montrant l'autre côté de la salle avec son verre de bière.

– C'est elle. »

Debout près de la scène, Ursula était entourée d'une cour d'admirateurs.

« Comment tu la connais, déjà ?

– On s'est rencontrées dans un atelier d'écriture. C'était il y a longtemps. »

La voir en chair et en os – avec ses lunettes en écaille de tortue, sa robe à imprimé animal qui contrastait avec sa peau blanche tatouée et ses cheveux rose fluo – continua de me détendre. C'était quand même incroyable que la peur de croiser Wren ait pu me faire oublier le vrai but de cette soirée : célébrer le succès d'Ursula.

C'était Wren qui me l'avait présentée, peu de temps après notre rencontre au boulot. Une vision me revint : Wren avec son rouge à lèvres rubis dans son manteau de fourrure vintage en lapin noir. On l'avait chargée de me former comme assistante, malgré le fait qu'elle n'avait que quelques mois d'ancienneté de plus que moi dans cette boîte spécialisée dans la publication d'ouvrages pédagogiques. Cette première matinée passée avec Wren me fit comprendre – instantanément – ce qu'impliquait notre amitié naissante : les soirées clandestines dans des entrepôts abandonnés, les rencards loufoques se terminant par des baisers dans des ruelles lugubres, les brunchs alcoolisés à raconter des blagues sur la nuit précédente. C'était aussi clair que si on me l'avait murmuré à l'oreille. Wren était un ticket d'entrée dans la vie que j'avais fantasmée, quand je regardais défiler d'immenses étendues plates et grises par la vitre de la vieille berline de ma mère, lors de nos fréquentes fuites visant à mettre le plus de distance possible avec son dernier amant catastrophique. Wren était la tornade qui pouvait me faire décoller pour m'emmener au pays des rêves en Technicolor.

Mais pour ça, je devais l'impressionner. Par un coup de chance plutôt inhabituel, l'occasion se présenta avant même que j'aie pu ébaucher un plan. Alors qu'elle se penchait sur mon bureau pour m'aider à me connecter, elle avait remarqué mon livre, *L'Étoile polaire*, le dernier roman de Roza Vallo. Bien sûr, je l'avais déjà lu, l'ayant réservé à la bibliothèque avant même sa sortie. Mais ces derniers mois passés à chercher du travail m'avaient démoralisée, et par une journée particulièrement maussade, j'avais succombé à sa superbe couverture cartonnée et me l'étais offert.

« Tu aimes Roza Vallo ? »

Wren m'observait, sceptique. Je savais que son incrédulité résultait de ma tenue ringarde : un pantalon et une chemise bleu pâle boutonnée jusqu'au cou. Elle me dominait, avec ses airs de grande fille à talons hauts qui s'en foutait complètement de marcher sur les pieds des autres.

« C'est mon autrice préférée et elle m'a beaucoup inspirée. Pour écrire, je veux dire. »

Ses lèvres rubis s'incurvèrent en un sourire.

« Moi aussi. » Elle se pencha vers moi en plissant les yeux. « J'adore tes sourcils. Tu te les fais faire où ? »

Je m'efforçai de ne pas nerveusement porter la main à mon visage. Se moquait-elle de mon épilation amateur ?

« Je m'en occupe moi-même.

– Très joli. » Elle bâilla. « Bordel, j'ai la gueule de bois. Allons déjeuner. »

Et bien qu'il fût à peine 11 heures, on se retrouva bientôt devant un plat de nouilles épicées en discutant, volubiles, de nos projets réciproques. À ce moment-là, on essayait toutes les deux d'écrire un roman, et prenions ça très au sérieux. Le même après-midi, je lui adressai mon premier e-mail, avec un lien vers un article de Roza Vallo qui explorait les thèmes féministes sous-jacents à l'utilisation du sang menstruel dans ses romans. J'y blaguai aussi hardiment sur le décolleté de ma chef. Elle me répondit presque immédiatement, et on entama une série d'échanges pleins d'esprit qui me prirent beaucoup plus de temps et d'énergie que mon boulot.

Deux mois plus tard, Wren m'avait proposé de rejoindre son groupe d'écriture, que la troisième participante venait d'abandonner. C'est là que je rencontrai Ursula. Elle avait pratiquement dix ans de plus que nous, et il se dégageait d'elle une assurance sereine dont je ne pouvais que rêver. À cette époque, je cherchais à ressembler à Wren par tous les moyens – ce qui impliquait de passer des jours entiers chez Goodwill à la recherche de vêtements qui pourraient lui taper dans l'œil. Mais Ursula ne ressemblait qu'à elle-même. Elle avait son propre style disparate et fluo, et écrivait des textes très personnels sur son identité d'Américaine d'origine chinoise à la fois *queer* et activiste. Elle était à des années-lumière de Wren, et pourtant, c'était la seule personne qui semblait l'intimider.

La musique cessa, et Pete me cria sa question suivante à l'oreille :

« Tu la connais depuis combien de temps ? »

Je clignai des yeux avant de réaliser qu'il parlait d'Ursula, et pas de Wren.

« Environ huit ans, je dirais. »

Les gens du bar commençaient à refluer dans la grande salle.

« Alors, bien avant qu'elle soit célèbre.

– Ouais. »

Mais même à l'époque, je savais qu'Ursula rencontrerait le succès. Depuis le début, je pensais que ses essais étaient assez bons pour être publiés dans le *New York Times*, de sorte que quand ce fut le cas, ça ne me surprit pas. Lorsque son article « Modern Love » parut, elle fut repérée par une agente et par un éditeur qui assurèrent la publication de son premier recueil de textes. Trois ans avaient passé. Aujourd'hui, elle sortait son deuxième livre.

« Tu reconnais quelqu'un ? »

Pete scannait la foule du regard.

Je m'obligeai à regarder. Une tripotée de gens branchés, à peine la vingtaine pour la plupart, habillés simplement avec des coupes courtes et sévères et aucun maquillage. Cette confiance affichée – à un si jeune âge – m'impressionna. Moi, je ne pouvais pas sortir de chez moi sans un masque de fond de teint.

« Pas vraiment », lui répondis-je, lorsque j'entendis un rire familier. À environ trois mètres, je découvris Ridhi, une des filles de la bande de Wren. Je me décalai afin d'être en partie dissimulée par Pete.

« Bonsoir, tout le monde ! » Une voix féminine crépita dans les haut-parleurs. « Nous allons commencer ! » Le public se rassembla, et je vis avec soulagement que Ridhi et son groupe s'éloignaient vers la scène. Mon ventre se noua à nouveau lorsque j'en reconnus plusieurs, dont Craig, un autre bon ami de Wren. Il portait un costume slim vert olive et chuchotait à l'oreille de Ridhi en souriant de toutes ses dents.

« Bienvenue à tous. »

Melody, l'agente d'Ursula, avait une voix autoritaire, et le silence se fit en un instant. Pendant qu'elle la présentait, je gardais un œil sur la bande. À ma surprise, ça me faisait mal de les voir. Ma rupture amicale avec Wren n'avait pas uniquement saccagé notre relation ; j'avais aussi perdu tous nos amis communs dans l'histoire.

J'aurais dû m'en douter ; maintenant, ça me paraissait incroyable de ne pas y avoir pensé. En effet, la soirée d'anniversaire de Wren s'était achevée par des giclées de sang noir sous la lune.

Les gens applaudissaient. Je me ressaisis et me joignis à eux pendant qu'Ursula traversait la scène, chaussée de bottines moirées à semelles compensées.

« Je vous remercie tellement d'être venus. » Sa voix grave était souvent sarcastique, mais là, elle avait tous les accents de la sincérité. « Vous êtes extraordinaires, et parfois, je dois me pincer quand je pense au réseau de soutien incroyable dont je bénéficie. »

Ursula continua son discours et je bus une autre gorgée de bière, m'apercevant que mon verre était presque vide. Je n'avais rien mangé depuis le déjeuner, et l'alcool me montait à la tête dans cette salle surchauffée.

« Bon ! » Ursula leva son verre. « Je sais que d'habitude, ce genre de soirée littéraire comporte une lecture d'un extrait par l'auteur et beaucoup de bla-bla, mais pour une fois, pourquoi ne sauterions-nous pas le passage ennuyeux pour passer directement à la partie festive ? » Elle rit aux sifflets enthousiastes qui suivirent. « Alors, génial. Allons-y et rencontrons-nous ! Et au fait, n'oubliez pas d'acheter un livre. Ou trois ! »

Ursula quitta la scène sous les acclamations et le public se dispersa, en grande partie vers le bar. J'observai les amis de Wren qui se mettaient dans la file pour obtenir une dédicace, toujours inconscients de ma présence. Si Wren était là, elle les aurait déjà rejoints. Donc elle devait être en voyage, ou en train d'assister à un shooting photo, ou de faire quelque chose qu'elle postait en temps réel sur les réseaux sociaux. Et non, je n'allais pas céder à l'envie de vérifier sur-le-champ. Car ces confirmations immédiates avaient beau me soulager, elles me laissaient aussi étrangement dépitée.

« C'est du délire, dis-je à Pete en essayant de penser à autre chose quand on se mit dans la queue à notre tour. La dernière lecture d'Ursula, c'était avec du mauvais vin dans la cave d'une librairie de Greenpoint.

– Mais au moins, c'était open bar. » Pete leva son verre vide. « Tu veux une autre IPA ?

– Avec plaisir. »

Je commençais enfin à me détendre, et cela appelait au moins un autre verre.

L'attachée de presse d'Ursula remontait la file à grands pas avec une pile de livres. J'achetai deux exemplaires, un pour Pete, l'autre pour moi. Sur la couverture rigide et lisse, une photo d'Ursula sur un canapé rétro en velours rouge. Assise, les jambes croisées dans une salopette en jean déchirée, elle fixait ostensiblement l'objectif. Je sentis monter dans mon ventre une envie dévorante. Qu'est-ce qu'on devait ressentir en tenant son propre livre dans les mains pour la première fois ? Quand il devenait un objet physique destiné à être acheté par des gens ?

Je levai les yeux, sentant un regard posé sur moi. La petite bande me dévisageait, surprise et un peu dégoûtée, comme si j'étais un raton laveur égaré dans leur salon. Seul Craig avait les yeux tournés vers quelqu'un d'autre...

Wren. Il regardait Wren.

Le monde devint flou, et pendant un moment, il n'y eut plus qu'elle et moi. Dans ses yeux brillants, je crus voir le reflet de la douleur et du manque qui me tourmentaient tellement. Et j'étouffai un sanglot à l'idée qu'elle ressentait la même chose, que moi aussi je lui manquais et qu'elle ne désirait rien tant qu'on se serre dans les bras en une étreinte désespérée, attirées l'une vers l'autre comme deux puissants aimants.

Mais l'émotion se dissipa d'un coup. Et la douleur évolua vers une sensation beaucoup plus sombre : le dégoût.

Ne me touche pas. Cette nuit-là, j'étais ivre, mais j'entendais encore clairement sa voix. Et je me souvenais de sa manière de cracher chaque mot entre ses dents serrées. Et de la mare de sang où elle baigna littéralement quelques instants plus tard.

J'étais clouée sur place, incapable de regarder ailleurs. Wren se retourna vers Craig. Elle lui dit quelque chose. Il se mit à rire et sembla soulagé. Les autres se pressèrent autour d'elle, à part Ridhi qui continua à me toiser pendant quelques secondes.

La bière gargouillait dans mon estomac. Je me détournai et me précipitai aux toilettes, juste à temps pour dégorger un flot de bile jaunâtre et mousseux dans la cuvette. Puis je m'assis et m'essuyai la bouche. J'avais encore les livres d'Ursula dans les mains.

Je me remis lentement debout et tirai la chasse d'eau. Une jolie fille se lavait les mains dans le lavabo et évita de me regarder. Elle avait dû m'entendre vomir. J'avais envie de fondre en larmes, mais les ravalai avec détermination.

Qu'est-ce que j'espérais ? Que Wren me sourie et me propose de redevenir mon amie ?

C'était fini. Pour toujours. Au moins maintenant, je le savais.

Un *bip* de mon téléphone m'annonça la réception d'un texto.

Où es-tu ? Je ne te trouve pas.

Pete. Appuyée au lavabo, je tapai un message, les doigts tremblants.

J'ai vu quelqu'un que je n'avais pas envie de croiser. Ça t'ennuie si on s'en va ?

Sa réponse ne se fit pas attendre.

Pas du tout ! J'ai l'impression qu'on a besoin d'un autre verre.

2

La sonnerie de mon téléphone, un riff métallique de guitare, me fit grincer des dents. Je me retournai dans le lit en gémissant. J'avais la migraine, comme si des pointes de métal chauffées à blanc me transperçaient le crâne. Je fis taire l'appareil et constatai que Pete m'avait laissé plusieurs messages.

03:00 : T'es bien rentrée ?

04:00 : Alex ??? Ça va ?????

07:00 : S'il te plaît, passe-moi un coup de fil quand tu auras ce message, je suis sérieux.

Des souvenirs de la nuit précédente m'assaillirent. D'autres bières englouties dans un pub un peu plus bas dans la rue. Un sentiment de bien-être que je n'avais pas ressenti depuis des jours, des semaines ou des mois. Pete et moi en train de discuter avec le barman, un vrai natif d'Irlande qui nous servait des shots de whisky à tours de bras. Moi qui lui faisais les yeux doux, même s'il ne devait pas avoir plus de vingt-deux ans, et lui qui me souriait en retour en remplissant mon verre, comme s'il voulait me dire qu'il savait ce que j'avais en tête et qu'il pensait à la même chose.

Mais après, sans trop savoir comment, je me retrouvai dans un taxi avec Pete et on se pelotait comme des furieux. On finit dans son appartement, à Manhattan, où on tituba jusqu'au lit, soudain entièrement nus.

La suite était plus floue, mais je savais qu'on avait couché ensemble. Après quoi, j'avais flippé grave et j'étais partie, toujours ivre mais déterminée à rentrer chez moi.

Je rapprochai mon téléphone et composai un texto.

Salut, Pete, tout va bien. Merci pour tes messages.

Il commença à rédiger une réponse, mais s'interrompit au milieu.

Je laissai échapper un gémissement, enfonçai mon visage dans mon oreiller encore trempé de sueur. La seule amitié que j'avais réussi à construire après avoir été excommuniée par la petite coterie de Wren, j'avais fini par la démolir aussi. Comment même envisager de retourner au travail ? Comment pourrais-je le regarder dans les yeux après l'avoir forcé à me traiter de tous les noms ? *Garce. Salope. Putain.*

J'envoyai un mail à Sharon, ma cheffe, lui expliquant que je m'étais réveillée fiévreuse – ce qui n'était pas complètement un mensonge –, et m'extirpai du lit pour ouvrir les fenêtres. En période hivernale, les radiateurs dispensaient une chaleur tropicale dans l'appartement, quel que soit le réglage que je leur imposais. Je tanguai jusqu'à la salle de bains et entrai dans la douche, où je laissai l'eau nettoyer ma peau grasse.

Ça te plaît, hein ? La voix de Pete à mon oreille lorsqu'il s'enfonçait en moi par-derrière. *Tu aimes ça, petite p…*

« Stop », dis-je à voix haute. En sortant de la douche, je me sentais un petit peu mieux, mais j'avais encore l'estomac retourné. Je préparai du thé au gingembre et m'installai sur le canapé, heureuse que ma coloc soit chez son petit ami. Je trouvai un message vocal de la nuit précédente : Ursula.

« Al ! » Sa voix était à peine audible derrière les roulements sourds de la musique. « Où es-tu ? Nous, on est chez Simone. Juste à côté de chez toi. Bref, je suis avec des gens… » Ses paroles s'estompèrent, comme si elle parlait à quelqu'un d'autre en même temps. « Ils me disent que tu étais au cocktail mais que tu t'es tirée ? Et qu'avec Wren vous ne vous adressez toujours pas la parole ? On est où, là, au collège ? » Je reconnus le rire de Craig en arrière-plan. « Bref, j'ai envie de te voir, donc tu vas te pointer *illico*. En plus, j'ai quelque chose à te raconter. Un truc cool.

C'est Melody, mon agente, qui vient de me l'apprendre... Dis bonjour, Melody ! » Un chaleureux « Bonjour » retentit. « Écoute ça : Melody connaît l'agente de Roza Vallo. C'est pas dingue ? J'essaie de magouiller une visite à Blackbriar... oh, d'accord. Il faut que j'y aille. On me dit que je dois raccrocher. Appelle-moi ou envoie un texto, OK ? » D'autres rumeurs de musique, des rires, des cris, puis plus rien.

Je souris en me remémorant les soirées qu'on avait passées chez Simone, un bar sordide qui se transformait en boîte de nuit après minuit. Il y faisait une chaleur étouffante, c'était sale et ça puait la sueur, mais on s'en foutait parce qu'on était raides bourrées plus souvent qu'à notre tour. Si la première partie de la soirée avait été un fiasco, c'est-à-dire qu'on n'avait pas rencontré de beaux gosses, c'était là qu'on se retrouvait avec Wren. Il y avait toujours des garçons qui nous semblaient attirants là-bas, mais ça venait sûrement des heures précédentes passées à picoler.

Je rappelai Ursula.

« Salut. »

Sa voix feutrée contrastait fortement avec celle de la veille.

« Salut. » J'étirai mes jambes. « Je viens d'écouter ton message.

– Un message ? » Elle gloussa. « Oh, mon Dieu, bien sûr. On était chez Simone et j'avais vraiment envie que tu viennes. Tu étais où ?

– Je sais, je suis désolée. J'étais soûle et j'ai fini par faire n'importe quoi avec un collègue de travail. » Je soupirai en essayant de faire passer ça pour de la désinvolture. « Mais peu importe, je voulais t'appeler pour te féliciter ! Je suis tellement fière de...

– Attends un peu, c'est qui ce type ? Ils ont dit que tu étais avec quelqu'un.

– Ils ? Wren t'a fait un rapport complet ? »

Cette pensée suffit à me mettre mal à l'aise.

« Craig s'en est chargé... »

Elle toussa et prononça un merci à voix basse, sûrement adressé à Phoebe, sa petite amie, puis je l'entendis boire à petites gorgées. Il y eut des bourdonnements et des bruits métalliques sur la ligne.

« Tu m'as manqué, hier soir.

– Je suis vraiment désolée. » Je me sentis honteuse. « J'avais trop envie de te voir et de fêter ça avec toi. Mais j'ai vu Wren et ça m'a fait flipper.

– OK. » Elle soupira à son tour. « Alors, c'est toujours tendu entre vous ? À cause de ce qui s'est passé à son anniversaire ? Je ne comprends pas. C'était un accident. Horrible, d'accord. Mais un accident.

– Je sais. »

Je savais surtout que ce n'était qu'en partie vrai. Je m'efforçai d'étouffer la panique qui montait en moi.

« Et vous étiez si proches, toutes les deux. Je veux dire, j'ai connu des séparations. Ça arrive. Mais vous, vous étiez comme des sœurs.

– Ouais. C'était carrément inattendu. »

Je sentis une douleur récurrente refluer vers ma gorge. Je déglutis pour la bloquer. Je n'avais pas envie de repenser à tout ça, et encore moins d'en parler.

« J'ai dit à Wren que vous devriez trouver une tierce personne et vous asseoir autour d'une table pour discuter. » Elle continua pensivement. « Peut-être que les conseillers matrimoniaux font ce genre de trucs. Ou moi, je pourrai m'en charger si vous voulez.

– Tu lui as dit ça ? demandai-je, piquée dans ma curiosité. Qu'est-ce qu'elle a répondu ? »

Ursula resta silencieuse un moment.

« Tu sais quoi ? J'ai oublié.

– Écoute. » Je me forçai à sourire. « Assez parlé de notre mélodrame. Je t'assure que ça va bien et qu'on survivra toutes les deux. Parle-moi de toi. Ta vie à L.A. Les événements littéraires... À propos, je suis vraiment impatiente de lire ton livre !

– Ouais. Tu me diras ce que tu en penses. J'ai l'impression qu'ils ont précipité les choses et j'ai dû écrire les deux derniers textes, genre, en une seule journée. » Elle renifla. « Mais ça se présente bien. Il y a des podcasts prévus, des interviews et d'autres machins, ce qui me met toujours mal à l'aise. Enfin, j'imagine que c'est la vie d'une autrice. Et toi, l'écriture, comment ça avance ?

– Super, mentis-je joyeusement.

– Est-ce que tu as postulé à la bourse dont je t'avais parlé il y a quelques mois ?

– Bien sûr. »

Nouveau mensonge.

La honte encore, lourde et moite. Une raison de plus d'avoir une piètre opinion de moi-même.

« Au fait, dis-je pour changer de sujet, hier soir, tu as parlé de Roza Vallo. C'est vrai que Melody la connaît ?

– Oui ! Et je ne le savais même pas ! » Elle eut un petit rire. « Apparemment, elle – l'agente de Roza – était un des mentors de Melody. Alors tu penses bien, je lui ai demandé si elle était déjà allée au manoir de Roza. Mais non, malheureusement. Enfin, on n'est plus loin d'un contact direct avec elle. J'ai l'impression qu'on va y arriver.

– Entièrement d'accord. »

C'était devenu une blague récurrente entre nous trois : comment rencontrer Roza Vallo, notre autrice préférée connue pour sa vie à l'écart du monde ?

« Cette retraite d'écriture doit bientôt commencer, poursuivit Ursula.

– Le mois prochain. »

Je m'étais tenue au courant, épluchant les articles de presse dès qu'ils apparaissaient sur des sites littéraires et les propositions de débouchés dans les principaux médias. Wren et moi avions toutes les deux postulé, soumettant la nouvelle qu'on trouvait la meilleure et la plus aboutie. Et quelque part, nous nous étions persuadées qu'au moins l'une d'entre nous serait choisie.

Deux ans plus tôt, Roza Vallo – notre gourou, mentor fantasmé et sainte patronne – était sortie de sa solitude pour faire une annonce stupéfiante. Elle allait organiser un séminaire d'écriture d'un mois chez elle, dans le manoir de Blackbriar, pour quatre apprenties écrivaines de moins de trente ans. Elle voulait encourager et faire éclore les prochains grands noms de la littérature américaine. Le simple fait d'être sélectionnée serait synonyme d'une gloire instantanée. Wren et moi nous étions promis que, quelle que soit l'heureuse élue – on rêvait d'y aller toutes les deux mais on ne voulait pas se montrer trop présomptueuses –, elle donnerait un coup de main à l'autre.

Bien sûr, on ne fut choisies ni l'une ni l'autre. Parce que, évidemment, il dut y avoir des milliers de candidatures. Et la période de sélection des nouvelles avait tant duré qu'au moment où les résultats furent annoncés, nous avions dépassé l'âge limite des trente ans.

J'avais tellement hâte de savoir qui étaient les lauréates. Mais cette information n'avait pas été rendue publique. Sur un forum dédié à Roza, j'avais lu que les gagnantes avaient dû signer un accord de non-divulgation qui leur interdisait même de dévoiler qu'elles avaient été acceptées. Selon certains commentaires, c'était parce qu'elles avaient été approchées par des médias qui leur avaient promis de l'argent contre des photos, ou des vidéos, de l'intérieur du manoir. Et franchement, c'était un soulagement de ne pas savoir. C'était déjà assez épuisant de traquer une personne sur les réseaux sociaux – et embarrassant, je parle de Wren, évidemment –, alors quatre de plus...

« On finira par trouver un moyen de rencontrer Roza, dit Ursula. Ne t'inquiète pas.

– Un jour. Dis, tu repars quand à L.A. ? » J'étais dans un état déplorable, mais je m'y étais mise en voulant assister au cocktail d'Ursula. « Tu as envie qu'on déjeune ou qu'on prenne un verre ? J'ai posé ma journée.

– J'adorerais, mais Phoebe et moi devons partir bientôt pour l'aéroport. C'était vraiment un aller-retour. Gardons ça pour mon prochain séjour, d'accord ?

– Ça me va. »

Quand on eut raccroché, je me préparai un toast et me plantai devant une émission de téléréalité débile. Mes pensées dérivèrent à nouveau vers Roza. Qu'aurait-elle fait à ma place ? Elle aurait baisé avec Pete sans hésitation. Aucune honte ni regret dans tout ça. Et avant, pendant la soirée, elle serait allée se planter devant Wren pour l'interpeller sur son attitude, et peut-être même l'aurait-elle giflée.

Je sortis l'interview récente que Roza avait donnée au *New York Times Magazine*, dans l'espoir d'insuffler un peu de l'énergie rebelle qui la caractérisait dans ma vie tiédasse. J'avais même utilisé la photo principale – Roza se prélassant sur des marches de pierre dans une robe longue pailletée – comme fond d'écran. Elle y regardait directement vers l'objectif, l'air un peu amusé, peut-être même taquin.

Roza ne donnait pas beaucoup d'interviews, donc celle-ci était importante. Elle était parue six mois plus tôt, après la fin des sélections.

Qui est vraiment Roza Vallo ?

« Les gens pensent que je suis une sorcière. » Roza lâche ça d'un ton léger en portant à ses lèvres son mug en grès de thé à la menthe. Nous sommes au manoir de Blackbriar, sa célèbre demeure dans les Adirondacks, au nord de l'État de New York. Le bâtiment a été restauré pour recréer à l'identique la bâtisse originale construite en 1881 par Horace Hamilton, le magnat du pétrole. En remontant l'allée circulaire conduisant à l'imposante demeure victorienne, j'ai eu l'impression d'arriver au Manderley de Daphné du Maurier, ou même à la Maison hantée de Shirley Jackson, tant il émane une sensation de malaise de son architecture et des fenêtres aux vitres teintées.

Roza nous a ouvert elle-même, les pieds nus dans une robe noire vaporeuse. Elle a cinquante-cinq ans passés, mais – comme de nombreuses femmes riches et bien entretenues – elle en paraît aisément dix de moins. Nous avons pris place dans son incroyable bibliothèque, riche de plus de dix mille ouvrages.

Quand je lui demande si elle est une bonne ou une méchante sorcière, elle éclate de rire.

« Méchante. » Elle ramène en arrière ses longs cheveux auburn. Dans sa voix, juste une pointe d'accent hongrois, particulièrement perceptible sur les consonnes. « Faut-il vraiment choisir entre l'une et l'autre ? »

Roza Vallo cultive autour d'elle ce mode de vie chimérique et ensorcelant depuis La Langue du démon, *son premier roman publié alors qu'elle n'avait que dix-neuf ans. La prose lyrique et sensuelle de ce coup d'essai magistral laisse pantois, et c'est stupéfiant de penser qu'il a été écrit par une adolescente. Mais ce qui est encore plus surprenant, c'est la profondeur et la complexité de ce roman qui, selon moi, contient d'importantes clés pour résoudre les mystères de Roza. (Révélations à venir.) L'intrigue commence quand la jeune Kata, douze ans, perd sa meilleure amie, Eliza. Les causes de sa mort sont obscures mais quand même liées à une histoire d'amour charnelle et précoce avec un de ses professeurs. Pendant les funérailles, alors que Kata, les yeux baignés de larmes, contemple le cercueil ouvert de sa meilleure amie tandis que les adultes règlent la facture au directeur des pompes funèbres, Eliza se réveille. Elle sort du cercueil et fait signe à Kata de la suivre.*

Le problème, c'est qu'Eliza est toujours morte et qu'elle commence à se décomposer. Pourtant, elle et Kata passent encore quelques jours côte à côte, stupéfiées par la chance qui leur est offerte de se parler encore, de se tenir la main et finalement de découvrir l'amour ensemble. Et elles découvrent aussi ce qui maintient vivante la jeune fille décédée : à l'entrée de la ville, il y a une vieille sorcière qui veut s'accaparer son essence vitale.

Eliza est persuadée de revenir à la vie si elles parviennent à tuer l'ensorceleuse. Alors, en dépit des réticences de Kata, elles se préparent à l'assassiner dans son sommeil.

Mais leur plan échoue. En désespoir de cause, Kata essaie de lancer un contre-sort grâce au grimoire de la sorcière. L'âme d'Eliza intègre le corps d'un chasseur dans une forêt voisine. Sous cette nouvelle forme, elle poursuit son idylle avec Kata. Mais un jour, Kata surprend Eliza en train de jeter un autre sort visant à pénétrer cette fois son propre corps. Et elle doit décider soit de se sauver en détruisant Eliza, soit de se sacrifier pour ramener son amie à la vie.

Roza écrivit ce roman pendant la lente agonie de sa meilleure amie, Mila, qui souffrait d'un cancer de l'estomac.

« Quand elle est tombée malade, je n'arrivais pas à le croire. » Roza pioche un cookie à la mélasse saupoudré de sucre. « Elle était tellement forte. Toujours la première à se rebeller. Elle adorait piquer des rouges à lèvres dans les magasins. Et allumer les garçons. Mais je pense que c'était parce qu'elle se sentait en sécurité. Protégée. Son père était un riche avocat. Et bien qu'originaires du même quartier de Budapest, Roza et Mila, juives toutes deux, étaient issues de classes économiques fort différentes. Le père de Roza travaillait à l'usine, sa mère était couturière et sous la férule soviétique, la famille souffrait de la constante crise économique. »

« Ils étaient plus âgés, raconte Roza au sujet de ses parents. Ma mère avait quarante ans quand je suis née, à mon avis par accident. Ils avaient toujours des problèmes d'argent. Ils travaillaient énormément et attendaient de moi que je me débrouille toute seule, même quand j'étais très jeune. Alors, je pris l'habitude de m'occuper avec les livres. Ils m'emmenaient chez un bouquiniste près de chez nous où je n'avais que l'embarras du choix. Nancy Drew, Dostoïevski ; j'ai tout lu. Et quand j'ai été un peu plus grande, je piquais dans le porte-monnaie de ma mère et j'y allais sans eux. » Elle se penche en avant, avec un

air de conspiratrice. « Et j'ai pu alors mettre la main sur ce qui me plaisait le plus : les romans à sensation. Des policiers ou des histoires d'horreur. Qui, pour mon plus grand plaisir, contenaient souvent des scènes de sexe. Hourrah ! Du vrai sexe, pas comme ces romances à l'eau de rose avec de chastes baisers échangés au clair de lune. » Elle lève les yeux au ciel. « Ceux-là ne m'attiraient pas du tout. »

Roza est connue pour introduire des scènes de sexe crues dans ses romans. La Langue du démon, *considéré comme un des premiers classiques* queer, *contient des ébats explicites qui lui valurent plus tard d'être censurée par le gouvernement hongrois.*

Roza est toujours restée très discrète sur ses aventures sentimentales, mais elle a eu des liaisons avec des hommes comme avec des femmes. Toutefois, elle a souvent déclaré ne jamais avoir eu de relations sexuelles avec Mila.

« J'en ai tellement assez de discuter de ce satané bouquin », dit soudain Roza. Elle sourit. « Car vous allez me parler de Lady X, *n'est-ce pas ? Mon seul bide ? On m'en parle chaque fois. »*

Six ans après avoir écrit La Langue du démon, *Roza publia son deuxième roman à l'âge de vingt-deux ans. Ce livre – une histoire de maison hantée plus subtile narrant la vie d'une famille hongroise sans le sou qui rappelait la sienne – fut largement ignoré. Ceux qui avaient adoré* La Langue du démon *furent déçus et trouvèrent l'intrigue lente et fastidieuse. À cette période, on se demanda si Roza n'était pas l'autrice d'un seul livre.*

Puis, quatre ans plus tard, en 1993, sortit l'onirique La Rose du lion. *Les critiques saluèrent cela comme un retour en forme. Le roman raconte les derniers jours d'une jardinière malade du sida. Elle découvre une fleur qui peut lui donner la vie éternelle – à la seule condition de ne pas quitter son jardin. Les deux derniers romans de Roza,* L'Étoile polaire *et* L'Œillet de poète *sont construits autour de thèmes similaires : la mutation des corps, le murmure incessant de la mort, l'excitation et la brutalité dans le sexe, l'intimité entre femmes.* L'Étoile polaire *(2002) est un roman plus apaisé et plus doux, malgré un postulat dérangeant : deux femmes âgées qui tiennent un* bed and breakfast *invitent une de leurs nièces à prendre part à leur rituel annuel consistant à assassiner, puis à démembrer, un client masculin.*

À partir de là, le délai entre chaque livre de Roza s'allongea, et L'Œillet de poète *ne sortit qu'en 2014. L'intrigue s'articule autour de l'attirance de collégiennes pour leur professeure, une femme qui semble vivre une relation surnaturelle avec une poétesse morte depuis longtemps. À la fois une histoire d'amour lourde de sexualité et un polar baroque, qu'on a du mal à résumer, comme la plupart de ses livres.*

Alors que cet hiver, Roza se prépare à accueillir dans son manoir quatre jeunes autrices inconnues pour une retraite d'écriture d'un mois, on peut se demander si ses priorités ont évolué. Va-t-elle devenir un mentor ouvert sur l'extérieur afin de révéler des talents, au lieu de se retirer à nouveau dans sa vie d'écrivaine solitaire ?

« Bien sûr que non, répond-elle en clignant des yeux. J'ai toujours de nouvelles idées en tête. »

Un texto s'afficha sur l'écran de mon portable. C'était Sharon, ma cheffe.

Où est le dossier Madison ???? J'en ai besoin pour la réunion !!!

Merde. J'avais complètement oublié que toute la boîte devait se réunir pour discuter d'un de mes projets. D'une manière ou d'une autre, je me débrouillais toujours pour mettre ma vie professionnelle de côté dès la seconde où je passais les portes vitrées du bureau. Je n'aurais jamais cru rester six ans dans la même boîte, ni gravir les échelons depuis un triste poste de secrétaire de rédaction jusqu'à celui, tout aussi mal payé, de rédactrice en chef adjointe. Wren m'avait poussée à explorer d'autres possibilités de carrière, même quand elle-même démissionna pour devenir la rédactrice beauté d'une minuscule start-up qui connut un succès inattendu.

Aujourd'hui, Wren gagnait gros, voyageait et portait des fringues de créateurs, pendant que j'étais coincée dans une maison d'édition en bout de course sous la férule d'une supérieure hiérarchique dominatrice.

J'avais envie d'ignorer le message de Sharon, qui ne s'était pas privée de m'appeler sur mon numéro perso que je lui avais stupidement donné lors d'une conférence dans l'Ohio. Mais je ne pouvais pas faire ça, ne serait-ce que pour ne pas laisser tomber les autres membres de l'équipe. Donc, je lui expliquai par texto où elle trouverait les fichiers, sentant planer sur mon épaule l'ombre de Roza, écœurée par ma célérité à me plier aux exigences de Sharon.

Je restai un moment à regarder le plafond, écoutant à moitié les confessions teintées d'accent britannique vomies par la télé. L'innocente question d'Ursula me revint en mémoire. *Et toi, l'écriture, comment ça avance ?*

La vérité, c'était qu'après tout ce qui s'était passé avec Wren, je n'avais pas écrit le moindre mot.

Durant l'après-midi, je me risquai à aller m'acheter un bagel. Dehors, le vent glacé me fit l'effet d'un choc purificateur. J'étais au rayon traiteur en train de passer ma commande dans les effluves d'ail et de café, quand le *bip* d'un nouveau texto retentit. Je m'installai à une des minuscules tables en métal et sortis mon téléphone. C'était un message d'Ursula.

Juste une question : C'était quoi la nouvelle que tu as envoyée pour le concours de Roza ? Celle avec les deux filles dans les bois ?

J'avais partagé cette histoire dans notre atelier d'écriture, plusieurs années auparavant.

Non. C'était une autre, plus récente.

En fait, c'était une pâle imitation du travail de Roza, ce qui expliquait peut-être qu'elle n'avait pas été sélectionnée. J'ajoutai : *Pourquoi ?*

Pour toute réponse, elle se contenta de m'envoyer un émoji sourire.

J'ouvris mon faux compte Instagram et, presque malgré moi, j'allai consulter le profil de Wren. Elle avait bloqué mon compte perso, alors j'avais créé celui-ci pour garder un œil sur elle. Sa photo la plus récente datait de la nuit précédente et la montrait, illuminée par l'éclair d'un flash dans le bar obscur, en train de lever son verre à côté d'Ursula. *En pleine célébration de l'incroyable nouveau livre d'une de mes plus anciennes amies.* Elle penchait un peu la tête à droite ; elle connaissait son meilleur profil. Elle avait trente-deux mille followers.

Quand on s'était rencontrées, je n'étais même pas sur Instagram. Je m'y étais inscrite uniquement pour tisser des liens avec elle. Et je lui avais adressé mon premier message privé – quelqu'un venait de mettre en ligne la couverture originale de *La Langue du démon*.

Wren ne s'était pas contentée de répondre : le lendemain, elle avait apporté son exemplaire du roman.

On était allées au Madison Square Park, notre nouveau spot pour déjeuner. Je me rappelle qu'on avait pris des sushis et que j'essayais de ne pas paraître trop idiote en bataillant avec mes baguettes. D'humeur à raconter des histoires, Wren m'expliqua qu'elle avait lu *La Langue du démon* au collège, après qu'une autre pom-pom girl le lui avait prêté. (« Sérieux, tu as été *pom-pom girl* ? » « Al, nous étions trente dans ma classe ; évidemment que j'étais pom-pom girl. ») Wren l'avait lu en secret, à la lumière d'une lampe torche sous ses couvertures, mais son évangéliste de mère avait fini par le découvrir caché dans les draps. Ce fut la première fois que j'entendis parler des nombreuses punitions cruelles et peu communes qui lui étaient infligées depuis l'âge de trois ans, quand sa mère avait commencé à l'enfermer dans un placard. Cette fois, Wren fut interdite de sortie pendant deux semaines et privée de nourriture, mais quand même obligée de passer à table pour regarder manger ses parents et ses frères et sœurs. Heureusement, ses amies la ravitaillaient en cachette – surtout avec des muffins et des chips qu'elle dévorait quand tout le monde était couché.

Après avoir entendu l'histoire de Wren, j'étais restée sans voix. On regardait un type pas loin qui essayait de persuader un gros écureuil de venir lui manger dans la main, et j'essayais de trouver quelque chose à dire. *Merde. Et moi qui pensais que j'avais eu une enfance difficile.* Et quand enfin je lâchai un « je suis tellement désolée », elle haussa les épaules et éclata même de rire. « Ma mère a toujours été une salope intégrale. Et toi, tes parents ? »

À mon tour, je lui racontai. Que mon père était parti lorsque j'avais huit ans, et que nous n'avions plus jamais entendu parler de lui, en tout cas pas à ma connaissance. Que maman nous avait traînées de ville en ville, bien souvent pour retrouver « une vieille connaissance » qui s'avérait chaque fois être un homme. Que nous habitions chez lui ou dans un meublé miteux à la semaine, et qu'elle trouvait un boulot dans un drugstore ou un supermarché. Et que juste quand je commençais à me faire à ma nouvelle école, elle, de son côté, finissait par se lasser de son petit copain et nous trimballait dans une autre ville, de sorte que je finis par trouver plus simple d'arrêter de me faire de nouveaux amis.

« Ça craint », dit Wren d'une voix douce et pragmatique.

Et effectivement, ça avait craint, mais au moins, il n'y avait pas eu de véritables mauvais traitements. Et même si je ne faisais jamais grand-chose qui aurait mérité une punition, j'avais le sentiment à cette époque que maman n'aurait même pas remarqué si j'avais essayé de me rebeller en sortant toutes les nuits, et en rentrant l'haleine chargée de whisky et de fumée de cigarette.

« Est-ce qu'un de ses amants a essayé de te faire des trucs ? » demanda Wren.

Heureusement, non. Je gardais mes distances, consciente que ma simple existence était sans doute pour eux une source d'agacement. J'essayais d'être aussi sympa et calme que possible.

Même quand je les entendais faire bruyamment l'amour, ça me procurait un réconfort bizarre, parce que je savais qu'ils ne pensaient pas à moi, et que je n'étais pas dans leurs pattes.

« Qui t'a donné un exemplaire de *La Langue du démon* ? » demanda Wren, en engouffrant son dernier morceau de sashimi dans sa bouche.

L'homme était arrivé à ses fins avec l'écureuil. Une femme assise au bout du banc l'observait, vaguement dégoûtée. Je savais que la plupart des New-Yorkais répugnaient à toucher les écureuils, les pigeons et autres animaux citadins.

« Une fille qui travaillait chez Barnes & Noble[1]. »

On venait d'arriver de Minneapolis dans une banlieue de Chicago pour habiter chez John, un des plus sympas amis de maman, qui me demandait même parfois si j'allais bien. C'était l'été d'avant mon entrée en cinquième, et pendant que maman était au travail, je passais le plus clair de mes journées dans un centre commercial où elle me déposait le matin. Je lisais pendant des heures dans un fauteuil en cuir, près d'une fenêtre. Il y avait cette vendeuse, Leanne, qui devait avoir à peine dix-huit ou dix-neuf ans, mais me fit l'impression d'être beaucoup plus grande lorsqu'elle m'aborda, impressionnée par ma vitesse de lecture. Ça n'avait pas l'air de la déranger que je n'achète jamais aucun livre, et elle finit par me conseiller des bouquins quand elle découvrit que j'étais fan de science-fiction et de romans d'horreur. Dans le lot, il y avait *La Langue du démon*.

« Cool. » Wren sourit en me serrant le bras. « Tu devrais lui dédier ton premier livre. »

« Commande quarante-deux ! » L'appel me sortit soudain de ma rêverie. J'allai récupérer mon sac en papier au comptoir. Mon téléphone se remit à biper. Je le sortis immédiatement, curieuse d'un autre énigmatique message d'Ursula.

1. Plus importante chaîne de librairies des États-Unis, principalement situées dans des centres commerciaux. (*Toutes les notes sont du traducteur.*)

Mais c'était un texto de Sharon.

Bon sang, où sont les comptes de résultats de Madison⸮⸮ Ils ne sont pas dans le dossier!!!!!

Je soupirai profondément et tapai une réponse. Le temps d'arriver chez moi, je ne pensais plus du tout à la question d'Ursula.

3

Ursula m'appela pour m'annoncer la nouvelle le lundi matin. J'étais en route pour aller travailler, après avoir également posé mon vendredi. Le moment était venu d'affronter Pete. Mais je m'arrêtai quand même pour prendre un café, histoire de ne pas risquer de le croiser dans la cuisine du bureau. Alors que je faisais la queue, j'eus la vision de Pete, bourré, qui me malaxait les seins avec un sourire satisfait.

Je fermai les yeux, rongée par la honte. Pete ne m'avait pas envoyé de SMS ou d'e-mail pendant mon absence, ce qui n'était pas dans ses habitudes. Ou l'était peut-être devenu, compte tenu de ce qui s'était passé.

Un texto d'Ursula.

APPELLE-MOI LE PLUS VITE POSSIBLE ! URGENT !!!!

J'emportai mon café et me glissai sur un tabouret miraculeusement libre près de la fenêtre.

Elle décrocha à la première sonnerie.

« Al !

– Urs ! » J'essayai de paraître enjouée. « Quoi de neuf ?

– J'ai des nouvelles pour toi. » Elle parlait fort et j'entendais les bruits de la circulation derrière elle. « Tu es bien assise ?

– Très bien. » Mon pied commençait à ballotter nerveusement, par anticipation. « Pourquoi ? Qu'est-ce qui se passe ? »

Plusieurs possibilités me vinrent à l'esprit : voulait-elle que je fasse une interview d'elle pour un support quelconque ? Allait-elle repasser à New York ?

« Alors, écoute ça : ce week-end, Melody, mon agente, a pris un verre avec celle de Roza, qui lui a annoncé qu'une des filles sélectionnées pour la retraite d'écriture avait abandonné.

– Whaou. »

L'idée semblait absurde : comment quiconque pouvait laisser passer une occasion pareille, sauf à être frappé d'une maladie mortelle en phase terminale ? Et même dans ce cas-là...

« Ouais. Alors Melody lui a dit que sa cliente préférée, c'est-à-dire moi, connaissait plein de jeunes autrices talentueuses, au cas où elles ne voudraient pas recommencer les sélections depuis le début. L'autre a répondu que ça pouvait l'intéresser, alors je lui ai envoyé ta nouvelle et elle l'a adorée.

– *Hein ?* Qu'est-ce que tu dis ? »

Les mots n'avaient plus de sens. L'information arrivait trop vite.

« Pour sauter directement à la conclusion, tu vas aller passer un mois entier en retraite d'écriture avec Roza Vallo. » Elle toussa. « Et donc, tu m'en dois une à vie. »

J'appuyai ma main sur ma clavicule.

« Urs. Ce n'est pas une plaisanterie ? »

Elle éclata de rire.

« Tu crois que je plaisanterais sur un sujet pareil ?

– Oh, mon Dieu. » La stupeur et l'excitation éclataient dans ma poitrine comme des feux d'artifice. « C'est incroyable. Comment as-tu...

– J'ai envoyé ta nouvelle des deux filles dans les bois. » Ursula semblait contente d'elle-même. « Celle que tu nous avais lue dans notre groupe d'écriture. Ça a toujours été ma préférée. Et apparemment, elle lui a plu aussi.

– À l'agente de Roza ?

– À Roza en personne.

– Roza a lu ma nouvelle ? »

C'était comme découvrir qu'une créature fabuleuse, une déesse, était descendue sur terre pour me choisir. Je m'élevai au-dessus du comptoir en bois et des gens qui buvaient et discutaient autour de moi, et me déployai dans toutes les directions temporelles à la fois : moi à douze ans, en train de lire *La Langue du démon* au fond de chez Barnes & Noble. Et moi dans le futur, assise en face de Roza qui m'infligeait de dures critiques, et aussi quelques pépites de louanges.

« Ouais. »

J'entendis la voix d'Ursula qui s'éloignait pour chuchoter quelque chose à quelqu'un, puis elle revint vers moi.

« Parfait. Donc, tu sais que la retraite commence bientôt. Genre, dans deux semaines.

– Putain. » Je m'accoudai au comptoir. « Ma boss va flipper grave. Elle ne voudra jamais me laisser partir.

– Alors, démissionne. C'est véritablement la chance de ta vie.

– C'est vrai. » Je redressai mes épaules. « Tu as raison.

– Je veux que j'ai raison.

– Mais… c'est vraiment *sûr* ? » Je sentais que je ne pourrais pas supporter ça – cet espoir, cette euphorie – si on devait me l'arracher ensuite. « Dis-moi, on te l'a bien confirmé ? Ou…

– Tout est réglé. Regarde tes e-mails – quelqu'un de son équipe devrait t'écrire aujourd'hui. Apparemment, il faut que tu signes un accord de non-divulgation. Elle a des règles assez strictes en ce qui concerne sa vie privée. Mais une fois que tu auras signé, tu pourras y aller.

– Et ils savent que j'ai trente ans ? Il ne devait pas y avoir une limite d'âge ?

– Ouais. » Sa voix se fit pensive. « J'en ai parlé direct parce que je ne voulais pas que ça nous revienne en boomerang. Mais ils s'en foutent. J'ai eu l'impression que toute l'histoire traîne en longueur, et qu'ils veulent juste avancer.

– OK. Ouah ! Je ne… » Des larmes emplirent mes yeux et se mirent à couler sur mes joues. « Je ne pourrai jamais assez te remercier. Je n'ai même pas les mots.

– Bien. » Cette fois, sa voix monta d'une octave. « Il y a encore une chose que je dois te dire.

– Je t'écoute. »

J'essuyai mes larmes, sans me soucier de me barbouiller le visage de mascara. J'avais envie de me recroqueviller sur le carrelage, de chialer comme un veau, de hurler. Tout ça était réel. Après tant de douleur et de déceptions, quelque chose – la meilleure chose possible – m'arrivait vraiment.

« J'ai donné deux nouvelles à mon agente. La tienne, et celle de Wren. Parce que… » Elle soupira. « Vous m'avez toutes deux aidée à devenir une meilleure écrivaine. Après mes premiers textes, je n'aurais pas continué si vous ne m'aviez pas encouragée. Et je respecte tellement votre écriture. C'était juste impossible pour moi de choisir entre vous deux.

– D'accord. »

Ces paroles me touchèrent à peine.

« Bref… ils vous ont sélectionnées toutes les deux. Vous y allez ensemble. »

L'air se bloqua dans ma gorge.

« Quoi ?

– Ouais. Alors, je sais que ça risque d'être un peu bizarre pour toi.

– Un peu bizarre ? » Les mots jaillirent, si fort que la femme assise à côté de moi m'envoya un regard méfiant. Je détournai la tête. « Elle a gâché ma vie. »

Bien sûr, Wren allait me voler mon triomphe. *Bien sûr.*

Ursula ne répondit pas. Après un temps, j'expirai jusqu'à vider mes poumons. Elle avait tellement fait pour moi. Beaucoup plus qu'elle n'aurait dû.

« Écoute, je suis désolée. » Je m'efforçai de garder mon calme. « Tu dois trouver que j'abuse…

– En tout cas, là tout de suite, oui. Sans vouloir être dure avec toi. » Ursula avait adopté son ton Sévère mais Juste, que je l'avais surtout entendue utiliser avec Wren quand elle était de mauvais poil. « Excuse-moi, Al, mais tu dois tourner la page et aller de l'avant. Tu as une chance incroyable. Et si j'ai soumis vos deux candidatures, c'est que je crois en vous deux. Alors tu vas te pointer à cette retraite, ignorer Wren, charmer Roza et te sortir les doigts du cul. Et tu vas te mettre à écrire. Assez de toutes ces conneries ridicules, d'accord ?

– D'accord », dis-je d'une petite voix.

Pour couronner le tout, j'avais réussi à faire sortir Ursula de ses gonds.

« Écoute, reprit-elle plus calmement. Ce n'est que l'histoire d'un mois. Tu vas être tellement occupée à écrire et à retravailler avec Roza que tu n'auras même pas le temps de penser à Wren. Concentre-toi sur toi-même, et garde en tête qu'après ça vous n'aurez plus jamais à vous revoir. Qu'est-ce que tu en penses ?

– C'est vrai. » Je me redressai. « Je peux y arriver.

– À la bonne heure. » Sa voix était de nouveau chaleureuse. « C'est une énorme opportunité, jeune dame. Et tu la mérites. Tu as un talent incroyable. »

Ses paroles continuaient à tourner dans ma tête après que j'eus raccroché. Je regardais fixement mon café, perdue dans les volutes de vapeur qui s'échappaient du gobelet ouvert, et je me sentais complètement groggy.

Tu as un talent incroyable.

Un mélange d'horreur et de désespoir m'envahit. Je n'en avais parlé à personne. Ursula ne savait pas que je n'avais plus écrit un mot depuis l'histoire avec Wren.

J'avais essayé. Longtemps, je m'étais levée de bonne heure, et, mon ordinateur posé sur les genoux, j'avais attendu l'émergence d'une expression ou d'un bout de phrase en fixant l'écran blanc. Mais à ces moments-là, mon cerveau semblait aussi vide et vierge qu'une étendue de neige immaculée. Ensuite, j'avais essayé avec un carnet et un crayon, espérant donner une impulsion aux mots, mais tout ce que je parvenais à écrire, c'était *je ne sais pas sur quoi écrire*, et je noircissais les pages de dessins de fleurs et de chats, comme une petite fille.

Alors, j'avais abandonné. Je m'étais dit que ça finirait bien par revenir, mais les semaines et les mois passant, c'était devenu de plus en plus improbable.

Et la dure réalité me frappa comme une matraque à l'arrière du crâne.

Pendant un mois entier, j'allais participer à une retraite d'écriture chez Roza Vallo, alors que j'étais affligée d'un cas typique de blocage créatif.

4

Deux semaines plus tard, j'étais dans un train quittant la ville en direction du nord. C'était un vendredi après-midi, et le wagon était presque complet. Un ado malingre avec un casque audio démesuré était affalé à côté de moi. Protégée du pâle soleil d'hiver par mes lunettes de soleil, je regardais défiler le paysage urbain morose – bâtiments gris, parkings déserts.

J'allais chez Roza. Vraiment. J'étais en route vers le putain de manoir de Roza Vallo.

Après le coup de fil avec Ursula, le temps semblait s'être suspendu. Comme elle l'avait prédit, je reçus un e-mail le jour même et répondis sur-le-champ : *Je suis absolument ravie de saisir cette occasion !* Suivit un accord de confidentialité, que je signai sans même le lire. Depuis, je bourdonnais d'une effervescence légère, comme une clôture électrifiée attendant qu'on la touche.

À ma surprise, l'explication avec Sharon avait été plutôt satisfaisante. Sa voix montant dans les aigus, elle avait presque perdu son calme.

« T'es sérieuse, là ? Le mois prochain ? En plein lancement du Bogman-Briggs ? »

Mais j'étais intouchable. J'avais posé d'un coup tous mes jours de vacances et mes congés maladie. Et j'avais déjà demandé aux autres rédacteurs de me remplacer. À la fin, elle m'avait virée de son bureau par un hochement de tête dégoûté.

Je sortis de mon fourre-tout en cuir mon exemplaire de *L'Œillet de poète*, le plus récent roman de Roza. Je l'avais emporté à la dernière minute, me demandant s'il serait maladroit de lui réclamer une dédicace. Six ans plus tôt, je l'avais acheté au festival du Livre de Brooklyn, lors d'une des rares apparitions publiques de Roza, mais l'événement avait si subitement dégénéré en chaos qu'elle était partie sans signer quoi que ce soit.

Je m'en souvenais dans les moindres détails. C'était comme une photo bien-aimée qu'on pouvait ressortir et admirer à l'envi. Et ça avait été tellement jouissif de découvrir l'étendue de son pouvoir.

Wren s'était débrouillée pour nous faire entrer dans cette rencontre à guichets fermés qui se tenait à St. Ann, une majestueuse église de Brooklyn Heights. Nous étions toutes deux ravies que la païenne Roza soit interviewée dans la maison du Seigneur. Mais l'église n'était pas climatisée et il faisait chaud et humide malgré les grands ventilateurs. Roza était en retard. Serrés sur de vieux bancs comme des bébés congestionnés, on attendait.

« C'est ridicule. » Wren s'éventait avec le programme. « Si elle ne se pointe pas d'ici cinq minutes, on se tire.

– Je suis sûre que ça va bientôt commencer. »

Nous partagions une bonne gueule de bois à cause des excès de la nuit précédente, mais il fallait bien que l'une de nous garde son calme. Et j'avais une raison de rester : quand Roza m'aurait dédicacé mon livre, je comptais lui signaler que j'avais moi aussi des origines hongroises, ce qui établirait un lien ténu mais important entre nous. Elle allait voir des dizaines ou des centaines de gens ce jour-là – mais peut-être, seulement peut-être, qu'elle se souviendrait de moi. Et si j'arrivais à créer une proximité cérébrale, même infime, avec Roza Vallo, j'avais l'impression que cela stimulerait ma propre existence.

Trois personnes finirent par apparaître sur la scène et le silence se fit dans l'audience accablée de chaleur. Il y avait une journaliste littéraire du *New Yorker*, un jeune écrivain qui avait collectionné les prix cette année-là et Roza, magnifique et décontractée, vêtue d'un jean déchiré et d'un pull noir sans manches. Sa longue chevelure rousse était lâchée, et elle portait de surprenantes lunettes à monture épaisse qui s'harmonisaient joliment avec ses lèvres rouges. Elle riait de quelque chose que lui avait dit la journaliste. Son timbre musical, porté par le petit micro-cravate accroché à son décolleté, se répercuta dans l'église comme un tintement de cloche.

« Bien. » Asha, la journaliste qui devait faire office de modératrice, respira profondément et fit un grand sourire. « C'est vraiment quelque chose, non ? Je vous demande d'accueillir Roza Vallo et Jett Butler. »

Dans le tonnerre d'applaudissements qui suivit, je me rendis compte qu'il y avait pas mal d'hommes dans l'assistance. Probablement pour découvrir Jett, qui s'était vu proposer un contrat à six chiffres pour son premier roman et qu'on avait surnommé « le nouvel Hemingway ».

Asha fit une présentation contrastée de Roza et de Jett : l'autrice renommée face à l'auteur précoce, l'une ouvertement féministe et l'autre avec une approche masculine plus brutale et traditionnelle. Tous deux la regardaient en souriant modestement. Alors qu'Asha semblait un peu rigide au bord de son siège, Roza et Jett avaient l'air parfaitement décontractés. Jett attrapa la bouteille d'eau posée à ses pieds et but une ample gorgée, repoussant ses longs cheveux blonds en arrière. Roza l'observait calmement, sereine.

« Alors, par où commencer ? demanda Asha en caressant le petit carnet sur ses genoux. Vous avez tous deux fait paraître de nouvelles œuvres cette année : *L'Œillet de poète* et *Mr. Mustang*. Deux excellents romans.

– C'est un bon début », dit Jett de sa voix grave et suave, provoquant quelques rires étouffés.

Il jeta un coup d'œil vers Roza comme un gamin effronté.

« Jett, commençons avec vous. Qu'est-ce que ça fait d'être sélectionné pour le National Book Award à seulement vingt-six ans ? Comment avez-vous réagi ?

– Ma réaction, c'était de me dire : Pas trop tôt ! commença-t-il avec un lancinant accent du Sud. Non, je rigole. Eh bien, je ne sais pas, vraiment. "Surréaliste" est vraiment un mot cliché, mais c'est ce que j'ai ressenti.

– Vous étiez très jeune quand vous avez débuté l'écriture de ce roman, n'est-ce pas ?

– C'était il y a six ans. En fait, je l'ai commencé à l'université. Mais il m'a fallu beaucoup de temps pour le mener à bien. Des milliers d'heures. Et c'est ça qui compte. » Il dressa son index. « On a beaucoup jasé sur l'importance de mon à-valoir. Mais si vous décomposez ça en temps de travail, ce n'est vraiment pas payé cher de l'heure.

– Vous étiez à Duke, n'est-ce pas ? »

La question brusque de Roza, posée d'une voix mielleuse teintée d'un léger accent, tomba comme un accroc dans le storytelling. Asha et Jett se tournèrent vers elle.

« Une bonne université.

– Ouaip. » Il hocha la tête. « Grâce au bon Dieu qui nous regarde, j'ai obtenu une bourse complète. »

Roza sourcilla.

« Donc, vous avez commencé ce magnifique roman à Duke.

– Merci du compliment. » Il sourit, dans la séduction. « Certains ont pensé que j'étais un peu jeune pour me considérer comme un romancier.

– Oh non, Jett. » À présent, elle fronçait les sourcils. « J'avais seize ans quand j'ai entamé l'écriture de *La Langue du démon*. Ne laissez jamais personne vous dire que vous êtes trop jeune.

– Merci. »

Il croisa les bras, flatté.

« Comment faisiez-vous pour vivre, là-bas ? » Roza pencha la tête. « Pour la nourriture, le loyer, à part la bourse, vous faisiez comment ? »

Jett lança un coup d'œil à Asha, qui semblait un peu perturbée mais disposée à laisser Roza prendre la direction de l'entretien.

« Je faisais des petits boulots. » Jett haussa les épaules. « Des travaux fatigants pour le corps, pas pour l'esprit.

– Des petits boulots. » Roza rayonnait telle une maman qui découvre les bonnes notes de sa progéniture. « Formidable. Et après vos études, vous êtes parti à New York ?

– Je suis d'abord resté quelque temps à Raleigh.

– Une petite amie ? » demanda-t-elle avec un air complice.

Il gloussa.

« Eh bien oui, j'étais avec une fille. Mais surtout, à ce moment-là, je n'avais pas les moyens de déménager.

– C'était qui ? demanda Roza.

– Oh là. » Il se retourna en riant vers Asha. « Ça devient personnel.

– Jett, intervint Roza avant que Asha puisse répondre, ce charmant auditoire s'est rassemblé ici, par cette chaleur torride, pour en apprendre plus sur nous. N'est-ce pas la finalité de ces rencontres littéraires ? D'entrevoir la vie et l'esprit de la personne qui leur a murmuré à l'oreille pendant des dizaines d'heures ? » Roza se tourna vers la foule. « Vous avez tous envie d'en savoir plus sur la petite amie de Jett à l'université, pas vrai ? »

Tout le monde se mit à applaudir. L'ambiance dans la salle surchauffée avait monté d'un coup. On sentait enfler l'enthousiasme, les sens qui s'exacerbaient, comme dans un cirque antique, quand les spectateurs regardaient un gladiateur courageux, mais condamné, s'avancer dans l'arène. Étrangement, on savait déjà que Roza avait soif de sang.

« Dooonc. » Sa voix s'éleva dans les aigus, puis retomba dans les graves. « Elle ressemblait à quoi ? Et comment s'appelait-elle ? »

Jett implora Asha du regard. Elle s'éclaircit la gorge.

« Roza, il y a beaucoup de questions que j'aimerais vous poser…

– June. »

Jett lâcha son prénom d'un coup, presque malgré lui, coupant Asha dans son élan.

« June et Jett. » Roza mit une main sur son cœur. « Mais c'est adorable. Et quelle était sa matière principale ?

– Elle était… elle est… enfin, elle écrit aussi. On s'était rencontrés au séminaire de première année. » Résigné, il avait décidé de jouer le jeu, déconcerté mais retrouvant peu à peu son arrogance. « C'est une écrivaine formidable, ajouta-t-il généreusement.

– Et elle a déjà publié ?

– Pas encore. Mais ça viendra.

– Elle était boursière, elle aussi ?

– Oh, oui. » Jett aimait les filles qui s'étaient faites toutes seules, comme lui. « Et elle travaillait dans un bar.

– June, la serveuse écrivaine. Combien de temps êtes-vous restés ensemble ?

– Euh… presque quatre ans, je dirais. Pendant nos années d'études, et un peu après. » Il fronça les sourcils lorsqu'une pensée lui traversa l'esprit. « Attendez, elle est ici ? Vous la connaissez ?

– Pas du tout. Par contre, je suis fascinée par les relations entre écrivains. » Roza se pencha en avant. « À une époque, j'ai vécu avec une femme qui écrivait. Nous n'étions jamais d'accord, chacune convaincue de son propre génie. Avez-vous déjà ressenti la même chose ?

– Pas du tout, répondit-il d'une voix forte. Elle était bien meilleure que moi.

– Et pourtant, vous avez été publié, et pas elle.

– Eh oui. » Il se gratta le menton d'un air pensif. « Je ne sais pas trop ce qui s'est passé. On a perdu contact quand on s'est séparés. J'ignore où elle en est dans son travail.

– Ça ne doit pas être facile, pour elle. » Roza entrelaça ses doigts. « Son ex qui obtient un à-valoir faramineux et qui rencontre la gloire et le succès.

– Bien que je prenne un réel plaisir à évoquer ces souvenirs, ne pourrait-on pas parler du livre ? »

Jett lança à Asha un sourire ironique.

« Bonne idée. Revenons au livre. » La voix de Roza bascula d'une octave dans les graves. « Parlons du roman que June a écrit. »

Jett écarquilla les yeux, puis les plissa comme des fentes. Ses lèvres minces s'étirèrent en un rictus dépourvu d'humour.

« Quoi ?

– C'est peut-être exagéré. Vous avez aussi travaillé dessus. Mais c'était son idée, son histoire. »

Roza arborait un léger sourire, comme pour tempérer la violence de ses mots. Cette fois, ce fut au tour d'Asha de s'exclamer, stupéfaite :

« Qu'est-ce que vous dites ?

– Je sais que vous avez dû la payer pour acheter son silence, mais ce n'était vraiment pas grand-chose comparé à l'avance que vous aviez reçue. Sauf qu'elle n'en savait rien. » Roza fronça le nez. « Pourtant, elle avait tellement mis d'elle dans ce livre. Parce qu'elle est mécanicienne auto, Jett, pas serveuse. Exact ? Mais ça pourrait soulever un certain nombre de questions si ça finissait par se savoir, n'est-ce pas ?

– Ce n'est pas vrai, se défendit Jett en battant des bras. Je n'aime pas dire du mal des gens, mais June était – est – enfin, elle est un peu folle…

– Ah bon ? » Roza sortit son téléphone et commença à scroller sur l'écran. « Elle m'a contactée la semaine dernière. Je n'avais pas l'intention d'aborder le sujet de cette manière – ce n'est vraiment pas mon problème –, mais quand vous nous avez raconté votre histoire à faire pleurer dans les chaumières, Jett, et comment vous avez travaillé dur, tellement dur, je crois que ça a été un petit peu trop pour moi.

– Ce n'est pas vrai. Vous ne pouvez pas arrêter ça ? demanda-t-il à Asha d'une voix suppliante. Elle est en train de tout inventer. Je ne sais pas d'où elle sort tout ça…

– Elle vous a enregistré. » Roza brandit son téléphone. « Quand vous avez fait ce marché avec elle. Elle avait vraiment besoin d'argent à ce moment-là. Son boulot ne rapporte pas beaucoup, vous savez. Mais elle n'a pas trouvé ça juste, tout cet argent et les éloges que vous avez reçus. Vous saviez que la plupart des gens n'ont qu'une seule idée de livre en eux ? Et vous, vous lui avez volé la sienne. »

Jett sauta de sa chaise.

« Arrêtez. Taisez-vous. »

Une veine palpitait à son cou. Roza se mordit la lèvre, les yeux sur l'écran.

« Et elle a essayé à maintes reprises de rentrer en contact avec vous. Mais vous ne vouliez pas lui parler, n'est-ce pas ? En fait, vous l'avez bloquée. Alors, elle a essayé de s'adresser à d'autres personnes. Mais aucun journaliste ne voulait la croire. Votre éditeur et votre agent l'ignoraient. Je crois pouvoir affirmer que j'étais sa dernière chance. Et qu'elle était prête à se raccrocher au moindre espoir. » Roza leva les yeux vers Jett. « Elle travaille toujours dans ce garage pourri à Raleigh, vous savez ? Et elle est trop déprimée pour écrire. »

Un murmure parcourut la foule vibrante d'indignation, de jubilation et de dégoût. À un moment, Wren s'était mise à serrer mon bras, et ses ongles s'enfonçaient dans ma chair.

Bien qu'assise au fond, je pouvais voir trembler les mains de Jett.

« D'accord, vous êtes vraiment complètement dingue. » Il se tourna vers la modératrice. « C'est quoi ce bordel, Asha ? Comment pouvez-vous la laisser faire une chose pareille devant tous ces… ? »

Il fit volte-face et nous montra du doigt, envoyant rouler la bouteille d'eau dans un coin de la scène. Puis il bondit sur ses pieds et partit à grands pas.

Asha semblait statufiée sur sa chaise, les yeux fixés dans le dos de Jett. Enfin, elle se retourna et lança un message silencieux à quelqu'un en coulisse.

« Que ceci soit une leçon pour tout le monde. » Roza se leva et nous fit face, les mains sur les hanches comme une conférencière. « Si vous vous apprêtez à faire un truc débile, au moins faites-le bien. Et ne soyez pas assez feignants pour vous faire prendre si facilement. Un petit effort, ou vous ne méritez rien du tout, d'accord ? » Elle regarda Asha. « On a fini pour aujourd'hui, je crois. »

Elle se retourna et quitta la scène d'un pas nonchalant. Asha la suivit en courant.

Des bribes de conversations confuses et excitées éclatèrent dans la foule. Près de moi, Wren laissa échapper un rire ravi.

On n'eut pas de dédicaces ce jour-là. Mais comme la rencontre avait été filmée et que ses révélations devinrent virales sur le Net, contraignant l'éditeur de Jett à annuler la moitié de son contrat portant sur deux livres, on se consola en se disant qu'on avait été les témoins de la vengeance de Roza. Et que ça nous suffisait largement.

5

La voix du conducteur me sortit de ma somnolence. On approchait de la gare. L'ado aux cheveux longs était descendu depuis longtemps, la voiture était presque vide. Le train freina en hoquetant dans un crissement de roues. Une voix brouillée répétait : « Prochain arrêt : ... (*inaudible*). »

Si j'avais dormi plus profondément, j'aurais manqué l'arrêt. Je me dépêchai de tirer ma valise du porte-bagages et me retrouvai derrière la seule autre personne qui descendait du train : une jeune femme, plutôt petite, avec des cheveux blonds qui s'échappaient d'un bonnet de ski orange vif. Est-ce qu'elle aussi allait chez Roza ? Le marchepied du train était raide et on faillit tomber l'une comme l'autre en descendant, nous rétablissant de justesse sur le quai. Le vent cinglait nos visages. Elle se retourna et me dévisagea en fronçant les sourcils.

« Par hasard, tu ne vas pas chez Roza Vallo ? »

Elle avait un débit haché et précipité, comme si elle se hâtait de parler avant de s'enfuir en courant.

« Effectivement ! »

Je m'étais efforcée de garder un semblant de calme dans le train, mais là, un mélange d'excitation et de peur enflammait tout mon corps. Je lui tendis la main.

« Je suis Alex.

– Poppy », répondit-elle. Sa petite main était étonnamment ferme. « Oh, bon sang, tu n'as pas l'impression que tu vas *mourir* d'impatience ? »

Sa franchise me fit rire. Son visage enjoué et ses intonations *girly* étaient à des années-lumière de ce que je m'étais attendue à croiser dans la retraite d'écriture de Roza Vallo.

« C'est exactement ça, répondis-je avec un grand sourire. J'ai du mal à croire que tout ça est bien réel.

– Moi aussi. » Elle écarquilla ses chaleureux yeux marron. « J'ai rendu tout le monde dingue autour de moi tellement j'étais flippée. Dis, il ne devrait pas y avoir une voiture ? Elle est sûrement garée plus bas. »

Elle continua à palabrer pendant que nous marchions sur le quai verglacé en direction de l'escalier. En contrebas, une berline noire attendait sur un petit parking, dans un nuage de gaz d'échappement.

« Oh, Dieu merci. Je suis complètement gelée. »

Elle se dirigea tout droit vers le véhicule et je dus accélérer pour rester à sa hauteur. Un homme en sortit.

« B'jour, mesdames. »

Il avait un accent monocorde de campagnard et une barbe poivre et sel. On le salua puis on sauta à l'arrière. Dans l'habitacle, il faisait une chaleur délicieuse. Un désodorisant en forme de cookie dispensant une odeur de vanille était suspendu au rétroviseur, avec un chapelet.

« Je suis Joe, dit-il.

– Bonjour, Joe, moi, c'est Poppy. Et voici Alex. »

Elle me sourit en plissant les yeux. Elle avait de petites rides aux encoignures des lèvres. J'eus l'impression qu'elle avait tendance à sourire *énormément*.

« Poppy ! J'ai jamais entendu un prénom pareil. »

Joe sortit lentement du parking.

« C'est écossais. »

Elle haussa les épaules.

« Ah, l'Écosse, répondit Joe, j'ai toujours voulu y aller.

– C'est un très beau pays. Et en même temps, très violent. Les gens n'arrêtent pas de se bagarrer. Une fois, j'ai vu deux types sortir d'une église et commencer à se battre aussi sec. »

On rigola, et Poppy, contente d'elle, se laissa aller contre le dossier de la banquette.

« Vous travaillez pour Roza, Joe ?

– Ça m'arrive. Pas directement. Je fais surtout le taxi dans le coin. »

Il nous jeta un coup d'œil dans le rétroviseur.

« Alors, vous connaissez bien la région ? demandai-je.

– J'y suis né et j'y ai grandi. » Il rebaissa les yeux vers la route. « C'est un chouette coin. Très isolé. Mais j'imagine que c'est ça qui plaît à Mlle Vallo.

– Vous la connaissez bien ? s'enquit Poppy.

– Nan. Elle vit plutôt recluse quand elle est ici. C'est son employée de maison – Yana, je crois qu'elle s'appelle – qui me téléphone et qui organise les transferts quand quelqu'un arrive de la ville.

– Elle habite ici depuis combien de temps ? »

Poppy se pencha en avant, agrippant le dossier de son siège avec ses mains aux ongles roses vernis. Elle y mettait vraiment du sien pour recueillir des infos.

« Je crois qu'elle a acheté la propriété en 2000. Et puis, elle a mis plusieurs années à la restaurer. Le manoir partait vraiment en couilles. » Il toussota. « Pardon pour le langage. »

Poppy se rendit compte que je l'observais.

« Je fais une fixette sur Roza. » Elle leva les yeux au ciel. « Et sur Blackbriar. Les manoirs hantés, ça m'a toujours fait flipper grave.

– Pareil. Je te suis complètement. »

Durant les dernières semaines, je m'étais tellement focalisée sur le mois que j'allais passer avec Roza et Wren que je n'avais pas pensé au manoir. Évidemment, je le connaissais par cœur. À douze ans, après avoir lu *La Langue du démon* pendant les vacances, j'avais fait des recherches approfondies sur Roza avec l'ordinateur de la bibliothèque, dès la rentrée des classes. Ça faisait plusieurs années qu'elle avait commencé à rénover Blackbriar à l'époque, et les travaux avaient été suivis par divers magazines et journaux. Et il était logique qu'un de ses domiciles ait été le théâtre de meurtres non résolus.

« Tu connais, hein ? me demanda Poppy.

– Bien sûr. Daphné et Horace.

– Et Lamia. »

Elle était rayonnante, comme si j'avais passé un test. Pourtant, pas besoin d'être une grande fan de Roza pour connaître cette histoire qui semblait sortie d'un de ses romans. Un magnat du pétrole, Horace Hamilton, s'était fait construire le manoir de Blackbriar à la fin du XIXe siècle. Vieux garçon, il finit par rencontrer à la ville une serveuse dont il tomba amoureux, Daphné Wolfe. Son arrivée fit sensation, d'abord parce qu'elle était très jeune, ensuite lorsqu'elle se mit à organiser des séances de spiritisme. Les communautés spirites de l'époque la considéraient comme une éminente médium qui délivrait les messages qu'elle recevait au début par l'écriture, puis à travers ses dessins et peintures. Les problèmes débutèrent au moment où Daphné affirma être entrée en contact avec une puissante démone nommée Lamia et raconta à son groupe qu'elle voulait se servir de son art pour délivrer au monde une « Grande Transmission ».

Perturbées par la présence de Lamia, les autres membres quittèrent le groupe spirite, et Horace interdit à Daphné d'accueillir un esprit maléfique dans sa demeure. Quelque temps plus tard, quand les domestiques revinrent au manoir après une énorme tempête de neige, ils découvrirent les cadavres de Daphné et de Horace. Horace avait été éviscéré dans son lit. Et Daphné gisait dans la cave, le corps tellement carbonisé qu'elle en était méconnaissable.

De l'avis général, Daphné avait tué Horace dans son sommeil, en proie à une crise psychotique, avant de s'immoler. Mais mystérieusement, le reste de la cave avait été épargné par les flammes, y compris les trois tableaux qu'elle venait de peindre.

« Alors comme ça, vous avez grandi dans le coin, dit Poppy. Vous avez dû entendre parler de tous les bruits qui courent sur Blackbriar ?

– Oh, bien sûr. » Il rit dans sa barbe. « Quand on était petits, on se mettait au défi d'aller passer une nuit à l'intérieur. Les portes étaient cadenassées, mais on pouvait y pénétrer par une fenêtre brisée à l'arrière.

– Oh, mon Dieu ! Et vous y êtes resté toute une nuit ? demanda Poppy, les yeux étincelants.

– Non, pas moi. J'avais bien trop peur. » Il réfléchit. « Mon cousin l'a fait une fois. Il a fini par faire une chute dans l'escalier de la cave et s'est cassé la cheville. Tout le monde a dit que c'était à cause de la malédiction.

– La malédiction ? répété-je.

– Cette démone, peu importe son nom. On raconte qu'elle est toujours là-bas. » Il s'éclaircit la gorge. « Pour être honnête, même si on me payait, je n'irais pas y dormir. Je ne suis pas sûr de croire aux démons et à ce genre de choses, mais par contre, il y a une énergie bizarre dans ce manoir.

– Ben, il faudra qu'on vous tienne au courant », conclut allègrement Poppy.

Autour, les maisons et les bâtiments disparurent peu à peu, et la voiture s'enfonça dans des bois sans fin. J'en profitai pour faire des exercices de respiration. Chaque kilomètre nous rapprochait du but. Et chaque minute raccourcissait le laps de temps me séparant de la rencontre avec Roza – ce qui m'excitait carrément – et des retrouvailles avec Wren – ce qui me terrifiait franchement. C'était si bizarre de concilier les deux, et à la fois tellement stimulant, que j'en avais des palpitations dans la poitrine.

« Il n'y a plus de réseau, annonça Poppy. C'est normal ?

– Malheureusement, oui. » Il se tourna vers nous. « Ça passe très mal dans les hauteurs. »

La lisière sinueuse de la forêt s'ouvrit brièvement sur une zone défrichée où s'élevaient plusieurs longs bâtiments gris. Une silhouette de femme aux cheveux gris tombant sous une toque de chasse en fourrure était plantée près d'une boîte aux lettres, au bord de la route. Je donnai un coup de coude à Poppy. Elle releva la tête. La femme nous adressa un signe de la main. Son visage était sans grâce et solennel, mais aimable.

Poppy répondit à son salut.

« Qui est-ce ?

– Une bonne sœur, croyez-le ou non, répondit Joe. Ce monastère a été bâti il y a deux cents ans.

– J'adore ! » Poppy se retourna vers la lunette arrière. « Elles sont combien, là-dedans ?

– Aujourd'hui, je dirais pas plus d'une dizaine. Dix bonnes sœurs dans cet immense endroit, vous imaginez ? Et elles vivent là tout au long de l'année. Elles ont quelques vaches et des poules. Et fabriquent des tartes délicieuses qu'elles vendent parfois au bord de la route.

– Oooh, c'est tellement mignon. »

Poppy replongea dans l'examen de son téléphone.

« Elles sont plutôt coupées du monde, non ? demandai-je.

– Elles accueillent des pensionnaires en été. » Joe me regarda dans le rétroviseur. « Des jeunes qui aident au jardinage. Mais l'hiver, à ma connaissance, elles sont toutes seules. » Il se racla la gorge. « En fait, ce sont les personnes les plus proches de Blackbriar.

– On est encore loin ? »

Une nouvelle bouffée d'excitation mêlée d'angoisse m'oppressa la poitrine.

« Non. Encore une vingtaine de kilomètres.

– Ah, quand même ! » Poppy me lança un coup d'œil. « Alors, nous allons vraiment être super isolées.

– Ça, on peut le dire, confirma Joe. Surtout quand il y a de grosses tempêtes. L'hiver dernier, les accès au manoir ont été par deux fois complètement bloqués par la neige.

– Quand vous dites "bloqués par la neige", demanda Poppy, ça ressemble à quoi, exactement ?

– Eh bien, autrefois, ce n'était pas si violent. Des chutes de neige de temps à autre. Mais ces deux dernières années, il y a eu de sacrées tempêtes. Et il a fallu plusieurs jours pour que les chasse-neige déblaient la route. En attendant, ils étaient coincés là-haut.

– Aargh. » Poppy se mordit la lèvre. « Et s'il y a une panne de courant ?

– Dans le coin, la plupart des maisons ont des groupes électrogènes de secours. Vous bilez pas. Je suis sûr qu'il y en a au moins deux à Blackbriar. »

On embraya sur des sujets plus joyeux, et, dix minutes plus tard, on bifurquait sur un chemin de gravier bosselé. *Nous y voilà.* Chaque cellule de mon corps vibrait d'une énergie nouvelle.

« C'est là ? demandai-je en m'efforçant de paraître calme.

– C'est bien là », répondit Joe.

Respire, respire, respire.

« Oh, mon Dieu. »

Poppy me prit la main. Ses doigts étaient osseux et glacés comme une poigne de squelette. On serpenta longtemps sur le chemin troué de nids-de-poule qui nous faisaient rebondir sur la banquette. Poppy gloussait nerveusement.

« De la part d'une millionnaire, on pourrait s'attendre à trouver une allée entretenue », marmonna Joe.

Comme en réponse, le gravier fit place au bitume, et on quitta la forêt en douceur pour déboucher sur un espace ouvert sur le manoir. Bien sûr, j'avais vu des photos, mais découvrir de mes propres yeux cette forteresse victorienne était encore plus impressionnant que je ne l'avais imaginé. Elle nous dominait, magnifique et fière, avec son imposante porte flanquée de deux tourelles et son lierre couvert de neige grimpant sur les murs de pierre grise. Ses nombreuses fenêtres reflétant le pâle coucher de soleil me mirent mal à l'aise : c'était comme regarder des yeux d'un blanc laiteux retournés vers l'intérieur d'un crâne.

« La vache, souffla Poppy.

– Pas mal, hein ? »

Joe avait l'air fier, comme s'il s'appropriait la vue. Mon trouble avait disparu, je ne ressentais plus que de la joie. On y était arrivées. Au manoir de Roza Vallo. C'était réel. Ça se passait vraiment. Alors qu'on remontait l'allée circulaire, je me mis à trembler d'impatience. La voiture s'arrêta devant le perron.

« Et voilà, les filles. Tout le monde descend. »

Joe ouvrit sa portière et l'air glacé s'engouffra dans l'habitacle. Poppy était toujours en train d'admirer le manoir.

« On y va ? » demandai-je.

Elle se tourna vers moi avec une expression étrange – du doute ? de l'appréhension ? – sur le visage. Mais elle retrouva son sourire.

« Ouais ! C'est parti. »

Joe avait déjà sorti nos deux valises du coffre et frottait ses mains gantées l'une contre l'autre, semblant pressé de repartir.

« Oh, attendez, est-ce que je... est-ce que nous pouvons vous donner... »

Je plongeai la main dans mon sac.

« Pas la peine, tout est réglé. »

C'était drôle de le voir en face après trois quarts d'heure passés dans son dos, à l'arrière de la voiture. Lui aussi m'examinait, avec un air sérieux.

« Faites attention à vous, d'accord ? »

Il me tendit la main et je la lui serrai.

« Merci, Joe ! C'est vous le meilleur ! » s'exclama Poppy en faisant rouler sa valise vers le perron.

Je la suivis, me retournant une dernière fois vers Joe, qui s'éloignait déjà sur l'allée.

« OK, meuf. » Poppy m'adressa un grand sourire, en approchant la main de la sonnette. « Tu es prête ? »

Soudain, je n'arrivais plus à respirer, mais je hochai pourtant la tête et Poppy appuya sur le bouton. Une vibration sourde nous parvint de l'intérieur, entre le bourdonnement et le gargouillis. Mes doigts se resserrèrent sur la poignée de ma valise quand la porte s'ouvrit en grinçant.

6

Un visage féminin apparut, parfaitement impassible, comme si ça l'embêtait qu'on se pointe sur le pas de sa porte. Elle approchait de la cinquantaine et avait le teint pâle, des rides délicates autour d'yeux gris mélancoliques et des cheveux décolorés ramenés en un chignon strict.

« Euh, salut, dit Poppy, histoire de briser le silence. Est-ce que c'est… nous venons pour la retraite… » Elle tourna les yeux vers moi. « Évidemment.

– D'accord. » La femme ouvrit grand la porte en plissant les yeux. « Entrez. »

Elle avait une espèce d'accent, slave peut-être. D'un geste impatient, elle nous fit signe d'entrer avec nos valises. Elle portait un jogging rouge cerise en velours qui soulignait ses formes. Poppy m'adressa un coup d'œil – *c'est quoi ce bordel ?* – et je haussai les épaules, réprimant un sourire. Cette femme me rappelait une comtesse autoritaire près de qui je m'étais retrouvée assise lors d'un spectacle de café-théâtre en immersion à l'université.

À peine avions-nous lâché nos valises qu'elle s'en saisit et s'éloigna avec. Ses fesses ballottaient et les semelles roses de ses baskets clignotaient à chaque pas. Après un temps d'arrêt, Poppy lui courut après. Et je m'empressai de les suivre, mes bottes mouillées crissant sur le sol en marbre. On passa en trombe de l'entrée à un grand hall qui devait au moins avoir quinze mètres de plafond. Un immense escalier également en marbre descendait d'un palier au premier étage. De grands tableaux couvraient les murs – des formes abstraites sur la gauche, et à droite des silhouettes qui paraissaient menaçantes dans la pénombre. Au-dessus de l'escalier, un lustre suspendu diffusait la lueur de centaines d'ampoules en forme de bougies.

L'endroit était grandiose, majestueux et donnait le vertige. J'y étais. À Blackbriar. J'aurais voulu revenir en arrière pour dire à celle que j'étais plus jeune, quand je lisais *La Langue du démon* chez Barnes & Noble : *Continue. Malgré tout ce merdier, des choses magiques vont t'arriver.*

La femme tourna à droite, après une table, en marbre elle aussi, garnie d'un vase de fleurs orange. On la suivit dans un long couloir orné de statues et d'épais tapis marocains, éclairé par des appliques murales en vitrail. Des tableaux se succédaient sur les murs verts. Mes yeux furent attirés par une toile qui semblait figurer une vache morte dans un pré. Je me cognai contre Poppy.

« Aïe ! grommela-t-elle.

– Désolée. »

Poppy s'était arrêtée à la suite de notre hôtesse. Toujours accrochée à nos valises, elle fit un signe du menton vers une porte fermée. À l'intérieur, un éclat de rire au timbre féminin et des tintements de verres.

« Vous entrez là, avec les autres, dit-elle. D'accord ?

– Oui, merci *infiniment*, répondit Poppy. Juste une petite question. C'est quoi le mot de passe du Wi-Fi ? Je ne reçois aucun signal. »

Elle montra son téléphone. La femme nous regarda avec un dédain à peine dissimulé.

« Pas de mot de passe. » Elle tendit la main. « Manteaux. »

On s'empressa de se dévêtir et de les lui tendre. Elle désigna nos bonnets et on les lui donna aussi. Elle se débrouilla pour tout emporter et disparut dans le long couloir.

« Pas de mot de passe ? » Le front plissé sous ses cheveux blonds lâchés, Poppy jeta un regard noir à l'écran de son téléphone. « Mais je ne vois aucun réseau.

– Si les autres sont déjà arrivées, elles vont sûrement le savoir. »

Le calme de ma voix m'étonna. En entendant les voix des autres filles, mon cœur s'était mis à battre à tout rompre, tel un animal prisonnier ruant contre les barreaux de sa cage. *Wren.*

« Ouais, c'est vrai. Tu as raison. » Poppy glissa le téléphone dans son sac à main. « Allons-y. »

Elle respira un grand coup et ouvrit la porte. En entrant dans la bibliothèque, on ne put retenir un petit cri. Au fil de mes recherches, j'avais toujours imaginé cette pièce comme la plus spectaculaire de Blackbriar. *La célèbre bibliothèque de Roza Vallo. Dix mille volumes.* Depuis mon adolescence – et peut-être encore aujourd'hui –, un lieu comme celui-là, où l'on était entouré par autant de livres, avait nourri mon imagination. Les étagères s'élevant jusqu'au plafond contenaient plus d'ouvrages qu'on ne pouvait lire en toute une vie. À l'autre bout, des fenêtres baignaient d'une pâle lumière toute une panoplie de canapés confortables et de fauteuils installés devant une massive cheminée en pierre. À côté, sur une table, étaient disposés des plateaux de fromages et de viande froide, des corbeilles de fruits et cinq bouteilles de vin. Une femme, nous tournant le dos, remplissait son assiette. Une autre était assise sur un canapé, mais je ne voyais qu'un de ses pieds dans une chaussette rayée, posé sur l'accoudoir.

« Salut ! » s'exclama Poppy comme nous traversions la pièce.

La fille à l'assiette se tourna vivement, et le visage de l'autre apparut au-dessus du dossier du canapé. Les battements de mon cœur s'apaisèrent d'un coup. Wren n'était pas là. C'était drôle : je n'avais jamais pensé aux autres filles participant à la retraite. Ni qui elles pourraient être, ni à quoi pourrait ressembler la vie en communauté. J'affichai un sourire sympathique. Faire bonne impression était capital – surtout si Wren devait arriver plus tard. Il fallait que je prenne les devants et mette les autres de mon côté.

« Hé, salut ! »

La fille sur le canapé nous adressa un regard espiègle. Des taches de rousseur parsemaient son visage pointu comme une tête de renard, et des mèches vert pâle parcouraient ses courts cheveux blonds, ce qui accentuait son côté elfique. Elle leva son verre, et sous son pull à manches lâches apparurent des tatouages colorés, luisant sur sa peau claire.

« Bienvenue, les amies ! Venez donc goûter un peu de ce nectar !

– Euh, *d'accord*. C'est exactement ce dont j'ai besoin. » Poppy se dirigea vers la table. « C'est si chouette de vous rencontrer ! Je suis Poppy ! »

La fille à l'assiette portait des lunettes œil de chat rouges, et des tresses nouées en un chignon haut.

« Heureuse aussi de te connaître. Je suis Keira. *She/her*[1]. »

Un sourire serein illuminait son visage. Elle était entièrement vêtue de noir : un gros pull, un jean et une écharpe en cachemire.

« Moi, c'est Taylor. » La fille tatouée nous salua d'un signe de la main. « *She/her* aussi. Désolée de ne pas me lever, mais ça fait trop longtemps que je ne me suis pas assise sur un truc aussi confortable. »

Sa voix traînante trahissait un léger accent du Sud.

« Alex. *She/her*. Enchantée. »

Être capable de décliner mes pronoms genrés aussi facilement me fit rougir de soulagement. Six mois auparavant, Sharon avait insisté pour qu'on les utilise pour nous présenter lors des réunions avec les auteurs. J'avais trouvé ironique que Sharon se sente concernée par la culture woke, elle qui n'avait jamais embauché de BIPOC[2] à un plus haut poste que celui d'assistant. Pour être honnête, je n'avais commencé à me sentir concernée par l'égalité raciale que quelques années plus tôt – et surtout parce que j'étais blanche. Cette prise de conscience m'avait fait réaliser que j'avais

1. Déclinaison de pronoms genrés signifiant « elle » et « la », utilisés pour désigner quelqu'un à la troisième personne.

2. Acronyme de Black, Indigenous and People of Color, qui signifie « Noirs, Amérindiens et personnes de couleur ».

toujours vécu dans un environnement blanc. Dans mon enfance passée dans une banlieue du Midwest, j'allais dans des écoles pour Blancs et mes voisins étaient blancs. *Idem* pour mes années d'université. À New York, Ursula avait été ma première amie non blanche, et elle ne partageait ses réflexions sur la race avec moi que par le biais de ses essais. Je me souvenais avoir lu un commentaire raciste la concernant dans le métro et du choc que j'avais ressenti. Le monde de l'édition aussi était principalement blanc – de même que le quartier où je vivais, East Williamsburg. Et même ici, il semblait que Keira soit la seule femme de couleur dans le groupe. C'était surprenant. Ou peut-être pas…

« Ah… oui. » Poppy semblait gênée. « Désolée. Les pronoms qu'on préfère. *She…* Comment vous dites ?

– *She/her.* » Taylor la jaugea du regard, puis sourit gentiment. « Tu peux juste dire "pronoms". Ils ne sont pas ceux qu'on préfère, ils sont, tout simplement, tu comprends ? Merci de rafraîchir ta page.

– D'accord. »

Poppy, le rouge aux joues, accepta le verre de vin que lui tendait Keira.

« Tu en veux ? me proposa cette dernière.

– Avec plaisir, merci. »

Le vin avait une robe bordeaux foncé, le genre qui m'avait toujours fait penser à du sang. Je chassai cette idée morbide. Un peu d'alcool ne me ferait pas de mal et calmerait mon manque d'assurance. Je devais juste ne pas oublier de manger. Je déposai quelques crackers et du fromage sur une petite assiette en cristal.

« Poppy… C'est sympa, comme nom. »

Taylor se rassit en tailleur sur son canapé. Je pris place à côté d'elle.

« Merci, je sais, c'est peu commun, hein ? » Poppy se laissa tomber sur un fauteuil près de Keira, en grignotant une fraise. « Ça vient d'Irlande.

– Je croyais que tu avais dit que c'était écossais, dis-je.

– Oh, mon Dieu oui, c'est vrai. Désolée. » Elle gloussa en levant les yeux au ciel. « C'est un tel micmac que d'habitude je ne choisis qu'un pays d'origine. Pour simplifier les choses.

– Je comprends, dit Taylor. Moi, c'est pareil : j'ai des ancêtres partout en Europe. » Elle posa les yeux sur moi. « Et toi, Alex, d'où vient ta famille ? Je dirais que tu as des origines françaises.

– Ah oui, sérieux ? » Je ris bêtement. « Je ne pense pourtant pas être l'archétype du chic parisien. »

Le matin même, j'avais passé un temps ridicule à choisir les vêtements que j'allais mettre, et pourtant, je me sentais encore un peu mal fagotée dans mon jean et mon pull à pois.

« Prends ça comme un compliment, dit Taylor, tout sourire.

– Alors, merci. En fait, j'ai des origines allemandes et hongroises. »

Ma mère est née à Budapest après la guerre, mais pendant l'occupation soviétique. Ses parents – tous deux rescapés de l'Holocauste – étaient morts lorsqu'elle avait une vingtaine d'années, et elle parlait rarement de son passé. J'avais réussi à grappiller des détails quand elle était un peu ivre et d'humeur à discuter.

« Hongroise, comme Roza. » Taylor leva son verre à mon intention. « Pas mal, comme point commun.

– Et tes racines allemandes ? demanda Keira.

– Je n'en sais rien, en fait. C'est du côté de mon père. Et on ne peut pas dire qu'il fasse vraiment partie de ma vie. »

Je me demandai si ce n'était pas trop intime, mais Keira m'adressa un regard plein de sympathie.

« Mais ça va, continuai-je. Pourquoi ? Tu as des liens avec l'Allemagne, toi ?

– À une période, j'ai fait mes études à Berlin. »

Elle sourit.

« Et toi, Keira, ta famille est originaire de quel pays ? demanda Poppy en mâchouillant sa fraise.

– Du Sénégal.

– J'imagine qu'ils ne sont pas venus aux States de leur plein gré », dit Taylor.

Je me figeai, un cracker à deux doigts de ma bouche.

« C'est rien de le dire, rétorqua Keira d'une voix douce.

– Excuse-moi. » Taylor soupira. « Ça me fait chier de parler de tout ça. Je passe assez de temps chez moi à me bagarrer contre ceux qui prétendent que l'esclavage n'a jamais existé. »

Keira haussa les épaules.

« Au moins, je n'ai pas été la seule à qui on a demandé d'où je venais – d'où je venais *vraiment*. Même à L.A., ça m'arrive fréquemment.

– Alors, tu vis à L.A. ? » demandai-je à Keira, soucieuse de changer de sujet.

Pourquoi Taylor avait-elle eu besoin de mettre l'esclavage sur le tapis, surtout alors que Keira était la seule Noire dans la pièce ?

« Ouaip. J'ai atterri ce matin, répondit-elle en lançant une olive dans sa bouche.

– Et tu fais quoi dans la vie ?

– Temps mort, annonça Taylor en tapant dans ses mains. Puisqu'on est toutes là, si on gagnait du temps en nous présentant chacune à tour de rôle ? Où on vit, ce qu'on fait, tous ces sujets captivants. »

Puisqu'on est toutes là. Elles n'étaient pas au courant que Wren allait arriver. Ou peut-être – si les étoiles étaient alignées – ne viendrait-elle pas ? Difficile, sinon impossible, d'imaginer que l'adoration de groupie que Wren portait à Roza ait pu s'étioler. Mais sa vie était différente, aujourd'hui. Peut-être qu'elle avait reçu une autre proposition de voyage ou de travail qu'elle ne pouvait pas refuser. Je me sentis regonflée par un souffle d'espoir.

« Excellente suggestion de l'enseignante. »

Relevant ses lunettes, Keira regarda Taylor avec un air narquois.

« Eh bien, merci. Je vais donc commencer. » Taylor se redressa. « C'est vrai, j'enseigne dans un collège, et oui, j'ai une fâcheuse tendance à organiser les choses. Et je ne sais pas quoi vous dire d'autre. »

Ça nous fit rire, Poppy et moi. Taylor avait une manière théâtrale, cinétique, de s'exprimer et de se mouvoir, et je n'avais aucun doute sur sa capacité à garder concentrés les enfants de sa classe.

« Je vis à Austin. » Elle pencha la tête. « Voyons, qu'est-ce que je peux encore vous raconter ? J'ai un chat nommé Orson, et une amie qui s'appelle Kitty. Nous sommes plutôt ouvertes – moi et Kitty, je veux dire, pas moi et le chat. Nous adorons Roza – moi, Kitty *et* Orson. Je crois que ça ira pour l'instant. Poppy, à toi ?

– OK. » L'intéressée posa ses lunettes et repoussa ses cheveux couleur miel en arrière. « Comme vous le savez déjà, je suis Poppy. Je vis à Atlanta – où je suis née et j'ai grandi. Et je bosse dans les RP. »

Atlanta : une grande métropole. Surprenant qu'elle ait paru si perturbée par les pronoms genrés – mais peut-être avait-elle juste été troublée ?

« Relations publiques ! » Taylor claqua des doigts. « Bien sûr. Je reconnais cette énergie débordante !

– Oh, merci. J'ai un petit ami qui s'appelle Jack... Euh, j'ai raté quelque chose ?

– Je suis curieuse de voir le genre de trucs que tu écris, répondit Taylor en croisant les bras. Ne le prends pas mal, mais tu as l'air tellement dans les clous. »

Poppy éclata de rire.

« Je comprends. Je ne sais pas si je suis aussi sombre que Roza, mais tu peux me croire, je suis quand même pas mal chargée. C'est bon ?

– C'est parfait. » Taylor tourna ses yeux lumineux vers moi. « Alex, à toi. »

Je me sentais nue avec tous leurs regards posés sur moi.

« Alors, je vis à Brooklyn. »

Je m'éclaircis la gorge, m'efforçant de sourire.

« Tu n'as pas eu une longue route à faire, remarqua Keira.

– Je sais. J'ai de la chance. »

J'hésitai. Devais-je partager le fait que j'avais été sélectionnée sur le tard ? Mais si Wren ne se pointait pas finalement, à quoi bon en parler ? Cet espoir et la sensation d'être peut-être tirée d'affaire me donnèrent un surcroît de confiance grisant.

« Professionnellement, je pense pouvoir dire que j'opère dans la sphère d'activité la plus passionnante de nous toutes... » Je ménageai un effet dramatique. « La publication académique.

– Hé, s'écria Taylor. Vas-y, sois fière ! Nous participons toutes deux à l'éducation des générations futures.

– Si tu le dis. »

Je levai les yeux au ciel.

« Un compagnon ? demanda Taylor. Tu vois quelqu'un ? »

L'image de Pete m'apparut furtivement. Je la chassai aussitôt.

« Rien de sérieux », répondis-je vivement en espérant que ça n'ait pas l'air trop pathétique.

C'était un peu raide d'être la seule célibataire dans un groupe. *Oh non, personne ne t'aime ? C'est quoi ton problème ?*

« Tu fais ta timide, hein ? » Taylor se tapota les lèvres. « Tu nous donneras plus d'infos une autre fois. Keira, à ton tour, si tu as terminé de rafraîchir ta page. Boulot ?

– J'écris, répondit Keira en souriant.

– À plein temps ? » Taylor posa la main sur son cœur. « Tu es un animal en voie de disparition !

– En fait, j'écris toutes sortes de trucs. Des communiqués de presse, des articles sur le mieux-être, des brochures d'entreprise. » Elle haussa les épaules. « Des trucs pas franchement éclatants. Mais c'est comme ça.

– Jusqu'à maintenant. » Taylor se resservit un verre. « Je veux dire, nous sommes quand même chez Roza Vallo. Être connectées à elle va nous ouvrir les portes de toutes les maisons d'édition. Nous sommes vernies. »

Keira sourit à nouveau.

« Si tu le dis...

– Partenaire ? » lui demandai-je, consciente d'utiliser un terme non genré.

Elle secoua la tête.

« Je me suis récemment séparée d'un type avec qui j'étais depuis trois ans. Alors en ce moment, je suis résolument célibataire. »

Je ressentis un bref soulagement de ne pas être la seule. À sa manière, Keira faisait passer ça pour un choix. Je l'imaginai en train d'allumer des bougies dans sa chambre, de lire un livre et de se satisfaire de sa propre compagnie. Pourquoi n'arrivais-je plus à être comme ça ?

« Alors, les filles, vous avez déjà rencontré Roza ? » Poppy fronça les sourcils. « Euh, on a le droit de dire "les filles" ?

– Moi, ça me va. » Taylor guigna vers Keira. « Et non, pas encore.

– Mais on a rencontré Ian, enchaîna Keira. Son éditeur, ou un de ses éditeurs. Il nous a dit qu'elle n'était pas encore arrivée. Elle revient d'Europe.

– On a aussi rencontré Yana. »

À ma surprise, Taylor prononça son prénom avec un accent adéquat.

« Notre copine russe.

– Elle m'a fait penser à une tsarine dans une pièce de théâtre amateur », dis-je.

Taylor éclata de rire.

« Vraiment ? Elle est géniale. Et elle n'en a rien à foutre. » Elle passa une main dans ses cheveux courts. « Excusez-moi, les meufs, mais je jure beaucoup. Et comme vous avez plus de neuf ans, je n'ai même pas besoin de me retenir !

– Ah, au fait, une autre question, dit Poppy en sortant son smartphone. Vous avez le code du Wi-Fi ?

– J'ai demandé la même chose tout à l'heure. »

Keira jeta un coup d'œil à Taylor.

« Et on t'a dit quoi ? demanda Poppy.

– Pas de Wi-Fi, répondit Taylor.

– Quoi ? m'exclamai-je. Mais il n'y a pas de réseau non plus !

– Ouaip. » Taylor semblait satisfaite de nous voir sous le choc. « Nous sommes complètement coupées du monde.

– Mais j'ai dit à Jack que je l'appellerais ce soir. »

Poppy fit la moue.

« Il y a un téléphone fixe dans le bureau, la rassura Keira. J'ai appelé ma mère ce matin. Je te montrerai où c'est.

– J'imagine que c'est pour ça que Roza n'est pas sur les réseaux sociaux, dit Taylor.

– Pas grave. Ça ne me fera pas de mal de faire un break. » Poppy posa sa joue dans le creux de sa main. « C'est tellement irréel de parler de Roza en sachant que je vais la rencontrer en chair et en os.

– Et passer tout un mois avec elle, précisa Taylor.

– Comment tu t'es débrouillée pour quitter ton collège ? demandai-je.

– Hein ? »

Elle tourna les yeux vers moi.

« Ben oui. »

Avais-je mal compris ?

« Tu n'es pas prof ?

– Oh si, bien sûr. »

Elle fit un grand sourire. Je remarquai ses canines un peu vampiriques qui descendaient bien plus bas que ses autres dents.

« J'ai pris un semestre de congé. Ça n'a pas été facile parce que j'aime beaucoup ces petits enfoirés, mais je n'avais pas le choix. Je serai de retour pour le semestre d'été.

– Aucune de nous n'a d'enfant, exact ? remarqua Keira. Et personne n'est marié non plus. C'est intéressant.

– Merde. » Taylor ferma les yeux. « J'oublie tout le temps qu'il y a des gens dehors qui font des enfants à vingt ans. Ça me paraît tellement jeune. Dans mon école, la plupart des parents d'élèves ont au moins quarante ans. Et certains ont même dépassé la cinquantaine.

– Et nous venons d'Austin, Atlanta, Los Angeles et Brooklyn, continua Keira. Uniquement des grandes villes progressistes. C'est logique, j'imagine, quand on pense que nous sommes toutes attirées par l'œuvre de Roza. »

Devrais-je leur dire que j'avais passé les trente ans ? Je me sentais mal à l'aise de leur cacher quelque chose. Mais bon, ce n'était pas si grave.

Le deuxième verre de vin me fit un peu tourner la tête. Je me laissai aller dans mon fauteuil, m'autorisant à me détendre, transportée par le flux de la conversation informelle. Je ne me souvenais pas d'avoir autant ri et souri depuis des lustres. C'était si bon de se sentir intégrée.

7

« Vous voulez voir nos chambres ? » demanda Taylor en faisant bouger ses sourcils.

Au cours de l'heure qui venait de s'écouler, le vin et l'excitation avaient rapidement cimenté notre petit groupe.

« Quoi ? » Poppy tapa des mains sur l'accoudoir de son fauteuil. « Vous les avez déjà vues ?

– Je veux, mon neveu, renchérit Taylor. Yana nous a fait monter nos valises. »

Poppy était déjà debout.

« On peut y aller ?

– Tranquille le chat, ricana Taylor. Voyons déjà si on est capables de retrouver le chemin. K, tu te souviens comment on y va ?

– Vaguement. »

À un moment, Keira avait défait son chignon, et jouait à entortiller une tresse autour d'un de ses doigts.

« Alors, partons à l'aventure. »

La tête me tournait. C'était l'heure dorée, et des rayons ambrés inondaient la bibliothèque, transformant les tranches des milliers de livres en lingots d'or poussiéreux. Comparé aux sinistres couloirs éclairés au néon de mon lieu de travail et aux murs blancs lézardés de mon appartement, tout dans cette pièce – l'épais tapis sous mes pieds, le lourd verre de vin dans ma main, le feu dans la cheminée et le soleil couchant qui chauffait mon visage – donnait une impression de concret et de solidité.

« Allez, un dernier pour la route. » Taylor nous resservit du vin à une bouteille fraîchement ouverte – Keira refusa – et bondit sur ses pieds. « Suivez-moi, les enfants. » Dans le hall, elle nous fit face et leva haut son verre. « C'est ici que commence notre visite, commença-t-elle avec un lourd accent anglais, dans le hall des acquisitions exceptionnelles. Une des premières œuvres de la collection de Roza Vallo est un émouvant portrait que son père lui avait offert pour son cinquième anniversaire. Attendrissant, vous ne trouvez pas ? »

Elle montra le tableau de la vache morte dans son pré.

« Ravissant ! s'écria Poppy.

– Très bien, tout le monde, il y a beaucoup de choses à voir, alors suivez le guide ! »

Taylor tourna les talons et remonta le couloir vers l'entrée principale, tout en continuant de pérorer en balançant sa main droite. Keira hochait la tête en rigolant.

« Et voici la grande galerie ! » Taylor nous fit entrer, en remontant sur son nez des lunettes imaginaires. « Construite en 1601…

– Euh, je crois que c'était en 1856 », l'interrompit Poppy.

Taylor lui lança un regard noir si long et si intense que Poppy se jeta dans mes bras en pouffant.

« Bien. Comme je disais, le manoir fut construit par Horace Hamilton en 1856. Ici, vous pouvez admirer son portrait, en compagnie de sa jeune épouse, Daphné. »

À notre arrivée, j'avais juste entrevu cet imposant tableau. À présent, je le reconnaissais d'après des articles que j'avais lus. Daphné avait un long nez et de larges mâchoires qui lui donnaient l'aspect d'une jolie et solide campagnarde. Mais son expression perplexe manquait d'assurance. Elle se tenait debout aux côtés d'un homme assis, corpulent, avec une barbe poivre et sel et un front bulbeux : Horace.

« Et ici, continua Taylor en nous indiquant la toile suivante, vous avez Daphné sans son mari. »

Daphné y était représentée seule à une table, le visage recouvert de dentelle blanche comme un voile de mariée. Difficile de croire qu'il s'agissait de la même personne. Cette autre Daphné avait les yeux fardés et les lèvres carmin. Elle portait une robe noire à haut col brillante de perles ou de paillettes. Les paupières baissées, elle était en train d'écrire sur un bloc de papier posé sur la table. Elle semblait à la fois dans la retenue et intensément vivante, comme parcourue par un courant électrique.

« Ces deux portraits sont incroyables, souffla Poppy.

– Ce sont les vrais ? demanda Keira.

– Non, répliqua Taylor. En fait, ils sont très récents. Roza les a fait peindre à partir de photos. » Elle hocha la tête vers l'autre côté. « Par contre, les autres, là-bas, sont authentiques. »

On traversa le grand hall vers deux immenses tableaux abstraits aux teintes bleues si sombres qu'ils donnaient l'impression d'avoir été peints au fond d'une cave. De loin, on ne discernait que des formes organiques et des ombres, mais en s'approchant, on voyait apparaître des détails émeraude, rubis ou terre brûlée comme des plumes et des amibes.

« Superbe. » Poppy avait le nez presque collé à la toile. « Et flippant, aussi.

– Ça va très bien avec Roza, dis-je. Toute l'histoire de Daphné, je veux dire. La même vibration sombre et dérangeante que dans ses livres. »

Taylor fronça les yeux vers un détail qui ressemblait à un organe humain noirci et racorni.

« Peut-être qu'elle aussi est entrée en communication avec la démone de Daphné. » Elle se redressa et se tourna vers nous. « Prêtes à voir vos chambres ? »

Du palier à l'étage, on avait une vue encore plus impressionnante sur le hall et le grand lustre. Privé de soleil, l'avant de la maison était plongé dans la pénombre. Donc, si les fenêtres de la bibliothèque étaient illuminées par le crépuscule, ça voulait dire que le hall était orienté au sud. Quelque chose dans ce manoir me disait qu'il fallait que je sache m'y repérer. Taylor nous conduisit dans un autre couloir sur la gauche. Les motifs or et indigo du papier peint étincelaient dans la lueur des appliques murales figurant des nymphes regardant droit devant elles avec détermination.

« Comment sait-on quelle chambre on nous a attribuée ? » demanda Poppy.

Taylor lui fit un clin d'œil.

« Tu vas voir.

– Ça, c'est la mienne, dit Keira quand on approcha de la première porte sur la gauche. La chambre verte. »

Je me postai sur le seuil avec Poppy pour avoir une vue d'ensemble. Un énorme lit à baldaquin avec une courtepointe et des housses d'oreiller en velours occupait le côté gauche de la chambre. Leur couleur verte était assortie au papier peint émeraude à motifs de feuilles entrelacées. Un lustre dispensait une lumière douce, ses branches dorées s'entremêlant pour former une couronne. Il y avait une grande commode en chêne près du lit et une armoire de l'autre côté de la pièce, près d'une cheminée en pierre.

On ne put s'empêcher de pousser un cri quand on s'avança, presque timidement, dans la chambre. Au-dessus de la cheminée, une peinture à l'huile représentait une femme nue près d'un cerf dans la pénombre d'un sous-bois. Au fond, devant une des deux fenêtres, un élégant bureau et un fauteuil rembourré en cuir. Le bureau était le seul meuble moderne. Je m'approchai, remarquant les carnets et autres fournitures de papeterie noirs ou dorés qui le recouvraient. L'ordinateur portable de Keira était posé au centre, recouvert par un écrin à bijou noir.

« Et maintenant, regardez ça. » Taylor attrapa le coffret. « C'est un cadeau de bienvenue.

– Oh, mon Dieu ! s'écria Poppy. Qu'est-ce que c'est ? »

Keira se contenta de regarder avec un air énigmatique, pendant que Taylor en retirait une longue chaîne en or. Poppy examinait le pendentif suspendu au sautoir. Je me penchai pour l'observer à mon tour. C'était une tête de lion avec des yeux en diamants. Je tendis instinctivement la main, et Taylor le laissa tomber dans ma paume.

« Ouah ! C'est lourd. » Je soupesai le collier. « C'est certainement de l'or massif.

– Tu t'y connais ? demanda Taylor en arquant un sourcil.

– Je sais juste apprécier les belles choses. »

Pas besoin de retracer l'histoire de ma famille. Je lançai un coup d'œil à Keira.

« Et donc, il était dans ta chambre quand tu es arrivée ?

– Ouaip. » Keira croisa les bras. « Dans un beau paquet avec mon nom dessus.

– Tu sais, rien que ce truc, ça couvrira un mois ou deux de perte de salaire, dit Taylor en lui donnant un coup de coude. Si le vent vient à tourner. »

Keira entra dans son jeu et la poussa du coude à son tour.

« Comme si j'allais revendre un collier qui m'a été offert par Roza Vallo. »

Je le lui tendis et elle le passa autour de son cou.

« En plus, c'est trop mon style, j'aurais pu me l'acheter. Si j'avais eu les moyens.

– Tu en as eu un aussi ? demandai-je à Taylor.

– Je vais vous le montrer. » Elle partit à grands pas vers la porte. « Suivez-moi ! »

La chambre de Taylor était très semblable à celle de Keira, à part qu'elle était décorée dans des tons bleus. Au-dessus de la cheminée, le tableau représentait un navire en pleine tempête. Alors que dans la chambre de Keira, tout était parfaitement rangé, celle de Taylor – le lit, le fauteuil et le bureau – était déjà jonchée de cahiers et de vêtements. Taylor fit glisser l'écrin sur son lit et nous le tendit.

« Ohhh. »

Poppy prit dans le creux de sa main le petit pendentif en or. C'était un lapin, lui aussi doté d'yeux en diamants.

« Moins intimidant que le lion, dit Taylor avec un sourire en coin, mais aussi plus bizarre. Ce qui me va très bien. » Elle le passa à son cou. « Il faut qu'on les porte pour le dîner, à votre avis ?

– Y a intérêt. » Poppy était déjà à la porte. Sa valise était dans la chambre suivante entièrement peinte en rose et rouge. Elle alla droit vers le bureau, s'empara de l'écrin emballé dans du papier doré et déchira l'emballage. « Hein ? » Elle plissa le nez. « Qu'est-ce que c'est ? »

Taylor s'approcha et s'exclama : « Pas possible ! »

Cette fois, le pendentif figurait un cochon. J'avançai la main pour effleurer sa queue en tire-bouchon. Keira l'examinait par-dessus mon épaule.

« C'est mignon.

– Euh, c'est quoi le message ? »

Poppy se força à rire, mais elle avait les sourcils froncés.

« Que tu es craquante ? »

Taylor prit le collier et le passa au cou de Poppy. Celle-ci baissa les yeux vers le cochon et sa moue nous fit rire. Elle gloussa à son tour.

« Il est mignon.

– Et tu ne verras pas ça chez tout le monde, ajoutai-je.

– Continuons, dit Taylor, en me poussant de la hanche. Je veux voir ce qu'elle a réservé à Alex. »

Il n'y avait plus qu'une seule chambre de l'autre côté du couloir. Je bouillonnais de soulagement, c'était comme une fontaine d'eau fraîche dans ma poitrine. Wren n'allait pas venir. Soit ils avaient décidé de n'inviter que moi, soit elle avait dû décliner la proposition, aussi impensable que ça puisse paraître. Mais alors qu'on pénétrait dans la chambre aux couleurs ocre, je me figeai sur place. Au lieu d'un grand lit à baldaquin, deux petits lits jumeaux étaient disposés côte à côte.

« Merde. »

C'était sorti tout seul. Devant la fenêtre, il y avait aussi deux bureaux poussés l'un contre l'autre. Non seulement Wren allait bien arriver… mais en plus, il faudrait qu'on partage la même chambre. Soudain, alors qu'elle avait la même taille que les autres, la pièce me parut étriquée et étouffante. J'étais oppressée, je devais faire des efforts pour respirer.

« C'est étrange. » Taylor ramassa le cadeau emballé sur le bureau de gauche. « Celui-là est pour Alex. »

Poppy s'était déjà emparée du paquet sur la table voisine.

« Et là, il y a écrit… "Wren" ? »

Keira était restée sur le seuil et m'observait comme si d'un coup j'étais devenue suspecte. J'avais envie de fuir : dévaler les escaliers, me précipiter à l'extérieur et enfouir mon visage brûlant dans la neige. *Camarades de chambre.* Des perles de sueur coulaient dans mon dos. Je manquais d'air et des papillons noirs dansaient à la périphérie de mes yeux.

« Hé, tu vas bien ? demanda Taylor.

– Super, j'ai juste un peu la tête qui tourne. »

J'essayai de rire, mais les papillons devinrent des taches. J'étais à deux doigts de m'évanouir. Crispant une main sur ma poitrine, je fermai les paupières.

« Allongeons-la. »

La voix de Taylor me parut lointaine. Des mains m'attrapèrent doucement par les bras et me soutinrent jusqu'au fauteuil.

« Mets la tête entre les jambes. Respire profondément. Ça va passer », dit Keira d'une voix apaisante.

Je fis ce qu'elle disait. Je les entendis parler à voix basse, puis quelqu'un souleva ma tête et appliqua un gant de toilette humide sur ma nuque. Lentement, je repris mes esprits, m'apercevant que j'agrippais la main de Keira. Je parvins à m'asseoir. Keira s'agenouilla près de moi sans me lâcher. Taylor était installée en tailleur par terre face à moi.

« Ça va mieux ?

– Oui. Je suis désolée. Je ne sais pas ce qui s'est passé. » J'essayai de rire mais ne parvins à produire qu'un faible ricanement.

« C'est la première fois que ça m'arrive. Je me suis vraiment sentie partir dans les vapes. »

Menteuse. Ça m'était déjà arrivé plusieurs fois dans le métro, particulièrement dans les mois suivant l'incident avec Wren. Keira et Taylor échangèrent un regard.

« Sûrement une crise de panique », dis-je avec résignation.

Poppy sortit de la salle de bains, où elle était allée remouiller le gant de toilette. Leurs visages affectés me rendirent furieuse contre moi-même. Je venais juste de les rencontrer, et je m'affichais déjà comme la fille instable du groupe. Les mots se mirent à jaillir, chargés d'une colère désespérée.

« Bon, je crois que je ferais bien de tout vous dire. À l'origine, je ne faisais pas partie des filles sélectionnées pour participer à cette retraite. Mais il y a eu un désistement, alors une amie autrice dont l'agente connaît celle de Roza a envoyé une de mes nouvelles. Et j'ai été prise, mais ils ont aussi accepté Wren. Toutes les deux, nous avons été très proches. Enfin, c'était ma meilleure amie. Mais il y a un an, nous avons eu une terrible dispute. » Je montrai les lits jumeaux. « Et aujourd'hui, on dirait que nous allons devoir partager la même chambre.

– La vache, marmonna Taylor.

– Qu'est-ce qui s'est passé ? » Poppy s'agenouilla devant moi, à côté d'elle. « Quand vous vous êtes disputées ? »

C'était effectivement la bonne question. Et il y avait différents niveaux de réponse, comme dans une pyramide avec des chambres secrètes. Je décidai de commencer par l'histoire la plus simple.

« Eh bien, on a très longtemps été comme des sœurs. Pendant huit ans. Et puis, elle m'a laissée tomber du jour au lendemain. » Au moins, ça, ce n'était pas un mensonge. « Et le moins qu'on puisse dire, c'est que je ne l'ai pas très bien pris.

– Ça craint, déclara Taylor. Je déteste quand ça se termine comme ça.

– Ouais. Elle a déménagé d'un coup, et quand on s'est retrouvées face à face dans un bar... » Je croisai les bras. « Ça s'est mal passé. »

L'arc de sang noir illuminé par les guirlandes électriques. Elles m'observaient, en attente. Autant leur raconter la suite ; Wren ne s'en priverait probablement pas.

« C'était dehors, sur le patio. J'essayais de lui parler et elle a fini par tomber en arrière sur une marche en béton. Et sur son verre de vin. Il y avait du sang partout. Quelqu'un a appelé une ambulance et on l'a emmenée à l'hôpital. Elle s'était sectionné un tendon de la main et il a fallu l'opérer.

– C'est horrible. » Keira se mordit la lèvre. « Mais à t'entendre, c'était un accident. Elle t'en a beaucoup voulu ? »

En flash, le visage de Wren, la bouche déformée par le dégoût. *Ne me touche pas.* Ce qui m'avait rendue encore plus en colère.

« Je ne sais pas. » J'essayai de chasser mes idées noires. « Mais elle – et tous nos amis communs, en fait – ne m'a plus jamais adressé la parole.

– Ma pauvre, je suis désolée. »

Poppy avança la main et me caressa le genou.

« Toute cette merde, c'est pire qu'une dispute, décréta Taylor.

– Les disputes entre amies, c'est ce qu'il y a de pire, renchérit Poppy. J'ai vécu la même chose quand j'étais à l'université.

– Les gens changent, et pas toujours en bien. » Taylor leva les yeux vers moi. « Il y avait un mec impliqué dans l'histoire ?

– En quelque sorte », répondis-je, soulagée que Taylor reconstruise un récit, même inexact.

Parce qu'il y avait bien eu un garçon, quelques mois plus tard. J'avais vu leur idylle évoluer sur les réseaux sociaux. Et même si se photographier avec un mec n'était pas dans les habitudes de Wren, pour le coup, j'avais dû reconnaître que le type était photogénique : grand, blond, avec un faible pour les costumes cintrés. Je m'étais raconté qu'il ne servait qu'à sa notoriété, espérant que leur histoire allait voler en éclats, comme toutes les autres. Mais un an plus tard, ils étaient encore ensemble.

« Je le savais. » Taylor hocha la tête de manière définitive. « Certaines femmes sont trop dans la compétition. Elle a dû penser que tu allais essayer de le lui piquer, ou un truc du genre.

– Ouais. » Je me sentais coupable de laisser ce récit se développer, mais c'était trop compliqué de la corriger. « Tu sais quoi ? Je déteste en parler. Et surtout, je ne veux monter personne contre elle. Mais je voulais être honnête.

– Hé, je viens d'avoir une super idée, intervint Poppy en se frottant les mains l'une contre l'autre. Pourquoi tu ne prendrais pas ma chambre ? Moi, je logerais ici avec… c'est quoi son nom, déjà ?

– Wren.

– Mon œil, oui[1]. »

La voix grave et sèche de Taylor nous fit toutes rire, même moi.

« C'est sympa de ta part, dis-je à Poppy en secouant la tête. Mais je ne veux pas que tu renonces à ta chambre.

– Oh, ne t'inquiète pas. En fait, ça m'arrange. J'ai peur toute seule là-dedans. » Poppy se leva, contente d'elle. « Ce qui est super ironique compte tenu de ce que je lis, et de ce que j'écris.

– Génial. » Taylor se leva à son tour et alla chercher ma valise. « On va faire l'échange tout de suite.

– Tu es sûre ? »

Une vague de soulagement me submergea quand Poppy acquiesça. Alors qu'elle quittait la chambre avec Taylor, je me laissai aller en soupirant dans le confortable fauteuil. Keira me fixait de son regard pénétrant. Je sentis monter une inquiétude – est-ce qu'elle trouvait que j'en faisais trop, ou que j'étais mesquine ? Mais elle me sourit.

« Et si on regardait ton cadeau ? »

Elle alla chercher l'écrin sur le bureau. Je l'ouvris, honteuse sans trop savoir pourquoi. Je n'avais rien à me reprocher. Si Wren était arrivée avant moi, elle aurait sûrement raconté notre histoire à tout le monde. Et je n'étais pas entrée dans les détails.

1. Le mot anglais *wren* peut se traduire par « tout petit oiseau ».

Parce que si tu l'avais fait, elles sauraient tout. Ce qui s'était passé cette nuit-là. Et pendant l'autre nuit. Elles sauraient tout ce qui avait précédé. Je chassai cette pensée et sortis le collier de son écrin. Une lourde araignée en or balançait au bout de la chaîne.

« Elle est splendide. »

Keira la tira pour mieux la voir, effleurant les yeux en diamants.

« Absolument sublime. Même si normalement, j'ai peur des araignées. »

Je ricanai, mal à l'aise. Peut-être était-ce dû à l'étrangeté d'être ici à Blackbriar, j'avais l'impression que ce bijou recelait un message, ou un indice.

Keira sourit à son tour.

« Alors peut-être que ça les tiendra à distance. »

8

Le dîner avec Roza était prévu à 19 h 30 précises, d'après ce que Ian, son éditeur, avait dit à Taylor et à Keira. Après ma crise d'angoisse, chacune d'entre nous décida d'employer l'heure qui nous restait à défaire ses valises. Je n'arrêtais pas de me dire que ce n'était pas ma faute, que je n'avais pas gâché l'ambiance festive. Mais je me sentais toujours embarrassée quand je m'allongeai sur le lit, fixant des yeux le papier peint. Même à faible distance, l'entrelacs de fleurs rouges sur fond rose ressemblait à de gros intestins dégoulinant le long du mur.

Soudain, quelqu'un frappa à ma porte. Je me réveillai en sursaut. La pièce était plongée dans le noir, et j'eus du mal à trouver la lampe sur la table de chevet.

« Hé, la marmotte, tu te lèves ? » dit Taylor quand j'ouvris la porte.

Elle portait un blazer à motifs cintré et un pantalon à pinces. Poppy et Keira attendaient dans son dos, en robe, avec du rouge à lèvres brillant. Leur nouveau pendentif étincelait sur leur poitrine.

« Quelle heure il est ? murmurai-je.

– 19 h 25, répondit Keira.

– Merde. Je ne comptais pas m'endormir, mais j'ai dû tomber dans le coma direct.

– Écoute, dit Taylor en passant la tête à l'intérieur. Tu te prépares *fissa* et on dit à tout le monde que tu es en chemin. OK ? »

Dès qu'elles furent parties, je me jetai sur ma valise et me mis à fouiller frénétiquement dans mes fringues. Je n'avais même pas pensé à emporter mes petites robes. En maudissant ce manque de prévoyance, je piochai un pull et un jean noir. Je me remis une couche de maquillage. Je m'élançai vers la porte. Mes boots couinaient sur les marches de marbre. C'était où ? Je pris automatiquement vers la gauche, en direction de la bibliothèque.

« Ahhhh ! »

Je faillis me cogner contre Yana, qui m'attendait.

« Mauvais sens ! »

Elle passa devant moi, l'air sévère. Elle s'était changée. À présent, elle portait une élégante robe-chandail bleue et de fines sandales en cuir. Elle s'éloigna à pas rapides dans l'autre sens. Je la suivis, les yeux fixés sur sa peau rougie à l'arrière des chevilles. J'essayai de trouver quelque chose à dire. Mais le réveil en sursaut de mon sommeil alcoolisé, ajouté à l'enfilade des fastueux couloirs, me laissait chancelante.

Un fumet délicieux nous montait aux narines. De plus en plus appétissant au fil de notre trajet vers la salle à manger. Au centre, une longue table en bois était dressée, chargée de vaisselle, de verres, de bougies scintillantes et d'assiettes d'amuse-gueules. On aurait dit la photo d'un dîner dans un magazine de déco, enrichie par des convives bavards et élégants.

À un bout de la table, un homme aux cheveux plaqués en arrière finissait de raconter une histoire en faisant de grands gestes, un verre trop plein à la main. Face à lui, côte à côte, Taylor, Poppy et Keira riaient à gorge déployée. La place d'honneur – probablement celle de Roza – était vide. Yana me désigna une chaise vacante, à la gauche de l'homme. Wren était assise à sa droite. Je m'obligeai à la regarder. Ses cheveux brillants tombaient en cascade sur ses fines épaules. Elle avait toujours eu un port de tête impeccable.

Comme en transe, j'avançai vers la table. Dans la fraction de seconde avant qu'elle me remarque, je scannai chaque détail de son profil. Lors de la soirée pour le livre d'Ursula, je ne l'avais que brièvement aperçue, et de manière horrible ; je pouvais à présent l'observer de près. Ses sourcils étaient plus épais, et elle avait choisi un rouge à lèvres rose naturel plutôt que sa couleur rubis habituelle. Sa frange était plus courte et plus méchée. Mais sinon, elle ressemblait à celle qu'elle était un an plus tôt, quand on vivait ensemble. Peut-être même qu'elle paraissait un peu plus jeune, comme si elle avait siphonné mon énergie vitale, l'utilisant pour s'épanouir quand j'étais de plus en plus apathique et déprimée. Elle souriait mais montrait plus de retenue que les autres. Et quand elle me remarqua, elle ne sourit plus du tout. Elle se raidit sur sa chaise, plissant les lèvres poliment. Ses yeux noisette étincelèrent.

« Salut, Al », dit-elle doucement pendant que je m'avançais pour prendre place à côté d'elle.

Sa voix grave et familière m'envoya une décharge. Dans mon état onirique, assise dans la salle à manger de Roza Vallo, j'avais l'impression d'avoir glissé dans un monde parallèle, où Wren et moi étions toujours les meilleures amies du monde. À son cou, scintillant sur sa robe en soie verte, un collier en or. Je jetai un coup d'œil pour distinguer l'animal niché entre ses seins. C'était un serpent enroulé sur lui-même.

« Alex ! » Taylor leva son verre, l'alcool faisait briller ses yeux. « Enfin, te voilà !

– Bonsoir à tous. »

J'étais toujours debout près de ma chaise. Comme dans une sorte d'hébétude, je me rendis compte que j'avais oublié mon collier araignée dans ma chambre. Yana tira ma chaise et la repoussa brusquement pendant que je m'asseyais. Fléchissant les genoux, je tombai lourdement sur le coussin. Je détournai les yeux pendant plusieurs secondes, mais quand je regardai à nouveau Wren, elle sirotait son vin à petites gorgées, comme si je n'existais pas.

« Eh bien, bonsoir, vous. »

L'éditeur parlait avec un débit saccadé et un fort accent britannique. Approchant de la cinquantaine, séduisant comme pas possible, il avait l'air de ce genre de types qui traînent dans les clubs et offrent à boire à des filles de vingt ans.

« Je suis Ian, l'éditeur de Roza, et j'ose le dire, son ami. Enchanté. » Il se retourna vers le reste des convives. « Cette fois, l'équipe est au complet, on dirait.

– Il faudrait trouver un nom d'équipe. »

Poppy rit sottement. J'étais à une trentaine de centimètres de Wren, assez proche pour sentir son habituel parfum fumé aux fragrances de rose et d'encens. Quelques poils noirs et soyeux poussaient sur ses bras nus. Wren était d'origine égyptienne du côté de sa mère, et elle m'avait raconté qu'un jour, au collège, les filles populaires l'avaient poursuivie en poussant des cris gutturaux. Que cet après-midi-là, elle avait découvert un dessin grossier représentant un mammouth laineux sur son bureau. Et que le soir même, elle avait commencé à se raser les bras. Et avait continué jusqu'à l'université.

C'était aberrant qu'une fille aussi belle que Wren ait dû traverser ce genre d'épreuve. Mais on a toutes des histoires comme ça, non ? Les horribles moqueries, les tourments de l'adolescence féminine. Au fil des ans, j'avais ainsi été moquée pour mon acné, mon nez, mon poids et mes seins…

Ian remplit mon verre de vin et je me ressaisis. Il avait repris son bavardage et racontait une nouvelle anecdote.

« Est-ce que Roza est déjà arrivée ? » demandai-je doucement, comme pour moi-même.

Seule Wren m'entendit.

« Oui. Elle passe juste un coup de fil. »

Tous les convives se turent, à l'écoute.

« Elle est en haut, ajouta Ian. Elle va bientôt descendre, ne vous inquiétez pas, ma chère.

– En rigolant, on se disait que c'était un coup monté machiavélique. » Taylor fit un geste vers Ian. « En fait, ce type est un tueur en série qui nous a toutes attirées dans son repaire.

– Parce que, comme chacun sait, je *déteste* les femmes. »

Ian afficha un sourire carnassier. Poppy se pencha vers lui.

« Alors, Ian. Pouvez-vous nous en dire plus sur cette retraite ?

– Mesdames. » Il leva les mains comme un chef d'orchestre. « Croyez-moi, je n'en ai pas la moindre idée. C'est Roza qui s'occupe de tout. Pour être honnête, ma présence avec vous ce soir n'est due qu'à mon passage à New York pour la semaine. Je ne rate jamais une occasion de venir à Blackbriar. »

Yana apparut, portant des plats fumants, accompagnée par une femme aux yeux délicatement maquillés, dont la chevelure noire était parsemée de mèches argentées.

« Et c'est précisément à cause de cette femme, poursuivit Ian en se frottant les mains. Chitra Patel. Une des meilleures cuisinières de l'État, sinon de tout le pays.

– Et voilà qu'il recommence. » Elle aussi avait un accent anglais, mais il était moins prononcé, et plus lyrique. « Nous savons tous que vous êtes un séducteur, mon beau ; pas besoin d'en rajouter.

– Attendez. » Ian fit danser ses doigts sous ses narines. « Prenez une bouchée et dites-moi si j'ai tort. »

Dans les assiettes, du filet mignon et de petites portions de risotto crémeux, de champignons salés et de choux de Bruxelles à l'ail. On se mit rapidement à manger en poussant des cris : « Oh, mon Dieu ! » « C'est incroyable ! »

« La spécialité de Chitra : la nouvelle cuisine réconfortante. Vous allez vraiment vous régaler.

– Alors, mademoiselle Wren, enchaîna Taylor en la jaugeant du regard. Tu disais que tu avais un shooting photo, ce matin ?

– C'est vrai. »

Taylor avala une bouchée.

« C'est trop cool. »

Poppy piqua un champignon avec sa fourchette.

« On a fait un shooting de rouge à lèvres dans une station d'épuration. » Wren leva les yeux au ciel. « Mes patrons trouvent qu'ils sont tellement d'avant-garde.

– Ça puait ? »

Taylor avait l'air horrifiée. Wren leva un sourcil.

« Tu veux dire que *je ne pue plus* ? J'en déduis que la mauvaise odeur est bloquée dans mes narines à demeure. Mais bon, qu'est-ce qu'on ne ferait pas pour une bonne photo ? »

Tout le monde y alla de son petit rire. Son charisme commençait à se déployer comme des lianes autour de la table. Ça me noua les tripes.

Mais, tandis qu'elle embrayait sur une anecdote de séance photo dans le vivarium du zoo du Bronx, où un dragon de Komodo échappé avait dévoré plusieurs chaussures de créateurs, j'essayai de chasser ce malaise. Ce mois ne concernait pas Wren, et le but du jeu, ce n'était pas d'être celle que les autres préféraient. Ce mois était dédié à Roza. À ce moment, le mot « fiancé » attira mon attention.

« Et que pense-t-il de vos intrépides aventures ? »

Ian pointait du doigt la main gauche de Wren. Elle l'avait gardée sur ses genoux depuis le début du repas, mais elle venait de la montrer en faisant un geste.

« Evan ? » Elle regarda sa main bien à plat sur la table. Un énorme diamant étincelait à son annulaire. « Ça ne lui pose pas de problème. Et je crois que ça lui fait des vacances. »

Wren s'était *fiancée* ? J'étais abasourdie. Depuis quand ? Elle n'en avait pas parlé sur les réseaux.

« Attends, fais-nous voir ! » s'écria Taylor.

Wren agita obligeamment ses doigts. J'y jetai un coup d'œil par politesse, même si j'en étais malade. Elle ne m'accorda qu'un regard furtif. Poppy se pencha en avant, médusée.

« Meuf, ce caillou est ob-*scène* !

– J'oublie toujours que je la porte. » Wren eut un petit rire, les yeux baissés. « Evan adore quand on m'en parle et que je réponds : "Quoi ?"

– Il est comment ? » Poppy observait Wren rêveusement, en faisant tourner le vin dans son verre. « Et il fait quoi, comme métier ?

– Il est dans la finance. » Elle haussa les épaules et sa main disparut à nouveau sous la table. « Et musicien à ses heures perdues. Il est… comment dire ? C'est un type bien.

– C'est quand ? » croassai-je.

Tout le monde me regarda.

« Le mariage, c'est pour quand ? » parvins-je à articuler alors que ma question initiale portait sur la date de leurs fiançailles.

Elle battit des paupières.

« On ne sait pas encore. Peut-être à l'automne.

– Félicitations ! »

Ian se leva pour trinquer avec elle, bientôt imité par les autres. Taylor vida son vin cul sec et leva un bras, manquant de bousculer Yana qui se penchait pour lui servir de l'eau.

« Je commence vraiment à penser que vous avez séquestré Roza dans la cave, Ian. »

Taylor se recula, laissant Yana remplir son verre.

« Elle aime juste soigner son entrée, dit Ian en levant les yeux au ciel.

– Comment est-elle ? demanda Poppy.

– Que voulez-vous savoir, ma chère ? »

Son sourire éméché se fit libidineux lorsque ses yeux plongèrent dans le décolleté de Poppy. J'échangeai un bref regard dégoûté avec Wren. Ce regard partagé et cette pensée commune – *quelle bite, ce mec* – semblaient aller de source, comme une note manquante qu'il fallait combler. Je tentai un nouveau regard. Elle était à présent entièrement concentrée sur Poppy.

« Eh ben, tout, continua celle-ci. Vous devez bien avoir des anecdotes délirantes ?

– Des anecdotes délirantes ? Elles sont pléthoriques. » Il se recula sur sa chaise, les yeux plissés, comme s'il cherchait dans le passé. « Il y a eu cette fois, à Barcelone…

– Oh non, tu ne vas pas raconter ça ! »

Et soudain, Roza fit son entrée dans la pièce, traversant à grands pas la salle à manger vers la table. Elle poussa un soupir.

« Parce que c'est moi qui vais la raconter, Ian. Tu rates toujours la chute. »

Elle s'assit sur sa chaise et positionna délicatement sa serviette sur ses genoux, diffusant des fragrances de Jasmin noir dans la pièce. Toute l'énergie se concentra sur elle comme un courant électrique ; il était impossible de détourner les yeux. Ce n'était pas dû à ses vêtements, comme si elle avait fait un effort afin de se faire belle pour nous. En fait, elle portait un sweat-shirt gris, et ses cheveux étaient toujours mouillés après sa douche. Mais il se dégageait d'elle quelque chose qui rendait ridicules et puérils nos efforts vestimentaires, comme si nous étions des ados en robe à paillettes essayant d'entrer en douce dans un bar. Le temps ralentit ; je me figeai sur place. C'était Roza. Ma grande prêtresse et mon phare depuis mes douze ans. Roza, en chair et en os.

« Bonsoir, les filles. »

Un sourire se dessina sur ses lèvres charnues. Elle leva son verre, préalablement rempli par Yana, et nous porta un toast.

« Bienvenue à Blackbriar. Je suis tellement heureuse de vous voir ici. »

9

Je garde un souvenir flou des quelques minutes suivantes. On se présenta à tour de rôle, Roza prêtant l'oreille comme une reine en audience, buvant son vin à petites gorgées en ignorant complètement l'assiette fumante posée devant elle. Je passai en dernier, et m'attelai à mon petit laïus. Mon nom, d'où je venais, ce que je faisais quand je n'écrivais pas (quelle blague). Puis le silence retomba sur la pièce.

« Où est ton collier ? demanda soudain Roza en fronçant les sourcils.

– Oh. » Je sentis mon visage s'empourprer. « Je me suis dépêchée pour me préparer et j'ai complètement oublié de le mettre.

– Tu as oublié de le mettre ? » demanda-t-elle doucement.

L'expression de son visage était devenue sinistre.

« Je suis désolée. »

Je jetai un coup d'œil autour de la table. Poppy, Wren et Taylor avaient baissé les yeux vers leur assiette. Seuls Ian et Keira observaient Roza.

« Je veux dire… Je ne savais pas qu'il fallait le mettre.

– Tu viens dans *ma maison.* » Roza se pencha en avant, son accent s'intensifiant à chaque mot détaché lentement l'un de l'autre. « Tu reçois *mon cadeau*. Et à aucun moment, ça ne te traverse l'esprit que ce serait peut-être une bonne idée de montrer qu'il te plaît en le portant ? »

J'ouvris et refermai la bouche. Je me sentais dévastée. Étais-je vraiment en train de vivre ça ?

« Tu ne réponds rien ? » Les sourcils toujours froncés, elle soupira et baissa les yeux. « Eh bien, Alex, ma chère, je pense que nous savons exactement à quel point tu prends cette opportunité au sérieux. » Elle attrapa un chou de Bruxelles entre ses doigts et le glissa dans sa bouche. « Tu peux partir, dit-elle en mâchonnant.

– Quoi ? répondis-je, interloquée.

– Adieu. »

Elle fit un geste de la main. Je repensai soudain au Salon du Livre, à la façon dont l'ambiance avait changé si rapidement dans l'église. L'atmosphère dans la salle à manger, si légère une seconde plus tôt, était d'un coup chargée de stupeur et d'appréhension.

« Roza. » Ian lui adressa un sourire conciliant. « Allons, ma chère. Vous ne pensez pas vraiment ce que vous dites. »

Elle tourna ses yeux verts étincelants, non pas vers lui, mais dans ma direction. J'avais envie de me recroqueviller sous la table ou de m'enfuir en courant dans ma chambre, où je pourrais échapper à cette punition brutale. Mais je m'obligeai à soutenir son regard. Des larmes affluaient vers mes yeux, mais je refusai de leur donner libre cours. Le silence dura, interminable. Je retenais ma respiration, mon cœur battait à tout rompre.

Puis, rejetant la tête en arrière, Roza éclata d'un grand rire. L'atmosphère bascula à nouveau, cette fois vers un mélange de confusion et de soulagement. Des sourires gênés apparurent sur le visage de Taylor et de Poppy. Ian grogna en se massant les tempes. Wren continua à fixer son assiette tandis que Keira dévisageait Roza avec un air méfiant.

« Ma chérie ! » Roza se tamponna les yeux avec une serviette. « Tu es tellement sérieuse ! » Elle finit par se calmer et poussa un long *Ohhhh.* « Tu as vraiment cru que j'allais te jeter dehors simplement pour ne pas avoir mis ce stupide collier ? Seigneur. Tu dois me prendre pour une affreuse monstresse.

– Euh, non, dis-je d'une voix tremblante, en m'attendant au pire. Bien sûr que non. »

Ian leva les mains.

« Mesdemoiselles, j'aurais dû vous avertir. Roza aime bien jouer des tours, parfois. Il ne faut vraiment pas prendre tout ce qu'elle dit au sérieux. » Il agita un doigt vers elle. « Ces superbes et talentueuses jeunes femmes ne vous connaissent pas encore, ma chère. Vous allez les faire fuir avant même le début de cette satanée retraite.

– Ian, la ferme ! »

Comme si mon humiliation lui avait rendu l'appétit, elle s'empara de son couteau et de sa fourchette et entreprit de couper son steak.

« Ce ne sont pas des enfants. » Elle releva les yeux vers moi et me considéra en mastiquant. « Alex, chérie. Tu me pardonnes ? Peut-être qu'effectivement j'ai été trop cruelle.

– Non, tout va très bien. »

Je parvins à sourire. Le soulagement était comme un filet d'eau fraîche dans une gorge assoiffée. Mais il me laissait aussi mal à l'aise et contrariée. Comment avait-elle pu faire ça : me traiter comme un chien qu'elle menaçait de la main juste pour voir comment j'allais réagir ? Keira saisit mon regard, le front plissé, soucieuse.

« Au fait. » Roza pointa sa fourchette vers moi. « J'ai absolument adoré ta nouvelle, Alex. J'ai pratiquement manqué un avion en la lisant. Tu as un talent incroyable, et je suis absolument ravie de t'avoir ici. »

Ses mots me firent chaud au cœur, et j'essayai de me relaxer pendant que Ian et Roza évoquaient en riant ce qu'elle avait fait subir au soupirant éventuel qu'il lui avait envoyé à Rome. Peut-être que je réagissais de manière excessive. Roza était connue pour être imprévisible, et certainement pas pour être une marraine de conte de fées, gentille et attentionnée. Roza Vallo n'était pas gentille. C'était comme ça qu'elle était arrivée où elle était. Je pourrais sûrement apprendre d'elle. Quand elle repoussa son assiette à peine entamée, Yana se précipita pour la débarrasser.

« Allons. » Roza sortit un objet de sa poche : un étui à cigarettes incrusté de nacre. Elle l'ouvrit et piocha une fine cigarette roulée à la main. « Il faut qu'on parle. »

On attendait toutes ce moment. Chitra apparut avec de délicates petites tasses d'expresso et des coupes de fruits et de truffes au chocolat.

« Je sais que j'ai été un peu chienne, tout à l'heure, mais je suis très heureuse que les colliers vous aient plu. » Roza alluma sa cigarette avec un briquet en argent. « Ils sont en or, vingt-deux carats, alors prenez-en soin.

– Ils sont splendides, dit Poppy du fond du cœur.

– Vous les avez trouvés où ? demanda Wren en caressant le sien.

– En Inde. »

Roza souffla un filet de fumée. Une odeur d'herbe, âcre et résinée, se répandit dans la salle à manger. Elle passa le joint à Poppy, qui l'attrapa d'un geste malhabile.

« Il y a longtemps. Je savais qu'ils me seraient utiles un jour. Et la série de cinq fonctionnait parfaitement.

– Comment avez-vous choisi nos animaux ? »

Taylor étudiait son amulette à la lueur d'un chandelier. Roza haussa les épaules.

« Je me suis fiée à mon intuition.

– Vraiment ? » Taylor sourit, aguicheuse. « Un lapin ? Est-ce une allusion à ma vie sexuelle ?

– Plutôt à la régénération, répondit malicieusement Roza. Comme un phénix, ma chère, mais en plus mignon.

– Et le cochon ? »

Poppy réfréna une quinte de toux et passa le joint à Taylor.

« Le cochon est un signe de chance, dit Roza.

– Et le serpent ? demanda Wren.

– La connaissance, évidemment. » Roza tourna les yeux vers moi. « Et le tien, c'était lequel ? »

Je m'éclaircis la gorge.

« Une araignée.

– La débrouillardise, répliqua-t-elle sagement.

– Vous inventez tout ça au fur et à mesure ? intervint Ian.

– Bien sûr ! » s'exclama-t-elle.

Et tout le monde rit. Roza but une petite gorgée de café, puis reposa sa tasse dans la soucoupe.

« Très bien, mettons-nous au travail. Avant que je sois trop stone pour réfléchir. »

Keira passa le joint à Ian sans tirer dessus.

« C'est fort, constata Taylor, les yeux rouges.

– Il est temps que je vous explique ce qui vous attend vraiment ici », dit Roza.

Taylor et Keira se croisèrent du regard. Poppy prit son menton dans ses mains avec des yeux pleins d'espoir. Je m'efforçais d'ignorer Wren, mais la sentais bouger, mal à l'aise sur sa chaise.

« Ça ne va pas être le genre de retraite décontractée et planquée où vous pourrez écrire tout ce qui vous passe par la tête. » Roza piocha une truffe au chocolat dans une coupe, la mâchonna, puis l'avala. « Ça risque d'être un petit peu plus intense.

– J'adore quand c'est intense, ajouta Taylor, toujours dans un registre de séduction.

– Tant mieux. »

Roza se laissa aller en arrière. Repliant un genou, elle cala son talon sur le bord de sa chaise. Son jean déchiré laissait apercevoir sa peau blanche, comme un os affleurant sous la chair. Ian me tendit le joint. Attablée avec ma meilleure ennemie et avec mon idole, le cerveau saturé d'inepties morbides : c'était le moment idéal pour se défoncer ! Je fis mine de tirer dessus et le passai à Wren. Elle le saisit sans m'accorder un regard. Elle n'avait pas de vernis et s'était rongé les cuticules. Ces deux détails me décontenancèrent encore plus que tout ce qui s'était passé ce soir-là. Wren faisait grand cas de ses ongles et ne se montrait jamais sans une manucure récente.

« Une question : que pensez-vous de l'industrie du livre ? demanda Roza.

– Ça craint ! souffla Taylor entre ses paumes jointes.

– Effectivement. »

Roza récupéra le joint de la main de Wren, qui, j'en étais presque sûre, avait aussi fait semblant d'avaler la fumée.

« J'ai eu de la chance d'avoir été publiée dans les années 1970. À l'époque, il y avait encore de la place pour des trucs radicaux écrits par des inconnus. Nous, on pouvait repousser les limites, et eux, ils prenaient le risque. Aujourd'hui, on a l'impression qu'il faut être connu avant qu'ils s'intéressent à toi. »

L'herbe était *vraiment* forte ; j'en sentais les effets, même avec l'infime quantité que j'avais inhalée malgré moi.

« Il faut être tellement lisse par les temps qui courent, continua Roza. Pas seulement sur ces âneries de réseaux sociaux. Mais aussi pour pondre un manuscrit assez commercial pour attirer les foules. » Elle leva les yeux au ciel. « C'est absolument écœurant. N'est-ce pas, Ian, mon cher ? »

Il haussa les épaules, l'observant avec un air amusé.

« Donc, comme j'ai eu beaucoup de chance, j'ai décidé de vous en passer un peu. » Elle nous regarda solennellement à tour de rôle. « Je pense que vous êtes parmi les jeunes autrices les plus prometteuses de ce pays. Et c'est la raison pour laquelle ça ne va pas être une retraite comme les autres. Vous n'allez pas perdre votre temps avec le premier chapitre d'un roman commencé il y a trois ans. Non, nous allons partir de zéro.

– Ce qui veut dire ? demanda Poppy.

– Ce qui veut dire, ma belle, que durant ce mois de février, en vingt-huit jours, tu vas écrire un roman entièrement inédit.

– Quoi ? grogna Taylor. Ce n'est pas possible.

– Ah bon ? » La voix de Roza monta d'un demi-ton. « Tu es feignante à ce point, chérie ? Alors que pendant tout un mois tu n'auras absolument rien d'autre à faire ? »

Je me contractai, tassée au-dessus de mon assiette. La terreur tourbillonnait comme une trombe dans ma poitrine. Déjà que la simple idée d'écrire me plongeait dans l'angoisse, j'allais devoir pondre tout un putain de roman ?

« Très bien, continua Roza en souriant. Je suis sûre que vous avez des questions. Alors, ne vous gênez pas.

– Quelle taille ? » demanda Keira. Son visage ne laissait rien paraître. « Je veux dire, combien de mots vous voulez qu'on écrive ?

– Bonne question, ma chère. Cette œuvre originale devra compter au moins quatre-vingt mille mots. Ce qui signifie qu'il vous faudra écrire au moins trois mille mots chaque jour. Soit douze feuillets avec double interligne. Vous êtes capables d'y arriver sans problème. Et je vous laisse profiter d'aujourd'hui pour finir de vous installer.

– Comment le saurez-vous ? » Taylor s'était penchée en avant, les coudes sur la table. « Je veux dire, qu'on a tenu le rythme des trois mille mots ?

– Je vais te le dire, répondit Roza en mimant une descente d'escalier avec deux doigts. Chaque jour, munies de votre ordinateur, vous descendrez dans le bureau et imprimerez votre travail. Puis vous remonterez à l'étage… » Cette fois, elle fit aller ses deux doigts vers le haut. « Et vous glisserez vos feuillets sous ma porte. Mais pas après minuit, je vous prie. » Elle laissa retomber sa main et s'éclaircit la gorge. « Tous les matins, à 8 heures, des copies seront disponibles dans la salle à manger. Vous lirez le travail de vos collègues, et à 14 heures, nous nous retrouverons toutes dans la bibliothèque pour deux heures de discussion. Je vous demande de prendre des notes sur les autres textes afin de pouvoir partager vos commentaires avec le groupe. »

Le nouveau règlement se précisait : non seulement il fallait qu'on écrive un roman, mais en plus, on allait contribuer à rendre meilleur celui des quatre autres.

« Chaque jour, à 16 heures, j'accueillerai une de vous pour aller encore plus en profondeur ; je vous communiquerai l'ordre de passage demain durant notre première réunion. Voyons voir... » Elle posa un doigt sur son menton. « Ah oui. Tous les soirs à 18 h 30, nous nous retrouverons pour boire un verre au salon, et le dîner sera servi dans la foulée à 19 h 30. Je vous prie d'être ponctuelles ; aucun retard ne sera toléré. Quoi d'autre... ? » Elle réfléchit. « Pour le petit déjeuner et le déjeuner, un buffet sera à votre disposition dans la salle à manger ; vous serez donc libres de vous sustenter à votre convenance. Et vous pourrez utiliser la cuisine à n'importe quelle heure, de jour comme de nuit. D'autres questions ?

– Et si l'on veut – ou si l'on doit – retravailler ce qu'on a déjà écrit ? demanda Keira.

– Vous devrez continuer sur votre lancée. » Roza haussa les épaules. « À moins d'être très joueuses, vous aurez probablement bâti un plan avant de commencer. Vous aurez tout le temps de revenir en arrière et de retravailler après la retraite. Enfin, sauf la gagnante qui ne disposera que d'un mois ou deux, si nous voulons sortir le roman à l'automne.

– La gagnante, reprit Poppy, tandis que Keira répétait : Sortir le roman ?

– Ah, oui. » Les yeux de Roza se mirent à pétiller. « J'ai oublié de vous en parler. Le meilleur roman sera publié par Ian, ici présent. Et je me chargerai de rédiger une jolie préface. Et il y aura aussi un à-valoir à la clé. » Elle lança un coup d'œil à son éditeur. « Je crois que nous avions parlé d'un million, n'est-ce pas, Ian ? »

Taylor siffla entre ses dents. Ian opina de la tête, l'air béat.

« Et il y aura aussi la tournée promotionnelle.

– Exact. Nous la ferons ensemble. » Roza soupira. « Je suis en train de terminer mon propre satané roman. Donc moi aussi je travaillerai, en même temps que vous. »

Wren, qui n'avait rien dit jusque-là, laissa échapper un rire soudain.

« Oui, ma chérie ? dit patiemment Roza, comme si elle avait levé la main pour demander la parole.

– Je suis désolée, j'ai... » Les yeux de Wren étincelaient. « Je suis encore en train d'intégrer l'info. Et je me demande...

– Vas-y, ma chérie, répéta Roza.

– Bon, d'accord. » Wren se redressa. « Je me demande à quoi ça sert. J'ai l'impression qu'il va falloir qu'on se mesure les unes aux autres, comme dans une émission de téléréalité ou un truc du genre.

– Oh ! » Roza se tourna vers Ian en haussant les sourcils. « Quelle façon intéressante de voir les choses. Jusque-là, je nous pensais plutôt généreux.

– Ce n'est pas de l'ingratitude, dit Wren en secouant la tête. Je suppose... Je ne sais pas. J'aimerais juste qu'on puisse travailler toutes ensemble. Qu'il n'y ait ni vainqueur ni vaincu. Parce qu'on est confrontées à ce schéma depuis toujours. »

Et bing ! Wren ne se laissait emmerder par personne – c'était un trait central de sa personnalité, un de ceux que je lui enviais depuis le premier jour où je l'avais rencontrée et avais entendu comment elle répondait à un supérieur hiérarchique. Mais je n'aurais pas cru qu'elle remettrait en cause le projet même de Roza. Même si... elle avait à l'évidence marqué un point. Roza l'observait, sourcils froncés. Chacun retenait son souffle. Mais elle finit par sourire.

« La raison pour laquelle je ne vous donne pas une part à chacune, c'est que je ne fais pas la charité. »

Wren la regardait, hochant lentement la tête.

« Et il y a aussi un autre motif, continua Roza. Je me suis rendu compte que des enjeux élevés donnent une meilleure œuvre. Quand il y a un élément de stress. C'est alors que l'instinct de survie entre en jeu. Et ça engendre une histoire plus percutante et plus vivante.

– D'accord, répondit Wren, le visage fermé.

– Quand même... » Roza se mit à tripoter son briquet. « Je ne tiens pas un spa, ma chérie. Tu ne t'attendais pas à ce qu'une retraite avec moi soit un moment agréable et relaxant, n'est-ce pas ? »

Wren cligna des yeux.

« Bien sûr que non, mais...

– Et tu savais qu'il s'agissait d'une retraite d'écriture. Et qu'il faudrait donc écrire à un moment ou à un autre. Prends ça comme une motivation supplémentaire. Une chance sur cinq d'empocher un million de dollars. » Elle leva les mains. « Et même si tu ne gagnes pas, tu auras fini un roman, qu'un groupe de brillantes autrices t'auront aidée à créer. Ce sera le meilleur texte que tu auras écrit jusque-là. Et bien sûr, je serai là pour t'épauler. » Roza tapota deux fois son briquet sur la table. « Je n'ai pas l'intention de laisser l'une de vous sur le bord de la route. À moins que ce soit vous qui abandonniez les premières. Je ne peux pas soutenir quelqu'un qui capitule si facilement. C'est clair ? »

Wren baissa la tête, vaincue.

« C'est clair. Et si on prend du retard ? »

Roza écarquilla les yeux.

« Aucun retard ne sera toléré. Si vous échouez à rendre votre quota de mots quotidien... » Elle haussa les épaules. « Eh bien, on vous priera de partir le lendemain. »

Le silence retomba sur la table. On observait Roza, s'attendant à ce qu'elle éclate de rire. *Vous êtes toutes tellement sérieuses !* Mais au lieu de ça, elle demanda :

« Autre chose ?

– Y a-t-il des contraintes au niveau du contenu ? demanda Keira sur un ton qui se voulait décontracté.

– Cela dépend de vous. » Roza se recula sur sa chaise. « Évidemment, vous connaissez mes goûts, sinon vous ne seriez pas là. Mais si vous voulez vous essayer à la science-fiction ou à tout autre genre, libre à vous. Et au fait, j'ai menti à propos du premier jour non travaillé ; demain, vous êtes priées d'arriver à notre réunion avec une note d'intention d'un paragraphe. Pas besoin de la partager avec les autres avant, à moins que vous ne le souhaitiez. Imprimez des copies pour tout le monde ; nous en parlerons à 14 heures.

– Oh, mon Dieu. » Poppy avait l'air paniquée. « C'est du rapide.

– C'est le jeu, ma chérie. »

Roza se leva en prenant son verre.

« Et si vous n'aimez pas ? demandai-je. Le sujet de l'histoire ? »

Elle m'étudia avec attention.

« Alors, vous devrez trouver une autre idée. »

Jamais je n'avais ressenti un regard comme le sien : c'était comme être clouée sur place pendant qu'elle m'ouvrait le crâne, impassible, examinant les trucs visqueux à l'intérieur. Puis elle se remit à sourire, et l'ambiance redevint amicale, presque enjouée. Ce revirement brutal me secoua.

« Alors, ma chère, conclut Roza d'une voix légère. Fais en sorte que je l'aime. »

10

Après le dîner, chacune regagna sa chambre. La camaraderie du début du repas semblait évaporée, et on monta l'escalier de marbre sans un mot. Au milieu des marches, Taylor brisa le silence.

« Eh ben bordel.

– On dirait que la fête est finie. » Keira se pinça les lèvres. « Ça n'a pas traîné.

– Vous avez déjà des idées ? » Les grands yeux de Poppy étaient parcourus de veinules rouges. « Parce que moi, je flippe à mort. »

Keira lui prit le bras.

« Ne t'inquiète pas. On va se débrouiller. Je pensais expérimenter un genre d'écriture libre. Pour voir ce que ça donne.

– C'est une bonne idée, dit Taylor.

– Quelle heure est-il ? » demandai-je.

Wren était la seule à porter une montre.

« 22 h 30 », répondit-elle sans m'accorder un regard.

Je me sentais curieusement en retrait. Comme si tout le stress de ces deux derniers jours m'avait complètement éteinte. Revoir Wren et découvrir qu'elle était fiancée. Me faire réprimander par Roza devant tout le monde. Et maintenant devoir me présenter avec toute une idée de roman, alors que je n'avais pas été capable d'écrire le moindre mot depuis un an. Je ne m'étais pas attendue à une partie de plaisir. Mais peut-être pas non plus à une telle punition. Et pourtant, il fallait bien reconnaître que l'enjeu était de taille. Comme Roza l'avait dit, j'avais une chance sur cinq de dégotter un contrat d'édition à un million de dollars.

L'importance de la somme n'était pas ce qui comptait le plus. Mais cela voudrait dire que je pourrais quitter mon job. Et que même si je ne l'emportais pas, j'aurais quand même un roman, écrit avec l'aide de Roza. Quelle que soit l'issue, je finirais à une bien meilleure place que je ne l'étais au début. À condition de me montrer à la hauteur.

Ce fut un soulagement de refermer ma porte. Je pris une douche brûlante, puis glacée à la fin pour tenter de chasser la torpeur provoquée par le dîner, le vin et l'herbe. La nuit était encore longue. Enveloppée dans l'épais peignoir suspendu à la porte de la salle de bains, je m'installai au bureau et ouvris mon ordinateur. Il était temps de se mettre au travail.

Une heure plus tard, j'étais en train de gémir, le front appuyé sur le bureau. J'avais trouvé quelques idées et elles me paraissaient toutes horribles. Pire qu'horribles : ennuyeuses. Je savais ce qu'on ressentait quand on avait une bonne idée. La conception déclenchait quelque chose, une petite étincelle au fond des tripes, qu'il ne fallait pas serrer trop fort pour ne pas l'étouffer. Mais si on savait la saisir... c'était la porte ouverte à tous les possibles.

Mais ces idées étaient vides. Inertes. Je fouillais dans la boue et ne remontais rien. J'imaginai Wren en train de lire mon synopsis, penchée sur une page avec une moue méprisante. Depuis le début de nos groupes d'écriture, Wren avait toujours été impitoyable. Ses annotations sans pitié éclataient sur les feuilles comme autant de petites bombes : *Chiant. Débarrasse-toi de ça. Je n'écrirais jamais un truc pareil.* Ursula l'appelait la Reine Coupe-Coupe.

Je me levai d'un coup et claquai l'écran de mon ordinateur. J'avais besoin d'un break. Il fallait que je me calme. Une idée allait finir par surgir ; il suffisait d'être patiente. À l'époque où j'arrivais encore à aligner les mots, j'avais toujours une tasse de thé sur mon bureau. Au fil de mes heures d'écriture, j'appréciais de pouvoir faire une pause et de réfléchir avant de me remettre à l'ouvrage. Peut-être que ça me ferait du bien.

Roza nous avait dit de nous sentir libres d'utiliser la cuisine. On devait bien y trouver du thé quelque part. Je me rhabillai et sortis dans le couloir. Des rais de lumière filtraient sous les portes des autres chambres. Les filles étaient déjà dans la course et probablement plus avancées que moi. Les lumières étaient éteintes, et je m'éclairai avec la lampe de mon téléphone. Le faisceau sur les statues de marbre projetait des ombres portées sur les murs. Je sentis un frisson me remonter l'échine. J'avais l'impression d'être dans un jeu vidéo, arpentant cette galerie somptueuse et obscure en attendant qu'une chose horrible me tombe dessus.

J'avançai vers le palier, stupéfaite de perdre si vite mes moyens. Pour quelqu'un qui adorait les livres et les films d'horreur, je flippais trop facilement. En haut des marches, je marquai une hésitation. Quelque chose me fit dresser l'oreille. Un bruit. Je me figeai. C'étaient des sons très faibles, mais clairement identifiables. Des geignements lointains, comme poussés par une personne en souffrance. Ils provenaient de l'autre côté du palier. J'avançai dans leur direction, dépassant un nouveau couloir qui retournait droit vers l'arrière de la maison. Les gémissements venaient de l'aile opposée du manoir. Après un moment de silence, un cri perçant retentit. Je m'approchai à pas de loup, mes pieds s'enfonçant dans les épais tapis. C'était une exacte réplique du couloir de nos chambres, également jalonné de tableaux et de statues.

Les cris étaient plus forts à présent, rythmés et, à l'évidence, sexuels. *Oh.* Je ralentis, mais continuai quand même. Le couloir aboutissait à une porte peinte en rouge. J'effleurai le bois et me penchai contre le battant pour écouter. Ça devait être la chambre de Roza. Était-elle seule ? Les grognements gutturaux semblaient un peu exagérés pour une séance de masturbation solitaire, mais qui étais-je pour juger ?

Mais elle n'était pas seule. Quelque chose me disait qu'il y avait quelqu'un d'autre à l'intérieur. Une image mentale m'apparut : Roza en train de se tortiller et de ruer en criant pendant qu'une silhouette indistincte et silencieuse – Ian ? – la maintenait allongée par les hanches et la parcourait de coups de langue, implacable et dominatrice.

À présent, ses grognements s'intensifiaient et se précipitaient. Je demeurai figée contre la porte, les yeux écarquillés, sentant des pulsations entre mes propres cuisses. J'avais l'impression qu'ils cachaient quelque chose, un code à déchiffrer. Parce que, même si à l'évidence ils étaient chargés de désir et de plaisir, ils contenaient aussi autre chose. Un sourire entendu, bizarrement teinté de mépris. Voire de haine. Puis retentit une longue plainte. Et le silence se fit. Peut-être Roza venait-elle de tuer Ian en lui broyant le crâne entre ses cuisses au moment où elle chavirait dans la jouissance. Peut-être essayait-elle de reprendre son souffle, assise à côté de son cadavre, en étudiant la bouillie d'os et de matière cervicale.

Pouah ! Quel massacre !

L'image était tellement viscérale que je me sentis submergée de terreur. Je m'écartai de la porte et sursautai quand un objet glacé s'enfonça dans ma cuisse. Ce n'était qu'une statue de cheval cabré dont j'avais heurté l'un des sabots. Je fis volte-face et courus me réfugier dans l'abri de ma chambre, tâchant de chasser ces visions dérangeantes de ma tête.

Le lendemain, je me réveillai tôt. J'avais oublié de tirer les rideaux, un rayon de soleil piquait droit sur mes paupières collées. Je sortis du lit et l'air froid me couvrit les bras de chair de poule. En me préparant, je repensai à la nuit précédente. Après être retournée en courant dans ma chambre, je m'étais recroquevillée sous les couvertures et calmée avec des séries téléchargées sur mon téléphone jusqu'à tomber de fatigue.

En plein jour, je me sentais gênée par ma réaction excessive. Donc Roza couchait avec Ian : et alors ? Ce n'était pas très surprenant – il avait l'air d'un lèche-bottes –, et bien sûr, ils se connaissaient depuis longtemps. Ce qui était plus mortifiant, c'était surtout de m'être faufilée jusqu'à sa chambre. Qu'est-ce qui m'avait pris de me comporter comme une ado de douze ans, curieuse et lubrique ? J'avais de la chance que personne ne m'ait surprise.

Enveloppée dans des serviettes moelleuses, je m'assis au bureau. Le ciel était lumineux, d'un bleu sans nuages. Une couche de neige étincelante recouvrait le jardin. Je caressai l'idée de jeter mon ordinateur par la fenêtre, et de le regarder s'écraser dans la neige en faisant *pouf* au milieu des éclats de vitre brisée.

Notre première session d'écriture était prévue pour 14 heures. Il était 8 h 30. Avant l'après-midi, il fallait que je trouve une idée de roman et que je ponde les trois mille premiers mots. Chez moi, ce serait impossible. Mais nous vivions selon les règles de Roza, désormais. Et après une pleine nuit de sommeil, je me sentais étrangement confiante. La bonne idée était là, mais juste encore hors de portée. Je m'habillai et m'emparai d'un stylo et d'un carnet – rien ne pourrait être pire que cette idée surgisse et s'évapore avant que j'aie pu la noter –, puis je pris le chemin des escaliers. Des parfums de petit déjeuner salé m'assaillirent les narines alors que j'approchais de la salle à manger.

« Bonjour ! »

Taylor était à table, encore en pyjama, ses cheveux vert et blond en bataille. Je remarquai qu'elle portait toujours son pendentif lapin et qu'il détonnait sur son haut de pyjama à carreaux. Son ordinateur était ouvert à côté d'elle.

« Bonjour ! » Elle fit un geste vers le buffet. « Va te servir, c'est délicieux.

– Je ne suis pas contre. » Je soulevai un premier couvercle et découvris un plat de pommes de terre luisantes d'huile et de romarin. « Je pourrais m'habituer à ce genre de p'tit déj. »

D'habitude, je ne mangeais pas beaucoup le matin, mais là, je remplis mon assiette. « Comment ça avance ? » Je m'assis à deux chaises d'elle. « Encore en train de réfléchir à ton idée ?

– Oh, non. » Elle prit un morceau de toast, révélant les entrelacs ornés de fleurs pourpres qui grimpaient le long de son bras. « Je m'en suis débarrassée très vite, Dieu merci. Je bataille pour écrire le début avec le nombre de mots quotidien demandé. Trois mille, ça rigole pas.

– Sans déconner. »

Je sentis mon estomac envahi par une terreur acide.

« Et toi ? » demanda-t-elle en montrant mon carnet.

Je marquai une pause en mastiquant.

« Je peux te confier un secret ?

– Bien sûr. »

Elle sourit, en attente, les yeux grands ouverts.

« J'ai le syndrome de la page blanche depuis l'année dernière. » Le seul fait de l'avouer me soulagea d'un grand poids.

« Putain. » Son regard s'adoucit, préoccupé. « Ma pauvre. À cause de Wren ?

– Quoi ? »

La simple évocation de son nom me crispa les épaules.

« Tu n'avais pas parlé d'une rupture d'amitié difficile l'année dernière ?

– Ouais. » Taylor était plus perspicace que je ne l'avais pensé. « Une rupture.

– Ça doit être lié, tu crois pas ?

– Probablement. » J'avalai une bouchée d'œuf. « Je n'ai pas encore fini d'analyser tout ça. »

Taylor m'observait, pensive, pendant qu'on mangeait.

« Hé ! » Elle repoussa son assiette et tira son ordinateur. « Keira est dans la bibliothèque. Quand tu auras fini, pourquoi on n'irait pas la voir ? Peut-être que te retrouver au milieu de tous ces livres te donnera quelques idées. »

Je hochai la tête.

Quinze minutes plus tard, Taylor nous guidait avec assurance vers la bibliothèque. Je me demandai si c'était ce matin qu'elle avait trouvé le temps d'approfondir son exploration du manoir. Elle semblait s'y orienter sans problème.

« Est-ce que tu as vu Ian ? demandai-je, curieuse de savoir si lui et Roza étaient encore au lit, dans les bras l'un de l'autre.

– Non. Mais sa voiture n'était plus dans l'allée. » Taylor me donna un petit coup de coude. « Pourquoi ? Tu as un faible pour les vieux gentlemans anglais ? »

Je gloussai.

« Il n'est pas mon type. Je suis juste curieuse de savoir combien on est dans ce manoir.

– Rien que nous cinq, plus Roza, Chitra, et ma préférée... Yana. »

On pénétra dans un couloir bordé de fenêtres donnant sur le jardin. Une tache colorée attira mon attention. Deux silhouettes en doudoune coiffées d'éclatants bonnets de ski tricotés marchaient dans la neige, en direction des bois.

« Oh ! » m'exclamai-je malgré moi.

Taylor se retourna et suivit mon regard.

« Poppy et Wren, dit-elle. Elles ont parlé de faire une pause et d'aller se balader ce matin.

– Cool » dis-je d'une voix trop forte.

Et pourquoi pas ? Poppy partageait sa chambre avec Wren, et Wren savait se montrer extrêmement charmante, surtout avec une jeunette dans la vingtaine. Ce n'était pas comme si Poppy et moi avions ressenti une intense et immédiate amitié, la veille, lorsque nous avions fait le trajet ensemble. Mais je ne pouvais pas m'empêcher de ressentir une petite piqûre de trahison.

La bibliothèque était encore plus majestueuse en plein jour. Keira était assise dans un des gros fauteuils près de la cheminée, une pile de livres posée par terre à ses côtés.

« K ! » Taylor avança vers elle en se pavanant. « Je t'ai manqué ? »

Keira leva les yeux et rajusta ses lunettes en souriant.

« Tellement. »

Aujourd'hui, ses tresses dénouées tombaient sur ses épaules. Et elle était de nouveau habillée tout en noir : un legging, une ample chemise à boutons et des richelieus à lacets cirées.

« Salut. »

Je sentis monter une bouffée de gêne devant son look étudié. Bien sûr, Taylor était encore en pyj, mais ses cheveux bicolores et ses tatouages lui donnaient un style punk. Moi, j'avais passé en hâte un jean et un pull gris informe qui me faisait vaguement ressembler à une femme enceinte.

« Salut, Alex. » Elle m'adressa un sourire. « Bien dormi ?

– Très bien. Et toi ?

– Pas trop. » Keira baissa les yeux et toucha l'amulette en forme de tête de lion qui pendait à son cou. « J'ai fait un cauchemar.

– C'était quoi ? »

Taylor s'installa sur le canapé. Keira finit par relever les yeux. « Je ne m'en souviens pas. Mais ça m'a laissé une impression désagréable.

– Je suis sûre que c'est à cause de ce manoir. À tous les coups, il est hanté. » Taylor bâilla et désigna la pile de livres. « Qu'est-ce que tu recherches ?

– Eh bien, puisqu'on parle du manoir… je faisais des recherches sur Daphné.

– Excellent sujet de roman, dis-je, impressionnée.

– Tu le veux ? Je te le donne. Malheureusement, moi, ça ne me dit rien. » Elle jeta un livre sur la pile et se frotta les yeux. « J'ai besoin d'encore plus de café. Et peut-être de faire le tour de Blackbriar dans la neige, puisque ça risque d'être ma dernière journée ici.

– Mais non. » Taylor se releva et lui tendit la main. « Allez, viens. On marchera ensemble et on fera du brainstorming.

– Parce que toi, tu as le temps de faire du brainstorming ? » demanda Keira en haussant un sourcil.

Taylor sourit.

« J'en suis presque à deux mille cinq cents mots.

– Je te hais. »

Elles éclatèrent de rire, mais je ne parvins qu'à sourire. La peur me triturait les tripes. Wren et Poppy devaient également bien s'en sortir puisqu'elles avaient eu le temps d'aller faire un tour. Il fallait vraiment que je trouve une idée. Et vite.

« Un café ? me proposa Taylor.

– Je vais peut-être rester un peu ici et jeter un œil à ces bouquins. Si ça ne t'ennuie pas, Keira.

– Aucun problème. »

Elles sortirent en bavardant et en rigolant. Depuis quand étaient-elles tellement complices ? Qu'importe. Il fallait que je trouve une intrigue. Je m'installai dans le fauteuil de Keira et pris le premier livre sur la pile. Sur la couverture, une photo noir et blanc de Daphné drapée dans un châle en dentelle, ses yeux clos cernés de khôl, en train de griffonner sur un bloc de papier. La même photo qui avait été reproduite en peinture dans le hall d'entrée. Le titre du livre était *Daphné Wolfe : féministe, artiste et spirite*. Je feuilletai le premier chapitre.

Nous n'avons que peu d'informations sur l'enfance de Daphné. Elle a grandi dans une famille pauvre, son père était ouvrier dans une usine, sa mère blanchisseuse. Elle avait trois frère et sœurs, et sa sœur cadette, Grace, décéda d'une crise d'appendicite à douze ans. Les chercheurs pensent que ce fut l'origine de l'intérêt de Daphné pour l'occultisme, qui ne se manifesta qu'après son mariage avec Horace, quand elle eut les moyens et la respectabilité pour organiser des séances de spiritisme dans leur demeure.

Je passai à une autre partie du texte.

Horace était un célibataire endurci, et cela surprit tout le monde quand, la cinquantaine venue, il tomba amoureux de la serveuse d'un pub de campagne deux fois plus jeune que lui. De l'avis général, c'était un homme séduisant et charismatique, et ses amis s'interrogèrent sur cette soudaine décision de s'unir à quelqu'un d'une « classe inférieure ». Plus tard, surtout quand on eut vent de ses activités de spirite, les gens du coin affirmèrent que Daphné l'avait ensorcelé.

Plus loin, une autre photo de Daphné et de Horace côte à côte, elle aussi portraiturée dans le hall d'entrée. Et encore plus loin, Daphné debout devant une cheminée en compagnie de deux autres femmes. L'une regardait droit vers l'objectif, le menton fièrement levé, les mains jointes sur sa robe à volants. L'autre paraissait plus jeune et souriait timidement, tête baissée, vêtue d'une robe à haut col. La légende disait :

Daphné, Florence et Abigail, fondatrices de la Société spirite de Blackbriar.

Je lus le paragraphe à côté de la photo.

Daphné devint proche de Florence Binninger et d'Abigail Williams, deux autres membres de la bonne société qui partageaient son intérêt pour le spiritisme. Pendant trois ans, elles tinrent des séances hebdomadaires et prirent pour nom la Société spirite de Blackbriar. Au fil des séances, elles tentèrent d'entrer en contact avec les esprits en expérimentant l'écriture et le dessin automatiques, pratiques qui stimulèrent les talents artistiques naissants de Daphné. Un jour, elle prétendit être entrée en contact avec une démone nommée Lamia, qui lui demandait de communiquer une Grande Transmission qui apporterait savoir et sagesse à l'humanité. Daphné accepta d'endosser cette mission, malgré les tentatives de Florence et d'Abigail pour l'en dissuader, et leurs craintes qu'elle y laisse sa santé mentale.

Pendant six mois, Daphné se prépara, accumulant les heures de méditation et adoptant un régime végétalien. Elle fit en sorte de ne pas informer son mari de ses préparatifs. Profitant de ses nombreux déplacements pour affaires, elle choisit une période de deux semaines où il serait absent pour donner congé à ses domestiques et commença à transmettre les messages de Lamia. En l'espace de trois jours, Daphné reproduisit les premières œuvres grand format de la Grande Transmission : L'Entre-Deux-Mondes I *et* II *(p.62-63). À la suite de quoi elle dut rester alitée pendant plusieurs semaines pour récupérer.*

Je passai à la page suivante. Les photos étaient petites et mal reproduites, mais on reconnaissait les deux immenses peintures abstraites dans le grand hall de Blackbriar.

Trois mois après cette première session, alors que Daphné se préparait à transmettre la deuxième série d'œuvres, la société de Horace fit faillite. Il tomba en dépression et lui ordonna de cesser ses travaux. Elle fit mine d'obéir, mais acheva en secret la deuxième série, intitulée La Porte d'entrée, *lors d'une séance de quatre jours. Mais quand Horace découvrit les peintures, il décida de les brûler. On ne sait pas si c'était parce qu'il les trouvait diaboliques ou s'il voulait seulement punir son épouse. Et malheureusement, nous n'avons aucune trace de ces peintures. Daphné parvint à cacher les tableaux de* L'Entre-Deux-Mondes *dans la cave, assurant leur pérennité.*

Bien que Horace l'eût menacée de divorcer si elle s'obstinait, Daphné se prépara en secret pour la troisième communication. Cependant, on ne saura jamais ce qui se passa la veille de cette troisième transmission. Le blizzard se leva, et Horace renvoya les domestiques dans leur foyer. En deux jours de tempête, il tomba deux mètres cinquante de neige, ce qui rendit la maison inaccessible pour au moins une semaine. Quand les domestiques purent enfin revenir, ils découvrirent un spectacle horrible et déroutant. Horace était allongé dans son lit, éviscéré. Daphné était recroquevillée au pied de l'escalier de la cave, le corps calciné. Hormis son cadavre noirci, rien ne semblait avoir brûlé. Retirées de leur cachette, les peintures de L'Entre-Deux-Mondes *avaient été disposées contre le mur, à plusieurs mètres de son corps.*

On ne retrouva jamais aucune peinture de la Troisième Transmission, et on ignore même si elle eut lieu.

11

J'arrivai la première à la bibliothèque. Quelqu'un – probablement Yana – avait installé une grande table rectangulaire devant les fenêtres. J'installai mes feuillets et mon ordinateur en essayant de calmer les bouffées de panique qui me brûlaient la poitrine. Une cafetière était posée sur la table de buffet, mais ce n'était peut-être pas conseillé dans mon état d'épuisement avancé.

Après plusieurs heures de tentatives avortées, je m'étais décidée pour l'idée qui me semblait la moins nulle. Malheureusement, elle risquait de rappeler quelque chose à une personne du groupe.

« Ça roule ? »

Taylor entra à grands pas, vêtue d'un sweat-shirt bigarré et d'un legging rouge, suivie de près par Keira.

« Salut, les meufs », dit-elle.

À ma surprise, Taylor alla s'asseoir à l'autre bout de la table, et Keira prit place à côté d'elle. Pourquoi avaient-elles décidé de s'installer si loin de moi ? On se retourna toutes vers les voix qui venaient du couloir.

« J'étais, genre, mais de quoi tu parles ? » Poppy finit sa phrase au moment où elle et Wren pénétraient dans la pièce. « Tu as déjà entendu parler d'un dossier de presse, dans ta vie ?

– C'est la demande la plus absurde que j'aie jamais entendue. »

Wren avait le don de teinter de sarcasmes ce genre d'affirmations définitives, mais là, il était clair qu'elle essayait de conquérir Poppy. Et vu le regard empli d'adoration de cette dernière, il semblait qu'elle y soit déjà parvenue.

« Alors, tout le monde est prêt ? » Taylor afficha un grand sourire en martelant des doigts sur la table. « On verra bien. »

Prenant soin d'éviter mon regard, Wren s'assit devant Taylor. Elle portait ce qui devait être un survêtement de créateur bleu sarcelle, et avait noué ses cheveux noirs en chignon. Poppy s'installa en face de Keira, toute mimi dans un pull rose à grosses mailles. Voilà qu'elles étaient toutes agglutinées à l'autre bout de la table. C'était quoi le problème ? Je me retrouvais séparée de Poppy par une chaise vide. J'étais l'intruse, la petite queue de la comète, destinée à tomber dans l'oubli.

« C'était une chouette balade ? leur demanda Taylor. Vous avez croisé des bêtes sauvages ? » Leurs bavardages et leurs rires bourdonnaient à mes oreilles, et, soudain, je me retrouvai projetée au collège, assise seule sur un banc pendant la récréation, faisant semblant d'être absorbée par un livre. Les autres enfants n'en avaient tellement rien à faire de moi qu'ils ne prenaient pas la peine de me tourmenter ou même de me prendre en pitié. Ils ne me voyaient simplement pas. Comment ils disaient déjà dans les émissions de téléréalité ? *On n'est pas là pour se faire des amis.* C'était exactement ça. Pourtant, je continuais à me sentir un peu honteuse. Devrais-je me rapprocher de Poppy ? *Et pourquoi je ferais une chose pareille ?* Cette pensée était pleine de colère. Après tout, j'avais été la première à arriver dans cette putain de pièce.

Roza fit son entrée, toussotant en feuilletant les feuilles d'un carnet, ses loupes de lecture posées sur le nez. Les cheveux lâchés, elle portait un pull rouge, un jean trop ample et des babouches fourrées. Elle avança et je m'attendais à ce qu'elle prenne place en bout de table avec les autres. Mais elle se détourna et vint s'asseoir près de moi.

Elle leva la tête avec consternation.

« Vous pourriez vous rapprocher ? Je n'ai pas envie de hurler. »

Les autres se levèrent docilement et se déplacèrent de notre côté. Je sentis monter un ronronnement de satisfaction, et, il faut bien le dire, de suffisance.

« Donc. » Roza ôta ses lunettes avec un sourire plein d'espoir. « Comment ça s'est passé ? »

On échangea des regards en silence.

« C'était génial ! finit par dire Taylor, et on se mit toutes à ricaner.

– Parfait. » Roza nous adressa un petit sourire narquois. « Ne soyez pas nerveuses, les filles. Au pire, je peux juste déchirer votre travail en mille morceaux, d'accord ? »

Elle me serra le bras, et cette intimité soudaine me fit sursauter.

« C'était pour rire. Je sais que c'est la partie la plus difficile. Mais j'ai bon espoir qu'après cette réunion vous sortirez excitées à l'idée de vous remettre au travail. »

J'entrevis une lueur d'optimisme. Ça ne se passerait peut-être pas si mal, après tout.

« Keira ? » Roza tendit la main vers elle. « Donne-moi ton synopsis, chérie. Je vais le lire à voix haute, puis nous ferons des commentaires. »

Keira obéit, les lèvres soudées en un sourire sinistre. Ça me réconforta de constater que malgré toute son assurance, même elle avait dû batailler pour pondre un truc.

Son synopsis racontait l'histoire d'une jeune femme qui met de l'ordre dans les affaires de sa mère récemment décédée et découvre une lettre écrite plusieurs dizaines d'années plus tôt, et jamais envoyée. La lettre mentionne que sa mère a failli quitter sa famille pour retrouver une femme qui faisait de mystérieuses recherches sur l'île de Gorée, l'ancienne plaque tournante de la traite d'esclaves sur la côte du Sénégal. L'héroïne décide de faire le voyage jusqu'à cette île pour retrouver la trace de cette femme, et en apprendre plus sur elle, sur ses recherches et sur les secrets que sa mère lui a cachés.

« Bien. » Roza fit claquer les feuillets sur la table. « Je vais commencer. Je trouve ça brillant. Quelqu'un d'autre ? »

Le visage de Keira se détendit, soulagé, tandis que Poppy, puis Taylor, se faisaient écho du jugement de Roza.

« Mais prends garde à ne pas rendre ça trop *feel good*, dit Roza. Il faut que ce soit compliqué, OK ? Ton intrigue est trop limpide. Passons au texte suivant. Taylor ? »

Taylor proposa de lire son texte elle-même, ce qui m'impressionna. Son idée narrait la rencontre à Paris d'une Américaine et d'une serveuse de bar qui lui promet de l'emmener faire une descente clandestine dans les catacombes qui serpentent sous la ville. Au début, tout se passe bien et elles prennent du bon temps – « Hum, pas mal de sexe » –, mais elles finissent par tomber sur un groupe de silhouettes cagoulées qui s'adonnent à un rituel sacrificiel. À partir de là, elles ne cessent de fuir cette secte qui cherche à leur faire la peau.

« Oh, mon Dieu, s'exclama Poppy, les yeux écarquillés. Et ça finit comment ? »

Taylor haussa les épaules.

« Par une trahison. La serveuse faisait partie de la secte depuis le début.

– Je le savais ! » s'exclama Roza en tapant du poing sur la table, et on éclata toutes de rire.

Après d'autres questions et suggestions de Roza, ce fut au tour de Poppy. (« Mesdames, on va avoir fini de bonne heure aujourd'hui, si toutes vos idées sont d'un aussi bon niveau que ces deux-là. ») Le synopsis de Poppy parlait d'une jeune femme qui part aux îles Caïmans et se fait capturer par une communauté convaincue que ses membres peuvent entrer en contact avec Dieu au fond d'une grotte isolée.

« Des îles et des sectes ! » Roza leva les mains. « On dirait qu'on tient une thématique. »

Quelque chose éveilla mon attention dans cette histoire. Comme un sentiment de déjà-vu. J'avais l'impression de la connaître, mais j'étais incapable de me souvenir où je l'avais entendue. Bien sûr, aucune histoire n'est jamais entièrement nouvelle. Et peut-être que ça me rappelait un autre roman, ou autre chose d'où Poppy tirait son inspiration.

Ensuite, ce fut le tour de Wren, qui lut d'une voix claire et précise. Son intrigue retraçait les démêlés d'une actrice invitée à travailler avec un réalisateur célèbre qu'elle admire depuis l'enfance. Lorsqu'elle arrive sur un décor perdu au milieu de nulle part, elle est troublée de découvrir qu'elle n'est accompagnée que par un autre acteur et les quelques membres d'une équipe réduite. Au fil du tournage, le projet devient de plus en plus bizarre, jusqu'au moment où l'actrice se demande si le réalisateur est devenu fou – et si elle est en danger de mort.

« Encore un petit groupe. »

Roza s'adossa à sa chaise, les bras croisés.

« Peut-être à cause de la retraite ? suggéra Taylor.

– C'est possible. » Roza tapotait son biceps avec un de ses ongles vernis de rouge. « Poppy ? Qu'est-ce que tu en penses ?

– J'adore, répondit Poppy en souriant à Wren. C'est super intrigant.

– Keira, et toi ?

– J'aime bien aussi. » Elle se tourna vers Wren. « Ça donne carrément envie de lire la suite. »

Wren hocha la tête avec reconnaissance et se reconcentra sur Roza, dont les yeux verts se posèrent sur moi.

« Alex ?

– Je trouve ça chouette. »

Et c'était vrai. Wren avait des blocages, mais trouver des idées originales n'en faisait pas partie. Lorsqu'on avait arrêté de se parler, je savais qu'elle était en train d'achever son roman. Et quand je la pistais sur les réseaux sociaux, je m'attendais à découvrir un post annonçant qu'elle avait trouvé un agent, et un contrat d'édition dans la foulée. Mais pas de nouvelles, jusqu'à présent. Ça m'avait soulagée : il y avait au moins une chose que Wren désirait et qu'elle n'avait pas encore obtenue. Roza croisa les bras.

« Bien, je pense que c'est prometteur, Wren. Sincèrement. Mais les acteurs ne sont pas mes personnages préférés. Ce n'est pas parce qu'ils sont superficiels et égocentrés. Ça, on s'en moque.

En fait, ça peut même être pratique. Mais le problème, c'est qu'en tant que protagonistes ils sont souvent rasoir.

– Mon héroïne ne sera pas rasoir. »

Wren fit la moue.

« Ce que je veux dire, reprit Roza, c'est qu'il faut qu'on s'intéresse à elle, n'est-ce pas ? Cette starlette qui prend un jet privé pour travailler avec un grand réalisateur dans un lieu de tournage éloigné de tout ? Je suis désolée, mais... ça me donne envie de vomir. » Roza renifla. « Fais d'elle une ratée. Que ce tournage soit sa dernière chance de trouver un rôle avant de se jeter par la fenêtre. D'accord ?

– D'accord », répondit Wren.

Roza se tassa subitement dans son siège, faisant racler son fauteuil sur le sol. Sa bonne humeur s'était évaporée comme par enchantement, et, à présent, elle semblait à la limite de l'agacement.

« Les filles, je vous prie d'en mettre un coup pour rendre votre travail captivant. Si je dois me taper des trucs chiants tous les jours, croyez-moi, ça ne va pas le faire. »

Chacune se mit à gigoter, mal à l'aise, sur son siège. Les soudains changements d'humeur de Roza nous plongeaient dans l'angoisse.

« Alex. » Roza me regarda en souriant. « C'est à toi. »

J'étais tenaillée par la peur. Roza avait fait passer un mauvais quart d'heure à Wren, et pourtant, son idée était plutôt bonne. Qu'en serait-il pour la mienne ?

« *La Dernière Extrémité.* » Je m'éclaircis la gorge, mais à mon grand désarroi, ma voix était toujours chancelante, tendue. « Cela fait une décennie, depuis leurs seize ans, que Rebecca et Elyse sont les meilleures amies du monde. À l'université, quand elles ont connu l'une comme l'autre leur premier chagrin d'amour, elles ont uni leurs forces pour se venger. Et s'y sont employées jusqu'à vingt ans passés : dès qu'un homme en fait souffrir une, elles se font fort de le démolir à deux. Après leurs études, elles trouvent un emploi dans la même maison d'édition. Rapidement, Rebecca obtient une promotion. Elle tombe amoureuse de son nouveau chef, un homme marié qui la plaque bientôt. Rebecca sait que si elle raconte ça à Elyse, son amie va le prendre pour cible. Elle préfère donc ne rien dire, mais Elyse, qui la connaît mieux que personne, prend cette liaison secrète comme une trahison et décide de les punir tous les deux. Rebecca doit l'arrêter avant qu'il soit trop tard. Elle sait de quoi Elyse est capable… en tout cas, elle croyait le savoir. Mais il se trouve que depuis le début, Elyse s'est réfrénée. Et malheureusement pour Rebecca, elle a décidé de lâcher la bonde à sa colère. »

Enfoncée dans son fauteuil, Roza poussa un soupir. Pas un bruit dans la pièce. Dehors, des flocons de neige s'étaient mis à tomber doucement. Le soleil plongeait vers l'ouest, jetant un voile d'argent sur le paysage.

« Non », dit Roza.

Je clignai des yeux.

« Non ?

– Je suis désolée, Alex. » Roza secoua la tête. « Ça ne marchera pas. Ça ressemble trop à *La Langue du démon*. Sauf que c'est moins intéressant parce que ce sont des adultes. » Elle soupira. « Même les noms. Elyse ? Ça ne te rappelle pas l'Eliza dans *La Langue* ? »

Je me figeai, horrifiée par ma propre méprise. Je sentais les autres qui baissaient la tête, ne voulant pas être témoins de mon humiliation, comme si c'était une maladie qu'elles risquaient d'attraper à leur tour.

« Tu sais, si tu écrivais un polar au rabais, ça pourrait marcher. » Roza était lancée. « Ça pourrait être sexy. Mais j'attends plus de toi. Et franchement, j'en ai assez de ces histoires de bonnes femmes qui se battent pour des hommes.

– D'accord. »

Je me sentais fiévreuse, et je savais que mon visage était rouge comme une pomme d'amour.

« D'autres commentaires ? demanda Roza à la cantonade.

– Moi, j'aime bien », dit Keira.

Je lui adressai un regard plein de reconnaissance.

« Des personnages féminins qui se battent pour des hommes ne déterminent pas si l'histoire sera féministe ou pas. En fait, l'intrigue d'Alex tord le cou à cette idée puisque les femmes prennent le contrôle en punissant leurs ex. Et elle la pervertit à nouveau quand Rebecca tombe vraiment amoureuse. En fin de compte, ça parle de la futilité de l'autodéfense dans les relations hétérosexuelles d'une société patriarcale.

– Mazette. Comme tout cela est intelligent. » Roza hocha les épaules. « Quelqu'un d'autre ? »

Silence. Personne – à part Keira – ne voulait être en désaccord avec elle.

« J'ai apprécié ton intervention, ma chère Keira, mais je crois qu'on peut mieux faire. » Roza pencha la tête en m'examinant. « Tu as eu d'autres idées, Alex ? »

C'était ma dernière chance de refouler mes larmes et d'étouffer ma frustration.

« Plein, parvins-je à articuler. Et elles sont toutes épouvantables. »

Tout le monde gloussa doucement. Roza sourit.

« Et Daphné ? demanda Taylor. Tu n'as pas consulté ces bouquins dans la bibliothèque ?

– Tu veux parler d'une fiction historique ? dit Wren avec du dédain dans la voix.

– Un peu d'histoire, mais avec une bonne dose de fiction. » Taylor se redressa, enthousiaste. « Parce que personne ne sait comment sont vraiment morts Daphné et Horace. Ce qui s'est passé, je veux dire.

– Eh bien. » Les lèvres de Roza s'incurvèrent en un chaleureux sourire. « Peut-être qu'Alex sera celle qui résoudra ce mystère.

– Comment ça ? » hoquetai-je, toujours en panique.

Roza se tapota la tempe.

« Le cerveau d'un écrivain est un canal, ma chérie. Quand on ouvre l'écluse, des vérités magnifiques peuvent circuler. Comme Daphné transmettant les communications de sa démone. Qu'en penses-tu ? »

Et voilà. La conversation suivit son cours, et Roza nous rappela ses consignes – trois mille mots imprimés avant minuit et glissés sous sa porte –, et il fut décidé que j'écrirais sur Daphné.

Mon corps entier était glacé au point que je devais serrer les dents pour les empêcher de claquer. J'avais l'impression d'être tombée dans le vide, que la scène se poursuivait autour de moi, mais que je n'en faisais plus partie. Une forme sombre et floue. Tout le monde se leva. Moi aussi. Mais Roza tendit la main et me serra l'avant-bras.

« Nous allons nous revoir, aujourd'hui, ma chère. Pour notre premier tête-à-tête. »

J'essayai de me concentrer sur son visage.

« Oui. D'accord. Je m'en fais une joie.

– Passe dans ma chambre à 16 heures. On discutera plus avant. »

Ses yeux émeraude inondaient ma vision comme deux insondables fosses remplies de poison.

12

Une heure plus tard, je frappais à la porte rouge. Après la session de groupe, dans ma chambre, j'avais passé une demi-heure à parcourir à la hâte la pile de livres sur Daphné. J'avais fini par laisser tomber. Wren avait raison : il s'agissait fondamentalement d'une fiction historique. Un genre littéraire qui ne m'avait jamais intéressée. Mais peut-être était-ce ma planche de salut : l'histoire de Daphné était captivante, et j'étais étonnée que personne n'ait encore songé à en faire un roman. Mais elle ne me parlait pas plus qu'à Keira.

Devant la porte de Roza, j'essayai de me calmer en respirant à fond plusieurs fois. Si seulement j'arrivais à simuler l'intérêt pendant ce tête-à-tête, je pourrais retourner dans ma chambre. Je savais que je parviendrais à me forcer à écrire, même dans un langage que je ne connaissais pas, même si c'était une torture. Cependant, j'étais consciente que ça n'allait pas être facile de tromper Roza.

Elle ouvrit grand la porte.

« Ma chérie, te voilà ! » Elle se pencha pour me faire la bise, comme si on ne s'était pas vues une heure plus tôt dans la bibliothèque. « Entre donc. »

Je la suivis dans un petit couloir qui débouchait sur une vaste pièce. Sur la gauche, devant un feu crépitant dans une immense cheminée, un canapé en cuir rouge foncé et plusieurs fauteuils en velours disposés sur un tapis d'Orient. Sur la droite, un grand lit à baldaquin aux couvertures rouges froissées. Du mobilier noir ciré, dont deux énormes garde-robes, finissait d'occuper l'espace. Le tableau au-dessus de la cheminée attira mon attention. Je m'approchai. Rien qu'au style, je pouvais en deviner l'autrice : des formes grattées en noir et blanc, quasi humaines ou extraites du corps humain, mais trop abstraites pour les identifier clairement.

« C'est une peinture de Daphné », dis-je.

Roza était penchée sur un bar à roulettes.

« Très juste. » Elle se redressa et me tendit un verre à liqueur. « C'est un de ses croquis.

– Intéressant. »

Je bus une gorgée et sentis la brûlure – ce n'était pas du vin, mais une liqueur plus forte.

« C'est de l'Unicum. » Elle rayonnait. « Une liqueur de Hongrie.

– J'en ai entendu parler. Il se trouve que j'ai aussi des origines hongroises. » J'essayai de lui rendre son sourire. « Du côté de ma mère. »

– C'est vrai ? Formidable. Assieds-toi. »

Je me laissai tomber sur le canapé et Roza s'installa en face de moi dans un fauteuil. Ses pommettes saillaient comme des flèches dans la chaude lumière.

« Qu'est-ce qui se passe, Alex ?

– Oh. » J'essayai de garder un ton décontracté. « Je ne sais pas. Pas grand-chose. »

Elle me dévisagea, impassible, jusqu'à ce que je baisse les yeux.

« À l'évidence, tu tâtonnes. » Elle posa délicatement ses lunettes sur la table basse. « Je ne m'attendais pas à cela de ta part, ma chère. »

Je ne pouvais plus respirer, les poumons complètement oppressés. Des larmes emplirent mes yeux, et, à mon grand désarroi, elles se mirent à couler sur mes joues.

« Merde », marmonnai-je en les essuyant.

Roza se leva prestement et me tendit un fin mouchoir en soie. Je l'acceptai, mais me sentis honteuse et dégoûtante de m'en servir pour essuyer mes larmes et ma morve.

« Quel est le problème ? »

Elle s'assit à côté de moi, posa une main chaleureuse sur mon épaule. Son parfum de jasmin m'enveloppa. Je me risquai à la regarder, et pour une fois, ses yeux étaient pleins de douce compassion. Je ne pouvais pas lui mentir. Autant jouer l'honnêteté.

« J'ai le syndrome de la page blanche, dis-je. Je n'ai rien écrit depuis un an.

– Ah. » Elle souffla longuement. « C'est donc ça.

– Je n'aurais probablement pas dû venir, continuai-je. Mais comment j'aurais pu faire autrement ? Vous êtes mon autrice préférée. Je vous admire depuis que j'ai douze ans. Alors quand ça m'est tombé dessus, c'était tellement magique que j'ai eu l'impression que c'était mon destin. Vous comprenez ?

– Qu'est-ce qui s'est passé il y a un an ? » Son bras était posé sur le dossier du canapé. « Qu'est-ce qui a causé cette panne créative ? »

J'ouvris et refermai la bouche, hésitant sur la réponse à lui donner.

« Ça a quelque chose à voir avec Wren ? »

Elle haussa les sourcils. Je reniflai, soulagée par sa perspicacité.

« Comment vous avez deviné ?

– Parce que je suis écrivaine, mon ange. Je suis capable de sentir ces tensions implicites. » Elle sourit. « Et aussi, parce que Taylor en a parlé.

– Oh. »

Je voyais le tableau. Taylor ne semblait pas être la bonne personne à qui confier un secret.

« Oui, eh bien c'est ça. Wren a été ma meilleure amie pendant longtemps, puis nous nous sommes querellées. »

Je ne ressentais rien en prononçant ces mots. La liqueur m'avait détendue et j'avais l'impression que les flammes dansaient.

« Bon. » Roza croisa les jambes. « Il va falloir que tu m'en dises un peu plus. »

Aujourd'hui, il saute aux yeux que c'était vraiment ça qui intéressait Roza. Elle adorait les histoires, surtout les intrigues sombres et rebutantes. Elle voulait pouvoir les scruter jusqu'au cœur, les tenir dans ses mains comme des chatons nouveau-nés au crâne encore couvert de membrane amniotique.

En vidant mon sac, j'eus l'impression de lui faire une offrande, ou de conclure un pacte avec elle. Et je me résignai de bon gré à tout lui raconter : dans quelles circonstances j'avais croisé Wren dans une soirée après son déménagement. À quel point je m'étais comportée en ivrogne prête à tout pour lui parler. La manière dont elle avait reculé, dégoûtée – *Ne me touche pas* –, et comment j'avais quand même tendu la main vers elle. Puis sa chute en arrière sur cette marche, chancelant sur ses talons aiguilles. Et mon incapacité à bouger, paralysée, alors qu'elle s'écroulait sur le sol et que du sang se mettait à gicler à gros bouillons de sa main.

« Et après ? » demanda Roza.

Elle ne semblait guère impressionnée.

« C'est à peu près tout. » Je berçai doucement mon verre vide entre mes mains. « Enfin, tout le monde m'a bloquée sur les réseaux. J'ai fini par apprendre qu'elle n'avait pas perdu la main – c'était la droite, ç'aurait été horrible. Plus qu'horrible. Et que ce n'était pas passé loin. Elle s'était sectionné des tendons et avait dû subir plusieurs opérations.

– Alex. » Roza baissa la tête. « Il y a quelque chose que tu ne me dis pas. »

Ses paroles s'insinuèrent dans mon cerveau échaudé par la liqueur. Roza se leva, rapporta la bouteille et remplit mon verre. Je bus une toute petite gorgée. Elle me laissa le temps de réfléchir. C'était la partie souterraine de l'histoire. Celle que j'avais mise sous clé. Et que j'avais gardée cachée pendant tout ce temps. À qui aurais-je pu en parler ? À Ursula, peut-être, mais j'avais refusé de la mêler à tout ça. Pas voulu qu'elle sente la honte qui bourdonnait autour de moi comme un essaim de mouches. Roza attendait. C'était comme si j'avais été prédestinée à laisser la vérité éclater ici.

« Wren et moi, on sortait beaucoup. » Soudain, ma voix changea, rauque. Je m'éclaircis la gorge. « On buvait pas mal. Pour être honnête, on était probablement alcooliques. Bon, un peu comme tous les gens dans la vingtaine à New York. Donc, on sortait beaucoup et on cherchait à rencontrer des garçons. Et la plupart du temps, on y arrivait. Mais quand on rentrait seules, il arrivait souvent qu'on dorme ensemble dans mon lit. Je ne sais plus quand ça a commencé. Une nuit, Wren est simplement arrivée en disant qu'elle avait besoin d'un câlin. Elle n'était pas du genre à se laisser aller à des effusions physiques, d'où ma surprise quand elle s'est blottie contre moi en me caressant les cheveux. » Un sourire illumina mes lèvres. « Quand elle était ivre, elle m'appelait son âme sœur. Elle disait ça sur le ton de la plaisanterie, mais pas seulement. Et j'avais l'impression… je ne sais pas… de comprendre ce qu'elle voulait dire. »

Roza hocha la tête, ses yeux vert feuillage flamboyaient.

« Et donc… » Je baissai les yeux. « Un jour, peut-être un an avant notre rupture, elle a commencé à m'embrasser. Seulement dans ces moments-là – quand elle était soûle, dans mon lit, vers 3 heures du matin. C'était un peu déroutant, mais elle faisait comme si c'était pareil qu'un câlin. » J'avais l'impression qu'un poing se resserrait dans ma poitrine. Je n'avais jamais parlé à personne de cette facette de notre amitié. « Ça s'est reproduit pendant quelques mois – une fois de temps en temps, pas fréquemment. Et puis, j'ai commencé à fréquenter ce type, Nick. Ce n'était pas du sérieux, mais il était *too much* et m'offrait des fleurs et des petits cadeaux. Wren avait décidé qu'elle ne l'aimait pas et ne perdait jamais une occasion de se moquer de lui. Jamais je n'avais pensé qu'elle pourrait être jalouse. Mais un soir où on était tous les trois, je me suis engueulée avec Nick à cause d'une phrase blessante qu'il avait dite à Wren. Et on n'est rentrées qu'à deux. Elle a pris une douche. Puis s'est glissée dans mon lit. Et cette fois… elle était nue. »

Toute la scène me revint : le parfum de son shampoing hors de prix, la douceur de ses jambes, la pression surprenante de ses seins gonflés contre mes omoplates.

« Elle m'a fait me retourner et a commencé à m'embrasser. Ensuite, elle s'est mise à me toucher. J'ai essayé de l'arrêter, mais elle m'a dit de me détendre. Et puis… » Je me sentis soudain fiévreuse. « Elle m'a fait un cunni. »

Wren avait toujours dit qu'elle était cent pour cent hétéro, qu'elle aimait trop les corps masculins, leur odeur et leur énergie, pour essayer autre chose. Dès lors, d'où avait-elle tiré ce savoir-faire, cette dextérité dans sa façon de faire glisser sa langue en un mouvement parfaitement répétitif, et cette virtuosité dans l'art d'utiliser ses doigts ? Même aujourd'hui, rien qu'en me remémorant la scène, j'avais l'impression d'être dans un rêve érotique que je faisais de temps en temps.

« C'était comment ? »

Roza croisa les bras, bien assise au fond de son fauteuil.

« C'était bon. »

En fait, c'était un des orgasmes les plus forts que j'aie jamais eus.

« Et toi, tu l'as fait jouir ? »

Je fis non de la tête. Après, on s'était embrassées et j'avais découvert le goût de mon plaisir sur sa langue. J'avais fait descendre ma main entre ses cuisses, je voulais lui rendre la pareille, même si je ne savais pas vraiment comment m'y prendre. Mais elle m'avait repoussée en disant qu'elle était fatiguée.

« Elle ne voulait pas que je la fasse jouir.

– Et ensuite, que s'est-il passé ? » demanda Roza.

Dans mon brouillard alcoolisé, les souvenirs étaient presque trop réels. Je bloquai sur les motifs du tapis sur le sol, sans les voir.

« Eh bien, le lendemain, quand je me suis réveillée, Wren n'était plus là. » L'angoisse me submergea ; c'étaient les mêmes affres que lorsque j'avais erré dans l'appartement désert. « Je lui ai envoyé des textos et elle n'a pas répondu. Elle est rentrée tard, la nuit suivante, et... je ne sais pas, j'ai su que quelque chose ne tournait pas rond. Elle était au téléphone. Elle est allée directement s'enfermer dans sa chambre en claquant la porte. Je pensais qu'elle allait revenir parce qu'on était dimanche et qu'on avait l'habitude de regarder un film ce soir-là. Mais elle n'est pas revenue. Et après ça... » Je haussai les épaules. « On en a jamais reparlé. Comme s'il ne s'était rien passé. Elle a continué à me faire la gueule, mais je me disais qu'on finirait par dépasser tout ça. Au contraire, deux semaines plus tard, elle m'a annoncé qu'elle déménageait. Ça m'a fait un choc. Au début, j'ai cru qu'elle plaisantait. Mais non. »

Roza hocha brusquement la tête, comme un docteur dont le diagnostic vient d'être confirmé.

« Elle a projeté sur toi sa culpabilité et sa honte. Tu as d'abord été énervante, puis tu es devenue repoussante. Elle s'est persuadée que tu étais responsable, que c'était ta faute.

– Ouais. » Je me frottai les yeux. « Peut-être que c'est vrai. »

On resta en silence à regarder le feu crépitant. Puis Roza reprit la parole.

« Les gens qui ne connaissent pas la douleur – la vraie douleur profonde – font de mauvais écrivains. Tu n'es pas d'accord ?

– Je ne sais pas. Mais c'est logique, je présume. »

J'avais espéré me sentir soulagée après ma confession. Mais au lieu de ça, j'étais encore plus épuisée et désespérée qu'au début.

« S'il y a une chose que j'ai apprise, continua Roza, c'est que les pires circonstances sont les plus propices au bon travail. J'ai écrit mon premier roman au chevet de mon amie agonisante, qui était littéralement en train de pourrir sur pied. L'odeur... » Elle ferma les yeux. « C'était épouvantable. Et chaque jour, j'apportais un petit cahier avec moi et les mots jaillissaient. Ma colère et mon impuissance me chargeaient d'une énergie vitale et puissante. Et le seul moyen pour l'atteindre, c'était de passer par un tunnel d'abattement et de désespoir. »

Je hochai la tête et posai mon verre vide sur la table basse. Ses paroles encourageantes ne faisaient que me rendre encore plus misérable.

« Ma chérie. » Roza avait pris mes deux mains dans les siennes. « Wren t'a rendu service. Elle t'a fait un cadeau. En un sens, elle t'a tuée – à cause de ses peurs et de la confusion de ses sentiments. Il fallait que tu sois morte pour elle. Son seul moyen de survivre, c'était de retourner à sa petite vie coincée. » Elle fronça les sourcils. « Tu comprends ?

– Oui », répondis-je, mais les mots me paraissaient vides de sens.

Quels avaient été les sentiments de Wren à mon égard ? Et qu'est-ce que j'avais ressenti pour elle ? Tout s'était consumé si rapidement : une allumette à la flamme lumineuse et brillante, qui se racornit dans l'obscurité, morceau de néant recroquevillé sur lui-même.

« Donc, continua Roza sans cesser de me serrer les mains. Maintenant, tu es morte, piégée dans un monde souterrain. Tu t'y sens vide et coincée. Mais tu sais quoi ? En fait, c'est le meilleur endroit au monde. Il te suffit de tendre la main pour saisir ta douleur et t'en servir. Par contre, si tu ne le fais pas... » Elle prit un air lugubre. « Eh bien alors, tu seras morte pour toujours. En réalité, elle t'aura tuée deux fois. Et je ne sais pas si on peut s'en remettre, ma chère. Vraiment, je n'en sais rien. »

Je la regardai dans les yeux, hypnotisée, et une infime étincelle d'espoir, pas plus grande qu'un grain de poussière, me traversa l'esprit. Roza avait peut-être la solution. Cette souffrance pouvait servir à quelque chose. Il suffisait de la rendre belle.

Après un temps, elle me lâcha, me tapota les mains et se rassit.

« Mon Dieu, c'est bientôt l'heure des cocktails. Que dirais-tu d'aller te refaire une beauté ? »

Elle se leva et attendit, les yeux baissés vers moi. Surprise, je me levai à mon tour et la suivis vers la porte rouge.

« Encore une chose. » Roza s'arrêta, la main sur la poignée. « Dans le bar, cette nuit-là… quand tu as essayé de lui parler. Quand elle t'a pratiquement craché dessus. » Sa voix était douce, mais dans la pénombre du vestibule, ses yeux brillaient comme ceux d'un chat. « Est-ce que… »

Est-ce que tu l'as poussée ? La réponse à cette question, je ne l'avais pas seulement mise sous clé au sous-sol, mais je l'avais enterrée profondément. Et je ne l'avais plus exhumée, ni examinée, depuis cette soirée.

Ne me touche pas. Quand Wren s'était brusquement écartée de moi, son corps était déjà beaucoup trop proche de la marche, et ses talons aiguilles à peine à quelques centimètres. Je l'avais repérée, la marche, je savais ce qui risquait de se passer. Et pourtant, je sentis monter du fond de moi une colère qui se canalisa dans mon bras droit. Une pulsion primitive prit le contrôle et se déchaîna, issue d'une complète impuissance. Une nouvelle fois, je lançai la main vers elle. Mon pouce poussa fortement le haut de son bras, que mes doigts saisirent vaguement, mais pas assez pour la retenir quand elle commença à tomber en arrière. J'avais regretté ce geste dans la seconde. L'horreur qui m'avait envahie à la vue de son sang était liée à celle que j'eus de moi-même quand je pris conscience que j'étais capable d'une telle violence.

J'avais attendu un message de Wren, qu'il vienne d'elle ou d'un de nos amis écœurés. Qu'elle me dise que c'était ma faute, que je l'avais fait, que c'était moi qui l'avais poussée. Mais personne ne m'avait jamais rien dit. C'était comme s'ils s'étaient tous furtivement détournés de moi, sentant plus qu'ils ne le savaient qu'il y avait quelque chose de pourri dans mon cœur. Je m'étais préparée à emporter ce geste infime et secret dans la tombe. Mais à présent, en retournant à Roza son regard lucide, j'acquiesçais en hochant la tête. Elle ouvrit la porte avec un sourire satisfait. Peut-être étais-je abrutie par l'Unicum, ou titubante de soulagement après avoir révélé un impartageable secret – mais à cet instant, je trouvais que Roza était resplendissante et rayonnait comme un ange flamboyant descendu des cieux.

« Bonne chance, ma petite araignée. »

Elle me posa la main sur l'épaule quand je passai à sa hauteur, puis referma la porte derrière moi.

De retour dans ma chambre, je m'assis au bureau et observai la course du soleil dans le ciel. J'avais le cerveau en ébullition, l'esprit mouvant dans un labyrinthe de flux ténébreux. Roza avait vu ce qu'il y avait de plus laid en moi, ce que j'avais peur de regarder en face. Mais surtout, elle *voulait* le voir. Elle me l'avait arraché. Je ne pouvais pas abandonner. Pas quand mon idole était la seule personne qui m'acceptait vraiment.

Roza m'avait donné la clé. *Il te suffit de tendre la main pour saisir ta douleur et t'en servir.* Je me rappelai ma nouvelle, celle qu'Ursula avait fait parvenir à Roza. Elle racontait l'histoire de deux petites filles s'aventurant dans une forêt profonde, perdue dans un temps et dans un espace différents. Deux petites filles qui se retournent en entendant une créature avancer derrière elles dans l'obscurité. Je n'avais pas inventé cette histoire. Elle était née d'une expérience réelle. C'était donc grâce à un événement traumatisant que j'avais écrit ce que j'avais fait de meilleur jusqu'à présent : la nouvelle qui m'avait ouvert les portes de Blackbriar. J'imaginai Daphné, le regard absent, en train de barbouiller une toile, son corps nu et famélique moucheté de peinture comme de taches de sang.

J'allumai l'ordinateur et l'écran s'éclaira. J'ouvris mon dernier document Word, celui que j'avais nommé *La Grande Transmission*. Pas un mauvais titre, même si pour le moment, le document ne contenait aucun mot. Lentement, puis de plus en plus vite, je me mis à taper.

DEUXIÈME PARTIE

LE DOMAINE

Extrait de La Grande Transmission

Daphné rencontra son premier fantôme quand elle avait douze ans. Elle et sa plus jeune sœur, Grace, couchaient dans la minuscule pièce à l'arrière de l'appartement. En temps normal, quand elle se réveillait pendant la nuit et devait utiliser le pot de chambre, les rumeurs de la ville la rassuraient : les sabots d'un cheval tirant une calèche, en bas dans la rue, deux ivrognes en train de se crier dessus, leurs voix résonnant comme des vocalises. Mais cette nuit-là, c'était différent. Quand Daphné se réveilla, tout était calme. Même Grace, qui d'habitude ronflait comme un cochon, était silencieuse, son dos collé au sien. La minuscule fenêtre était recouverte par un épais morceau de toile qui plongeait la pièce dans l'obscurité. Encore à moitié endormie, Daphné se demanda ce qui avait bien pu la réveiller. Puis elle les entendit.

Des bruits dans le couloir, anormalement sonores, comme si quelqu'un marchait avec des chaussures à semelles de plomb, à pas lents et précis. Daphné connaissait la démarche de son père et de ses frères – des hommes frêles à l'allure énergique. Quelqu'un s'était-il introduit chez elles ? Les pas cessèrent – juste derrière la porte. Daphné se réveilla pour de bon, la terreur martelant sa poitrine. Qui était là ? Mais rien ne se passa. Elle avait dû rêver, ou c'étaient juste les bruits bizarres de la vieille bâtisse en bois. Puis : un grincement aigu. Un son anodin qui lui coupa le souffle. Quelqu'un tournait la poignée. Daphné tira les couvertures jusqu'à son menton. Le grincement continuait. Finalement, la porte commença à s'ouvrir en frottant sur le plancher. Son cœur battait à tout rompre. Un de ses frères pouvait-il lui jouer cette mauvaise blague ?

Assieds-toi. Allume la lampe à huile. Mais elle ne pouvait pas bouger. Elle était submergée par la peur. Les pas entrèrent dans la chambre obscure. Plus ils se rapprochaient, le plancher craquant sous leur poids, plus Daphné se sentait tour à tour nauséeuse et terrifiée. Hurle ! Crie ! Fais quelque chose ! Mais elle restait allongée, les doigts agrippés aux couvertures, la tête tournée vers ces sons abominables qui continuaient d'avancer, comme une fleur orientée vers le soleil. Quatre mètres. Deux. Plus qu'un mètre. Ils stoppèrent au pied du lit. Écarquillant les yeux, Daphné essayait de percer l'obscurité devant elle. Elle sentait une présence, robuste et réelle. Elle sentait son regard sur elle. Mais rien ne se produisit, et plus elle scrutait la pénombre, plus elle doutait d'elle-même. Il régnait un silence de mort – aucune autre respiration que la sienne. Avait-elle pu tout imaginer ? Les vestiges d'un cauchemar avaient-ils continué à la tourmenter après son réveil ?

Le temps passa. Peu à peu, Daphné parvint à se détendre. Elle finit par desserrer ses doigts des couvertures. L'obscurité était toujours impénétrable, mais elle n'était plus certaine qu'une créature se tienne au-dessus d'elle. Dehors, un corbeau croassa. Son cri brisa le sortilège. Bientôt, l'aube allait se lever. Elle avança une main mal assurée et trouva les allumettes sur la caisse. À moitié assise, elle en craqua une et la tendit vers la mèche de la lampe à huile qui s'embrasa, nimbant la pièce d'un halo rassurant. Mais à l'instant où la lumière lui procurait un peu de calme, elle le vit. Et l'horreur la submergea comme une vague. Il était toujours là. Pas il : elle. La flamme de la lampe à huile illuminait sa chair blême en décomposition. Ses seins n'étaient plus que deux amas gélatineux, volumineux et grenus ; seul un mamelon racorni y était encore attaché. La puanteur fétide d'organes décomposés se propagea sur Daphné. La femme n'avait plus de nez, mais sa bouche visqueuse était béante, comme si elle poussait un cri silencieux.

Une panique totale s'empara de Daphné, et elle se mit à hurler à son tour.

13

« Chérie. » Roza jeta la feuille de papier par terre. « Non, franchement. Écoute. Je ne veux pas être chiante. Mais c'est la page la plus importante de tout le livre. Tu comprends ? »

Wren griffonnait consciencieusement dans son cahier, sans laisser paraître aucun trouble.

Nous étions à nouveau réunies dans la bibliothèque pour notre deuxième session d'après-midi. La nuit précédente, encore un peu grisée par l'Unicum, j'avais tapé frénétiquement mes trois mille mots, ballottée dans les affres de l'inspiration. Quand je m'étais enfin arrêtée d'écrire, je m'étais rendu compte que j'avais complètement zappé le dîner. Mais juste devant ma porte, j'avais découvert un plateau-repas. Une fois mes feuillets imprimés, je les avais glissés sous la porte de Roza, puis je m'étais régalée du repas en étudiant les livres que j'avais empruntés à la bibliothèque. Je n'avais plus éprouvé cela – cette étincelle d'inspiration – depuis longtemps. Cette énergie explosive, presque sexuelle, qui remplissait chaque cellule, et la faisait briller dans le noir. J'avais eu beaucoup de mal à m'endormir et je n'avais cessé de rallumer la lumière, me rasseyant à moitié pour griffonner une nouvelle idée sur le cahier posé sur la table de nuit.

La conversation avec Roza était comme un sort qui avait mis mon esprit en contact avec Daphné. Ou plus exactement : avec sa solitude, ses problèmes et ses peurs. Le seul lien que Daphné avait pu tisser – avec Grace, sa sœur – avait été coupé.

Cette perte l'avait plus tard amenée à errer dans des royaumes fantomatiques, bien qu'elle sût à quel point ils pouvaient être terrifiants. Et donc : la muse s'était posée sur moi et m'avait piquée, comme une guêpe. Après avoir écrit et réfléchi pendant la plus grande partie de la nuit, j'étais épuisée. Mais aussi, je me sentais vachement bien.

« C'est le problème avec beaucoup d'écrivains, aujourd'hui. » Roza s'appuya au dossier de sa chaise. Elle portait la même tenue que la veille, comme si elle avait eu la flemme de se changer. « Ils prennent le temps de laisser les choses s'installer. C'est chiant. Qu'est-ce que j'en ai à faire ? Cette fille ressemble à une andouille, pour être honnête. Elle s'est juste fait larguer par son mec et elle déprime, assise dans un aéroport en attendant de prendre son avion. Moi, les personnes déprimées, elles ne m'intéressent pas. Je préfère celles qui veulent quelque chose. Que désire-t-elle ? »

Wren s'éclaircit la gorge, réfléchissant.

« Tu vois ? » Roza retira ses lunettes et la pointa du doigt. « Il est là, le problème, ma chère. Ça doit être absolument clair dans ta tête. Et si tu n'en sais rien…

– Je le sais très bien, répliqua Wren en fronçant les sourcils. Elle veut avoir du succès. Dans sa carrière et dans sa vie sentimentale.

– Du succès. » Roza leva les mains. « Qu'est-ce que ça veut dire ? Qu'elle veut être célèbre ?

– Oui.

– Pourquoi ? »

Wren eut l'air exaspérée.

« C'est une actrice. C'est son obsession. »

Roza ferma les yeux. Autour de la table, nous étions toutes silencieuses et crispées. Poppy, les bras croisés, regardait ses genoux avec l'air de vouloir être n'importe où, mais pas ici. Les yeux grands ouverts, Taylor donnait l'impression de suivre un échange particulièrement disputé dans un match de tennis entre Wren et Roza. Keira, de son côté, observait notre hôtesse avec circonspection. Je me demandais bien ce qu'elle pouvait penser.

Quant à moi, j'avais de la peine pour Wren, en proie aux saillies de Roza. J'avais expérimenté combien cela pouvait être terrible et déstabilisant. Et en même temps, je ne pouvais m'empêcher de ressentir un certain plaisir. Wren avait toujours été tellement sûre d'elle et de sa perfection. La voir passer à la question et subir les critiques – de Roza, excusez du peu –, c'était comme voir un dictateur omnipotent se faire remettre à sa place.

« Alors, voici ma question. » Roza se pencha en avant. « Pourquoi est-elle obsédée par l'idée d'être actrice ? A-t-elle besoin de montrer aux autres à quel point elle est exceptionnelle ? Est-ce qu'elle se sent vide à l'intérieur ? Ou est-elle réellement une artiste qui veut offrir un peu de beauté à cet horrible monde ? Et est-ce qu'elle est prête à se sacrifier pour son art ? »

Wren ouvrit la bouche, mais Roza la fit taire d'un doigt dressé.

« Ne me réponds pas. » Elle adoucit sa voix. « Réfléchis. Réfléchis bien. Parce qu'il ne peut y avoir qu'une seule réponse. Et que ça doit motiver le moindre de ses actes jusqu'à la fin du roman. Au point qu'elle va en souffrir. Et que ça va la conduire à faire des choix extravagants. Compris ? »

Wren hocha la tête.

« Alex. » Roza se tourna vers moi. Elle brandit une liasse de feuilles. « Veux-tu nous raconter ton début ? »

J'étais la dernière à prendre la parole, et je leur exposai en quelques mots les premières scènes. L'énergie créative bourdonnait en moi. Même si Roza me disait que c'était de la merde, je m'en moquais. J'étais intouchable.

« Excellent travail, ma chérie. » Roza se mit à rassembler ses notes. « Le ton est donné, et j'adore cette femme en décomposition qui surgit dans la nuit. Je connais cette impression. Comme nous toutes, j'imagine ? »

Je ris, croisant les yeux de Wren sans le vouloir. Elle me décocha un regard assassin et se détourna vivement, mais j'en sentis la morsure, comme si elle m'avait lancé une petite grenade sur les genoux. Roza nous libéra, quittant rapidement la pièce comme si elle avait quelque chose d'important à faire ailleurs. Et c'était le cas. Elle aussi travaillait sur son nouveau livre. Je me demandais si elle nous en parlerait à un moment. Taylor lui avait demandé des détails, mais elle n'avait rien voulu dire.

Taylor et Keira continuèrent à discuter, et Poppy retourna dans sa chambre pour se préparer avant son premier entretien en tête à tête avec Roza. Je rattrapai Wren à la porte.

« Hé ! » J'effleurai son bras et elle sursauta. « On peut parler deux minutes ? »

Dans le regard qu'elle posa sur moi, je retrouvai cet obscur dégoût qui m'avait tant marquée. Mais cette fois circulait dans mes veines cette immense énergie qui me protégeait, et qui me permit de garder mon calme. Ma confession à Roza la nuit précédente avait rebattu les cartes. Bien sûr, je n'avais pas poussé Wren à deux mains. Mais il y avait bien eu une intention dans mon geste. Une part de moi voulait la blesser, la punir, la faire souffrir.

Donc je ne pouvais plus continuer à me voir comme une victime. Et cette prise de conscience m'offrait en fait une chance de rédemption. L'occasion d'être une personne plus adulte. De rendre les choses entre nous supportables, sinon justes, de manière que, pendant ce mois, nous puissions toutes les deux nous concentrer sur ce qui comptait vraiment. Le regard plein de haine qu'elle m'avait adressé montrait clairement qu'on n'en était pas là. Mais Wren mit tant de temps à répondre que je pensai qu'elle allait refuser.

« Bien sûr, finit-elle par dire. Dans le salon ?

– Super. »

Je n'étais pas encore passée par le salon, mais Wren nous y conduisit sans hésitation. Il était situé dans la même partie du manoir, mais plus près du grand hall d'entrée. La pièce était décorée dans des tons vert forêt et de nombreux massacres d'animaux ornaient les murs. Je me rappelai une photo noir et blanc que j'avais vue dans un des livres. À l'origine, c'était Horace, fervent chasseur, qui s'était chargé de la décoration du salon. Ça sentait le renfermé et la vieille viande séchée. Je me demandai s'il s'agissait des trophées des animaux qu'il avait tués ou si Roza en avait acheté des nouveaux.

« Ouah ! » Je m'arrêtai près d'une énorme tête de bison poilu. « Ça fiche la chair de poule.

– N'est-ce pas ? »

Wren s'installa dans un fauteuil en cuir devant la cheminée de pierre. Aujourd'hui, elle portait un autre jogging de créateur violet, mais avec un look plus sportif. Elle jouait avec le cordon de sa capuche. Et moi, j'avais fait un gros effort pour soigner mon apparence, arborant du rouge à lèvres et un collier sur une ample chemise en jean. Ça m'octroyait encore un peu plus de confiance en moi. Mais ma chemise n'était pas épaisse et il faisait plus froid ici que dans la bibliothèque, de sorte que je frissonnai en m'asseyant dans le fauteuil en face d'elle.

« Bon, dit-elle avec une fausse gaieté. De quoi tu veux qu'on discute ? »

Il m'apparut soudain que le moment était bien mal choisi pour avoir cette conversation. Elle venait de subir les critiques de Roza devant tout le monde. Je sentis une décharge de peur.

« Eh bien… »

Elle me coupa tout de suite la parole.

« Parce que moi aussi j'ai un truc à te dire. »

Elle lâcha le cordon de son sweat et se mit à faire tourner sa bague en diamant sur son doigt. Presque comme si elle voulait que je la remarque.

« D'accord. Pas de problème. Tu veux commencer ? »

J'avais encore un peu d'espoir. Nous n'étions plus à Brooklyn, mais dans le manoir de Roza. On pouvait dépasser les choses. On pouvait se comporter en adultes.

« D'accord. Pas de problème. »

Elle me singeait. Je reçus ça comme un coup de poing dans l'estomac. C'était sa pire humeur possible : quand elle se comportait comme une ado méchante.

« Écoute, je sais que tu as raconté de la merde sur moi aux autres filles. » Elle ramena ses cheveux en arrière et croisa ses longues jambes. « Et je suis sûre que tu as fait pareil avec Roza. Alors je te prie de garder pour toi tes théories du complot paranoïaques.

– Mes théories du complot paranoïaques », répétai-je.

Poppy lui avait-elle rapporté ce que j'avais dit au groupe le premier après-midi ? Sûrement. J'en ressentis comme une nouvelle petite morsure.

« C'est bien ça. »

À présent, Wren me regardait avec un air narquois de petite fille qui se demande ce qui va se passer si elle arrache la patte d'une araignée.

« D'accord. » Tout espoir disparut, et je sentis une sourde colère qui commençait à pointer en moi. « Alors, raconte. C'est quoi, ces "théories du complot" que j'aurais répandues ? »

Wren ricana.

« Que j'ai ruiné ta vie. Ce qui est plutôt gonflé compte tenu de ce que tu m'as fait. »

Elle m'opposa sa main droite dressée. Le signe pour *arrête-toi*. Une fine cicatrice en parcourait la paume. Je rougis ; c'était plus fort que moi. Soudain, je me retrouvais à nouveau plongée dans cette zone d'incertitude et de honte. Mais Wren ne pouvait pas avoir vu mon intention dans cet infime mouvement sur les marches. Parce que si ça avait été le cas, *tout le monde* aurait été au courant.

« Tout ça parce que tu étais incapable de lâcher l'affaire, continua-t-elle. Que tu ne pouvais pas simplement passer à autre chose. Il a fallu que tu te pointes à cette soirée pour faire une putain de scène. »

Je respirai. Elle ne savait rien de ma colère ; elle ne voyait que mon envie désespérée de lui parler.

« Lâcher quelle affaire ? » Je m'efforçai de garder mon calme. « Et je n'ai dit à personne que tu avais ruiné ma vie.

– Tant mieux, parce que ce n'était pas le cas. Nous nous sommes juste séparées. Et je ne suis pas non plus allée demander à nos amis de ne plus t'adresser la parole. Les gens ont fait ce qu'ils voulaient.

– OK. Mais, Wren... » Je me penchai vers elle. « Pendant *huit ans*, on a été comme des sœurs. On a vécu ensemble. Ça ne s'arrête pas du jour au lendemain.

– En fait, si. » Elle haussa les épaules. « Ça arrive tout le temps.

– Vraiment ? Et en général, ça se passe avant ou après qu'une des deux bouffe la chatte de l'autre ? »

Elle se figea, les narines frémissantes. C'était la partie de l'histoire dont nous n'étions pas censées parler. Soudain, je pris plaisir à aborder ce sujet, et à la contraindre à m'écouter.

« Pourtant, c'était ton idée, et après, tu m'as traitée comme une pestiférée. Comme si je t'avais fait quelque chose d'horrible.

– Alex. » Elle se frotta les yeux. « Bon sang, j'étais bourrée. Ce n'était pas grand-chose. Mais tu en as fait tout un plat, et c'était ça le problème. »

Je rigolai, mais elle secoua la tête.

« Non, honnêtement. C'est comme ça que j'ai compris que c'était une erreur. Je pensais que tu arriverais à gérer – franchement, à l'université, on couchait tout le temps ensemble avec mes copines. Mais ça n'a fait que montrer que quelque chose s'était cassé entre nous.

– Cassé ? demandai-je, la gorge serrée.

– Ouais. » Elle haussa les épaules. « On était trop dépendantes l'une de l'autre. C'était une chose. Mais je crois que je n'avais pas compris que tu avais des sentiments pour moi. Et je dois te dire, désolée, mais je ne ressentais *pas* les mêmes choses pour toi. »

Je sentis monter l'humiliation, et à ma grande horreur, des larmes qui voilaient ma vision.

« Je suis désolée. »

Elle n'en avait pas l'air.

J'essuyai rageusement mes larmes.

« Ton narcissisme est vraiment sans limites, Wren. Cette façon que tu as de penser que tout le monde est toujours amoureux de toi. » Je me levai. « Moi, je t'ai aimée. Mais comme une *amie*. Ce que nous avons fait – ce que *tu* m'as fait – était troublant, et en fin de compte, ça n'aurait pas dû détruire notre amitié. »

Elle leva vers moi son visage silencieux et impassible. Il n'y avait rien dans son regard : ni gentillesse ni sollicitude.

« Mais tu l'as *démolie*, cette amitié, continuai-je, secouée par un profond sanglot. Comme si elle n'était rien pour toi.

– Al, dit-elle d'une voix douce et inflexible. Il faut qu'on tourne la page. Nous ne sommes plus amies, c'est comme ça. Mais peux-tu arrêter de parler aux gens de ce qui s'est passé ? Ça me met mal à l'aise. »

N'importe quoi, pourvu que Wren ne soit pas mal à l'aise. Je lui ris au nez en secouant la tête.

« Tu sais, aujourd'hui, j'essayais d'être sympa avec toi. Je voulais vraiment qu'on fasse une trêve. Mais tu me montres que tout ce qu'on peut faire, c'est au mieux s'ignorer.

– Bingo. » Exaspérée, elle leva les mains. « C'est tout ce que je veux.

– Très bien.

– C'est bon ? On a fini ? »

Elle se leva. Je hochai la tête. Tout mon corps était raide, engourdi. Elle fit volte-face. Avec les massacres, on la regarda quitter la pièce.

14

Quand je sortis du salon, la sensation d'écrasement qui m'oppressait la poitrine commença à se fondre en colère. La rage irradiait en moi comme une brûlure. Bien sûr, Wren n'admettrait jamais ce qui s'était passé. Et bien sûr, elle me donnerait l'impression d'être une folle pathétique.

La part d'ombre avait toujours été constitutive de notre amitié. Quand Wren sombrait dans la noirceur, et qu'il n'y avait personne d'autre à qui prendre la tête, c'était à moi qu'elle s'attaquait. Pourquoi ça puait dans ma chambre ? Pourquoi je me comportais comme une garce avec les types que je fréquentais ? Pourquoi je continuais à faire un job que je détestais ? Pourquoi j'étais tellement chiante ?

Je massai mes mâchoires crispées en approchant de la cuisine. Je n'étais plus son punching-ball. Je n'avais pas à me charger de toute cette merde. De toute façon, j'avais des choses bien plus importantes à gérer. Je décidai de prendre quelque chose à manger et de retourner dans ma chambre pour me dépêcher de continuer mon nouveau livre. Parce que j'allais la battre, nom de Dieu. J'allais gagner ce truc.

Dans la cuisine, Chitra était en train de mélanger quelque chose sur le fourneau.

« Bonjour, mon chou. »

Elle tourna la tête vers moi en souriant.

« Oh, pardon. Je ne savais pas que vous étiez ici. »

Je m'arrêtai sur le pas de la porte.

« Viens, entre. » Elle me fit signe d'approcher. « Je commence juste à préparer le dîner. Assieds-toi. Tu veux manger quelque chose ?

– Oui, mais je ne suis pas pressée...

– Qu'est-ce qui te ferait plaisir ? Sucré ou salé ? »

L'accent anglais de Chitra et son air de grand-mère dynamique – alors qu'elle devait à peine avoir une soixantaine d'années – me firent du bien. Je me laissai tomber sur un tabouret près d'un immense billot en marbre.

« Du salé, ce serait génial, répondis-je, espérant qu'elle ne remarque pas mes yeux rouges.

– Bon, alors... » Elle sortit du frigo plusieurs boîtes aux couvercles en plastique. « Comment avance ton écriture ?

– Très bien. »

Au moins, ça, c'était la vérité.

« Ça fait plaisir à entendre. » Elle s'approcha, fluide et élégante. « Vous, les filles, avez un énorme travail à accomplir. Je ne sais pas comment vous faites.

– Et moi, je ne sais pas comment vous préparez des plats aussi délicieux. » Je m'éclaircis la gorge. « Je n'ai pas eu l'occasion de vous féliciter, mais le repas d'hier était incroyable. On m'avait déposé un plateau devant la porte de ma chambre.

– Une idée de Roza. » Chitra me fit un clin d'œil. « Elle ne voulait surtout pas qu'on te dérange.

– Vous connaissez Roza depuis longtemps ?

– Oh, un sacré bout de temps. Je l'ai rencontrée il y a presque vingt ans. Elle était venue dans mon café. » Sa voix était joyeuse. « Je ne savais pas qui c'était. Mais après son repas, elle a demandé à me voir. Et elle m'a proposé de devenir sa cuisinière personnelle.

– Ouah ! Juste comme ça. Et vous avez accepté ?

– Oh, que non. » Elle eut un petit rire. « J'ai grandi à Londres ; je n'avais jamais pensé à en partir. Mais moins d'un an plus tard, mon café a brûlé. Les assurances ne m'ont presque rien remboursé, alors je l'ai recontactée. Et depuis, je travaille pour elle.

– Dans votre café… vous serviez les mêmes plats que vous nous préparez ?

– Plus ou moins. » Elle me fit un sourire un peu triste et désabusé. « Je m'étais spécialisée dans la cuisine anglo-indienne. Pendant un temps, Roza s'en est satisfaite. Mais maintenant, elle préfère des plats américains typiques. Ça me va. Je sais faire. »

J'eus l'impression que son ton allègre cachait quelque chose. Mais je me faisais peut-être des idées.

« Vous l'accompagnez aussi quand elle part en voyage ? demandai-je.

– Ça dépend. Si elle doit séjourner quelque part pendant un certain temps, je l'accompagne. Mais quand elle court partout pour faire des interviews ou des rencontres, je retourne au pays pendant quelques semaines. » Elle me tendit une assiette. « D'ailleurs, je vais rentrer à la fin du mois. Pour voir ma fille. »

Elle posa devant moi une assiette de fromages parsemée de copeaux de jambon et de grains de raisin.

« Oh, c'est fantastique. Merci beaucoup.

– De rien. » Elle ramena en arrière ses cheveux poivre et sel. « Et toi, tu viens d'où ? »

Elle s'appuya contre le billot, les bras croisés.

« D'un peu partout, vraiment. Mais j'ai passé le plus clair de ma vie dans le Midwest. Et aujourd'hui, je vis à Brooklyn.

– Tes parents sont toujours là-bas ? »

Son regard acajou était vif et curieux.

« Ma mère, oui. Mais mon père… il ne fait pas partie de ma vie.

– Oh, mon chou, je suis désolée. »

Son expression changea, et elle sembla si concernée que j'eus soudain envie de me jeter dans ses bras.

« Ce n'est pas grave. » J'essayai de sourire. « C'était il y a longtemps. »

Quelqu'un toussota. Près de la porte, Yana nous regardait avec une expression glaciale sur le visage. Je me demandai depuis combien de temps elle était là et ce qu'elle avait entendu. Chitra se redressa et retourna à ses casseroles.

« Besoin de quelque chose ?

– Mlle Roza demande du thé, répondit Yana d'une voix plate.

– Tout de suite. »

Chitra sortit promptement une théière d'une armoire. La douce chaleur avait disparu de la cuisine, remplacée par un malaise glacé. Je me levai en prenant mon assiette.

« Alex », dit Yana.

Je ne sais pourquoi je me sentis mal à l'aise de l'entendre prononcer mon nom, comme si elle m'avait inscrite sur une espèce de liste.

« Oui ? »

Je m'efforçai de sourire. Yana jeta un coup de menton vers le dos de la cuisinière.

« Il ne faut pas déranger Mlle Chitra quand elle travaille.

– Elle ne me dérange pas, protesta Chitra de sa voix chantante, sans se retourner.

– Elle est très occupée, poursuivit Yana comme si elle n'avait pas entendu. Et Mlle Roza ne serait pas contente qu'on la retarde dans son travail. »

Chitra marmonna quelque chose que je ne compris pas.

« Très bien. Je saurai m'en souvenir. Désolée. »

J'avançai vers la porte. Au dernier moment, Yana fit un pas de côté pour me laisser passer.

En haut, la porte de Keira était fermée. Depuis deux jours, elle passait le plus clair de son temps à écrire dans sa chambre. La porte de Wren et de Poppy était close, elle aussi. Je collai mon oreille gauche contre le battant. À l'intérieur, Poppy était en train de déclamer quelque chose, et Wren s'esclaffait de son rire bruyant qui donnait l'impression qu'on était la personne la plus drôle du monde. Comment pouvait-elle se comporter de la sorte – comme si rien ne s'était passé, comme si tout allait bien ?

Mais Wren était comme ça. Avec la plupart des gens, au moindre emmerdement, c'était fini et elle tournait la page immédiatement. Combien de fois étais-je rentrée à l'appartement pour découvrir un type devant la porte avec une tête de chien battu qui voulait lui parler coûte que coûte ? Une fois, elle m'avait montré toute une conversation par textos, avec les douzaines de messages sans réponse provenant d'une amie qui essayait de faire amende honorable. Ça m'avait mise mal à l'aise, mais j'avais essayé de me montrer charitable. Indéniablement, les problèmes de Wren dataient de son enfance. Les miens aussi. C'était comme une compréhension mutuelle et tacite. Et même quand Wren s'en était prise à moi, elle avait toujours fini par se calmer et s'excuser en m'apportant des cadeaux : des bagels, des livres, des boucles d'oreilles. J'étais celle à qui elle tenait, la seule qu'elle ne pouvait pas chasser de sa vie. Jusqu'à ce qu'elle me chasse de sa vie.

La discussion avec Chitra m'avait remonté le moral, mais je me retrouvais à nouveau engluée dans une torpeur apathique et larmoyante.

« Hé ! »

Je sursautai. Taylor m'observait sur le seuil de sa porte. Un sourire amusé illuminait son visage.

« Ça va comme tu veux, tigresse ?

– Ouais. Ça roule. »

J'approchai d'elle avec mon assiette et elle me fit entrer dans sa chambre, refermant la porte derrière elle.

« Désolée, grimaçai-je. Tu dois me prendre pour une sale fouineuse.

– Eh bien, disons que tu es une fouineuse qui tient une assiette de fromages, et que donc, ça ne me dérange pas. »

Taylor s'empara de l'assiette et sauta sur son lit. Elle portait un jean doublé de flanelle avec les revers retroussés et un sweat-shirt noir. Son pendentif lapin balançait d'avant en arrière sur un slogan en lettres blanches : « LAISSEZ-MOI VIVRE ! »

« J'imagine que tu es d'accord pour partager ?

– Oui, évidemment. »

Je la suivis et me juchai au bord de son lit. Elle avait déjà pioché une part de brie crémeux. D'un coup, je n'avais plus faim.

« Tu as chopé des infos ? demanda Taylor en projetant quelques miettes.

– Des infos ?

– Je fais référence à l'exercice d'écoute clandestine dont je viens d'être témoin.

– Oh. »

Je me sentais vidée. Je m'installai un plus loin sur le lit.

« Ça ne t'ennuie pas si je me pose un peu avec toi ?

– Pas du tout ! »

Elle recula de manière à positionner l'assiette entre nous deux.

« Je n'ai rien entendu. » Je m'adossai contre la tête de lit. « Je crois que j'ai buggé pendant quelques secondes. On s'est un peu pris la tête, tout à l'heure, avec Wren. Alors, quand je l'ai entendue rigoler avec Poppy comme si rien ne s'était passé…

– Vous vous êtes pris la tête ? » Elle écarquilla ses grands yeux bleus sans cesser de mastiquer. « À quel sujet ? »

J'hésitai, peu encline à raconter toute l'histoire à Taylor.

« À cause de tout ce qui s'est passé. » Je levai les yeux au ciel. « Elle était furieuse que je vous en aie parlé.

– Sérieux ? » Taylor grommela. « Et quoi ? Tu n'as pas le droit de parler de ta propre vie ?

– On dirait que non. » J'attrapai un grain de raisin. « Du moins, selon elle.

– Écoute. » Taylor piocha un cracker. « Ne la laisse pas te court-circuiter le cerveau, OK ? Je connais les gens comme elle. Ils te font croire qu'ils sont formidables tant qu'ils ont besoin de toi. Et quand ce n'est plus le cas – comme quand Wren a rencontré ce type – ils te jettent. C'est aussi simple que ça. »

En fait, ce n'était pas si simple. Avant de déménager, Wren n'avait même pas encore rencontré Evan. Pourtant, j'acquiesçai en hochant la tête. C'était plus commode, comme histoire. Autant ne pas la compliquer.

« Merci de m'écouter, dis-je. Mais parlons d'autre chose. Toi, comment ça va ? Comment avance ton roman ?

– Ne m'en parle pas. »

Elle reposa l'assiette et soupira d'impuissance.

« Oh non. »

Je ne connaissais que trop cette sensation. Je l'avais éprouvée pendant une année entière.

« Et si. » Elle fixa les draps, les yeux plissés. « Moi aussi, je suis arrivée avec une moitié de roman en me disant que je pourrais le terminer ici. Et je me retrouve à devoir tout reprendre à zéro avec un tout nouveau truc.

– Ça craint. » C'était revigorant de parler d'autre chose que de mes propres problèmes. « Mais ta nouvelle idée est géniale. J'adore le cadre : les catacombes de Paris. J'ai vu un documentaire, un jour. C'est un endroit trop flippant. Et situé juste en dessous de la ville.

– Je sais. » Elle sourit. « D'ailleurs, je les ai visitées. »

Je feignis la stupéfaction.

« Avec une serveuse qui appartenait à une secte tueuse ?

– Pas exactement. » Taylor rigola. « Mais avec une très belle femme. Et en fait, c'était vraiment romantique. Au début. Après avoir fait l'amour sous la terre, on s'est perdues, et pendant une bonne demi-heure j'ai cru qu'on ne retrouverait jamais la sortie.

– C'est ma plus grande terreur. » Je croisai les bras. « Finir bloquée en dessous comme ça. Sans personne au courant que tu t'y trouves.

– Oui, ben, on a réussi à remonter. » Elle papillonna des sourcils. « Enfin, je crois…

– Tu veux dire que tu serais un fantôme ?

– Tu n'as qu'à vérifier. »

Elle tendit le bras et je la pinçai pour rire. Là encore, je remarquai ses tatouages : des fleurs pourpres entremêlées sur un panache de feuilles et de frondes.

« C'est quoi, comme fleur ? demandai-je.

– Des aconits tue-loup. » Elle tordit son bras pour que je puisse mieux les voir. « Une des plantes les plus venimeuses sur terre. Celles-ci sont de l'espèce grimpante.

– Elles sont splendides. »

Elle sauta au bas du lit et se dirigea vers l'armoire.

« Tu veux en voir des vraies ? »

Elle revint avec un sautoir en argent d'où pendait une petite fiole de verre contenant un brin de fleur pourpre séchée.

« Waouh ! » Je pris la fiole entre mes doigts. Le petit bouchon en verre était percé d'un minuscule trou pour laisser passer la chaînette d'argent. « C'est l'arme du crime ? »

Elle gloussa.

« Plutôt un porte-bonheur.

– C'est ironique.

– C'est un cadeau qu'on m'a fait.

– Ta petite amie ?

– Ouais. » Elle sourit doucement. « C'était un des points communs qui nous avaient réunies. On s'était découvert un goût commun pour les aconits. J'avais lu des trucs sur ces fleurs quand j'étais jeune qui racontaient qu'elles pouvaient te transformer en loup-garou. Un de mes fantasmes.

– Te transformer en loup-garou ?

– Ouais. Ou un truc du style – une créature surnaturelle. J'ai toujours eu l'impression d'être une extraterrestre. J'ai grandi dans une région extrêmement conservatrice et longtemps vécu en vase clos. Je rêvais d'un pouvoir secret qui donnerait du sens à ma mise à l'écart.

– Je comprends. » Je lui rendis son collier. « Moi aussi, je me sentais étrangère. »

Elle continua à me scruter, m'étudiant en détail.

« Quoi ? demandai-je enfin, mal à l'aise.

– Rien. » Elle sourit. « Je te regarde, c'est tout. »

Son regard insistant me gênait. Je lui souris en retour et tâchai de le soutenir, mais il était trop intense. Et je baissai les yeux.

« Tu sais, je vais y retourner. » Je me glissai en bas du lit. « Je dois encore écrire avant le déjeuner. Mais c'était chouette de parler avec toi.

– Pareil. Tiens, prends ça. » Elle me tendit l'assiette. « Tu risques d'avoir besoin de forces. »

Toute tension avait disparu. Mais son regard dragueur – que peut-être j'avais inventé ? – m'avait mise en alerte. Si c'était de l'excitation ou de la crainte, je ne pouvais le dire.

« Tu m'étonnes. »

Je pris l'assiette en évitant de croiser son regard, et m'en voulus immédiatement. Comment pouvais-je être si lâche ?

« Hé, Alex ? »

Je m'arrêtai près de la porte. Taylor croisa les mains derrière sa nuque.

« Un conseil d'amie : ne te laisse pas embrouiller par Wren, d'accord ? Toi, tu es authentique. Elle, ce n'est qu'une petite princesse influenceuse qui se la raconte. »

Je sentis déferler une vague de soulagement. Cette marque de confiance de la part de quelqu'un qui ne nous connaissait ni l'une ni l'autre était réconfortante.

« Ne t'en fais pas. » J'essayai de paraître désinvolte. « J'ai bien l'intention de botter son petit cul prétentieux et de gagner ce truc. »

Elle se fendit d'un grand sourire.

« C'est ça, l'idée. »

Extrait de La Grande Transmission

La première réunion officielle de la Société spirite de Blackbriar eut lieu durant une nuit sombre et pluvieuse. Abigail et Florence arrivèrent en même temps sur le chemin, dans des calèches tirées par des chevaux qui hennissaient de plaisir. Daphné accourut dans l'escalier pour les accueillir, manquant de trébucher avant de se rattraper de justesse à la rampe. À la porte, Mme Linders les fit entrer.

« Daphné ! » Abigail la serra dans ses bras. Daphné fut d'abord désarçonnée par cette familiarité, puis elle se laissa embrasser. Après la froideur de Horace, cette étreinte lui parut tellement affectueuse et sororale qu'elle repensa à Grace. Mais elle se raidit à l'évocation de sa sœur décédée et recula d'un pas. C'était la raison de sa présence ici. Depuis trop longtemps, elle bloquait les esprits qui souhaitaient se montrer à elle.

Elle connaissait les risques de se rouvrir à eux. Depuis cette première expérience dans sa chambre à coucher, quand elle avait vu cette femme en décomposition, elle avait compris ce qui deviendrait bientôt une évidence. Les esprits pouvaient se manifester sous diverses formes, selon le degré de conscience et d'éveil qu'ils avaient eu de leur vivant. Sachant qu'ils étaient empêchés de changer de monde, beaucoup pouvaient garder leur aspect préféré. Daphné avait rencontré des enfants, de jeunes adultes et des personnes âgées. Certains cherchaient à entrer en communication avec elle, d'autres pas. Les pires, c'étaient ces âmes errantes qui ne savaient même pas qu'elles étaient mortes et restaient attachées à leur enveloppe physique en décomposition. C'étaient ces monstres-là que Daphné craignait le plus de voir apparaître. Mais pouvoir communiquer avec Grace valait la peine de risquer de les croiser.

« Bonsoir, ma chère. » Florence lui envoya un baiser au vent, l'enveloppant des senteurs florales de son eau de Cologne. Elle tâchait de garder son calme habituel, mais son large sourire trahissait son excitation.

« Venez, venez ! La pièce est prête ! » Daphné les conduisit à la bibliothèque. Leurs bottines à boutons claquaient sur le sol en marbre. Horace leur avait défendu d'utiliser le salon, qui, de toute façon, avait une touche trop masculine.

« Oh. » L'expression dubitative de Florence fit passer un frisson dans le dos de Daphné. Qu'avait-elle fait de travers ? « Hum. J'émets de sérieux doutes sur le choix de cette pièce, mesdames. L'énergie m'y paraît trop bizarre.

– Flo. » Derrière Florence, Abigail adressa à Daphné un regard complice. « C'est ridicule et vous le savez très bien. Ce n'est pas parce que vous avez déjà participé à une ou deux séances auparavant que...

– Une ou deux ! Ma chère, apprenez que lorsque je vivais à Londres, j'ai pris part à douze *séances...*

– Et nous avons beaucoup de chance de profiter de votre expertise. »

Daphné savait comment calmer cette femme grincheuse plus âgée qu'elle, bien qu'elle ne la connaisse pas depuis très longtemps. À son soulagement, Florence sembla effectivement se détendre, surtout quand elle aperçut le plateau de liqueurs.

Une heure plus tard, elles étaient prêtes à commencer. Elles prirent place autour d'une table basse devant la cheminée, installées sur des coussins posés à même le sol, l'ensemble dégageant une atmosphère très bohème. Elles se tinrent les mains. Daphné remarqua que celle d'Abigail était chaude, contrairement à celle glacée de Florence malgré l'air estival entrant par les fenêtres. La table était recouverte du châle en dentelle blanche que Florence avait apporté, sur lequel elles avaient disposé plusieurs chandelles allumées. Ainsi qu'un bloc de papier et un crayon.

« Très bien, dit-elle en battant des paupières. Maintenant, fermez les yeux. » Abigail serra la main de Daphné, qui l'étreignit en retour. « Ô grands esprits, entonna Florence. Nous vous prions de nous honorer de votre présence, cette nuit. »

Elle se tut, et Daphné laissa vagabonder son esprit. Malgré l'atmosphère créée par les bougies, ce n'était pas bien différent la nuit qu'à d'autres moments de la journée. Elle réprima un bâillement. Après tous ces préparatifs, elle se sentait vidée.

« Grands esprits, nous vous implorons de nous honorer de votre présence. » Florence s'éclaircit la gorge. « L'un d'entre vous voudrait-il communiquer avec nous ce soir ?

– Oui. »

Il fallut un moment à Daphné pour réaliser que c'était elle qui venait de parler. Elle rouvrit les paupières. Abigail la regardait, mais referma immédiatement les yeux. Ceux de Florence étaient toujours clos, mais un fin sourire se dessinait sur ses lèvres minces.

« Bienvenue, dit Florence. Qui es-tu ?

– Dennis. »

Daphné sentit une incertitude glacée la submerger. Elle avait déjà rencontré des esprits, mais jamais ils ne s'étaient exprimés à travers elle de cette façon.

« Dennis, sois le bienvenu à notre table, continua Florence. Que voudrais-tu nous dire ? » Daphné attendit. Mais aucun mot ne vint. Peut-être était-il parti. Peut-être... Soudain, Daphné lâcha les mains d'Abigail et de Florence et se mit à griffer la table. Abigail plaça rapidement le bloc et le crayon devant elle. Daphné les saisit et commença à griffonner.

La panique se propageait dans sa poitrine. Ses bras et ses mains n'étaient plus reliés à son corps mais agissaient de leur propre chef. Elle essaya de les arrêter – mais en fut incapable. Les mâchoires crispées, elle leva les yeux vers les deux autres, les suppliant de lui venir en aide. Abigail avait les mains collées sur les lèvres et Florence ouvrait grand la bouche. Daphné passa à la feuille suivante.

« Daphné, est-ce que vous... »

Abigail fit mine de se lever.

« Stop ! hurla Florence. Ne brisez pas le cercle. Laissez-la finir.

– Mais elle est... »

Et d'un coup, aussi soudainement que ça avait débuté, c'était fini. Ses mains lui appartenaient de nouveau. Elle les posa sur ses genoux, comme pour les obliger à rester inactives. Son cœur battait toujours à tout rompre, mais il y avait aussi autre chose. Maintenant que c'était passé – elle le savait, du moins pour ce soir –, la panique se transformait en pure euphorie. Elle rit à gorge déployée. « Bonté divine ! »

Florence tira les feuilles de papier vers elle. Elle lut une ligne ou deux, et son regard se posa à nouveau sur Daphné. Dans ses yeux, Daphné vit quelque chose qu'elle ne s'attendait pas à découvrir : la peur.

« Eh bien, ma chère, dit Florence en reposant les feuilles, je n'ai jamais vu personne entrer en contact aussi vite. » À présent, son visage exprimait l'admiration. Elle fit un grand sourire à Daphné. « On dirait que vous êtes une médium-née. »

15

Le salon avait été réaménagé pour l'apéritif. Un feu ronronnait dans la cheminée de pierre et des bougies scintillaient au centre de la table basse. Un buffet était installé près de la fenêtre. Yana y officiait, vêtue d'une combinaison moulante couleur menthe, lançant des regards noirs sans les destiner à personne en particulier.

Je sentis la présence de Wren à l'autre bout de la pièce. C'était comme quand on est amoureuse et que l'on devine l'autre sans même avoir besoin de le regarder. Je tournai la tête. Elle était près de la fenêtre et se penchait vers Poppy. Les deux gloussaient comme des adolescentes.

« B'soir. »

Je m'approchai de Yana et du buffet. Sa queue-de-cheval était tellement serrée que ça lui tirait le front en arrière, mais elle parvenait quand même à froncer les sourcils.

« Euh, je pourrais avoir un verre de vin rouge, s'il vous plaît ? »

Sans un mot, elle me remplit un verre.

« Merci », dis-je, mais elle m'avait déjà oubliée.

Cette constance dans l'inhospitalité me fit sourire, et je rejoignis Taylor et Keira sur le canapé. Elles parlaient de quelqu'un avec animation. Il me fallut quelques minutes pour comprendre qu'il s'agissait d'un personnage du livre de Keira. Roza arriva en retard, malgré sa sévère exhortation à être ponctuel. Elle s'était changée et portait une spectaculaire robe longue bordeaux. Elle traversa la pièce en dispensant des saluts à la ronde.

« Le roman avance bien ? demanda Taylor en se redressant.

– Formidablement, mes enfants. »

Elle prit le verre que lui servit Yana et se laissa tomber dans un fauteuil en velours. Poppy et Wren se rapprochèrent, et Roza tint audience devant sa cour. Elle était d'excellente humeur. Pour une fois, je ne ressentis le besoin d'impressionner personne, pas plus elle que les autres. Je savais qu'elle appréciait ce que j'étais en train d'écrire, et c'était tout ce qui m'importait.

Aux cocktails succédèrent le dîner dans la salle à manger, puis les digestifs servis de nouveau au salon. À ce moment-là, nous étions déjà repues, rassasiées de nourriture et d'alcool, mais lorsque Roza nous servit de petits verres de son habituel Unicum, personne ne refusa.

« Alors. » Roza se réinstalla dans le même fauteuil, glissant ses pieds nus sous ses fesses. « Ce soir, nous allons faire un premier jeu. »

Le vin m'avait carrément décontractée, pourtant je me crispai d'un coup. Je n'étais pas joueuse. Les jeux avaient tendance à faire ressortir mon manque d'assurance, surtout quand on voulait m'obliger à y participer. En revanche, quand elle était ivre et fébrile, Wren aimait bien raconter des charades en soirée.

« Trop cool », dit Taylor en se frottant les mains.

J'avais repris ma place entre elle et Keira sur le canapé, et les deux autres s'étaient assises sur une causeuse. Wren et moi avions réussi à nous ignorer tout au long du dîner, aussi éloignées l'une de l'autre que possible.

« Ce jeu n'est pas destiné aux âmes sensibles, dit Roza, les yeux brillants. C'est un jeu de salon qui nous vient du Japon. *Hyakumonogatari Kaidankai*, autrement dit "Cent contes surnaturels". Joli titre, non ? Celle qui l'emportera gagnera le droit de prendre un dernier verre avec moi avant d'aller se coucher. »

Une légère excitation se propagea dans le salon. Taylor se mit à faire tourner son lapin en or au bout de sa chaîne. Elle n'avait pas quitté son collier depuis deux jours, bien qu'il jure sur ses amples sweat-shirts.

« C'est un jeu qui demande pas mal de nerfs et de créativité, continua Roza. Et qui va se passer comme suit. Vous allez nous raconter une histoire de fantômes. Vous pouvez l'inventer complètement ou rapporter quelque chose que vous, ou quelqu'un que vous connaissez, avez vécu. Et nous devrons deviner si oui ou non c'était une histoire "vraie", au moins pour la personne qui en a fait l'expérience. Je compte sur votre honnêteté à toutes. Si nous nous trompons, vous disposerez d'une chandelle pour la phase suivante du jeu. Et si nous devinons bien, vous serez plongées dans le noir.

– C'est quoi, la phase suivante ? » demanda Keira en soulevant ses lunettes rouges.

Roza se contenta de sourire.

« Tu verras, chérie. Parmi celles qui auront accompli leur mission, je choisirai la meilleure. »

Des histoires de fantômes. Ça me rappela de lointaines soirées pyjamas, des récits murmurés dans le noir, et cette peur délicieuse qui nous montait le long de la colonne vertébrale alors que nous étions emmitouflées dans des sacs de couchage.

Pourtant, je me sentais nerveuse. En temps normal, j'aurais raconté ma meilleure anecdote – celle où j'allais me promener dans la forêt avec ma meilleure amie, et ce qu'on y avait vu. Mais je l'avais déjà utilisée dans la nouvelle qu'Ursula avait envoyée à Roza, qui avait dit l'avoir appréciée. Donc, elle était hors jeu…

« Qui veut commencer ? » Roza posa son petit verre sur son genou. « Croyez-moi, mieux vaut se lancer plutôt qu'attendre.

– Moi, je veux bien, dit Wren en me regardant. Mais Alex la connaît déjà.

– Tu fais bien de le dire. » Roza fit un geste dans ma direction. « Alex, tu ne joues pas dans cette manche, OK ?

– D'accord. »

L'assurance affichée par Wren me rendait nerveuse.

« Alors voilà, ça s'est passé dans mon enfance, commença-t-elle. J'avais neuf ans. Et à cette époque, ma famille vivait en lisière d'une grande forêt. » Elle marqua un silence pour laisser ses paroles faire leur effet. Wren avait grandi à Manhattan. Central Park était un bosquet comparé aux forêts naturelles. Donc elle devait être en train d'inventer. « J'avais une amie au coin de la rue. Elle s'appelait Christina. » Wren continua. « Elle avait de superbes cheveux longs ondulant jusqu'aux fesses, et ça me rendait terriblement jalouse. »

Je me raidis, dévisageant Wren avec stupéfaction. C'était *mon* histoire. Wren la racontait comme si c'était la sienne. Je jetai un coup d'œil vers Roza, mais elle souriait, se bornant à écouter.

« Une année, le soir de la fête nationale, ses parents avaient organisé un barbecue. Comme on s'ennuyait ferme, on avait décidé d'aller se balader. On avait l'habitude de traîner dans les bois, mais jamais la nuit. Ça nous était interdit. Cependant, avec la fête et les adultes qui commençaient à être bourrés et s'étaient mis en tête de tirer des feux d'artifice, on se disait que personne ne s'en apercevrait. Donc, on s'équipa d'une lampe torche et on prit le large. »

Roza devait bien se rendre compte de la supercherie. Elle avait affirmé avoir adoré ma nouvelle. Mais l'avait-elle seulement lue ? Et si elle n'avait dit ça que pour me réconforter après m'avoir humiliée devant tout le monde ?

« Il y avait une large piste qui devait servir aux engins forestiers, poursuivit Wren. C'était celle qu'on empruntait toujours. Mais je ne sais comment, on s'est retrouvées sur ce petit sentier. Le plus étrange, c'est qu'on n'entendait plus les feux d'artifice. Pas plus qu'on ne voyait les fusées éclater. La forêt était absolument silencieuse. Pas même un chant de grillon ; on s'est dit que c'était vraiment trop bizarre. J'avais l'impression d'être sur un plateau de cinéma, et qu'autour de nous tout n'était qu'un décor. Le sentier s'est élargi, et ça nous a soulagées parce que l'on pensait avoir regagné la piste forestière. Mais au lieu de ça, on a débouché sur une petite clairière. C'était une belle nuit d'été et nous étions en débardeur et en short. Mais dans cette clairière, il faisait froid. »

Une fureur noire s'emparait de moi. Comment osait-elle ? Elle déroulait ma nouvelle, quasiment avec mes mots. Et à chaque phrase qu'elle prononçait, c'était comme si elle me volait ma mémoire. Mon expérience. Se servant de moi, m'utilisant, comme elle l'avait toujours fait. J'avais envie de lui sauter dessus pour la faire taire, de la plaquer par terre. Mais je ne pouvais pas faire ça. Parce que dans ce cas, ce serait moi la folle.

« Et alors, continua Wren en ouvrant de grands yeux, lorsqu'on a décidé de rentrer, impossible de retrouver le sentier. »

Poppy ouvrit la bouche et se mit à rire de sa propre réaction.

« On a fait le tour de la clairière, mais le sentier avait bel et bien disparu. Et tandis qu'on commençait juste à paniquer, une voix a retenti. C'était la mère de Christina qui nous appelait. On a entendu des bruits de pas, comme si elle venait vers nous, et on a marché vers elle, en l'appelant à notre tour. Je me souviens qu'on était tellement soulagées qu'on se cramponnait l'une à l'autre. Mais plus on avançait, plus le son de sa voix semblait s'éloigner. On s'est arrêtées. Alors Christina s'est retournée vers moi, et je n'oublierai jamais ce qu'elle m'a dit dans un souffle : "Je crois que c'est un piège."

– Bon sang », murmura Taylor, impressionnée.

Essaie de tenir le coup. Je croisai les bras sur mon torse. Wren me provoquait, espérant que je pique une crise devant Roza. Je ne me laisserais pas avoir.

« On a rebroussé chemin vers l'autre côté de la clairière, à l'opposé des bruits. Christina proposait de passer à travers bois. Mais je pensais qu'on s'y perdrait pour de bon. On n'avait aucune idée d'où on se trouvait. Les frondaisons et les broussailles autour de la clairière étaient tellement épaisses qu'on avait l'impression qu'elle allait se refermer sur nous. Et soudain… » Wren fit une pause pour créer un effet dramatique. « … on a aperçu quelque chose.

– C'était quoi ? murmura Poppy.

– Un truc énorme. » Wren ramena à deux mains ses longs cheveux en arrière. « Juste à la lisière de la clairière. Les feuilles se sont mises à bouger. Et il y avait cette *puanteur*... c'est dur de trouver des mots pour la décrire. Entre une odeur de chien mouillé... »

Et quelque chose en train de pourrir.

« Et quelque chose en train de pourrir. Plus haut dans les arbres, j'ai aperçu deux cercles brillants. Deux globes. Des yeux. Et ce souffle profond comme un soupir. Sans même se concerter, on a détalé dans le sous-bois. Je me suis cogné l'épaule contre un arbre, et malgré une douleur atroce, j'ai continué à courir. Après quelques minutes, on a ralenti pour voir si la chose nous poursuivait toujours. Et c'est là qu'on a entendu...

– Le monstre ? demanda Taylor en se rongeant un ongle.

– Les feux d'artifice. » Wren sourit. « Ça a pris un peu de temps, mais on a fini par retrouver la piste forestière en suivant les détonations. Jamais je ne m'étais sentie autant soulagée. Quand on est arrivées à la maison, on était toutes les deux couvertes de bleus et de sang. Dès qu'elle nous a vues, la mère de Christina a dessoûlé dans la seconde. Elle nous a aidées à nettoyer nos égratignures. Christina lui a raconté ce qui s'était passé, et sa mère s'est bornée à déclarer que nous n'aurions pas dû aller nous promener la nuit dans la forêt.

– Et tes parents, ils ont dit quoi ? » demanda Poppy à mi-voix.

Wren m'avait posé la même question.

« Je ne leur en ai jamais parlé. » Wren secoua tristement la tête. « Ils ne m'auraient pas crue. Surtout ma mère.

– C'est bon, tu as fini ton numéro ? »

Les mots étaient sortis tout seuls. Tout le monde me regardait avec un air embarrassé. Sauf Wren.

« C'est quoi, ton *problème* ? explosai-je. Tu crois vraiment que je vais laisser passer ça ? »

Je m'efforçai de baisser la voix, sans trop y parvenir. La défiance et la rage pulsaient hors de moi comme des boues toxiques.

« Laisser passer quoi ? »

Les yeux de Taylor faisaient le yo-yo entre Wren et moi.

« C'est *mon* histoire, dis-je en serrant les dents. C'est *à moi* que c'est arrivé. Et j'en ai tiré une nouvelle. Que Wren vient de vous raconter.

– C'est un jeu, répliqua Wren, simulant l'innocence en battant des paupières. Roza a dit qu'on pouvait raconter une histoire qui nous était arrivée ou à quelqu'un qu'on connaissait.

– Mais je suis juste en face de toi, m'écriai-je. Tu n'as *pas le droit* de faire ça. Tu ne peux pas juste te servir dès que tu as envie de quelque chose. »

Je sentais mes doigts se crisper, prêts à griffer, et je coinçai mes mains sous mes cuisses. La rage était de retour, elle circulait librement dans mon corps. J'avais envie de l'étrangler, puis de lui arracher la tête et de la jeter au feu.

« Quelle histoire, soupira Taylor. Mais maintenant qu'on sait qu'elle est vraie, ça ne sert plus à rien de deviner si Wren l'a inventée.

– Ça va ? » me demanda Keira.

Son regard inquiet m'apaisa.

« Ça va. Je suis désolée. C'est juste que... Je trouve pas ça normal. »

Je me tassai sur moi-même. Génial. À présent, tout le monde savait que j'étais une timbrée qui n'arrivait même pas à supporter un jeu débile. Roza n'avait pas pipé mot, attentive à nos échanges. Elle finit par hausser les épaules.

« Wren n'a pas enfreint les règles que j'avais fixées, chérie.

– En tout cas, c'était une super anecdote. » Taylor me caressa le bras. « Et donc, ça t'est vraiment arrivé ?

– Oui. J'ai encore la trace du tronc sur l'épaule.

– Eh bien. »

Roza se leva, saisit une bougie sur la table basse et la tendit à Wren.

« Puisqu'on n'a pas pu voter, tu auras droit à une chandelle. »

Wren la prit avec son sourire hautain, horripilant.

« Alors maintenant, tu vas aller à la cave, continua Roza. Et tu chercheras une table où sont posés un petit miroir et cinq bougies enflammées. Tout ce que tu dois faire, c'est regarder dans le miroir et souffler une des bougies.

– C'est où, la cave ? demanda Wren, mal à l'aise.

– Elle va te montrer. »

Roza désigna Yana debout sur le seuil. Était-elle là depuis le début ? Quand elles furent parties, je me levai.

« Je crois que je vais monter. »

L'écœurement et la gêne me soulevaient le cœur, autant à cause du comportement de Wren que du soutien de Roza. Et surtout, parce que j'étais en train de complètement péter les plombs. J'étais tombée tête baissée dans le piège que Wren m'avait tendu.

« Non, dit Roza. Tu dois finir le jeu.

– Je n'ai pas envie de jouer. » Je détestai mon ton pleurnichard. « En plus, je n'ai aucune histoire à raconter.

– Alors invente quelque chose. Ou reste assise et contente-toi d'écouter. »

L'exaspération perçait dans la voix de Roza. Je me laissai retomber sur ma chaise, luttant pour étouffer mes larmes de frustration. Wren revint au bout de quelques minutes, ricanant bêtement, le visage cramoisi.

« La vache, ça fout la frousse. »

Elle posa la chandelle sur le manteau de la cheminée et retourna s'affaler à côté de Poppy.

Taylor et Keira passèrent ensuite. Taylor raconta un souvenir d'adolescence, quand à seize ans elle avait découvert une de ses amies morte dans la minuscule cabine d'un voilier. Et Keira narra son séjour de six mois dans une maison hantée. La majorité pencha pour dire que les deux histoires étaient vraies, mais il s'avéra qu'elles avaient été inventées. Taylor et Keira gagnèrent donc le droit d'avoir une bougie pour descendre à la cave.

« Poppy ? »

Roza se tourna vers elle. À ce moment, je m'étais servi un autre verre de vin et m'enivrais consciencieusement. Mais la haine couvait toujours dans mes tripes comme un petit brasier.

« Oh, non, je vais passer mon tour si ça ne vous dérange pas. » Elle gloussa. « En vérité, j'ai une peur bleue des fantômes.

– Moi, j'en ai une », dis-je.

Tous les visages se retournèrent vers moi d'un coup, comme si elles avaient oublié que j'étais là.

« Formidable, dit Roza avec un grand sourire.

– Il était une fois une fille qui avait une meilleure amie. » Les mots s'élevaient, légers, du centre du brasier aux flammes orange et bleu. « Les deux filles faisaient tout ensemble. Elles jouaient, elles écumaient les librairies, elles faisaient des blagues à leur famille. Mais un jour, une des deux filles se comporta comme une vraie garce, et l'autre décida de la tuer. Elle chercha longtemps comment faire passer ça pour une mort naturelle. Et elle décida de l'intoxiquer et commença à mettre du poison dans la nourriture de son amie, par petites doses, jusqu'à ce qu'elle tombe vraiment malade. Et toujours, elle fit semblant de veiller sur elle, restant des heures assise à ses côtés sur le lit. Mais depuis le début, c'était elle qui la tuait à petit feu. »

Les autres me regardaient avec de grands yeux. Je me sentais en paix et à part, comme si je m'étais adressée à des écrans plutôt qu'à des personnes.

« Et c'est la fin. »

Je pris une ample gorgée, contente de moi.

« OK. » Roza haussa les sourcils. « Vrai ou faux ?

– Faux. » Wren me lança un regard attestant qu'elle appréciait peu la plaisanterie. « C'est évident que tu viens de l'inventer.

– Ça file quand même les jetons, dit Taylor. Moi, j'ai bien aimé. »

Taylor et Keira hochèrent la tête.

« Tu as tout inventé, exact ? demanda Roza.

– C'est ce que font les écrivains, non ? Bordel, bien sûr que j'ai tout inventé. »

Taylor et Keira échangèrent un regard, surprises par mon langage. Wren réprima un sourire. Elle était aux anges : je perdais le contrôle et j'avais l'air d'une connasse boudeuse.

« Alors, ma chère, dit Roza en souriant, tu vas devoir marcher dans le noir. Tu es prête ?

– Ça a l'air super. »

Je fis claquer mon verre sur la table et me levai. Yana m'attendait, toujours sur le seuil. Elle m'accompagna dans le couloir, puis dans la cuisine. Le contraste était flagrant avec la pièce que j'avais vue tout à l'heure, lorsque Chitra s'affairait aux fourneaux : à présent, elle semblait glacée et étrangère.

« C'est là. »

Yana ouvrit une porte dans le fond. Un escalier s'enfonçait dans l'obscurité.

« Génial. »

Je commençai à descendre en tapant des pieds sur les marches. Je me foutais complètement de rouler jusqu'en bas et de me briser les reins. D'ailleurs, qui s'en souciait vraiment ? Mais alors que je pénétrais dans l'air humide et froid, ma bravade alcoolisée s'évapora. À présent ne restait que la honte. Pourquoi je n'étais pas capable de garder mon sang-froid ? Pourquoi je laissais Wren me mettre à bout ?

Au pied de l'escalier, je me retournai pour regarder vers le haut, m'attendant à voir la silhouette de Yana se détacher dans l'embrasure, mais elle était déjà repartie. Je restai sur place pour habituer mes yeux à la pénombre, reprenant mon souffle dans les relents viciés de moisissure. Plus loin, à bonne distance, j'aperçus une lueur. Les chandelles.

J'avançai prudemment dans un capharnaüm de hautes piles de cartons, de meubles recouverts de draps blancs, de tableaux dans des cadres dorés. Pas un bruit, à part un goutte-à-goutte sur le sol quelque part. Maintenant que j'étais séparée des autres, le malaise prenait le dessus sur l'humiliation. Il y avait bien une énergie noire qui circulait à Blackbriar. Elle semblait connectée à l'étrange histoire qui avait jailli, si fluide, de ma bouche. Et comment Wren avait-elle pu aussi bien raconter ma nouvelle ? Au moins, elle avait eu la décence de ne pas révéler la fin. La dispute que j'avais entendue entre mes parents, à l'étage, quand j'avais fini par rentrer. Ce n'était pas une nouveauté. Ce qui l'était plus, c'était le craquement sinistre et le cri rauque de maman. Debout devant leur chambre, je sentis l'odeur de putréfaction dans mes narines. C'était comme si j'avais ramené la créature des bois pour pourrir notre maison. Que papa quitta deux semaines plus tard.

Soudain, j'entendis un frottement près de moi. Je me figeai et le bruit s'éloigna. Une souris, ou un rat, ou n'importe quel autre habitant de ce labyrinthe de géant. Les ténèbres m'oppressaient. Je me retournai pour regarder le rassurant cercle de lumière en bas des escaliers. Enfin, après m'être cogné le genou contre un divan, j'atteignis la table. Des quatre chandelles qui entouraient un vieux miroir à main doré, une seule était encore allumée. Il aurait dû en rester deux, puisque Poppy avait passé son tour. Qui avait pu souffler plus d'une bougie ? Qui avait voulu me plonger dans le noir complet ?

J'hésitai, pesant le pour et le contre. Devrais-je leur dire que j'en avais soufflé une et laissé l'autre allumée ? Et seraient-elles déjà au courant ? Peu importe. J'étais au-dessus de ça. Je saisis le manche et fixai mon propre reflet dans le miroir – ivre, les yeux rougis, affreuse. Je me fis une grimace dénuée de tout humour. Derrière moi, quelque chose bougea dans la pénombre. Je me retournai vivement.

Quelqu'un en profita pour souffler la dernière bougie.

16

« Bon, les filles, dis-je, les mains tendues devant moi dans le noir, comme si j'étais prête à me battre. C'est pas drôle. C'est même tout pourri. »

Pas de réponse. Je me tenais droite comme un I, le cou rentré dans les épaules.

« OK. »

Je me mis à marcher vers l'escalier. Je me cognai l'autre tibia contre le canapé. Puis contre un meuble recouvert d'un drap blanc. Cet endroit était une putain de course d'obstacles.

À chaque pas je m'attendais à sentir des mains s'agripper à mes hanches, me tirer les cheveux ou m'enserrer la nuque. Mais au bout d'un moment qui me sembla durer des heures, je finis par retrouver l'escalier. Arrivée à mi-hauteur, je m'accroupis et me retournai vers la cave. Je n'y vis que des ombres et de vagues contours.

« Conneries », grommelai-je avant de monter le restant des marches quatre à quatre.

Revenue dans la lumière de la cuisine, je me sentis d'abord humiliée, puis en colère. Elles – peu importe qui – avaient voulu m'effrayer, me ridiculiser. Je refis irruption dans le salon. Taylor, Keira et Roza étaient en train de ricaner. Je notai avec une sombre satisfaction que Wren et Poppy n'étaient plus là.

« Où sont-elles ? »

Je montrai la causeuse où elles s'étaient assises. Elles me fixèrent, contrariées, comme si j'étais un raton laveur errant dans la maison.

« Qu'est-ce qui s'est passé ? » demanda Taylor.

Soudain retentit le rire de Wren, qui revenait, comme si de rien n'était, accompagnée par Poppy.

« C'était vous, hein ? » Je me tournai vers elles. « Comment vous avez fait pour descendre sans que je vous entende ?

– Je n'ai pas la moindre idée de ce que tu racontes. »

Wren reprit sa place sur la causeuse.

« Attends, explique-toi. Qu'est-ce qui s'est passé ? demanda Poppy en s'asseyant à côté d'elle.

– Vous m'avez suivie en bas pour me foutre la trouille, répliquai-je, les mains sur les hanches.

– Hé, assieds-toi. » Taylor s'approcha et me toucha l'épaule. « Raconte-nous ce qui t'est arrivé. »

Je m'exécutai, sans cesser de dévisager Wren et son air placide.

Roza hocha la tête.

« Ma chérie, il y a pas mal de courants d'air dans la cave. Je suis sûre que tu as vu un drap bouger au moment où le vent éteignait la bougie. » Elle semblait contente d'elle-même. « Mais avec ce jeu, il arrive qu'on voie vraiment des choses.

– Mais... »

Ce que j'avais vu dans le miroir, ce n'était pas un drap soulevé par un courant d'air – ça bougeait délibérément. C'était en mouvement.

« Tu as dû flipper à mort, dit Taylor. Tu veux un verre ?

– Non. » Je soupirai, épuisée. « J'ai assez bu. »

Si Wren faisait exprès de regarder ailleurs, Poppy me contemplait de ses grands yeux sincèrement inquiets. Je sentis monter la gêne. J'imaginais bien Wren se faufiler dans la cave pour me pousser à bout. Mais pas Poppy.

« Peut-être que ce n'était qu'un courant d'air. » J'essayai de sourire. Et demandai : « Où est Yana ?

– Elle est partie se coucher. Elle avait déjà laissé passer son heure. » Roza sourit à son tour. « Pourquoi ? Tu penses que c'est elle qui t'a suivie pour te jouer un mauvais tour ?

– Non… » Yana était antipathique, mais je ne la voyais pas se faufiler entre les piles de cartons et les souris. « Je suis… je suis désolée.

– Va te reposer, ma chérie. » Roza se leva. « Taylor, je te déclare gagnante du jeu. Allons prendre le coup de l'étrier.

– Avec plaisir ! »

Taylor sauta sur ses pieds. Wren leva les yeux, surprise, et me lança un regard noir. Elle avait dû vraiment penser qu'elle pourrait gagner ce jeu en se servant de ma nouvelle.

Cette nuit-là, je me réveillai en sursaut, les yeux fixés sur la porte. Quelqu'un marchait dans le couloir, à pas précipités et bruyants. Encore à moitié endormie, j'allumai la lampe, me glissai hors du lit. Quand j'ouvris la porte, dans le halo de lumière projeté dans le couloir, je ne pus qu'entrevoir une silhouette qui s'éloignait.

Quelque chose ne tournait pas rond. Je m'engageai à mon tour dans le couloir obscur.

« Attendez ! » dis-je en tâchant de ne pas parler trop fort pour ne pas réveiller les autres.

Je sentais que c'était important. Cette personne était en danger, en grand danger, et il fallait que je l'aide. La silhouette s'éloigna de plus belle et disparut sur le palier. J'accélérai le pas, décidée à la rattraper. Mais lorsque je l'atteignis à mon tour, il n'y avait personne. Je m'approchai lentement de la balustrade. En bas, éclairé par les fenêtres du grand hall, le sol de marbre gris et blanc formait un incroyable mandala de rayons de lune entrelacés. La grande table ronde était juste en dessous. Un vase de roses roses était posé en son centre. J'enregistrais tout ça quand des bras chauds m'enserrèrent la poitrine. Des bras nus, à la peau nacrée qui luisait dans la clarté lunaire. Des mamelons durcis comme des pierres s'enfonçaient dans mon dos.

« Enfin. »

Une voix susurrant à mon oreille. Le choc et la confusion m'empêchaient de bouger. Un lourd parfum de jasmin me flatta les narines.

« Roza ? » hasardai-je.

Je voyais flou, incapable de bien comprendre ce qui se passait, comme si on m'avait droguée. La femme eut un petit rire.

« Tu ne me reconnais pas ?

– Wren ? »

Je voulus me retourner, mais ses bras se resserrèrent autour de moi. Je hoquetai de surprise.

« Ça fait tellement longtemps que tu en as envie, hein, Al ? » Il y avait un sourire dans sa voix. « Bien avant cette nuit-là.

– Wren, est-ce que tu déconnes ? » murmurai-je.

J'essayai de me détacher, mais une partie de moi se sentait étrangement bien, soumise à cette forte étreinte.

« Tu te rappelles ce que tu as ressenti ? » Son souffle était lourd, tout près de mon oreille. « Et ce que je t'ai fait ?

– Pourquoi ? demandai-je, soudain mélancolique. Pourquoi tu l'as fait ?

– Tu veux que je te dise que j'étais amoureuse de toi, c'est ça ? » Elle ricana. « Je l'ai fait parce que je pouvais. Parce que tu étais ma chose et que je pouvais tout te faire.

– OK. »

J'essayai de me dégager, mais ses bras me tenaient comme un étau.

« Je le voyais dans tes yeux quand tu me regardais. Tu avais envie de me consumer. Tu avais envie de me tuer. On s'est bien amusées, non ? »

Sa main gauche remonta vers mon sein et son pouce caressa mon téton sous mon débardeur. Je sentis un frisson monter entre mes cuisses.

« Tu veux que j'arrête ? »

Elle pinça doucement. Même si je n'arrivais pas à croire ce qui était en train de se passer, *je ne voulais pas* qu'elle s'arrête.

« Non, dis-je dans un soupir.

– Et ça ? »

Son autre main descendit et se glissa dans mon bas de pyjama. Je haletai.

« Putain.

– C'est bon, hein ? Tu es déjà toute mouillée, Al. » Ses doigts se mirent à tourner autour de mon clito, délicats et insistants. « Tu es ma petite chérie, hein ? »

L'intensité de sa caresse se mua en une urgence nouvelle et désespérée, une énergie bouillonnante qui remonta le long de ma colonne vertébrale.

« Hein ? répéta-t-elle.

– Je suis ta rien du tout, parvins-je à articuler, toujours languissante.

– Mais moi, j'ai envie que tu le sois. Qu'on se remette ensemble. Ça ne te ferait pas plaisir ? » Sa voix était basse et hypnotique. « Je vais remporter ce concours et on aura tout l'argent qu'il faudra. »

Ses paroles coupèrent court à mon désir croissant. Je secouai la tête.

« Tu ne remporteras rien. Pas avec ta stupide histoire d'actrice. *C'est moi* qui vais gagner.

– Al. » Elle ricana, et sa voix se chargea de menace et de méchanceté. « Je gagne toujours. Tu le sais très bien. »

Elle embrassa ma nuque, m'écrasa de ses hanches, me forçant à m'appuyer contre la balustrade. Je m'y agrippai. Le sol de marbre semblait si loin en dessous.

« Dis-le. » Ses dents s'enfoncèrent profondément dans mon épaule. « Dis que je vais gagner. »

Je suffoquai sous la douleur, à la fois vive et douce, puis me mis à rire.

« Non.

– Dis-le. »

Ses doigts se mirent à tournoyer de plus en plus vite, et j'avançai le ventre à leur rencontre, envahie par la vague qui déferlait en moi comme un tsunami.

« Non, grognai-je. Jamais. »

Elle me poussa plus fort, basculant mon buste au-dessus de la balustrade. Je me laissai faire, délicieusement chancelante et sans défense. Je craignis un instant que la rambarde ne s'effondre sous nos poids et qu'on s'écrase deux étages plus bas, mais cela contribua à faire encore monter la tension d'un cran : un mélange de désir sexuel, de peur, de colère, de soumission et même de haine à l'état brut, qui enflait sous ses oscillations fermes et accélérées.

« *Dis-le.* »

Elle m'attrapa les cheveux avec sa main libre et me tira la tête en arrière.

« Va te faire foutre », crachai-je en souriant.

Elle tira si fort que j'eus l'impression que mon crâne allait se détacher comme une tête de poupée. Je haletais et je ne pouvais m'empêcher de pousser des petits cris, entre rires et gémissements.

« Al… » Cajoleuse, menaçante. « Dis-le ou j'arrête. »

Elle commença à ralentir.

« Non, continue.

– Dis que tu me supplies.

– Je t'en supplie ! »

Ses doigts reprirent le rythme. Je gémissais à voix haute à présent, prise dans l'énergie sombre qui suintait par tous mes pores. Tout mon corps était en feu, chaque cellule palpitait, une digue prête à rompre.

« Maintenant, dis que je vais gagner », reprit-elle d'une voix rauque.

Je ne pouvais plus parler. Mes gémissements révélaient ma vraie nature, la personne que j'étais tout au fond : sa chose, son jouet.

« Dis que je vais gagner. »

Elle planta ses ongles dans mon crâne. Flashs de douleur. La rambarde grinça.

« Oui », murmurai-je.

Le plaisir m'enveloppait, placentaire, total.

« Dis-le ! » Son ordre tempêta à mes oreilles. J'étais là, à la lisière de la jouissance, au bord d'une immense falaise. Plus capable de m'arrêter, même si je le voulais.

« Tu vas gagner ! » m'écriai-je. J'allais réveiller tout le monde, mais je m'en foutais complètement. « Tu gagnes ! Tu gagnes ! »

L'orgasme me submergea comme une explosion nucléaire : une lumière blanche remplit mes yeux, et une éruption me traversa, tellement puissante que je ne pris pas conscience de tomber avant d'avoir effectivement basculé dans le vide.

L'arrière de mon crâne heurta le plateau en marbre de la table ronde. Ma vision se fracassa en un million d'étoiles qui disparurent quand mon corps atterrit sur le sol. Je tombai sur le dos, le souffle coupé, encore secouée de soubresauts dans les bras et les jambes. Au début, je n'arrivai à discerner que de vagues contours. Je n'avais pas mal. En fait, je ne sentais plus mon corps. M'étais-je brisé une vertèbre ?

Quand ma vue redevint nette, j'aperçus Wren, loin au-dessus de moi, appuyée sur la balustrade. Elle s'était débrouillée pour me faire basculer, à l'instant où je parvenais à la jouissance. Un grand sourire aux lèvres, elle m'adressa un geste de la main, comme une mère qui fait signe à sa progéniture sur la scène d'un théâtre. Puis elle se redressa et s'étira. Elle en avait fini avec moi, elle recula et disparut de ma vue. J'essayai de l'appeler. Mais ne parvins qu'à expirer un peu d'air. Des taches noires se mirent à danser devant mes yeux. Je ne sentais toujours rien, ni physiquement ni émotionnellement. Je n'arrivais pas à bouger. D'une certaine manière, j'étais en paix.

Des bruits de pas se rapprochèrent. Yana apparut dans un jogging en velours blanc. Elle baissa les yeux sur moi, et me fusilla du regard. J'articulai un *au secours*, mais elle leva les yeux au ciel.

« Quel bazar, murmura-t-elle, puis elle fit demi-tour. Je reviendrai demain matin. »

J'essayai de crier tandis qu'elle s'en allait. Mais bien sûr, aucun son ne sortit.

17

« C'est un peu attendu. » Roza jeta la feuille de papier. « Un peu ennuyeux, aussi. Je ne ressens absolument rien pour les personnages secondaires. Alex, tu comprends ?

– Oui. »

Je prenais consciencieusement des notes. On approchait de la fin de notre réunion de groupe quotidienne. C'était le septième jour de la retraite, et depuis ma mésaventure bizarre dans la cave, quatre nuits plus tôt, je m'étais lancée à corps perdu dans l'écriture, en faisant de mon mieux pour éviter Wren. Je trouvais que j'avais fait un travail remarquable, surtout après le rêve de sexe. Cela m'avait perturbée d'une manière profonde et viscérale, surtout que c'était la première fois que j'avais un orgasme en dormant. Le rêve, lui-même, était tellement réaliste. Je m'en souvenais dans les moindres détails : ils m'horrifiaient et m'excitaient à la fois.

Dans la vraie vie, après avoir couché avec Wren, j'avais passé une journée entière à errer dans une confusion de sentiments. J'avais toujours considéré que notre amitié était platonique. Bien sûr, j'avais été séduite par son énergie et j'avais admiré très souvent sa beauté. Mais je n'avais jamais ressenti du désir physique pour elle – ni pour aucune autre femme, d'ailleurs. Je m'étais brièvement demandé, quand Ursula avait commencé à sortir avec sa petite amie, si je ne devais pas élargir le champ de mes rencontres. Seulement, je n'étais même pas parvenue à m'imaginer avec une autre fille.

Mais je dois reconnaître que, à la suite de ce qui s'était passé avec Wren, j'avais reconsidéré la question. Peut-être que si je n'arrivais pas à m'imaginer en train de faire l'amour avec une autre femme, c'était parce que je n'avais jamais essayé. Je ne passais pas non plus mon temps à rêvasser de coucheries avec des mecs. Mes expériences sexuelles étaient associées à de fortes doses d'alcool, et je m'y soumettais plus parce que c'était ce qu'on attendait de moi que parce que c'était bon. Par contre, ce qui s'était passé avec Wren, c'était *vraiment* bon.

Alors, peut-être que ma répugnance datait de ma jeunesse, quand on m'avait expliqué que l'homosexualité était une pratique anormale et non souhaitable. Au collège, une petite harceleuse avait fait courir la rumeur que j'étais lesbienne, conduisant les autres filles à s'écarter à mon approche. Et j'avais gardé un souvenir précis de mon adolescence, quand ma mère racontait à un de ses amants qu'une « tante » était entrée chez le marchand de légumes, et de la pose qu'elle avait prise en singeant ses manières. Même dans les séries que je regardais, il y avait toujours de sympathiques personnages gays, mais la plupart du temps ils étaient là pour l'exotisme ou pour l'effet comique.

De sorte que la question devint : qu'est-ce que je ressentais si je mettais de côté ce conditionnement de toute une vie ? Est-ce que mon amitié avec Wren pouvait déboucher sur un sentiment encore plus fort ? Honnêtement, je n'en savais rien. Mais plus je tournais ça dans ma tête, plus je sentais poindre l'excitation dans mon ventre. Ça devait avoir du sens quand deux amies clairement identifiées comme hétéros finissaient nues dans le même lit. Peut-être que notre histoire n'était pas terminée. Peut-être que notre liaison nous mettait sous les yeux une vérité trop enfouie pour qu'on l'ait vue avant. Malheureusement, Wren n'avait pas été intéressée pour explorer cette option. Aujourd'hui, assise en face de moi, elle gardait les yeux fixés sur Roza. Ses lèvres brillaient d'un rose parfait. Impossible d'imaginer qu'elles aient jamais embrassé mes cuisses. Je sentis une pulsation tout au fond de mon ventre, et ravalai un sanglot de tristesse et de honte, espérant disperser l'amas de sentiments qui se bousculaient en moi.

Après la réunion, je suivis les autres pour aller déjeuner à la salle à manger. Elles marchaient deux par deux et faisaient parfaitement la paire. Les beautés conventionnelles de Wren et de Poppy, contrastées entre la blonde aux couleurs flashy et la brune dans les tons pastel. Et les top branchées Keira et Taylor, l'une avec son jean noir et ses lunettes rouges design, l'autre avec ses tatouages et sa brosse courte en bataille.

Je fermais la marche, cinquième roue du carrosse, terne, banale et solitaire. Après la discussion avec Taylor, je m'étais dit que je pourrais m'entendre avec elle et Keira, faire de nous un trio plutôt qu'un duo, mais elle s'était montrée de plus en plus distante. Peut-être qu'elle m'avait draguée et avait cru que je l'avais repoussée. Ou peut-être que ça lui suffisait de fréquenter Keira et qu'elle ne pensait pas du tout à moi. Je n'en savais rien, et le soir venu, ça n'avait plus aucune importance. Seul comptait ce que j'étais en train d'écrire, et ça avançait suffisamment bien pour que je ne me laisse pas déconcentrer. Et même si Roza trouvait ça barbant, je savais, au fond de moi, qu'elle essayait de me faire aller plus loin. Après sept jours passés dans un manoir en petite compagnie, j'aurais pensé que je serais devenue claustrophobe. Mais la narration me tenait sous son emprise. Je ne sortais même pas prendre l'air dans le parc comme les autres, je préférais passer tout mon temps à écrire.

Au bout d'une semaine de retraite, nous avions toutes nos habitudes pour le déjeuner. Wren et Poppy passaient en coup de vent piocher des sandwichs au buffet que Chitra avait installé, puis elles repartaient, Wren dans leur chambre et Poppy dans l'austère salon, qu'elle s'était inexplicablement choisi comme bureau. D'ordinaire, Taylor et Keira ne restaient pas non plus, mais aujourd'hui, elles s'étaient attablées. Dehors, la neige tombait doucement.

« Alex, viens t'asseoir avec nous ! » s'exclama Taylor.

Je lui en sus gré, presque malgré moi. Qui sait, ce besoin d'être acceptée ne disparaîtrait jamais complètement.

« Roza ne t'a pas ménagée, aujourd'hui, dit Taylor alors que je m'asseyais avec elles. Comment tu te sens ?

– Je vais bien. » Je haussai les épaules. « Je sais qu'elle essaie juste de m'aider.

– Si tu appelles ça de l'aide, rétorqua Keira en fronçant les sourcils. Hier, pendant le tête-à-tête, elle voulait tout savoir des problèmes de ma mère. Après, j'ai dû faire vingt minutes de méditation pour me calmer et arrêter de me dire que j'étais trop grossière.

– La thérapie avec Roza, bonjour. » Taylor éclata de rire. « Elle te taillera en pièces pour mieux te reconstruire… Ou elle se débrouillera pour que tu lui balances une bonne histoire.

– Exactement. » Keira leva les yeux au ciel. « Elle voit qui, aujourd'hui ?

– Moi. » Je piquai une tranche de pomme. « C'est notre deuxième face-à-face.

– C'est vrai, tu avais été la première à y passer. » Taylor pencha la tête. « En tout cas, elle a trouvé comment te stimuler. »

L'expression me frappa par sa connotation sexuelle.

« C'est vrai.

– Vous avez parlé de quoi, la première fois ? » demanda Taylor.

Oh, tu sais, juste de ma coucherie avec Wren et du fait que j'aie tenté de l'estropier par la suite.

« Rien que de l'écriture. Ou plutôt de l'angoisse de la page blanche. »

Je mâchais en silence, évitant le regard de Taylor. Pourquoi avais-je eu l'impression qu'elle scrutait le fond de mon âme ?

« Tu as bien de la chance de ne plus avoir ce problème. » Keira ramena ses tresses en arrière. « Ce quota de mots m'oppresse un max.

– Sérieusement ? demandai-je. Ton écriture est tellement maîtrisée. Je me disais que c'était… facile, j'imagine.

– Oh, que non. » Elle serra les dents, lugubre. « Chaque jour a été une lutte. J'ai l'habitude d'écrire des premiers jets merdiques. Mais je ne veux pas que Roza – ni aucune d'entre vous – les lise. Alors, j'écris, et je reviens en arrière, et je reconstruis tout, et... » Elle souleva ses lunettes et se frotta les yeux. « C'est beaucoup de boulot.

– Moi aussi, j'ai dû batailler. » Taylor me tapota le bras. « Comme tu le sais. »

Cet échange était surprenant à entendre. Tout le monde avait rendu son quota de mots journalier et réussi à produire une prose correcte tout en restant de bonne humeur pendant les réunions, les apéritifs, les dîners et les derniers verres avant d'aller se coucher. Pourtant, malgré leur affinité de confinement, elles traversaient des moments difficiles. Et elles essayaient de le dissimuler à Roza. Elles n'avaient pas tort. Parce que je n'arrivais pas à l'imaginer compatissante ; elle serait plus du genre à leur conseiller d'arrêter de geindre. À apprécier la chance offerte. Et à se servir de la douleur.

« Mais toi, non. » Taylor m'adressa un sourire. « Tu surfes sur la vague, on dirait. Tu transmets une histoire qui est en toi. Je le sais. Je connais cette sensation.

– Je ne suis pas sûre d'aller aussi loin », dis-je.

Elles échangèrent un coup d'œil, et j'eus le sentiment de devoir me défendre.

« Vous devez vous souvenir que je n'ai pas été fichue d'écrire un mot pendant un an. Je crois que c'est la raison de cette profusion. »

Cela parut les satisfaire. Taylor se mit à exposer un problème d'intrigue qu'elle essayait de résoudre, et je fis un effort pour l'écouter. Parce que à la vérité, elle avait raison. J'avais bien l'impression de canaliser une histoire. Roza m'avait fait une réflexion similaire durant notre premier tête-à-tête. Ses paroles me revinrent, ainsi que sa voix rauque : *Le cerveau d'un écrivain est comme un canal. Quand on ouvre l'écluse, de glorieuses vérités peuvent circuler.* De sorte que la question devint : de quoi – ou de qui – étais-je en train de transmettre l'histoire ?

À 15 heures précises, je frappai à la porte rouge. Roza ouvrit en grand, arborant une robe à fleurs et un regard un peu contrarié.

« Oh, bonjour. Entre donc.

– Vous êtes sûre que c'est le bon moment ? »

Je la suivis à l'intérieur. Un plateau chargé d'une théière et de tasses était posé sur la table basse. Pas d'Unicum, aujourd'hui.

« Mais oui, ma chérie. »

Elle resserra le nœud de sa robe de chambre et nous fit passer dans le petit salon.

Je remarquai l'ordinateur ouvert sur son bureau.

« Comment va l'écriture ?

– C'est à chier. »

Elle claqua l'écran et vint s'asseoir près de moi sur le canapé. Elle se mit à l'aise et le pan de sa robe de chambre se souleva, laissant apparaître un fragment de cuisse nue le temps qu'elle se rajuste. Elle avait l'air de sortir de la douche.

« Navrée de l'apprendre. »

C'était bizarre de se représenter Roza en train d'écrire ; difficile de l'imaginer, à son bureau, devant son ordi, commençant et reprenant sans arrêt son travail. Je pensais que ses romans sortaient parfaitement formés de sa tête, comme les enfants des dieux grecs.

Elle sourit.

« Toi, par contre, ça a l'air d'aller ?

– Sauf pour les personnages barbants », dis-je en lui retournant son sourire.

Elle se pencha pour servir un thé très foncé, avec son petit air narquois toujours marqué sur les lèvres.

« J'ai dit que l'intrigue était barbante, ma chérie. Et que je ne ressentais pas grand-chose pour les personnages secondaires. Et si je l'ai dit, c'est parce que je sais que tu peux mieux faire.

– Mais comment pourrais-je rendre l'intrigue plus intéressante si tout est écrit dès le départ ? » Je sentis que je m'énervais. « C'est une fiction historique. Je suis obligée de suivre le fil des événements.

– Eh bien, tu as de la chance que Daphné n'ait pas tenu un journal intime trop détaillé. » Roza piocha un morceau de sucre avec une petite pince et le fit tomber dans son thé. « Et même si elle en avait tenu un, tu as ta liberté de création, chérie. Tu peux aller dans toutes les directions.

– Ouais. » Je versai un nuage de lait dans mon thé et le regardai se propager. « Mais pour je ne sais quelle raison, je me sens responsable envers Daphné d'être le plus fidèle possible à la réalité. Et franchement, son histoire en elle-même est assez dramatique. »

Je tentai de boire une gorgée de thé et me brûlai le bout de la langue.

« Concentrons-nous sur les liens entre Daphné, Florence et Abigail. » Roza m'observait à travers les volutes de vapeur. « Pour l'une, des liens maternels. Pour l'autre, une relation différente. Pas encore bien définie.

– Sororale ? » proposai-je.

Roza arqua un sourcil.

« C'est tout ? Barbant. »

J'éclatai de rire.

« Le message est passé.

– Très bien.

– Vous savez, je n'imaginais même pas que Florence était maternelle envers Daphné. » Je soupirai. « Mais vous devez avoir raison. Elle est plus âgée. Et elle pense que c'est elle qui commande.

– Comme beaucoup de mères. » Roza marqua une pause. « Et toi, ma belle, comment est ta maman ? »

Et c'est parti. Je me souvins des reproches de Keira et réprimai un sourire.

« Elle est... Je ne sais pas comment la décrire. J'ai toujours pensé qu'elle était plutôt glaciale et renfermée. Mais elle a fini par se marier il y a quelques années, et aujourd'hui, on dirait une tout autre personne.

– Comment ça ?

– Elle est... Je ne sais pas ; elle est beaucoup plus affectueuse. Lui est un peu plus jeune qu'elle, et il a deux ados d'un premier mariage. Et... ouais, ils forment juste une famille normale, et heureuse. Tous les ans, ils font la totale au moment de Noël – un grand sapin, plein de cadeaux, des cookies préparés par maman. À mon époque, j'étais déjà contente si j'avais un cadeau. Elle était juive par le sang, mais on ne célébrait pas non plus ces fêtes-là.

– Juive ? répéta Roza. D'où ça ?

– De Hongrie. »

Je le lui avais déjà dit. Mais peut-être était-ce trop demander qu'elle se souvienne de chaque détail de mon passé.

« Est-ce que tes grands-parents ont survécu à la guerre ? demanda-t-elle, le regard adouci.

– Ils ont réussi à passer au travers de l'Holocauste. Presque tout le restant de ma famille est mort dans les camps. Mais mes grands-parents se sont débrouillés pour franchir la frontière. Ma mère avait deux ans. »

Chaque fois que je repensais à cette histoire, ça me plongeait à distance dans une espèce de scepticisme vis-à-vis de leur film d'horreur intime avec ma mère dans les basques, et de leur évasion dramatique.

« Quand sont-ils arrivés aux États-Unis ? demanda Roza.

– Ils sont restés quelques années à Paris. Et ils ont émigré quand ma mère avait quatre ans. Elle ne parlait pas trop de ses parents, mais je me souviens qu'elle m'avait dit qu'ils étaient complètement américanisés, ne se parlaient qu'en anglais et se nourrissaient exclusivement de plats américains. Ils tenaient une bijouterie à Chicago et étaient décédés l'un à la suite de l'autre quand elle avait une vingtaine d'années.

– De quoi sont-ils morts ? »

Ça faisait vraiment du bien, et c'était rien de le dire, que Roza m'accorde une telle attention.

« Ma grand-mère a chopé le cancer, dis-je. Un lymphome. Et mon grand-père… il s'est fait renverser par une voiture deux semaines après sa mort. Ma mère pensait qu'il l'avait fait exprès. Que c'était un suicide. »

Maman m'avait confié ça un an plus tard, précisément le jour anniversaire de son décès, quand, ayant trop picolé, elle était devenue sentimentale. C'était dans ces moments-là que j'insistais, quand je savais que je pourrais recueillir quelques bribes de notre histoire passée.

« Ça fait sens. »

Roza se perdit dans la contemplation des flammes.

« Le suicide ?

– Non. » Elle entoura une mèche de ses cheveux roux autour de son doigt. « Tout. J'ai senti qu'il y avait de la tristesse en toi. La douleur se fixe dans les gens.

– Oh. »

Je grimaçai.

« Et ça bonifie l'écriture. »

Il faisait clair dans la pièce inondée par la blanche lumière d'hiver. Des grains de poussière voletaient entre nous.

« Tout le monde souffre, bien sûr. On ne peut pas être et ne pas souffrir. Mais il y a des traumas qui viennent de plus loin. Générationnels. Ils sont encodés dans ton ADN. L'Holocauste. L'esclavage. Les génocides. Un rappel des profondeurs de la dépravation humaine. Tu devrais être reconnaissante.

– Reconnaissante ? » répétai-je en écho.

Elle sourit.

« Tu as réagi. Dis-moi.

– Eh bien… » Je ne voulais pas paraître irascible, mais j'avais envie d'être honnête. « Je n'ai pas eu la pire des enfances, pourtant à bien des égards, c'était vraiment n'importe quoi. Mon père a disparu lorsque j'avais neuf ans. Ensuite, ma mère m'a trimballée d'un endroit à un autre. On n'a jamais eu de vraie maison.

– Et aujourd'hui, *elle* en a une. Avec toute la vie stable et heureuse que tu as toujours désirée. Et ses nouveaux enfants. Hum ? »

À mon grand désarroi, je me mis à pleurer. Comment Roza arrivait-elle si bien à me tirer les larmes ?

« C'était quoi le plus dur ? demanda-t-elle doucement.

– Le plus dur ? » Je reniflai. « C'est probablement aujourd'hui, quand je la revois – en général, j'y retourne pour Noël puisqu'ils se sont mis à le fêter – et qu'elle se comporte comme si j'étais la preuve vivante de ce passé pourri.

– Qu'est-ce qu'elle te reproche ? demanda Roza, les sourcils froncés.

– Je ne sais pas. Elle ne dit rien. C'est sa manière de faire. À Noël dernier, en entrant dans la cuisine, je l'avais vue embrasser Emma, ma demi-sœur. Son regard avait croisé le mien, et, l'espace d'une seconde, elle avait semblé surprise et vaguement dégoûtée, comme si j'étais une affreuse araignée apparue sur son mur. Et j'avais eu le sentiment qu'elle voulait que je disparaisse. » Les larmes coulaient sur mes joues. « Parce que je lui rappelais tout. C'est comme si c'était moi, cet horrible fantôme.

– Oh, ma chérie. »

Ainsi qu'elle l'avait fait la dernière fois, Roza alla chercher un mouchoir en soie sur son bureau. Et une fois encore, je me sentis gênée de me moucher dedans. Mais l'étoffe était douce comme une caresse sur mon visage. *La thérapie avec Roza, bonjour.*

« Je comprends mieux. » Elle posa la main sur mon genou. « Pourquoi Wren comptait tellement pour toi. Et pourquoi sa trahison t'a semblé si cruelle.

– Ouais. » Je me laissai aller dans les coussins. « Il faut dire que son enfance n'a pas été rose non plus. Bien pire que la mienne, en fait. Sévices corporels, ce genre de choses. C'est pour ça que c'était si important pour nous deux de savoir que l'autre était là.

– Tu es obligée de faire des comparaisons ? demanda Roza. Sévices corporels contre négligence affective. Certains diraient que la négligence est pire. Parce que c'est ton existence même qu'elle remet en question. »

Je haussai les épaules, déconcertée.

« Je ne sais pas. J'imagine que ça avait moins l'air intentionnel. Moins punitif. Mais les deux sont nuls, on est d'accord. »

Roza rumina pendant une minute, les yeux baissés vers ses genoux.

« Je vais te raconter une histoire. Ça ne te dérange pas ?

– Pas du tout. »

J'étais prête à tout entendre pour arrêter de penser à ma mère.

« Elle parle de ma meilleure amie, à moi. Mila. » Elle leva les yeux. « Celle qui était en train de mourir quand j'écrivais *La Langue du démon*. J'ai beaucoup parlé d'elle, mais j'ai rarement mentionné qu'elle était à moitié allemande. Je l'ai découvert dans les années 1960, longtemps après la guerre. Un jour, de but en blanc, elle décida de me confier que son père avait été un officier nazi. Et bien qu'elle fût juive, et malgré les viols et les pillages des Allemands, sa mère était tombée amoureuse de lui. » Roza avala une petite gorgée de thé. « Il se trouve que mon propre père est mort dans un camp. Ma mère a eu la vie sauve parce qu'elle était très belle et très chanceuse. Couturière émérite, elle reprisait les uniformes des officiers, et bien sûr, leur rendait aussi d'autres services. Mais la mère de Mila avait été encore plus chanceuse. Son amant lui procura de faux papiers. Et comme elle était blonde, elle put passer pour une Allemande. Après la guerre, il l'emmena à Berlin, où naquit Mila. Il quitta l'armée et reprit sa robe d'avocat. Lorsqu'il mourut d'une crise cardiaque, sa mère ramena Mila à Budapest. Bref. Mila me montra des photos et me raconta les atrocités qu'il avait commises. Je n'ai jamais su si c'était vrai ou si elle venait de tout inventer. Mais plus elle parlait, plus sa voix était vibrante. Elle avait honte de lui, mais ressentait en même temps une espèce d'excitation, et même de fierté bizarre. »

Roza se tut. Je finis par combler le silence.

« Ça n'a pas dû être facile à gérer.

– Non. Mais j'ai géré. Et tu sais ce que j'ai décidé de faire ? » Elle m'adressa un petit sourire narquois. « J'ai décidé de la punir. Je ne lui ai pas adressé la parole pendant des semaines. Et tous les jours, elle venait devant chez moi dans l'espoir que je sorte pour lui parler. Et tu sais quoi ? Ça m'a fait vraiment du bien d'inverser le déséquilibre du pouvoir. C'était très cathartique. Et j'ai compris qu'on pouvait influer sur les choses. » Elle reposa sa tasse. « J'ai fini par l'accepter à nouveau dans ma vie. Et on est redevenues amies. Mais lorsqu'elle est tombée malade, j'ai compris que ma punition n'avait pas été assez sévère. Qu'elle avait encore des dettes à régler à cause des péchés de ses parents. Je ne sais pas qui ou quoi décide de ce genre de choses. Mais je savais très bien que c'était le cas. »

Je hochai la tête, hésitant à répondre.

« Tu veux que je te dise la morale de l'histoire ? » Roza me prit la main. « C'est que ça ne sert à rien de s'inquiéter. Les châtiments appropriés finissent toujours par être infligés à ceux qui les méritent. Et souvent, dans cette vie même. »

D'un côté, je me sentais honorée de la confiance que me manifestait Roza. De l'autre, j'étais un peu déçue. C'était comme atteindre la grotte d'un gourou que j'aurais passé des années à chercher, espérant une révélation, mais ne recevant qu'une banale phrase d'encouragement.

Desserrant son étreinte, Roza me caressa la main.

« Jusqu'à présent, tu as donné et Wren a pris. C'est à ton tour de prendre. Comment peux-tu utiliser ce qu'elle t'a donné ? Le transformer en quelque chose qui t'appartienne ? Affirmer ta puissance ?

– Je ne sais pas. »

Soudain, je me sentis confuse, à la dérive. Je jetai un coup d'œil à la tasse laiteuse. Roza m'aurait-elle droguée ? Ça ne m'aurait pas étonnée de sa part, mais je n'étais sûre de rien. Elle avait raison. Je devais affirmer ma puissance. Je ne savais pas trop ce que ça voulait dire, mais j'avais l'impression que ça finirait par ressortir sur le papier. Roza souriait, comme si elle avait été dans ma tête pour assister à cette infime bascule silencieuse.

« N'oublie pas ce mot, dit-elle. Puissance. »

Extrait de La Grande Transmission

« Daphné, dit Florence d'une voix calme. Il faut que vous m'écoutiez. »

Malgré la bulle d'hilarité qu'elle sentait monter en elle, Daphné parvint à se dominer. Imaginez le tableau : Florence, cette vieille fille entre deux âges, l'exhortait à s'arrêter, juste par jalousie.

« Je vous écoute. »

Daphné lui adressa un sourire fadasse. Elle savait faire ; dans sa vie d'avant, elle avait souvent utilisé cette capacité à paraître transparente comme un camouflage. C'était incroyable tout ce qu'on pouvait surprendre en travaillant dans un restaurant : des hommes se vantant de leurs conquêtes, des femmes se plaignant de leur mariage, tant au niveau sexuel que physique. Des propos de gens riches.

Avant de travailler au restaurant, elle avait été serveuse dans un bar. À cette période, c'était impossible de ne pas la remarquer. Elle déboutonnait le haut de sa robe, juste assez pour laisser entrevoir sa poitrine, et endurait les regards lubriques. C'était la condition pour avoir des pourboires. Elle n'en était pas fière. Mais c'était une question de survie. Plus tard, quand elle compterait l'argent gagné dans la soirée avec Jillian, sa collègue, elle rigolerait bien de ces hommes. Jillian lui avait montré comment rouler les billets et les cacher dans son corsage, pour le cas où elle se ferait agresser sur le chemin du retour vers la misérable chambre qu'elle occupait dans une pension de famille. Et c'était Jillian qui avait évité à Daphné de se faire virer cette nuit où un client malodorant l'avait attirée pour lui planter un baiser mouillé sur les lèvres. Sans réfléchir, Daphné l'avait giflé. Normalement, l'homme aurait dû se faire jeter dehors, mais il occupait un poste important sur les docks et dépensait au bar sans compter. Sans les efforts de Jillian pour calmer le tenancier, Daphné aurait été renvoyée sur-le-champ.

Elle en fut tellement perturbée que Jillian avait tenu à la raccompagner chez elle sous le crachin, les abritant toutes deux sous le même parapluie. Daphné l'invita à prendre un thé pour se réchauffer avant de poursuivre sa route. Et par sa seule présence, Jillian fit paraître la lugubre petite chambre un peu plus gaie et lumineuse. Elles suspendirent leurs robes au-dessus du poêle et se réfugièrent en slip sous les couvertures de Daphné. Jillian la convainquit d'additionner le thé avec un peu du liquide contenu dans sa flasque, et ensuite…

Fadeur. Amabilités. Masques. C'était ce qui lui avait permis de se faire engager au restaurant. Et peut-être aussi ce qui avait poussé Horace à tomber amoureux d'elle. Une coquille vide qui souriait poliment – dans sa salle à manger, dans son salon, dans son lit. Par contre, dans le monde du spiritisme, une coquille vide était une chose rare et précieuse. Parce qu'on pouvait la remplir et s'en servir pour transférer de grandes quantités d'énergie d'un monde à l'autre. Et la sensation de puissance qui enflait en elle ne pouvait être comparée qu'aux nuits secrètes qu'elle passait avec Jillian.

Daphné perdit son amie du jour au lendemain, quand celle-ci dégotta un emploi mieux payé dans un café à l'autre bout de la ville. Jillian lui promit de l'y faire aussi engager, mais elle ne donna plus de nouvelles. Et quand Daphné passa la voir un soir, elle apprit que Jillian avait quitté la ville avec le cuisinier. Dans ce dénouement, Daphné n'avait pas eu le choix. Mais aujourd'hui, elle pouvait choisir. Et après avoir eu l'occasion de ressentir un tel niveau d'énergie, une telle intensité – eh bien, elle n'avait pas l'intention de s'arrêter.

Florence bavardait et Daphné hochait la tête, mais elle n'écoutait plus vraiment au moment où Abigail s'approcha et lui prit le bras.

« Nous sommes inquiètes pour vous. »

Les paroles concernées d'Abigail envahirent ses pensées.

« Mais pourquoi ? demanda Daphné, perplexe.

– Parce que… » Le doux et innocent visage d'Abigail était empreint de douleur. « Parce que vous avez changé. »

Parce qu'elle était passée d'une coquille vide à autre chose ? Finalement, elles étaient comme tout le monde, exigeant que Daphné soit conforme à celle qu'elles avaient envie de voir et de contrôler. Et maintenant qu'elle commençait à s'affirmer, ça ne leur plaisait pas.

« Nous avons peur que cette Grande Transmission soit trop lourde à porter pour vous, continua Abigail. Vous savez, ces choses absorbent beaucoup de forces. Et cette… créature…

– Elle s'appelle Lamia, dit sèchement Daphné.

– Lamia, répéta docilement Abigail en écho. Eh bien… Elle a l'air en colère. »

Daphné réprima un sourire. Évidemment, ces femmes riches de naissance et sans contraintes maritales ne pouvaient pas comprendre. Elles faisaient mine de s'offusquer de l'état de la société et que les femmes soient considérées comme des citoyennes de seconde zone – en tout cas, celles avec qui elles partageaient la même pâleur de peau. Mais elles n'avaient jamais connu de privations. Elles n'avaient pas eu faim, ni dû tuer les rats sous leur lit à coups de tisonnier, ni supporté en silence le poids d'un homme qui les besognait et les faisait saigner. Comment pourraient-elles ne serait-ce qu'imaginer ce qu'était la colère ? C'était pour cela que Lamia était venue vers elle. Et pas vers une autre.

« Alors, vous nous promettez que vous allez arrêter ? »

Les yeux de biche désespérée d'Abigail s'emplirent de larmes. Ô Seigneur. La voix de Jillian lui revint en mémoire, à la fois amusée et dégoûtée. Si elle avait été présente, elle aurait renversé sa tête en arrière avant d'éclater de rire.

« Je suis désolée. » Daphné prit un air contrit, comme un chien qui sait qu'il a fait une bêtise. « Je vous le promets. Je vais arrêter. »

18

Cette nuit-là, je me réveillai d'un coup. Je me retournai sur le flanc, dérivant dans le monde des rêves comme un bateau sans amarres, jusqu'à ce que je les entende à nouveau. Des bruits de pas, calmes et réguliers, qui faisaient craquer le plancher.

J'avais la très nette impression d'avoir déjà vécu cette scène, dans mon rêve avec Wren. Mais là, c'était bien réel. J'allumai la lampe. Clignant des yeux dans la lumière, je les écoutai passer devant ma chambre. Je me glissai en dehors du lit et entrouvris la porte. Une silhouette tournait à l'angle, au bout du couloir. La sensation de déjà-vu devint encore plus flagrante lorsque je me faufilais derrière elle. Le cœur battant, je courus vers le palier de l'escalier. Personne. Je m'approchai de la balustrade. La même clarté lunaire que dans mon rêve inondait la pièce par les grandes fenêtres. Je me retournai nerveusement, puis me forçai à avancer jusqu'à ce que mes mains agrippent la rambarde.

Là-bas. Quelqu'un arrivait en bas de l'escalier. Une silhouette en legging et sweat-shirt sombre, dont la capuche dissimulait le visage. Elle s'engouffra dans le couloir conduisant au salon, à la bibliothèque et à la cuisine. Je pris pour un signe la coïncidence avec le début de mon rêve. Ou pour une invitation, peut-être ? Quoi qu'il en soit, j'avais bien l'intention de découvrir ce qui se passait. Je descendis les marches quatre à quatre. La silhouette – ce devait être une femme – était déjà au bout du couloir, à environ six mètres devant moi. Elle dépassa le salon, puis la bibliothèque. Sa démarche était lente et processionnelle.

Elle entra dans la cuisine et alla droit vers l'escalier de la cave. Je m'arrêtai près du billot. Elle ouvrit la porte et alluma la lumière. Je n'entrevis que le bout de son nez sous sa capuche violette quand elle commença à descendre les marches. C'était le sweat de Wren – mais cette silhouette était trop petite pour être la sienne. En m'armant de courage, je m'élançai à mon tour vers l'escalier.

« Hé. » J'avais encore la voix endormie, je m'éclaircis la gorge. « Hé, attendez. »

Elle s'arrêta, une main sur la rampe en bois. Elle avait du vernis rose. Je connaissais ces ongles.

« Poppy ? » demandai-je.

Elle se retourna lentement. Je m'attendais à une vision d'horreur : un visage à moitié dévoré, ou des yeux rouges luisants.

Mais ce n'était qu'elle. Elle me dévisagea de ses grands yeux noisette. Et pourtant... on aurait dit qu'elle ne me voyait pas. Comme si elle regardait à travers moi, comme si je n'existais pas.

« Qu'est-ce que tu fabriques ? »

Je descendis de quelques marches pour l'attraper par le bras. Je fus rassurée de sentir sa peau chaude et ferme entre mes doigts. Elle sursauta, et je l'agrippai plus fort pour l'empêcher de tomber en arrière.

« Poppy, c'est moi. Réveille-toi. »

Elle se dégagea prestement et regarda autour d'elle, clignant des yeux comme une petite fille effrayée.

« On est où ? demanda-t-elle d'une voix pâteuse.

– Dans l'escalier de la cave. »

L'air froid remontant du sous-sol me donnait des frissons.

« Hein ? »

Elle ployait sous le poids de ses propres épaules.

« Je crois que tu fais une crise de somnambulisme. Enfin, que tu en as fait une.

– Quoi ? »

Elle plissa les paupières, égarée comme un animal acculé dans son terrier.

« Je t'ai suivie jusqu'ici… » M'apercevant qu'elle ne comprenait pas, je poussai un soupir. « Ce n'est pas grave. On va retourner là-haut, d'accord ?

– D'accord. »

Poppy me suivit de près, et j'eus soudain l'impression de la protéger. Je pris sa main et la reconduisis dans la cuisine, puis dans sa chambre. Elle retourna se coucher immédiatement. Dans la pâle lueur de la lune qui baignait la pièce, j'aperçus le visage de Wren. Elle dormait. Je refermai doucement la porte et regagnai ma propre chambre. Mais je me sentais toujours mal à l'aise. Je me trouvai stupide de regarder dans l'armoire, sous le lit et même derrière le rideau de douche, dans la salle de bains. Mais j'avais besoin de me rassurer. La dernière image qui s'imposa à moi avant de sombrer dans le sommeil, ce furent les yeux immenses de Poppy, qui regardaient à travers moi comme si j'étais un fantôme.

19

« Oh, mon Dieu. » Poppy n'en revenait pas, sa bouche béante laissant apercevoir un morceau de muffin déjà mâché. « Tu es sérieuse, là ? T'es pas en train de me raconter des craques ?

– C'est pas une blague. »

Son regard incrédule me mit les nerfs à fleur de peau, comme si elle m'accusait d'avoir tout inventé. Il fallait bien reconnaître que dans la chaleureuse lumière du jour, autour d'un petit déjeuner partagé avec Poppy et Keira, c'était difficile à croire.

« Tu as dû flipper grave. »

Keira m'observait.

« Franchement, c'était terrifiant. » J'essayai de sourire. « Et en plus, j'étais désolée de devoir te réveiller. Enfin, juste à moitié, parce que tu étais carrément dans les vapes. Après, je me suis souvenue qu'il ne faut pas réveiller un somnambule.

– C'est dingue. »

Les yeux dans le vague, Poppy se mit à jouer avec le cordon d'un nouveau sweat à capuche appartenant à Wren. Apparemment, elles s'étaient mises à échanger leurs fringues.

« Tu sais quoi ? Quand j'étais petite, je faisais des crises de somnambulisme. Et en fait… » Elle ouvrit grand les yeux. « Et je crois me souvenir que je descendais à la cave !

– Mince ! lâcha Keira en secouant la tête. Tes pauvres parents.

– Oui, hein ? » Poppy passa une main dans ses cheveux ondulés. « Je n'y avais pas repensé depuis très longtemps. Mes parents m'entendaient descendre l'escalier et me retrouvaient en bas, debout dans le noir. Ça nous faisait tous vachement stresser. Ils avaient peur que je me blesse, que je sorte dans la rue ou que je fasse n'importe quoi. Ils voulaient m'emmener voir un spécialiste. Mais après quelques semaines, ça a disparu comme c'était venu.

– C'est effrayant d'imaginer tout ce qui aurait pu arriver, dis-je sur un ton angoissé. Tu imagines si tu étais tombée dans l'escalier ?

– Tu pourrais t'enfermer dans ta chambre, dit Keira. Il y a une clé dans le tiroir du bureau.

– Peut-être que je vais faire ça. » Poppy se leva d'un coup. « Je ferais mieux de me remettre à bosser. Mais merci pour le soutien, les filles ! » En passant près de moi, elle tira un petit coup sur ma queue-de-cheval « Et merci d'être venue à mon secours, Alex. T'es la meilleure.

– De rien. »

Je la regardai s'éloigner, toujours mal à l'aise. J'aimais bien Poppy. Même si elle s'était rapprochée de Wren, elle s'était toujours montrée amicale. J'avais du mal à l'imaginer en train de lui répéter ce que j'avais dit ce premier soir quand – selon Wren – j'avais « raconté de la merde ». Une fois encore, la naïveté faisait partie de mon problème : elle me poussait à accorder ma confiance à des gens qui finiraient par me trahir.

« Bizarre, non ? »

La voix de Keira interrompit mes divagations. Je suivis son regard fixé sur la porte.

« Tu parles de Poppy ?

– Ouais. » Elle reposa son toast. « Elle n'a plus été somnambule depuis l'enfance, et ça la reprend d'un seul coup ?

– C'était très troublant de la voir comme ça, répondis-je.

– Qu'est-ce que tu faisais encore debout si tard ? Tu écrivais ?

– Oh, non. Elle m'a réveillée. J'ai le sommeil très léger.

– Tu as rêvé ? »

Le regard de Keira se fit soudain intense.

« La nuit dernière ?

– En général. » Elle poussa un soupir. « Moi, j'ai super mal dormi. Et j'ai fait plein de cauchemars.

– Quel genre ? »

Je ne me rappelais que mon rêve sexuel, et je n'avais aucune envie de le partager.

« Je ne suis pas sûre. » Elle ferma un peu les yeux. « Je ne me souviens que de flashs. Je suis dehors dans la neige. Je suis trempée et on me tire par les bras. Et ensuite… je suis dans cet endroit obscur. Et glacé. Et il y a cette odeur… »

J'attendais la suite, mais après s'être interrompue, elle fixa son assiette.

« Ça va ? »

Je lui touchai le bras. Elle sursauta.

« Ouais. » Elle me sourit, les lèvres serrées. « Ça va. Je suis juste un peu stressée, j'imagine.

– On est pas mal sous pression. »

C'était une des premières fois que Keira s'ouvrait à moi, alors que nous étions seules toutes les deux.

« C'est clair. » Elle se leva brusquement et alla à la fenêtre. « Ils ont prévu une tempête ce week-end. C'est Chitra qui me l'a dit hier. Ils annoncent un gros truc. »

Keira s'était refermée aussi soudainement qu'elle s'était ouverte à moi. Je m'en sentis un peu déçue.

« Une tempête pour la Saint-Valentin, hein ? »

Je me tournai et regardai à mon tour par la fenêtre. Il avait neigé pendant la nuit. Une rafale de vent fit trembler une branche. Une nuée de flocons blancs voleta vers le sol.

« Tu crois que Roza aura envie qu'on fasse la fête ? Peut-être qu'elle nous offrira des chocolats.

– Peut-être. » Keira se retourna vers moi avec un petit sourire grave. « Il faudra juste se méfier des lames de rasoir à l'intérieur. »

Les trois journées suivantes se fondirent les unes aux autres, interchangeables, comme dans *Un jour sans fin*. Écrire, manger, se rencontrer et recommencer. Les seuls moments qui brisaient la routine, c'étaient les soirées au salon. Roza avait laissé tomber ses jeux et nous laissait parler. Ou plutôt, elle parlait, partageant avec nous le récit de ses nombreux voyages, parmi lesquels ses visites des catacombes d'Odessa en Ukraine, et de l'île des poupées à Mexico. Wren et moi nous tolérions comme deux chattes hautaines, en prenant soin de ne pas nous retrouver dans les pattes l'une de l'autre. Hormis Roza, Taylor et Wren se montrèrent les plus loquaces, et même moi, je finis par rire des plus récents voyages ou anecdotes professionnelles que nous raconta Wren. La lumière vacillante des bougies et le vin nous plongeaient toutes dans un état décontracté, presque divagant. Je gardais un œil sur Keira, mais malgré sa réserve habituelle, elle aussi semblait se détendre. Je ne voulais pas la questionner sur ses cauchemars devant tout le monde, mais je me demandais si elle en avait fait d'autres.

La veille de la Saint-Valentin, il se mit à neiger de plus belle. Depuis mon bureau, j'observais les tourbillons de flocons qui s'écrasaient contre la vitre. Daphné allait bientôt rencontrer Lamia. Pour différentes raisons, j'étais nerveuse à l'idée d'écrire cette scène. Je ne voulais pas la rater.

« Hé ! » Taylor pencha la tête par ma porte ouverte. « Tu es occupée ?

– Je ferais bien une pause. » Je retournai ma chaise. « Entre donc.

– Chitra vient de faire des cookies aux flocons d'avoine et raisins secs. » Elle entra dans ma chambre et m'en tendit un, emballé dans une serviette en papier. « Et je me suis dit que tu pourrais avoir envie de grignoter quelque chose.

– Et tu as eu raison. Merci. »

Avec reconnaissance, j'acceptai le cookie dont les senteurs beurrées faisaient gargouiller mon estomac. J'étais curieuse de connaître la véritable raison de la visite de Taylor ; c'était la première fois qu'elle venait me trouver.

« On est presque à la moitié de la retraite. » Taylor s'assit par terre, adossée contre le lit. « Tu te rends compte ?

– Pas du tout. » Je pris une bouchée de cookie. « Ça passe à toute vitesse.

– Tu arrives à écrire ? »

Elle ramena ses cheveux blonds en arrière. À présent, toute trace de teinture verte en avait disparu.

« Très bien. » Je souris. « Aujourd'hui, Daphné va rencontrer Lamia.

– Oh. La démone ?

– Ouaip.

– La chance. »

Elle me renvoya mon sourire.

« Ça, je n'en suis pas sûre », répondis-je en gloussant.

Taylor jouait avec son collier en or. Elle ne l'avait pas enlevé depuis le premier soir, comme un talisman.

« Alors, c'est quoi ton avis sur Daphné ? »

Je croisai les jambes, penchée de côté contre le dossier de ma chaise.

« Qu'est-ce que tu veux dire ?

– Ben. » Elle haussa les épaules. « Toute cette histoire de transmission. Elle l'a inventée ? Ou y croyait-elle vraiment ?

– C'était réel. En tout cas, pour Daphné, ça l'était.

– Alors elle hallucinait ? Ou est-ce que toi aussi, tu crois en l'existence de Lamia ? »

Je ris.

« C'est une bonne question. Quand j'écris le bouquin, j'y vais franco : je crois qu'elle est réelle, qu'elle existe. Qu'elle n'est pas juste le fruit de l'imagination de Daphné. Mais tu sais, en un sens, Lamia *est bien* réelle. Dans la mythologie grecque, c'était une mortelle transformée en monstre après que Héra l'avait forcée à dévorer son propre enfant.

– Sinistre, commenta Taylor.

– Ouais. Dans un des bouquins que j'ai consultés, ils émettent la théorie que Daphné avait dû lire quelque chose sur Lamia, et qu'elle était entrée en contact avec elle parce qu'elles étaient toutes les deux sans enfant et ostracisées. Lorsque Daphné a accepté de lui servir de relais, elle est allée puiser dans des recoins inconscients et insupportables de sa propre personnalité.

– Une théorie intéressante, dit Taylor en penchant la tête.

– C'est clair. Mais... je ne suis pas sûre que tout se résume à ça. Cette explication ne me satisfait pas entièrement. Je ne suis pas certaine de croire aux démones ou aux goules. Mais tu as entendu ce qui m'était arrivé dans la forêt. Cette chose – quel que soit le nom que tu lui donnes – était bien réelle.

– Alors, tu crois qu'il a pu se passer un truc surnaturel ?

– C'est possible. »

Je me sentis un peu gênée de l'admettre.

« D'accord. » Taylor hocha la tête. « Ton avis m'intéressait parce que j'avais entendu dire que ce spiritisme démodé n'avait été qu'un moyen pour les femmes d'acquérir du pouvoir. Ce qui est quand même chelou quand on se dit que pour faire entendre leur voix, elles devaient faire semblant de transmettre celle de quelqu'un d'autre.

– Je sais. » Je levai les yeux au ciel. « J'ai du mal à m'imaginer vivre à cette époque. »

Taylor baissa les yeux, songeuse.

« Je ne suis pas persuadée que les choses aient beaucoup changé depuis.

– Non ?

– Par certains côtés, il y a du mieux, c'est sûr. Quand j'étais prof à Austin, c'était tellement bon de voir que mes élèves n'avaient aucun problème avec le fait d'être gays, trans, ou ce qu'ils voulaient – et leurs parents non plus ! Mais manifestement, ce n'est pas le cas partout. N'empêche que c'était magnifique. Et tellement différent de ce que moi j'ai vécu.

– À quoi tu ressemblais quand tu étais petite ? » Je lui fis un sourire. « Tu devais être craquante.

– J'étais maladroite comme pas possible. » Elle rigola. « Et aussi super chrétienne, tu le crois ?

– Sérieux ? dis-je en haussant un sourcil. Je ne m'attendais pas à ça.

– Et pourtant. Ça m'a duré jusqu'à l'université. Mes principales fréquentations, c'était le groupe des jeunes de mon église. On partait camper, et pendant les veillées autour du feu, on confessait nos péchés. J'ai toujours pensé que c'était ridicule que les garçons avouent avoir des "pensées impures" et pas les filles. À l'époque, j'étais déjà intéressée par les meufs, mais je gardais tout ça à l'intérieur et me sentais énormément coupable.

– Ça n'a pas dû être facile. »

Ma mère m'a fait la vie dure de bien des manières. Pourtant, s'il y a bien une chose dont je peux lui être reconnaissante, c'était de ne m'avoir jamais bourré le crâne avec des règles religieuses.

« Et voilà le hic. » Taylor prit ses genoux entre ses bras, le regard lointain. « Quand j'étais en terminale, on a découvert que le pasteur qui nous encadrait avait couché pendant au moins un an avec une élève de première. Je me souviens qu'on avait été surprises parce qu'elle n'était même pas jolie. Et ensuite, qu'on avait toutes été furieuses contre *elle*. Et contre lui aussi, ça va de soi. Il déménagea dans un autre État avec sa femme. L'âge de consentement était de dix-sept ans, donc il n'avait rien commis d'illégal. Mais cette pauvre fille, Holly, elle dut faire avec. Tout le monde la détestait, les élèves *et aussi* les parents. Elle était devenue la putain dévoyée qui l'avait séduit. Et c'est ce qui m'a libérée de ma ferveur religieuse. J'ai ouvert les yeux et me suis rendu compte qu'on m'avait endoctrinée. J'étais genre : qu'est-ce que c'est que ce bordel ? Pourquoi c'est toujours nous, les meufs, qui portons le chapeau ?

– C'est dégueulasse. »

Taylor, soudain, avait les traits tirés. Sans son sourire omniprésent, elle semblait différente, plus âgée.

« Le plus moche, c'est qu'elle a fini par se suicider. Un an plus tard, pendant sa terminale. Ses parents l'ont trouvée dans son placard. Il faut croire que le harcèlement en ligne n'avait jamais cessé.

– Oh, non, dis-je, la poitrine serrée. C'est tellement triste.

– Je sais. » Taylor s'éclaircit la gorge. « En parlant de harcèlement, j'étais passée te voir pour te dire un truc. Au sujet de Wren. » Elle releva les yeux vers moi. « Hier, je l'ai entendue discuter avec Roza dans la cuisine. Elle parlait de toi.

– Et elle disait quoi ? »

Taylor se mordilla l'intérieur des joues.

« Que ça faisait des années que tu étais obsédée par elle. Qu'elle avait même pensé plusieurs fois à demander une injonction d'éloignement contre toi. Surtout après… » Elle baissa à nouveau les yeux. « Surtout après cette soirée où tu l'avais poussée dans l'escalier. »

J'expirai lentement. Soudain, la tête me tournait et je me sentais confuse. Ainsi, depuis le début, Wren avait deviné mes intentions malveillantes ? Ou est-ce qu'elle disait ça seulement pour me casser du sucre sur le dos, sans réaliser qu'il y avait du vrai là-dedans ?

« Je sais qu'elle ment. » Taylor haussa les épaules. « Mais tu devrais t'assurer que Roza le sait aussi. »

Oh, pour ça, Roza le savait.

« Merci de m'avoir tenue au courant, dis-je. J'apprécie beaucoup. Et ça fait chaud au cœur d'avoir ton soutien.

– C'est normal. » Taylor fronça le nez. « Je déteste les filles méchantes. »

Extrait de La Grande Transmission

C'était la première fois que ça se déroulait ainsi. Au lieu de communiquer par le biais de Daphné, la créature se tenait à présent devant elle : une femme magnifique surgie d'un univers lointain. Elle faisait presque deux mètres de haut, juchée sur de longues jambes musculeuses. Son corps rougeoyait d'une éclatante couleur orange et la chaleur irradiait autour d'elle. Tombant sur ses épaules, ses cheveux soyeux lui couvraient les seins. Mais le plus frappant, c'étaient ses yeux : à la fois dépigmentés et polychromes, incandescents et hypnotiques.

Daphné était incapable de bouger, et même de prononcer un mot. Elle n'était pas terrifiée, elle était en admiration. Une pensée monta en elle : Qui *es-tu ?*

Et la femme répondit au fond de son esprit, ses paroles explosant comme une bombe : Je suis…

20

« Joyeuse Saint-Valentin ! » s'écria Taylor lorsque j'ouvris la porte.

Derrière elle, Keira, les joues gonflées, soufflait dans une langue de belle-mère. J'éclatai de rire. Taylor portait le pull rose de Poppy sur lequel elle avait épinglé plein de petits cœurs en papier qui disaient des trucs comme *Sois mon soumis*, *C'est quoi ta perversion ?* et *On nique ?*

Je n'aspirais qu'à rester assise à mon bureau pour continuer à écrire la rencontre entre Daphné et Lamia. Mais c'était l'heure des cocktails. Et je connaissais le règlement.

« Où vous avez trouvé ces trucs ? » demandai-je alors que Keira sortait une autre langue de belle-mère d'un sac en plastique.

Comme d'habitude, elle était habillée tout en noir, mais ses lèvres éclataient d'un rose vif.

« J'ai soudoyé Chitra quand elle est allée faire des courses. »

Taylor remua les sourcils en me tendant un collier de carnaval constitué de cœurs en plastique. Elle arborait un bandeau également plein de cœurs qui repoussait ses cheveux courts en arrière. Ça paraissait étrange que Taylor fasse aussi grand cas de cette fête que j'avais complètement oubliée. Mais bien sûr, elle était prof. Je n'avais aucun mal à l'imaginer en train de décorer sa salle de classe, distribuant à ses élèves des cartes de Saint-Valentin – mais sans obscénités.

« Franchement, tu ferais mieux de te prêter au jeu. »

Keira releva ses lunettes et se frotta les yeux d'un air las.

« Hé, les filles ! hurla Taylor. La vie est assez triste comme ça. Il faut se faire plaisir. D'accord ?

– OK. Pourquoi pas, après tout ? »

J'éteignis la lampe sur mon bureau et fermai mon ordi. Dehors, le vent s'était levé, projetant la neige sur la vitre en vaguelettes irisées.

« Sérieux, Al. Tu vas descendre fringuée comme ça ? » Taylor désignait mon legging. « Et si on essayait de pimenter un peu tout ça, hein ?

– Elle a raison, regarde-moi ! »

Poppy apparut derrière Taylor et Keira. Histoire d'agrémenter sa robe rouge écarlate et son rouge à lèvres assorti, elle avait passé un collier de cœurs. Ses cheveux blonds tombaient sur ses épaules en rouleaux impeccables.

« Tu avais apporté cette robe exprès pour la Saint-Valentin ? demandai-je.

– Beurk, non. Normalement, j'exècre cette fête, mais nous sommes chez Roza Vallo. » Poppy se mit à sautiller sur place. « Et ça devrait être la meilleure Saint-Valentin qu'on passera jamais.

– Je n'ai rien à redire. »

En feignant de ne pas paraître gênée de me changer devant tout le monde, j'enlevai mon legging et enfilai un pantalon noir et un pull rubis.

« Et Wren, elle est où ? demanda Taylor à Poppy.

– Elle ne se sent pas bien. » Poppy afficha une moue concernée. « Elle a attrapé froid.

– Tut-tut, s'exclama Taylor en faisant une pirouette. La Saint-Val n'est pas négociable. Je vous retrouve en bas. »

Dans le salon, des guirlandes de cœurs accrochées sur les massacres d'animaux leur donnaient un air festif. Les flammes de grands cierges rouges vacillaient sur la table basse. On avait tamisé les lumières, et il semblait être bien plus tard que 18 h 30. Des cookies variés étaient disposés sur le guéridon

– apparemment des créations de Chitra –, ainsi qu'un grand saladier de punch. Six verres à pied étincelants attendaient à côté.

« Oh, le délire, dis-je. C'est toi qui as fait tout ça, Taylor ?

– Avec l'aide de Chitra. » Taylor traça droit vers le punch et entreprit de remplir nos verres de liquide rose. « Vous trouvez ça *too much* ? Alors, qui sait, peut-être suis-je en train de tomber dingue à force d'être bloquée dans ce manoir depuis deux semaines à me triturer les méninges. »

Mon verre à la main, je m'approchai de la fenêtre. Les flammes dansantes se reflétaient sur les vitres comme des ectoplasmes venus du dehors. On entendait le vent siffler avec une constante insistance. Soudain, il se transforma en chanson jazzy fredonnée par une basse voix de gorge féminine.

Le punch était fruité et savoureux, mais pas trop sucré. Je ne sentais même pas l'alcool. Une pitoyable quinte de toux me fit me retourner. Wren pénétrait dans la pièce, sans maquillage mais avec une mine lamentable. Je ressentis un mélange d'irritation et d'amusement. Elle ne tombait pas souvent malade, mais quand ça lui arrivait, c'était *La Dame aux camélias*, et j'avais été plus d'une fois bluffée qu'une personne apparemment si forte puisse tomber en lambeaux à cause d'un petit rhume.

Elle se laissa choir sur le canapé en en faisant des tonnes. Les paroles de Taylor me revinrent en mémoire, et je sentis monter une rage sourde. Comment avait-elle pu mentir ainsi à Roza en disant qu'elle avait envisagé de demander une injonction d'éloignement contre moi ? Et que j'étais obsédée par elle depuis des années ?

À moins... qu'elle l'ait vraiment cru ? Wren avait un don pour réécrire les histoires dans sa tête de manière à toujours y tenir le beau rôle. Mais là, même pour elle, ça paraissait un peu extrême.

« Comment va la grande malade ? demanda Taylor, la louche toujours dans la main.

– Pas génial. »

Elle renifla. Je m'attendais presque à la voir porter la main à son front fiévreux. Poppy s'approcha d'elle avec un autre verre.

« Tu veux goûter ? Il est vraiment bon. Et pas trop fort, à mon avis. »

Pendant une seconde, à sa manière de regarder le verre avec soupçon, j'eus l'impression que Wren allait refuser, mais elle le prit et but une gorgée.

« Bonsoir, mesdames. »

Roza fit son entrée, dans une longue robe noire moulante tombant jusqu'à ses pieds. Ses cheveux relevés en chignon lui donnaient l'aspect d'une prêtresse païenne. J'essayai de tempérer ma colère. Wren n'allait pas encore une fois me faire disjoncter devant Roza. Chitra avançait à sa suite, portant deux plateaux de friandises – des ours en guimauve et des bonbons en forme de cœur – qu'elle déposa sur la table en nous saluant gentiment.

« Chitra, demanda Taylor, vous pouvez rester un peu avec nous ?

– J'aimerais bien. Mais je dois finir de préparer le dîner. »

Elle adressa à Taylor un clin d'œil enjoué. Roza s'installa dans sa chaise rouge habituelle, la plus proche de la cheminée. Sans lui accorder un regard, elle prit le verre que lui tendait Taylor, qui s'assit à côté d'elle, visiblement un peu contrariée que Roza n'ait pas apprécié, ni même remarqué, sa tenue créative. Poppy prit place près de Wren sur le canapé, et moi, à côté de Keira sur la causeuse.

« Et donc, nous sommes arrivées à mi-parcours. » Roza fit un grand sourire. Elle se tourna vers Taylor, faisant mine de découvrir enfin sa chemise. « Oh mais qu'est-ce que c'est que ça ? »

Taylor tira sur son pull parsemé de papiers épinglés et sourit à pleines dents. Roza se contenta d'un petit rire.

« Brillant. Et comme c'est approprié alors que nous sommes toutes réunies pour célébrer la traditionnelle fête de l'amour. »

Son maquillage la rendait encore plus impressionnante que d'habitude.

« Est-ce que l'une d'entre vous connaît la véritable histoire de la Saint-Valentin ? » demanda Taylor en prenant sa voix de prof teintée de prétentieux accent anglais.

Roza l'encouragea à poursuivre.

« On t'écoute, ma chérie.

– Eh bien, elle nous vient de la Rome antique, reprit Taylor avec sa voix normale. En ces temps lointains, pendant plusieurs jours, à la mi-février, les Romains célébraient la fête des Lupercales. Et c'était plutôt olé olé. » Elle remua la tête de gauche à droite. « Les hommes robustes et bien foutus sacrifiaient des animaux et se servaient de leurs dépouilles pour fouetter les femmes. Ils pensaient que ça favorisait leur fertilité. Ensuite... » Elle fit un geste avec son verre. « ... ils organisaient une chouette petite loterie où les gars tiraient au sort celles qui leur tiendraient... *compagnie*, dirons-nous, jusqu'à la fin de la fête.

– De vraies bacchanales, commenta Roza, rayonnante.

– Mais d'où vient le nom Valentin ? demandai-je.

– Bonne question. Ça vient des catholiques. Plusieurs Valentin avaient été effectivement condamnés au martyre. Et vu qu'ils aimaient se réapproprier les fêtes païennes, ils décidèrent de faire un mix des deux. » Taylor saisit son verre et l'avala cul sec. « Il faut reconnaître que donner le nom de martyrs à de nouvelles festivités, c'était plutôt gonflé.

– Dégueu », dit Poppy.

Taylor se leva avec son verre vide, aimantée par le bol de punch.

« Ça suffit », dit Roza d'un ton sec.

Taylor se figea, la bouche entrouverte.

« Tu n'as pas vraiment envie d'en boire plus d'un verre, ajouta-t-elle d'une voix radoucie.

– Pourquoi pas ? demanda Keira en étouffant un bâillement.

– Parce que ce punch recèle un ingrédient spécial Saint-Valentin. »

Roza croisa les jambes, faisant voler sa robe noire autour de ses genoux.

« Ah bon ? » dit Poppy, en levant son verre presque vide.

Le mien était à sec aussi, avec juste un dépôt de cristaux roses dans le fond.

« Attendez, qu'est-ce que vous avez dit ? » Keira se redressa. « Vous avez mis un truc dans le punch ? »

Je regardai les autres verres, tous pratiquement vides à part celui de Keira qui contenait encore environ un centimètre de liquide.

Roza tapota le sien, également vide.

« Demoiselles, est-ce que vous me faites confiance ? »

Mon estomac chavira, comme si après avoir arpenté la terre ferme j'étais d'un coup tombée dans le vide.

« En fait, pas du tout. »

Keira reposa son verre sur la table basse. Son visage était un masque.

« Oh, chérie. » Roza tourna les yeux vers elle. « Tu sais combien je tiens à vous toutes. Je ne ferais jamais rien qui puisse vous faire du mal.

– Euh, quelqu'un peut me dire ce qui se passe ? » demanda Poppy d'une voix confuse.

Wren renifla dans son mouchoir, l'air envapée.

« Mais mon but est de vous rendre meilleures. » Le sourire de Roza s'évanouit. « C'est un processus qui peut parfois sembler désagréable ou difficile. En fait, ça peut – et ça devrait – être douloureux. J'ai déjà remarqué que lorsqu'on arrive à mi-parcours, on se sent toutes *beaucoup trop* à l'aise. On ne prend plus de risque. On ne repousse plus ses limites. Or nous, nous devons aller toujours plus loin. Nous devons lâcher prise.

– Et donc… » Keira montra son verre du doigt. « Quel rapport avec le punch ?

– Vous nous avez droguées ? » demanda Taylor. Dans le silence stupéfait qui suivit, elle lâcha un rire. « C'est ça, hein ? Vous nous avez droguées !

– Ce terme est tellement déprécié », dit Roza en levant les yeux au ciel.

L'information mit une seconde à pénétrer nos cerveaux. Je reposai mon verre, hébétée. Est-ce que je me sentais droguée ? Je n'en savais rien. Je n'étais pas dans mon état normal, mais une fois encore, rien dans toute cette situation ne paraissait normal. Cela me renvoya à mes années d'université et aux mantras que l'on connaissait toutes. *Ne laisse pas ton verre sans surveillance. Ne laisse pas un type t'offrir un verre.* Une autre pensée hystérique me traversa l'esprit : *Qui eût pensé que mon héroïne féminine me ferait prendre ma première défonce ?*

« Roza, je suis désolée, mais ça ne va pas du tout. » La voix de Keira retentit, lourde de reproches. « C'est non seulement immoral, mais aussi illégal. »

Pour une fois, Keira sortait de sa prudente réserve. Son visage était tendu par la colère et elle serrait les poings.

« Écoute, chérie, dit Roza avec indifférence. On pourrait certainement discuter de l'aspect moral. Mais ce n'est pas illégal. Vous avez toutes signé le même document. Vous avez accepté de participer pleinement à cette retraite.

– Participer pleinement ? rigola Keira. Non mais vous êtes sérieuse, là ?

– Qu'est-ce que vous avez mis dans le punch ? » demanda Taylor.

Wren, Poppy et moi nous retournâmes vers elle. Pour le moment, les yeux écarquillés, nous n'étions plus toutes les trois que des spectatrices abasourdies.

« J'imagine que ce n'est pas un calmant, ricana Taylor. Ce ne serait pas efficace pour stimuler notre créativité. »

Keira voulut dire quelque chose, mais elle leva la main pour la faire taire.

« Désolée, K, mais on est en plein délire. » Taylor frappa l'accoudoir de sa chaise. « C'est de l'acide, hein ? Des gouttes de LSD ?

– Oui, confirma Roza en hochant la tête.

– *Quoi ?* » Keira se prit les tempes entre les mains. « Vous nous avez fait prendre du *LSD* ?

– Je sais que maintenant, ça te met en colère. » Roza esquissa un doux sourire. « Mais plus tard, tu me remercieras.

– Vous pensez que je vais vous remercier pour avoir ajouté de l'acide dans ma boisson ?

– Keira, tempéra Taylor. Essaie juste...

– J'aurais dû m'en douter, l'interrompit Keira. Vous êtes Roza Vallo, vous êtes complètement barrée, c'est votre fonds de commerce. Mais ça... » Elle pointa sa main tremblante vers son verre. « Vous vous servez de nous, Roza. Vous vous servez de *moi*. Et je ne suis pas d'accord.

– K, calme-toi, implora Taylor.

Keira haussa ses sourcils.

« Et toi, là, tu es sérieusement en train de me dire de me calmer ? »

Taylor nous montra de la main.

« Personne d'autre ne s'énerve.

– OK, super. » Keira eut un sourire glacé. « Moi, je ne suis que la Black en colère, et vous autres, vous trouvez ça génial.

– C'est faux », la coupa Wren d'une voix pâteuse. Elle s'éclaircit la gorge. « Je ne trouve pas ça génial du tout. »

Ça me revint : Wren avait une hantise des drogues parce que son oncle avait fait une overdose. Notre unique trip de LSD ensemble avait constitué une exception majeure.

« Enfin, on a déjà toutes pris de l'acide, non ? demanda Taylor.

– Pas moi, dit Poppy.

– Keira ? »

Keira la fusilla du regard.

« Qu'est-ce que ça peut foutre que j'en aie pris ou pas. C'est pas ça le problème, tu comprends ?

– Honnêtement... » Taylor haussa les épaules. « Je suis désolée, mais je ne pense vraiment pas que ce soit la fin du monde. »

Keira se leva.

« Là, c'est trop pour moi. Je retourne dans ma chambre.

– Tu vas triper toute seule ? demanda Taylor. Tu es sûre ?

– Comme si j'avais le choix. »

Keira leva les mains, résignée.

« Bien sûr que tu as le choix ! Reste ici. On tripera toutes ensemble. Ça va être incroyable. »

Keira secoua tristement la tête.

« Je ne te comprends pas, Taylor.

– Très bien. Peu importe. » Taylor se renfonça sur sa chaise. « Monte dans ta chambre. Essaie de te faire vomir. Fais ce qui te paraît nécessaire.

– Et si tu changes d'avis, on est là », intervint cordialement Roza.

Après un dernier hochement de tête, Keira quitta la pièce. Dehors, le vent hurlait, faisant vibrer les vitres.

« Voilà qui est regrettable, reprit Roza.

– C'est pas regrettable, c'est à chier. »

Poppy avait dit ça sans élever la voix, pourtant on la dévisagea toutes. Je ne me rappelais pas l'avoir déjà entendue jurer.

« Elle a raison, Roza. » Wren se moucha. « Je n'ai jamais signé pour ça.

– Je sais que mes méthodes ne sont pas orthodoxes, dit Roza. Mais sincèrement, j'essaie de vous aider à ouvrir vos esprits. Dans un cadre sécurisé, de surcroît.

– Poppy, c'est ta première fois ? » Taylor se pencha en avant. « C'est bon à savoir. Wren, Alex ? Vous en avez déjà gobé ?

– Une seule fois », répondit Wren.

On était ensemble, cinq ans plus tôt, lors d'une énorme fête dans un loft de SoHo. Wren et moi avions squatté un lit *king size* sur un tas de manteaux. On avait l'impression d'être sur un bateau dérivant dans la nuit, et on n'avait pas arrêté de hurler de rire au nez des gens qui venaient s'asseoir pour discuter avec nous.

« Moi aussi, une fois, répondis-je en écho lorsque Taylor me regarda.

– D'accord. » Taylor prit place entre Poppy et Wren sur le canapé. « Bien, puisque cette chose est en train de monter et qu'on n'a pas le choix, essayons de nous mettre dans un état d'esprit favorable. OK ?

– Et Keira ? demandai-je.

– Quoi, Keira ? dit Roza en m'observant.

– En fait… je m'en veux qu'elle soit toute seule.

– C'est elle qui l'a décidé. »

Roza haussa les épaules. *Mais elle ne l'a pas choisi.* Que pouvais-je y faire ? Comme Taylor l'avait dit, ce truc allait monter, qu'on le veuille ou pas. Demain, quand tout serait passé, on se réunirait au salon avec les autres pour avoir une discussion sérieuse avant d'aller faire part de nos doléances à Roza. Peut-être même qu'on se révolterait contre elle, et qu'on se mettrait en grève, afin de la punir pour ses manières de faire dérangeantes. Elle ne pourrait pas *toutes* nous virer d'un coup.

Mais là, tout de suite, j'avais intérêt à me concentrer. S'il y avait une chose dont je ne voulais pas faire l'expérience, c'était un mauvais trip d'acide à Blackbriar. Donc j'essayai de respirer profondément et de rester calme. Et chaque minute environ, la même question me traversait l'esprit : *Est-ce que je sens que ça monte ?* C'était comme quand on fait une pause au sommet des montagnes russes, juste avant de plonger dans le vide.

Et à un moment, je *sentis* que ça montait pour de bon. Le feu dans la cheminée paraissait plus lumineux, comme s'il était devenu vivant.

« Tu as vu ça ? » demanda Taylor, et elle partit à la fenêtre.

Je regardai Wren, qui m'observait. Et je savais qu'elle pensait à cette soirée sous acide dans l'appart, quand on était sur le lit. La même sensation mouvante d'intemporalité m'envahit. Je me rendis compte que Taylor était en train de parler, mais que je ne l'avais pas écoutée.

Ça va bien se passer. J'essayai de transmettre à Wren cette pensée positive. Je me demandais si elle était encore plus effrayée que moi.

Bon sang. Quand avaient-elles toutes changé de place ? Taylor était à la table du buffet, fixant les sucreries des yeux. Roza était assise devant la cheminée avec Wren. Poppy n'avait pas bougé du canapé, mais elle avait l'air passablement préoccupée, comme si elle essayait de se rappeler quelque chose.

Je me levai et regardai par la fenêtre. Les flocons scintillaient dans la lumière qui se propageait du salon illuminé par un néon violet. Pendant un temps, je les contemplai, le nez collé contre la vitre. Dehors, la neige s'étendait à l'infini.

« Alex. »

Je sentis la main de Poppy sur mon bras. Les pupilles de ses grands yeux marron étaient tellement dilatées que j'aurais pu m'y perdre.

« Tu peux venir avec moi ?

– Bien sûr. » Je n'avais pas envie de quitter les flocons de neige, mais ça semblait important. « Qu'est-ce qui se passe ?

– Je dois te montrer quelque chose.

– D'accord. »

Mais tandis que nous quittions la pièce, je m'interrogeai : pourquoi me le demandait-elle à moi plutôt qu'à Wren ?

Wren et Roza étaient penchées l'une vers l'autre près du feu, comme si elles discutaient d'un plan secret.

« On va se repoudrer le nez », déclara Poppy.

Ce qui pouvait paraître superflu, puisque personne n'avait remarqué qu'on partait. Taylor gisait sur le canapé.

Soudain, j'eus l'impression que le salon était plein de monde, comme si une grande fête s'y déroulait : j'entendais les verres qui s'entrechoquaient, et de petits groupes murmurant çà et là. Et tandis que Poppy m'entraînait par la main, je me rendis compte qu'il s'agissait d'une soirée organisée par Daphné et Horace. La dimension linéaire du temps était en train de voler en morceaux, et ses limites devenaient floues. Je pouvais percevoir la voix de Horace, puissante et grave. En réponse, une femme éclata d'un rire charmeur. Est-ce que Daphné était dans la pièce ? Je n'arrivais pas à sentir sa présence. Mais alors, où était-elle ?

Dans le couloir régnait un calme apaisant alors que, dans le salon, les rumeurs de la fête semblaient s'accroître encore : il y eut un cri, qui entraîna un éclat de rire, puis un bruit de verre brisé.

« Sacrée soirée », dis-je timidement, mais Poppy m'ignora, remontant le couloir à grands pas.

Les tableaux semblaient vivants, et je ralentis pour observer la vache morte dans le champ. Elle avait relevé la tête et marmonnait quelque chose que je m'efforçais de comprendre.

« Alex, dépêche. » Poppy avait l'air contrariée. « Je dois te le montrer avant qu'il soit trop tard.

– D'accord, désolée. »

Elle me tira par la main. On arriva dans la cuisine, dont les surfaces plates et astiquées m'apparurent très austères. Des casseroles fumaient sur la cuisinière. Où était passée Chitra ?

« On va en bas. »

Poppy ouvrit la porte de la cave. Je m'arrêtai net en haut de l'escalier obscur. Les premières marches en ciment semblaient horribles et menaçantes.

« Attends... Pour quoi faire ?

– Je dois te montrer quelque chose. Je crois que je l'ai trouvé. »

Dans sa voix, un mélange de détermination et d'allégresse.

« Trouvé quoi ? »

La discussion était de plus en plus difficile à suivre. J'étais Alice au pays des merveilles, j'essayais vraiment de recueillir des informations, mais ne récoltais en retour que de mystérieuses devinettes.

« Tu vas voir. »

Elle alluma la lumière et commença à descendre. Constatant que j'hésitais à la suivre, elle me tira la main telle une petite fille insolente.

« Poppy, ça me fait flipper grave. » La traction de sa main m'obligeait à me pencher vers l'avant. « Les caves m'ont toujours terrifiée. Et celle-ci en particulier. »

Je me rappelai soudain le jeu de la bougie, le mouvement derrière moi dans le miroir, et la bougie soufflée d'un coup. J'avais fini par me persuader d'avoir rêvé tout ça, que ce n'était qu'un courant d'air qui avait fait bouger les draps et éteint les chandelles. Mais à présent que les mondes entraient en collision les uns avec les autres, cela semblait crédible qu'il y ait bien eu quelqu'un en bas.

« Tu veux que je te le montre ou pas ? siffla Poppy. Alors dépêche-toi avant que Chitra ne revienne. »

Des sons montaient des profondeurs de la cave – une femme parlant très sérieusement, dont la voix résonnait contre les murs.

« Il y a quelqu'un en bas.

– Ça se pourrait bien, dit Poppy avec un air sinistre. Viens donc. Tu es la seule personne à qui je peux le montrer.

– Pourquoi ?

– Parce que tu as déjà compris.

– Compris quoi ?

– Tout. En tout cas, tu as des soupçons. »

C'était un peu gênant parce que je n'avais pas la moindre idée de ce dont elle parlait. Une autre pensée me vint.

« Et Wren ? » demandai-je. Étrangement, le fait qu'elle me demande, à moi, de la suivre commença à me faire redescendre. « C'est elle ta copine. Tu ne lui en as pas parlé ?

– Bien sûr que non », répondit Poppy.

À la moitié de l'escalier, la voix féminine en bas fit place à un murmure. Était-ce Daphné qui aurait quitté la fête ? Un courant d'air glacé remonta jusqu'à nous et me fit frissonner.

« Alors, qu'est-ce que tu veux me montrer ?

– Une preuve, déclara Poppy.

– Une preuve de quoi ?

– De ce qu'elle manigance. La preuve qu'elle n'est pas celle qu'elle prétend. »

On s'arrêta au pied des marches. Poppy mordillait sa lèvre inférieure quand elle pressa l'interrupteur. Plus de murmures. J'imaginai Daphné en train de nous observer, dissimulée derrière une pile de cartons. Peut-être que pour elle, nous avions l'air de fantômes. Des ectoplasmes affublés d'habits rouges et de colliers de cœurs brillants.

Poppy lâcha ma main.

« Par là-bas. » Elle avança vers la gauche. « C'est ce mur. »

Sur la droite, je perçus un bruit de pas. Puis une courte expiration. Ce n'était pas Daphné. C'était trop grand. Bien plus grand que Poppy ou moi.

Je me figeai, à l'écoute, et perçus d'autres pas précis qui raclaient le sol en ciment. Ils s'éloignaient de nous. Sur ma gauche, je ne voyais plus Poppy. Mais je l'entendais marmonner tandis qu'elle semblait déplacer des cartons.

« Alex. » Un chuchotement sur ma droite, plus loin dans le dédale. Je me serais attendue à être figée de peur. En fait, ce fut surtout la curiosité qui me mit en mouvement. Cette créature avait déjà essayé d'entrer en communication avec moi pendant le jeu des histoires de fantômes. Mais je m'étais enfuie avant d'entendre ce qu'elle avait à dire.

Je la suivis dans les profondeurs de la cave, par-delà les piles de cartons et les meubles recouverts de draps blancs. Ça ressemblait à un labyrinthe tortueux qui se déployait sous le manoir comme son inconscient. C'était le noir complet, à présent, mais bizarrement, je connaissais le chemin. Une petite main se glissa dans la mienne. C'était Christina, ma meilleure amie aux longs cheveux tombant jusqu'aux hanches. Une nouvelle fois, nous étions à nouveau égarées dans les bois. Sauf que maintenant, nous avancions *vers* la créature au lieu de la fuir. Le sol en ciment s'était métamorphosé en un sentier spongieux tapissé de feuilles en décomposition. Des branches m'égratignaient les bras. Je les repoussai.

Christina ouvrait la marche, me tirant par la main. Je n'arrivais pas à la voir dans l'obscurité, mais je perçus son parfum à la vanille, celui qu'elle aimait tant. Je me sentis envahie par le chagrin, comme si elle était morte, même si elle était juste devant moi.

Christina avait été l'amie que j'avais fréquentée le plus longtemps. À l'époque où j'avais une vraie vie, avec une maman, un papa, une maison et des voisins. Après l'épisode dans les bois, nos familles nous avaient séparées.

« Tu me manques », lui dis-je.

Elle exerça une pression sur ma paume.

On arriva à la clairière. Je ne voyais rien, mais j'en reconnaissais l'odeur. Elle me lâcha.

« Non, attends ! » haletai-je.

Soudain, des mains – de nombreuses mains – m'attrapèrent doucement par les bras et me conduisirent vers un canapé. Un sofa installé au milieu de la clairière ! Une chouette hululait. Des grillons stridulaient tout autour.

« Qu'est-ce qui se passe ? » demandai-je.

La lune émergea derrière un nuage et je pus voir autour de moi les petites créatures aux mains douces qui portaient toutes des cagoules. Christina s'était enfuie ; elle était repartie dans les bois. Pourtant, je me sentais excitée et heureuse. Bien des années plus tôt, nous avions laissé passer l'occasion de contempler quelque chose d'extraordinaire. Aujourd'hui, une deuxième chance m'était offerte.

Et d'un coup, elle apparut, illuminée comme une enseigne au néon. Même assise, les jambes croisées, elle était encore beaucoup plus grande que moi. Ses bras et ses jambes étaient gros comme des troncs d'arbres, ses seins nus ressemblaient à des ballons de basket et son corps rougeoyait comme une fournaise.

Lamia.

Tout se tut. Il émanait d'elle une grande et redoutable beauté, une énergie tellement palpable qu'elle semblait déferler par vagues. Elle pouvait me tuer d'un claquement de doigts. Et elle était consciente de tout, de sa force comme de ma faiblesse. Elle n'éprouvait que de l'amour et de la tendresse à mon égard.

Lamia se leva, se ramassant sur elle-même pour se mettre à ma hauteur, et s'approcha. Elle dégageait de la chaleur comme si elle était le soleil. On se tint face à face. Ses yeux brillants changeaient sans cesse de couleur. Alors, je m'avançai d'un pas et l'embrassai.

Ses lèvres fiévreuses embrasèrent tout mon corps. Elle agrippa mes hanches et m'attira vers elle et son contact m'irradia la peau, les muscles et les os. Elle fit glisser sa main dans mes cheveux et empoigna ma nuque.

Les créatures encagoulées qui m'avaient conduite jusqu'au canapé reparurent, se pressèrent autour de moi et entreprirent de me déshabiller. Je me laissai faire, pivotant des hanches et levant les bras pour leur faciliter la tâche. Quand je fus nue, elle m'attira vers elle une nouvelle fois et enfonça sa langue comme un tison ardent dans ma bouche.

Et pourtant, je lui rendis son baiser. J'avais envie qu'elle me consume. Puis je me dis que je risquais de ne pas survivre à cette rencontre. Et que ça ne me poserait pas de problème. Ce serait merveilleux, en fait. Elle était la vie et la mort incarnées, et l'une et l'autre formaient un tout, vraiment, comme deux faces d'une même pièce de monnaie. Et enfin, qu'est-ce qu'il y avait dans ce monde ? La trahison, la déception, l'échec. Peut-être que dans l'autre monde, ils partiraient en fumée.

À présent, j'étais enveloppée de flammes, et miraculeusement indemne. Je soupirais, elle m'étreignait. La chaleur qui émanait de sa chair lisse et nue semblait naturelle. Une paume caressa mes cheveux. Une langue effleura mon cou. Un doigt glissa vers mes seins, sur mes tétons. Je rendis les caresses et les baisers, les paupières closes. Si je rouvrais les paupières – si je plongeais mon regard droit dans les abysses de ses propres yeux kaléidoscopiques –, alors, ça s'arrêterait.

Autour de nous, les murmures étouffés se muèrent en mélopées. Les créatures nous observaient, nous protégeaient, nous vénéraient. Leur mélodie ondulait telle une vague, au gré de nos caresses. Ils redoublèrent d'intensité au rythme de nos soupirs de plus en plus haletants. Je fis descendre ma main vers ses cuisses. Elle la repoussa.

Toi d'abord. Ses mots me vinrent à l'esprit, dans une langue étrangère que j'arrivais pourtant à comprendre. Elle me tira sur le lit. Elle était à la fois sur moi et sous moi, elle m'enveloppait, tout autour. J'avais l'impression qu'elle disposait de nombreuses mains qui couraient sur mon corps comme des pattes d'araignée. Ses doigts glissaient sur ma peau et dans ma chair. Tout devint rouge derrière mes yeux. Le temps se distendit.

Et je me retrouvai au bord de l'orgasme. Mais j'endiguai le flot. Si je m'abandonnais à la jouissance, je lui appartiendrais. Les chants étaient des cris, à présent. J'ondulai des hanches et serrai les dents. La délivrance physique signifierait que je passerais un pacte, m'unissant à elle à jamais. Qu'il n'y aurait plus de fuite possible.

Des mots surgirent, sans que je sache s'ils venaient d'elle ou de moi : *Ce ne serait pas un soulagement ?*

Quand je jouis, le plaisir déferla à la manière d'une lame de fond qui semblait ne jamais finir, et me purifiait. À présent, nous flottions dans un grand vide, enveloppées par un bourdonnement épais et chaud comme de la laine. Son énergie avait rempli mon corps, et avant qu'elle ne bouge, je pensais que nous avions fusionné en un seul être.

Elle aurait pu me détruire si elle avait voulu. Au lieu de ça, elle avait fait preuve de clémence à mon égard. « Merci », soupirai-je d'une voix blanche, tremblante de gratitude. Après quoi, elle me tendit les bras et nous nous accouplâmes, nos corps tourbillonnant dans leur propre univers, et tandis que j'embrassais son sexe rougeoyant, je sentis que tout ce qui était à venir était advenu, et à sa place.

TROISIÈME PARTIE

LA CAVE

21

Je m'éveillai lentement, la lucidité se propageant en moi comme une brume. Je bougeai les jambes, sentant mes draps de soie s'accrocher au tissu de mes vêtements. Les mêmes que je portais la nuit précédente.

Le silence me parut de mauvais augure. Je finis par m'asseoir, groggy. Le soleil éclatant qui inondait ma chambre me fit cligner des yeux. Je sortis du lit et avançai à pas feutrés vers le bureau. Le grand parc sur l'arrière était couvert de neige. Plus loin, la forêt scintillait sous une couche blanche chatoyante qui recouvrait les branches et les buissons.

Je me laissai tomber sur le fauteuil de mon bureau et me frottai les yeux en essayant de remettre de l'ordre dans les événements de la veille. La dernière chose dont je me souvenais, c'était d'être descendue à la cave avec Poppy. Elle voulait me montrer quelque chose. Ensuite, j'étais tombée sur... Lamia.

M'étais-je endormie dans la cave ? Avais-je tout rêvé ? Ou est-ce que le LSD pouvait provoquer une hallucination aussi intense et réaliste ? Et pourquoi n'avais-je aucun souvenir d'être remontée dans ma chambre ?

Je pris une douche rapide et me dirigeai vers la cuisine, soudain avide de voir d'autres personnes. Alors que je descendais l'escalier, une pensée digne de *La Quatrième Dimension* me traversa l'esprit : et si toutes les autres avaient disparu ? Et si je me retrouvais seule à Blackbriar, tourmentée par une démone torride et terrifiante ?

« Hé, salut ! » Taylor était assise à table, arborant son sweat-shirt « LAISSEZ-MOI VIVRE ! ». Ses courts cheveux blonds en bataille formaient une crête. Elle m'adressa un sourire nonchalant.

« Comment tu te sens ?

– Ça va. » Je me servis une tasse de café et m'assis quelques chaises plus loin. « Plutôt dans le cirage. Et toi ?

– Je vais bien. » Elle ingurgita une cuillerée de flocons d'avoine et mastiqua lentement. « Sacrée soirée, hein ?

– Ouais, carrément dingue. »

Je bus une gorgée de café.

« C'était quoi le meilleur moment ? » demanda-t-elle.

Je secouai la tête. Je n'avais pas envie de lui faire des cachotteries, mais je ne voulais pas non plus lui révéler à quel point j'étais partie en vrille. J'imaginai sa réponse : *Ben dis donc, toi, tu avais clairement besoin de te faire baiser, hein ?*

D'abord Pete, puis le rêve avec Wren, et maintenant ça. Pourquoi toutes mes expériences sexuelles devaient-elles me laisser pleine de honte et de confusion ?

« C'était comme si tout était devenu flou. » Je me forçai à sourire. « Mais c'était plutôt drôle. Et toi ?

– Pareil. Et ouais, c'était marrant. » Taylor tourna sa cuillère dans sa tasse. « J'ai tripé comme une folle, meuf.

– Moi aussi.

– Et au fait. » Taylor fronça les sourcils. « Vous êtes allées où avec Poppy ? En haut ? On ne vous a pas vues au dîner.

– Ouais. »

Tôt ou tard, j'étais *effectivement* remontée dans ma chambre. Pas besoin de commencer à expliquer pourquoi Poppy et moi étions descendues à la cave, d'autant que je ne le savais pas moi-même.

« Euh. » Elle se frotta les tempes. « Je ne sais pas pour toi, mais moi, je vais carrément galérer pour écrire trois mille mots aujourd'hui. Chez Roza, pas de congé.

– Bon sang, moi aussi. » Au moins, le café commençait à m'aider à me sentir moins vaseuse. « Tu as vu Keira ?

– Ouais. » Taylor fit une grimace. « Elle est toujours vénère. Apparemment, elle s'est tapé un très mauvais trip, toute seule dans sa chambre.

– C'est trop dommage. »

Je notai dans un coin de ma tête d'aller prendre de ses nouvelles. Taylor désigna la fenêtre.

« Tu as vu toute cette neige ? Plus d'un mètre d'épaisseur.

– Sérieux ? En une seule nuit ? »

J'allai regarder dehors. La couche étincelante atteignait le bas des vitres.

« Ouais. Ça n'a pas arrêté de tomber jusqu'à maintenant. Et ça a aussi coupé l'électricité. On fonctionne sur des groupes électrogènes.

– Et le téléphone ? »

La saveur métallique de la panique afflua dans ma gorge. Je tentai de la chasser. Les montées d'angoisse devaient compter parmi les effets secondaires de l'acide.

« Coupé aussi. » Elle piocha un morceau de toast. « Ne t'inquiète pas. C'est très fréquent par ici, paraît-il. Il sera bientôt rétabli, j'en suis sûre.

– Génial. »

Je baissai la tête. Il fallait – c'était même important – faire semblant que tout allait bien.

« Alex. »

Wren se tenait sur le seuil de ma chambre. Ça faisait une heure entière que j'essayais d'écrire sans avoir accouché d'une seule phrase. L'impression de catastrophe imminente ne m'avait pas quittée, me grignotant comme un piranha.

Surprise, je me retournai vivement vers elle. Vêtue d'un pantalon de jogging et d'un sweat-shirt bariolé, Wren ne s'était pas encore habillée. Son front était strié de rides et ses grands yeux rongés par l'inquiétude.

« Qu'est-ce qu'il y a ? » demandai-je, subitement stressée.

Nous avions pris soin de nous ignorer depuis notre dispute. Le simple fait qu'elle m'adresse la parole signifiait que quelque chose de grave était arrivé.

« Je ne sais pas où est Poppy. »

Elle s'assit au pied de mon lit.

« Poppy ? répétai-je. Elle n'était pas avec toi ?

– Quand je suis allée me coucher, elle n'était pas là. Et quand je me suis réveillée, toujours pas. Je l'ai cherchée dans toute la maison et ne l'ai pas trouvée. »

Je me rendis compte que j'avais le souffle coupé et me forçai à expirer. Aucune raison de paniquer encore. Aucune raison de penser que ce que je cachais et qui causait mon mauvais pressentiment était en train de se dévoiler.

« Elle est forcément quelque part, dis-je. Tu es allée voir à la cave ? J'y suis descendue avec elle hier soir.

– Vous êtes descendues à la cave ? » Elle sauta sur ses pieds. « Allons jeter un coup d'œil. »

J'attrapai mon smartphone et suivis Wren dans le couloir, en essayant de me raisonner. Cette inquiétude n'était due qu'à un appauvrissement de la dopamine causé par le LSD. Poppy était sûrement encore dans la cave, recroquevillée à l'endroit où je l'avais laissée. Wren flippait parce que Poppy était sa nouvelle victime préférée, et aussi parce que sa descente d'acide l'avait laissée à fleur de peau.

À présent, je regrettais de l'avoir laissée seule, attirée par mes propres hallucinations. Elle avait voulu me montrer quelque chose – mais quoi ? Ce mystère était également une source d'inquiétude.

Dans la cuisine, Chitra était en train de hacher quelque chose sur une planche à découper.

« Bonjour ! nous dit-elle en souriant. Vous avez fait bon voyage ?

– Vous pouvez le dire. »

Wren me jeta un coup d'œil. Chitra savait-elle qu'on ne nous avait pas demandé notre avis ?

« Tout va bien ? »

Elle nous observait, passant de l'une à l'autre.

« C'est ce qu'on essaie de vérifier. »

J'ouvris la porte de la cave.

« Où vous comptez aller comme ça ? »

Le ton sec de Chitra m'arrêta.

« On cherche Poppy, dis-je. Hier soir, je suis descendue à la cave avec elle.

– D'accord. Mais faites attention. » Elle se retourna vers le plan de travail. « J'ai toujours dit que cette porte devrait être fermée à clé. C'est un tel bazar en dessous et il n'y a pas assez de lumière. Quelqu'un pourrait se blesser.

– Et merde, marmonna Wren alors qu'on s'engageait dans l'escalier.

– Poppy ? appelai-je quand on arriva en bas des marches. Tu es là ? »

La cave était encore plus glaciale que dans mon souvenir. J'allumai la lumière.

« Alors, elle est partie par là-bas. » Je pointai le doigt vers la gauche. « Vers ce mur. Et elle s'est mise à déplacer des cartons. Moi, je suis allée de l'autre côté, ajoutai-je en désignant la droite.

– Pourquoi ? »

Wren semblait méfiante.

« Aucune idée. J'étais en pleine montée. » Je haussai les épaules. « J'ai perdu le fil et je me suis éloignée.

– Et d'abord, qu'est-ce qui vous a pris de descendre ? »

Ses yeux brillaient dans la pénombre.

« Poppy voulait me montrer quelque chose.

– Quoi ?

– Elle ne me l'a pas dit. » Je me retournai d'un coup. « Je vais aller voir là-bas, où je suis partie hier. Pourquoi toi, tu ne jetterais pas un coup d'œil au mur ? »

En utilisant la lampe de mon téléphone pour m'éclairer, je me frayai un chemin entre les piles de cartons et les meubles. La nuit précédente, ce trajet m'avait paru tellement capital et fantastique que j'avais eu l'impression de passer d'un sol en ciment à une forêt magique. Mais à présent, ça ressemblait à n'importe quelle cave poussiéreuse et remplie de bordel. Au moins, il faisait un peu moins froid par ici.

Un des petits passages débouchait sur un plus grand espace. Un canapé en cuir noir était disposé au milieu. Était-ce la « clairière » où j'étais arrivée cette nuit ?

Je me rappelais avoir tenu la main de Christina, et combien ce contact m'avait semblé *réel*. Les créatures qui psalmodiaient, la démone... N'avais-je fait que m'allonger toute seule pour me masturber, complètement défoncée ?

Ma chaussure envoya bouler quelque chose sur le sol. Je tâtonnai dans le noir pour voir ce que c'était. Dans le faisceau de la lampe, je repérai un reflet sous le canapé. Un tube de baume à lèvres à la menthe.

« Alex ! »

La voix paniquée de Wren détourna mon attention.

« J'arrive ! »

Je glissai le baume à lèvres dans ma poche et me dépêchai de la rejoindre.

Wren accourut vers moi quand j'atteignis l'escalier.

« Oh, mon Dieu ! » Elle m'empoigna en sanglotant à moitié. « Oh, mon Dieu, Alex, oh, mon Dieu. »

Elle m'entraîna vers le mur du fond. On serpenta entre d'autres hautes colonnes de cartons qui nous masquaient la vue. Une lueur blanchâtre apparut. Je crus d'abord que c'était une toile d'araignée, mais elle s'évanouit. On contourna une armoire recouverte d'un drap, et je me figeai d'un coup.

Je découvris une porte ouverte, à moitié dissimulée par l'armoire. Plus loin, des marches enneigées montaient vers la lumière du jour. Des flocons voletaient, créant un petit monticule juste devant la porte.

« Tu as vu ? »

Wren tendit une main tremblante. Je m'approchai. Mon cœur battait si fort que j'avais l'impression qu'il allait exploser. Et je vis ce qu'elle me montrait. Je refermai les bras sur mes épaules, tremblante de froid, de peur et de stupéfaction.

Dans la neige qui recouvrait les marches de ciment, il y avait des empreintes peu profondes mais facilement reconnaissables. Des empreintes de pas.

22

Je me retournai vers Wren, mais elle avait déjà fait demi-tour. Je l'entendais qui remontait l'escalier en courant et en poussant des cris de plus en plus aigus.

Soudain prise de vertige, je tombai à genoux dans la neige.

Mes parents voulaient m'emmener voir un spécialiste parce qu'ils avaient peur que je me blesse ou que je sorte dans la rue.

Poppy s'était aventurée dehors durant une crise de somnambulisme.

Était-elle sortie dans un état second en pleine montée d'acide, ou après s'être endormie ? Ça pouvait être l'un ou l'autre. Alors que je restais là, l'eau glacée imbibant peu à peu mes chaussettes, je me rendis compte que c'était ça, l'horrible nouvelle que j'avais redoutée depuis mon réveil.

J'enfonçai mes pieds dans les empreintes et montai quelques marches, le vent glacé traversant mes habits et mes cheveux.

« Poppy ? » Ma voix étranglée peinait à prononcer son nom. La pelouse, à l'arrière, n'était qu'un immense tapis blanc. Je la balayai du regard à la recherche de reliefs suspects.

« Alex ! » Chitra m'appelait de l'intérieur. « Reviens tout de suite. Tu vas geler. »

J'examinai encore une fois le paysage uniforme. Rien. Je retournai vers la cave, hébétée. La figure de Chitra était tordue de peur. Elle me tira vivement à l'intérieur et referma la porte.

« Non ! m'écriai-je, mais elle m'agrippa le bras avec force.

– Ce n'est pas comme ça qu'elle va revenir, ma belle. »

Sa voix était lugubre.

« Vous croyez qu'elle va bien ? » demandai-je.

Mon angoisse s'était muée en une crise de larmes qui me soulevait les entrailles.

« Je n'en sais rien. » Chitra me tira contre elle. « Mais rester toute trempée dans ce sous-sol glacé ne risque pas d'arranger les choses. Retournons là-haut. »

Lorsqu'on parvint à la cuisine, Taylor y arrivait en courant, accompagnée par Yana et Wren.

« J'ai besoin de voir ça de mes propres yeux. »

Taylor se précipita dans l'escalier, mais Yana et Wren restèrent sur le seuil. Le visage de Wren était couvert de plaques, aussi rouges que ses yeux. Yana ressemblait à Chitra : les lèvres soudées, les yeux maussades et sur la défensive. Elle lissait nerveusement sa queue-de-cheval en arrière.

« C'est un cauchemar », dit Wren d'une voix forte.

J'allai à la fenêtre et regardai dehors. Poppy était-elle arrivée jusqu'aux arbres ? Dans ce cas, ses traces de pas étaient recouvertes depuis longtemps. La seule raison pour laquelle les empreintes étaient encore visibles dans l'escalier, c'était qu'elles étaient en partie protégées du vent. Je me sentais détachée, comme si on travaillait sur un problème de maths : si un humain, dont la température corporelle est de trente-sept degrés, s'aventure à l'extérieur par des températures négatives dans un état de conscience altéré par la drogue, combien de temps s'écoulera avant qu'il sombre dans l'inconscience ?

« Il faut qu'on parte à sa recherche. » Chitra regarda Yana comme si c'était elle qui décidait. « D'accord ? »

Yana hocha brièvement la tête et quitta la pièce.

Des bruits de pas dans l'escalier, remontant de la cave.

« Alors voilà. » Taylor entra en trombe, gonflée à bloc comme une héroïne de film d'action. « Il faut faire une battue. Allons chercher Roza et Keira et on quadrillera le parc. »

Dans le grand hall d'entrée, Yana empila nos chaussures et nos manteaux. Chitra et Taylor coururent prévenir les deux autres à l'étage.

On s'assit par terre pour lacer nos chaussures.

« Quel gâchis », marmonnai-je.

Wren me dévisagea de ses yeux bleus vitreux. Je ne lui avais vu ce regard qu'une seule fois : le jour où elle avait reçu le coup de téléphone concernant son petit cousin. Celui qui était allé au lit et ne s'était plus jamais réveillé, un flacon de pilules vide serré dans la main.

« On va la retrouver. »

Mes mots sonnèrent faux même à mes oreilles.

Wren déglutit.

« Et si elle est morte ? »

Si elle était dehors, c'était une possibilité. Mais je refusais de la formuler, et même de l'envisager. Il restait peut-être une chance. N'y avait-il pas des gens qui avaient survécu à des nuits passées dans des tempêtes de neige en se construisant de petits igloos ?

Chitra et Taylor redescendirent, suivies par Keira toujours en pyjama – un pantalon et une chemise décorée de bulldogs stylisés boutonnée jusqu'en haut. Elle semblait sous le choc. Roza accourut quelques pas derrière elle, habillée de pied en cap, le front plissé par l'inquiétude.

« Depuis quand est-elle dehors ? » demanda-t-elle en attrapant ses chaussures.

Wren étouffa un sanglot.

« On n'en sait rien, dis-je. On a juste vu des empreintes à l'extérieur, dans l'escalier qui monte de la cave. Elle a peut-être fait le tour ? Par la porte d'entrée ?

– La porte d'entrée est toujours fermée à clé », répondit Yana.

Keira se tourna vers Roza.

« Vous avez prévenu la police ?

– La ligne est coupée. »

Taylor se releva, habillée chaudement, prête à sortir.

« La radio ? »

Yana lança un regard à Roza, qui hocha la tête. Yana quitta la pièce en courant.

« Mais qu'est-ce qui se passe ? » bredouilla Keira. Elle se prit la tête entre les mains, puis s'écria : « Vous êtes contente, Roza ? Il y a assez de souffrances pour vous ? »

Roza se dirigea vers la porte sans répondre.

Trois heures plus tard, assises dans le salon, on buvait du café. Ça semblait déplacé, trop bizarrement calme, après l'animation paniquée de l'après-midi.

On avait d'abord cherché dehors. La neige fraîche était poudreuse et on s'y enfonçait jusqu'aux genoux. Il était presque impossible d'avancer. On avait regardé autour de l'escalier de la cave sans rien trouver, et surtout, aucune forme humaine recouverte de neige.

On reprit brièvement espoir lorsque Yana – qui avait trouvé des raquettes pour marcher sur la neige – alla inspecter le garage, un bâtiment situé à l'écart. Mais elle en ressortit seule. À la fin, on rentra pour fouiller le manoir de fond en comble, au cas où Poppy, de retour à l'intérieur, aurait tourné de l'œil quelque part. On regarda dans chaque placard, chaque baignoire et derrière chaque rideau. Cela me procura une sensation étrange de fureter dans des pièces où je n'avais jamais mis les pieds : d'autres chambres, décorées comme les nôtres ; un autre bureau aux murs surchargés d'étagères.

Yana s'était portée volontaire pour aller voir au grenier, un espace auquel je n'avais même pas pensé. Taylor s'était chargée du sous-sol. Elles revinrent, toutes deux le visage sombre et couvertes de poussière et de toiles d'araignées.

Poppy n'était nulle part.

Yana avait communiqué par radio avec la police, et ils avaient dit qu'ils arriveraient le plus vite possible. À présent, Wren versait des larmes d'angoisse tandis que nous fixions le fond de nos tasses de café, le visage fermé. Taylor, l'esprit ailleurs, tenait un cookie à mi-chemin de sa bouche. Chitra était retournée dans la cuisine, mais Yana était toujours là, scrutant par la fenêtre comme si Poppy allait réapparaître d'un coup. Roza fixait les flammes, les yeux rougis. Elle n'avait pratiquement pas dit un mot de toute la journée. Derrière ses lunettes sales, Keira lui lançait des regards noirs. Sa voix grave brisa le silence.

« Tout ça, c'est votre faute, vous savez. »

Roza planta ses yeux dans les siens.

« Keira, s'il te plaît, dit Taylor d'une voix lasse.

– Non, rétorqua Keira, le regard enflammé. J'en ai assez de me taire. Je savais depuis le début qu'il y avait un truc pas net. Et regardez où on en est.

– C'était un accident », dit doucement Roza.

Keira secoua la tête.

« Si on ne l'avait pas *droguée*, elle ne serait pas allée errer dehors.

– Peut-être que si. »

Les mots étaient sortis tout seuls. Tout le monde se tourna vers moi. Je poursuivis, légèrement mal à l'aise.

« Je repense à cette nuit où elle était descendue endormie dans la cave. Peut-être qu'hier aussi elle est sortie en état de somnambulisme.

– C'est vrai. » Taylor m'observa pensivement. « Tu l'as suivie dans la cave cette nuit-là. Et… » Elle pencha la tête. « Et hier soir, tu étais avec elle aussi ?

– Oui. »

À présent, elles me regardaient toutes, même Yana, postée près de la fenêtre.

« Où étiez-vous ? demanda Keira.

– Elle m'a dit qu'elle voulait me montrer quelque chose à la cave. »

Mon ventre se noua. Leurs regards soupçonneux m'angoissaient – me culpabilisaient, même –, comme si j'avais fait quelque chose de mal. Alors que je savais qu'en toute logique ce n'était pas le cas.

« Et qu'est-ce qu'elle t'a montré ? demanda Taylor.

– Rien. » Je haussai les épaules. « En tout cas, je n'ai rien vu. Je l'ai juste entendue déplacer des cartons, sur la gauche, près du mur.

– Tu l'as *entendue* ? Et tu étais où à ce moment-là ? » demanda Keira.

Comment pouvais-je expliquer mon hallucination ? Devais-je même le faire ?

« J'étais de l'autre côté, à l'autre bout de la cave. » Je toussotai. « Je pensais que quelqu'un m'appelait.

– Quelqu'un t'appelait ? dit Taylor. Qui ça ?

– Non. Je… je crois que j'étais juste en train d'halluciner.

– Et tu es remontée à quel moment ? » renchérit Keira.

On aurait dit qu'elles s'étaient soudain changées en détectives, à l'affût de mes moindres tics ou battements de paupières.

« Je… »

J'hésitai. Si j'avouais que je ne m'en souvenais pas, qu'est-ce que ça changerait ? Ce n'était pas comme si j'avais poussé Poppy à sortir dans la neige. Je savais que je n'aurais jamais fait une chose pareille, même en plein trip d'acide. Mais est-ce que les autres allaient me croire ? Et Wren ?

« Je me suis endormie un bout de temps sur un canapé, dis-je enfin. Puis je me suis réveillée et je suis remontée dans ma chambre.

– Et la porte, elle était ouverte ? » Keira se pencha vers moi. « Tu aurais dû sentir le froid, non ?

– Je ne sais plus. Je ne crois pas qu'elle était ouverte.

– Quand la police va-t-elle arriver ? demanda soudain Wren d'une voix blanche.

– Ils seront là aussi vite que possible, répondit Taylor sur un ton apaisant. Les routes sont impraticables, du coup, ils doivent venir en motoneige.

– Ils feraient mieux de ne pas tarder », murmura Keira.

La lumière rasante de fin d'après-midi virait à l'orange au fil de la course du soleil vers l'horizon.

Des minutes, puis des heures, passèrent. Chitra nous servit une collation vers 15 heures, mais personne n'avait faim. Yana et Roza allèrent rappeler la police par radio et revinrent avec le même air renfrogné.

« Ils ne pourront pas être là ce soir, dit Roza en agrippant le dossier d'une chaise.

– Quoi ? s'écria Keira.

– Ils ont dû secourir une famille dont le groupe électrogène était tombé en panne. Ils avaient un bébé. » Les articulations de Roza étaient blanches à force de serrer. « Ils ont dit qu'ils seraient là demain matin.

– Un bébé prime sur une fille morte », commenta Taylor.

Wren la dévisagea avec horreur et Keira enfouit sa tête dans ses bras en geignant.

Un souffle de panique dispersa la torpeur glacée. Je me levai et réalisai que tous les yeux étaient fixés sur moi.

« J'ai besoin d'aller prendre un bain. »

Je levai ma main tremblante, comme s'il fallait une preuve.

Keira se leva à son tour.

« Je monte avec toi. »

On quitta la pièce en silence, côte à côte.

« Qu'est-ce qu'on peut faire ? explosai-je dans l'escalier. J'ai l'impression qu'on devrait tenter quelque chose. Si elle est dehors…

– Alex… » Keira posa une main chaleureuse sur mon épaule. Je levai les yeux et découvris des sillons de larmes brillant sur ses joues. « Si elle est dehors, elle est morte depuis longtemps. »

Une fois dans ma chambre, je me jetai sur mon lit, me recroquevillai en position fœtale et fondis en sanglots.

Quand je finis par me lever, je me fis couler un bain chaud. Je m'y plongeai, comateuse, la sueur ruisselant sur mon visage. Je me sentais à la fois épuisée et en alerte. Mais je n'avais pas encore totalement assimilé tout ce qui s'était passé. À peine quelques heures plus tôt, Poppy, parfaitement vivante, était venue me chercher, bien décidée à me montrer quelque chose. Qu'est-ce qu'elle avait dit ?

Elle n'est pas celle qu'elle prétend.

Mais de qui parlait-elle ? De Roza ? De Wren ? D'une chimère née de son imagination ?

Autant de questions concrètes comme une barre en fer à quoi m'accrocher, pour éviter de tomber dans une caverne d'horreur sans fond.

Peut-être pourrais-je découvrir un indice qui m'aiderait à y répondre.

Donc : Poppy était en pleine montée d'acide. Les gens disaient des choses bizarres quand ils tripaient. Et vraiment, la seule raison pour laquelle ses paroles trouvaient un écho sinistre aujourd'hui, c'était qu'elle avait disparu. Et pourtant, l'attraction que la cave avait exercée sur elle, d'abord dans un état de somnambulisme, puis sous l'effet du LSD, était étrange.

Peut-être que ça aurait pu être n'importe quelle cave. Les sous-sols étaient symboliques. C'était là qu'on mettait au rebut toutes les vieilleries qu'on ne voulait plus voir.

Et il n'y avait pas eu que Poppy et son comportement anormal. De mon côté, outre la fête organisée par Horace et les murmures fervents de Daphné que j'avais imaginés dans la cave – ces hallucinations avaient été plutôt légères –, j'avais aussi eu l'impression très réelle de faire l'amour avec une démone.

Ou peut-être était-ce le manoir qui cachait quelque chose, renfermant encore des vestiges datant du temps de Daphné. Et qu'en écrivant sur ce sujet, j'entrais en communication avec son époque, et avec l'espèce d'énergie sombre qui circulait encore entre ces murs.

Après mon bain, je m'assis en peignoir à mon bureau, les yeux dans le vide. Des forces surnaturelles. Était-ce vraiment vers ça que mon esprit divaguait ?

Mais pourquoi pas ? Comme je l'avais dit à Taylor, j'avais déjà personnellement fait l'expérience du surnaturel. Peut-être qu'il ne tenait qu'à moi de poser la question.

« Hé, dit Taylor en passant la tête par ma porte ouverte, tu ferais mieux de venir voir. »

Je la suivis dans la chambre de Wren et de Poppy, la poitrine oppressée par un mauvais pressentiment. Wren et Keira étaient assises sur le lit de Poppy, penchées sur sa valise grande ouverte. Je trouvai ça choquant et immoral, une invasion.

« Vous faites quoi, là ? » demandai-je sèchement.

Keira me tendit quelque chose.

« Regarde. »

Il s'agissait d'un permis de conduire de l'État de New York. Pendant une seconde, je m'attendis à voir la photo de Wren. Mais c'était celle de Poppy. Ses cheveux étaient différents – brun foncé et mi-longs. Pourtant, c'était bien elle.

« Regarde le nom. »

Taylor lut par-dessus mon épaule.

« Zoé Canard. »

Ça n'avait pas de sens. Je levai les yeux vers Taylor, puis regardai Keira, qui s'était rassise sur le lit avec Wren.

« C'est quoi ce bordel ?

– Elle ne s'appelle pas Poppy. » Keira reprit le permis de conduire. « Son nom est Zoé Canard. Et elle habite dans le nord de l'État de New York. Très au nord, en fait. Encore plus qu'ici.

– Quoi ? Pourquoi ? »

Le mystère s'épaississait. Je sentis une vague d'hystérie monter à l'assaut de mes omoplates.

« Ce n'est pas clair. » Taylor fit un geste vers la valise. « On l'a trouvé dans une poche intérieure. Avec des cartes de crédit au même nom.

– Quand vous étiez par hasard en train de fouiller dans ses affaires ? demandai-je.

– Je cherchais le nom de personnes à contacter », dit Wren. Elle toussota. « Son téléphone est verrouillé. Il faut qu'on prévienne sa famille.

– C'est vrai. » Je me laissai lourdement tomber assise par terre, faisant tourner ce nouvel élément comme un Rubik's Cube dans ma tête. « Et si Poppy était son nom de plume ? »

Taylor se gratta le menton.

« Mais dans ce cas, pourquoi ne pas utiliser son vrai nom avec nous ? »

Wren regardait dans le vide en serrant un mouchoir chiffonné sur ses genoux. Elle avait le nez rouge et irrité à force de se moucher, et le teint livide. À côté d'elle, Keira rongeait l'ongle de son pouce en fixant le permis de conduire.

« Wren, est-ce qu'elle t'a dit quelque chose ? » demandai-je.

Elle croisa mon regard.

« Non.

– Poppy venait d'Atlanta, dit Taylor. En tout cas, elle nous avait dit qu'elle y était née et y avait passé son enfance, vous vous souvenez ? »

Ça ne me sauta aux yeux que lorsque je fus de retour dans ma chambre. La phrase que Poppy m'avait dite en haut des marches.

Elle n'est pas celle qu'elle prétend.

Et si Poppy – ou Zoé, apparemment – était en train de parler d'elle-même ?

23

À l'heure du dîner, je n'avais pas faim. Mais quelqu'un dit qu'il fallait qu'on mange pour garder des forces, alors je suivis les autres en bas. Là, dans les arômes de cuisine, mon estomac se mit à s'emballer comme une tondeuse à gazon. La chaise de Roza demeura vide.

Je mangeai mécaniquement, sans rien goûter du tout. Cette nouvelle pièce du puzzle tournait en boucle dans ma tête. Donc, Poppy n'était pas vraiment Poppy. Avait-elle menti pour intégrer la retraite ? Comment diable avait-elle réussi à se faire sélectionner ?

Chitra vint aux nouvelles.

« Vous allez bien, les filles ? »

Elle avait des cernes noirs sous les yeux.

« Pas super », soupira Taylor.

Pour l'instant, nous avions décidé de garder pour nous l'information sur Poppy. Nous en parlerions à la police, mais nous ne savions pas comment Roza, Yana ou Chitra réagiraient.

« Les policiers ont dit à quelle heure ils seraient là demain ? demanda Keira en posant sa fourchette.

– Je crois que Roza a parlé de la matinée ? répondit Taylor en la regardant.

– Parfait, dit Keira. Je repartirai avec eux.

– En motoneige ? s'enquit Taylor. Et tes affaires ?

– Yana pourra me les envoyer par la poste. Ou pas, je m'en fous. » Elle repoussa son assiette. « Tout ce que je veux, c'est me tirer d'ici. »

« Alex ? »

Je me réveillai en sursaut, ma liseuse posée sur la poitrine. Bien que persuadée d'avoir du mal à trouver le sommeil, je m'étais apparemment endormie dans la minute.

Wren se tenait à la porte. Elle alluma le lustre.

« Qu'est-ce qui se passe ? demandai-je en me frottant les yeux.

– J'ai besoin de te parler.

– Bien sûr. »

Je m'assis en croisant les jambes. La situation nous avait imposé une trêve tacite, de sorte que nous avions mis tous nos problèmes de côté. Et ça m'embêtait vraiment de l'admettre, mais les circonstances – la disparition de l'une d'entre nous suivie de sa mort probable – rendaient notre mésentente presque triviale.

« Je voulais te montrer quelque chose. »

Wren avait le teint pâle, mais moins livide que plus tôt dans la journée. Elle se laissa tomber sur le lit, et me tendit un livre.

« *La Révélation* », lis-je sur la couverture. Sous le nom de l'autrice – Soo-jin Park – était inscrit *Épreuves non corrigées.*

Je connaissais ce livre. Au boulot, il y avait une table près des ascenseurs où étaient empilées les versions préliminaires des romans publiés par la branche littérature de ma société. Peut-être six mois plus tôt, j'avais vu ce bouquin dans la pile. Et après avoir consulté la quatrième de couverture, je l'avais reposé sur la table. À cette période, je ne lisais aucun roman ; ils ne faisaient que me rappeler ma propre panne d'inspiration.

« Où as-tu trouvé ça ? demandai-je.

– Regarde le dos. »

Elle ne me quitta pas des yeux pendant que je lisais.

Min-seo rend visite à sa famille à Busan quand elle rencontre une femme dans un café qui lui parle d'une petite communauté qui a trouvé un dieu dans les montagnes. La femme précise qu'il ne s'agit pas d'une métaphore : leur dieu existe réellement. Elle l'a vu. Min-seo est journaliste d'investigation. Du coup, elle décide d'enquêter sur cette communauté pour découvrir de quoi il retourne. Mais ce qu'elle va découvrir changera tout ce qu'elle pensait savoir sur l'existence. Dans ce premier roman palpitant, Soo-jin Park explore les thèmes de la famille, de l'amitié et de la foi.

« C'est son livre. » Je me sentais oppressée comme si je n'avais plus d'air dans les poumons. « Celui que Poppy – Zoé – était en train d'écrire. À la recherche du dieu dans la grotte. »

Je comprenais maintenant pourquoi cette histoire m'avait paru familière pendant notre première session de groupe, quand nous avions partagé nos idées de romans.

« Elle l'a recopié presque mot pour mot. » Wren ouvrit le tapuscrit à la première page. « En changeant juste les lieux et les noms.

– Mais pourquoi ? Qu'est-ce que ça veut dire ?

– Ça veut dire qu'elle n'est pas écrivaine. » Wren planta ses yeux dans les miens. « Ça veut dire qu'elle n'aurait pas dû être ici.

– Tu crois qu'elle a menti pour se faire accepter ? Que c'est pour ça qu'elle a utilisé un faux nom ?

– Peut-être, dit Wren. Mais si son but était de s'introduire ici… Franchement, quelles étaient ses chances de gagner sa place en trichant comme ça ? Sur des milliers de candidates ?

– À moins qu'elle n'ait pas cherché à se faire sélectionner. » Je pianotai sur ma jambe. « Qu'elle se soit contentée d'attendre l'annonce des lauréates pour en persuader une – la vraie Poppy – de lui laisser sa place.

– Tu dois avoir raison. »

Wren écarquilla les yeux.

« Mais comment Zoé a-t-elle pu le savoir ? demandai-je. Ils ont gardé secrets les noms des lauréates.

– On leur avait interdit de communiquer sur les réseaux, mais je suis sûre qu'elles en ont parlé dans leur entourage. Moi, par exemple, je l'ai dit à Evan. Et j'ai dû le dire à ma boss. Alors, Zoé a pu l'apprendre par quelqu'un qui connaissait Poppy.

– Possible. » Je sentais monter l'adrénaline. « Donc Zoé découvre que Poppy, une fille qu'elle connaît, a été sélectionnée pour participer à la retraite de Roza. Elle la persuade de la laisser prendre sa place. Même en admettant que cette fille ait accepté, ce qui est incompréhensible, comment s'est-elle débrouillée pour ne pas se faire démasquer ?

– Je ne sais pas. » Wren haussa les épaules. « Mais ce n'est pas comme si on nous avait demandé nos cartes d'identité pour entrer dans le manoir.

– Et les réseaux sociaux ? »

Wren se mordit la lèvre.

« Tu crois que Roza et son équipe sont aussi rigoureux ? Qu'ils ont été fouiller dans la vie de toutes celles qu'ils acceptaient ? S'ils avaient été tellement soucieux des apparences, est-ce qu'ils auraient sélectionné presque uniquement des filles blanches ?

– Tu as raison. »

Je me souvins de ma surprise du premier jour en m'apercevant que Keira était la seule participante de couleur.

« Et même s'ils étaient allés fouiner sur les réseaux, Poppy aurait pu paramétrer son profil en mode privé.

– En tout cas, il est clair que Zoé s'était teint les cheveux, dis-je. Donc, la vraie Poppy est peut-être blonde.

– Ce serait logique. » Wren leva les yeux. « Et pour les renseignements biographiques ?

– Facile, répondis-je. S'ils ont vérifié ses infos personnelles, ils sont tombés sur celles de la vraie Poppy.

– Bordel. Bien sûr.

– Tu étais plutôt proche d'elle, continuai-je. Tu n'as *rien* remarqué de bizarre ?

– Rien du tout. » Wren secoua la tête, déconcertée. « Elle avait l'air absolument normale. »

J'eus un flash de Poppy – Zoé – avec moi dans l'escalier, la nuit précédente. Qu'est-ce qu'elle avait dit sur Wren quand je lui avais demandé si elle était devenue sa copine ?

Pas du tout… Elle est… Bref. Je ne suis pas là pour ça.

Et quand je lui avais demandé pourquoi elle était là alors, elle m'avait dit qu'elle cherchait une preuve.

De ce qu'elle manigance. La preuve qu'elle n'est pas celle qu'elle prétend.

Et puis : *Par là-bas. C'est ce mur.*

« Il faut qu'on retourne à la cave. »

Les mots étaient sortis tout seuls.

Wren releva les yeux du roman.

« Pourquoi ?

– Elle cherchait quelque chose. Elle a dit : "Elle n'est pas celle qu'elle prétend." À un moment, je me suis demandé si elle ne parlait pas d'elle-même. Mais je ne crois pas, elle ne se serait pas désignée à la troisième personne comme ça. Je pense qu'elle avait magouillé pour s'introduire dans la retraite afin d'obtenir des preuves de quelque chose. Et que donc, en disant ça, elle parlait de quelqu'un d'autre. Peut-être de Roza ?

– Attends un peu. » Wren fronça les sourcils. « C'est seulement maintenant que tu me racontes tout ça ?

– Mais je vous ai bien dit à toutes qu'elle cherchait un truc. »

L'avais-je vraiment dit ? J'essayai de me rappeler, mais les quatorze dernières heures étaient floues dans ma tête.

« Tu n'as pas précisé qu'elle cherchait des preuves d'une fausse identité. Ça semble être une information importante. »

Je sentis monter une vieille irritation.

« Je ne suis pas en train de faire des cachotteries, Wren. J'essaie juste de comprendre au fur et à mesure.

– OK, d'accord. » Elle leva les mains. « Allons voir à la cave. »

Alors que nous descendions l'escalier, je fus frappée par l'incongruité de la situation : après deux semaines passées à nous comporter comme deux ennemies jurées, nous formions à nouveau une équipe suivant des indices à l'image d'apprenties détectives.

Je n'aurais jamais pu imaginer ça. Même pas en rêve.

Je conduisis Wren vers l'endroit où Zoé avait disparu, au pied des marches sur la gauche. En zigzaguant au milieu de ce bordel sans nom, on atteignit un tas de cartons empilés en hauteur contre un mur en parpaings.

« Je me rappelle qu'elle a déplacé des cartons. » Je dirigeai la torche de mon smartphone vers le haut. « Est-ce que quelqu'un les aurait remis en place ?

– Peut-être qu'il y a quelque chose dedans ? demanda Wren.

– Elle a parlé du mur.

– Du mur ? dit Wren en reniflant. C'est ridicule. Elle était sous acide. Elle devait être en train de triper.

– Essayons de les déplacer, on verra bien. Il y a peut-être une inscription ou autre chose. »

Je me mis à l'ouvrage, grimaçant à cause du bruit désagréable des cartons raclant le sol. Wren se joignit à moi. Certaines piles étaient lourdes et on dut déplacer les cartons un par un. Quand ce fut fait, on était en sueur, mais on avait ménagé un petit passage entre les cartons et le mur en parpaings glacé et humide. Il faisait sombre, on était presque dans le noir complet, et Wren l'éclaira avec son téléphone pour vérifier : aucune inscription.

« Que dalle, dit-elle. Rien du tout.

– Je vois bien », répondis-je.

Était-ce un soupçon de satisfaction que je sentis dans la voix de Wren ? Parce que je n'avais pas raison ?

« Dis-moi encore où tu étais. Quand tout ça est arrivé.

– J'étais à l'autre bout de la cave.

– Et tu faisais quoi ?

– Rien. » J'essayai d'atténuer le ton cassant de ma voix. « J'étais en plein trip. J'hallucinais. J'avais l'impression d'être dans une forêt.

– D'accord. » Wren dirigeait le faisceau de sa lampe vers le sol, le visage dans l'ombre. « Et ensuite ?

– Quoi, ensuite ? Ensuite, c'est tout. »

Pourquoi m'interrogeait-elle comme ça ? Me soupçonnait-elle d'être impliquée dans la disparition de Zoé ?

« Tu as dit que tu t'étais endormie dans la cave. Quand es-tu remontée ?

– Je ne me souviens pas. »

Je sentis la peur s'insinuer en moi.

« Je te connais. » La voix de Wren était à peine un murmure. « Tu ne me dis pas tout. »

Un silence pesant retomba entre nous.

« D'accord, dis-je dans un élan de défiance. J'ai fait l'amour avec une démone, ensuite je suis tombée dans les pommes, et après je me suis réveillée dans mon lit. Je n'ai aucun souvenir d'avoir remonté l'escalier. »

Je l'entendis pousser un profond soupir.

« Une démone ? Qu'est-ce que tu racontes ?

– J'hallucinais, je viens de te le dire.

– Alors, tu étais vraiment complètement défoncée ?

– Évidemment que j'étais défoncée, m'énervai-je. On l'était toutes.

– Exact, mais une seule était dans la cave avec Poppy – avec Zoé, je veux dire – quand elle a disparu.

– Tu n'en sais rien, dis-je. Peut-être que j'étais déjà remontée. Et de toute façon, je n'ai rien à voir avec tout ça. Ce n'est pas ma faute si elle s'est aventurée à l'extérieur. »

J'avais les joues brûlantes.

« Eh bien… On peut vraiment faire n'importe quoi quand on est défoncé. »

Je lui lançai un regard noir.

« Pourquoi tu le dis pas clairement ?

– Dire quoi ? »

Elle poussa l'impudence jusqu'à sembler embarrassée.

« Que je suis – selon tes propres mots – une psychopathe instable. »

Elle me rit au nez.

« Alex…

– Arrête ! Je sais que tu as dit à Roza que tu avais pensé demander une injonction d'éloignement contre moi.

– Qu'est-ce que tu racontes ?

– Les yeux dans les yeux, est-ce que tu vas nier l'avoir dit ?

– Écoute, je ne sais pas de quoi tu parles, mais je n'ai pas la force de me disputer, d'accord ? » Elle éclata d'un rire acerbe. « Putain, on est en train de chercher un *cadavre*, Alex. Et une fois de plus, il faut qu'on parle de toi. De ma méchanceté à ton égard. Du mal que je t'ai fait. Ça ne s'arrête jamais.

– Ce n'est pas vrai, m'écriai-je. Si tu veux qu'on cause de celle qui se fait passer pour une victime…

– *Je ne veux pas.* En fait, c'est la dernière chose dont j'ai envie de parler. »

Elle redressa le faisceau de sa lampe, et je levai les mains pour me protéger les yeux.

« Je retourne en haut. »

Elle passa devant moi en m'ignorant. Je l'entendis chercher son chemin vers l'escalier, puis s'élancer sur les marches. Je collai mon front contre le mur froid en béton, m'efforçant de respirer profondément et de calmer ma rage. Elle disparut aussi vite qu'elle était venue, et je sombrai dans le désespoir, comme dans un puits sans fond.

À peine vingt-quatre heures plus tôt, tout se passait si bien. J'avais dû batailler pour commencer à écrire un roman avec Wren dans les parages. Mais tout avait du sens. Le jeu était clair. Alors que maintenant… Je ne savais plus quoi croire. Était-ce crédible que Zoé ne soit plus qu'un cadavre congelé caché quelque part sous la neige ? Et qu'à ce moment précis, un renard ou un écureuil passent en courant au-dessus de son corps ?

Je relevai la tête. *Stop.* Je ne pouvais pas laisser ces pensées…

J'entendis un déclic sur le mur. Pendant une seconde, je restai stupéfaite. Puis je l'éclairai avec mon téléphone et palpai les parpaings. Celui sur lequel j'avais appuyé mon front s'était enfoncé. Pas en entier – juste le devant, découvrant un clapet à charnière. Je l'effleurai : il était recouvert de ciment sur environ deux centimètres. Un coffrage. L'arrière était lisse comme du métal. Je l'ouvris un peu plus.

Derrière cette façade en trompe-l'œil, je découvris en effet une paroi métallique et un clavier à code fixé au milieu de la niche. Je pressai plusieurs chiffres au hasard sur les touches en plastique. Elles s'éclairèrent en jaune. Puis une minuscule diode rouge se mit à clignoter dans le coin supérieur du clavier tactile.

Je repoussai le capot de la trappe et elle se referma, comme aimantée. Je paniquai un instant : et si je l'avais reverrouillée ? Mais lorsque j'appuyai à nouveau sur le parpaing, le capot cliqueta une fois de plus et se rouvrit.

Je posai mon téléphone contre la bonne colonne de parpaings pour la repérer. Avec un regain d'énergie, je dégageai les cartons pour avoir une vue d'ensemble de cette partie du mur. Puis j'éteignis la lampe du portable et reculai d'un pas, laissant mes yeux s'habituer à l'obscurité. Au début, je ne vis rien. Et puis, lentement, elles commencèrent à poindre, presque impossibles à discerner, comme ces étoiles dans la nuit qui disparaissent si on les fixe trop intensément. Mais en plissant les yeux pour brouiller ma vision, je vis clairement apparaître des lignes lumineuses entre les parpaings.

De la lumière filtrait à travers le mur. Le clavier était au centre de ce qui ressemblait aux contours d'une porte. Ce fut comme une illumination. S'il y avait une porte, ça voulait dire qu'il y avait quelque chose derrière, une pièce que nous ne connaissions pas encore. C'était peut-être pour ça que je n'avais pas vu Zoé la nuit dernière, parce qu'elle avait déjà trouvé un moyen de passer de l'autre côté du mur.

Je dois te montrer quelque chose. Je crois que je l'ai trouvée. Sa voix me revint d'un coup. *Par là-bas. C'est ce mur.*

Poppy connaissait l'existence de cette pièce secrète. Et il semblait qu'elle ait réussi à y pénétrer – parce qu'elle connaissait le code, ou par d'autres moyens.

Ça soulevait de nouvelles questions, et un frisson glacé remonta dans mon dos.

Si elle y était entrée... pourquoi n'était-elle pas ressortie ?

Qui avait remis les cartons en place pour masquer son passage ?

Qui savait qu'elle était bien vivante et faisait semblant de croire, comme les autres, qu'elle était morte ?

Bon. Il fallait que je reste calme. Et que je trouve une réponse à la fois. Je collai mon oreille contre le mur et criai : « Il y a quelqu'un ? »

Personne ne répondit. J'appuyai sur tous les autres parpaings autour, tout en sachant que c'était inutile. Il n'y avait qu'un moyen d'ouvrir la porte cachée, et c'était d'avoir le code.

« Qu'est-ce qui se passe ? » murmurai-je en posant ma main poussiéreuse sur ma bouche.

J'explorai à nouveau lentement la paroi, la balayant de haut en bas avec la lampe. Tout au bout, dans l'angle des deux murs adjacents, près du plafond, j'aperçus un clignotement.

Je sursautai et dirigeai à nouveau, d'une main tremblante, le faisceau de ma torche dans cette direction. C'était rond et minuscule, brillant comme un œil de chat. Je poussai deux lourdes caisses dans le coin et les empilai l'une sur l'autre. Ce n'était pas très stable, je me tenais aux murs rugueux pour monter dessus.

Pendant un moment, je ne fis que l'observer. L'objectif n'était pas beaucoup plus grand qu'une pièce d'un cent, et il était braqué dans la direction de la porte dérobée. Je n'en avais jamais vu d'aussi près, mais il n'y avait aucun doute sur ce que c'était.

Une caméra de surveillance.

24

Devant la chambre de Wren, je trouvai porte close, et elle ne répondit pas quand je frappai. J'essayai de tourner la poignée, mais elle était verrouillée. *Merde.* Je me sentis assaillie par la frustration – je ne pouvais même pas lui envoyer un texto dans la zone blanche de Blackbriar –, mais je parvins à me calmer.

Je frappai à nouveau, plus fort, je l'appelai, mais laissai vite tomber. Wren était une grosse dormeuse, et je ne voulais réveiller personne d'autre avant d'avoir bien réfléchi.

Une fois dans mon lit, mon esprit se mit à caracoler d'une pensée à l'autre. Au début, j'avais supposé qu'on avait enfermé Zoé dans la chambre secrète, mais ce n'était peut-être pas ça du tout. Peut-être qu'elle se cachait. Et peut-être n'était-ce qu'un nouveau coup tordu que Roza jouait à nos dépens.

Mais serait-elle capable de manigancer une chose pareille ? Engager une actrice pour jouer le rôle d'une des participantes, chargée de disparaître pour nous plonger dans le stress et nous contraindre à repousser les limites de notre écriture ?

Je me tournai sur le côté en grognant. Après seize jours passés à Blackbriar, mon sens de la réalité s'était complètement détraqué. Dans mon appart de Brooklyn, j'aurais su dire si j'étais à côté de la plaque, ou si ce niveau de duplicité était effectivement une possibilité. Mais ici, avec les peintures démoniaques de Daphné qui recouvraient les murs et les chambres secrètes dissimulées, c'était impossible de se prononcer.

Et aussi, je devais me demander si je ne prenais pas mes désirs pour des réalités. En croyant que Zoé était toujours vivante. En me persuadant que ce n'était pas ma faute – et là, je me forçai à explorer l'idée, fût-elle désagréable – si je n'avais pas remarqué qu'elle s'était aventurée dehors.

Je me réveillai en sursaut. La lumière du soleil s'étirait en bandes dorées des fenêtres au sol, en total décalage avec les sombres pensées qui saturèrent immédiatement mon cerveau. Soit Zoé était morte, soit Roza était folle. Je m'étirai, les hanches et les jambes courbaturées après la battue de la veille. Sur la table de nuit, la pendule indiquait presque 9 heures.

En sortant du lit, je remarquai une feuille de papier glissée sous ma porte. Un message écrit à la main en lettres cursives sinueuses annonçait :

Votre présence est requise lors d'une séance d'écriture spéciale et extraordinaire qui aura lieu à 9 heures dans la bibliothèque. Des rafraîchissements seront servis.

« Bonjour, mesdemoiselles. »

Roza prononça ces mots sur un ton grave tandis que nous nous installions à nos places habituelles. Tirée à quatre épingles, elle portait une combinaison en soie bordeaux assortie à ses cheveux et à son rouge à lèvres.

Je m'étais habillée à la hâte, soulagée de n'avoir pas été endormie à l'heure de la séance. Wren et Taylor semblaient levées depuis longtemps. Je m'en voulais de ne pas avoir pu croiser Wren plus tôt. Je la fixai des yeux, essayant d'attirer son attention pour lui transmettre une unique pensée : *Il faut que je te parle.* Elle pourrait me dire si ma nouvelle théorie était logique ou pas. Elle saurait se montrer froide et calculatrice : exactement ce dont j'avais besoin dans l'immédiat.

Des bruits de pas retentirent près de la porte, et Keira fit son apparition. Elle feignit d'ignorer Roza et prit place en balançant l'extrémité de son écharpe noire sur son épaule.

Roza lui adressa un regard empli de sympathie.

« Dure journée, hier, n'est-ce pas ?

– Où est la police ? » Keira leva la tête et la regarda droit dans les yeux. « Je croyais qu'ils devaient arriver ce matin.

– C'est exact. » Roza sourit gentiment. « Je vais leur lancer un nouvel appel radio. Je suis sûre qu'ils ne vont pas tarder à arriver.

– J'ai fait mes valises, répliqua sèchement Keira. Je repartirai avec eux. Je n'emporterai que mon sac à dos pour l'instant s'ils sont en motoneige. À moins que les routes ne soient dégagées.

– Comme tu voudras, ma chérie. »

– Est-ce que les routes *sont* praticables, oui ou non ? »

J'étudiai Roza qui touillait son café, les yeux baissés. Si ma nouvelle théorie était fondée – si tout avait été planifié à l'avance –, la police n'arriverait jamais, pour la bonne raison qu'elle ne l'avait pas contactée. Mais ça ne pourrait pas prendre plus d'un jour ou deux pour déneiger la route, et dans le garage, il y avait plusieurs véhicules qui permettraient de rejoindre la gare la plus proche. Quelle autre excuse pourrait-elle trouver, alors ?

« Oh, j'ai bien peur que non, répondit Roza en croisant les bras. D'ordinaire, ça leur prend pas mal de temps pour déblayer la neige jusqu'ici : au moins quelques jours. Notre petite maison perdue au milieu de nulle part n'est pas une priorité. »

Chitra fit son entrée, apportant sur la table un plateau de pâtisseries aux arômes sucrés.

« Même si une personne est portée disparue dans cette maison ? » Keira haussa un sourcil. « Est-ce qu'on peut au moins vérifier l'état des routes ? Et peut-être utiliser une souffleuse pour dégager le chemin d'accès ? Comme ça, on pourra partir en voiture dès que ce sera possible.

– Eh bien… » Roza soupira. « Malheureusement, notre souffleuse est cassée. Il nous faudra attendre un peu que la neige ait fondu avant de s'y mettre.

– Vous êtes en train de dire que vous vivez au milieu de nulle part, en plein hiver, et que votre souffleuse est hors service ? s'écria Keira.

– C'est bien ça. »

Quelque chose se fendilla dans l'armure affable de Roza. Un éclair d'irritation traversa son visage.

« Tu sais, je fais de mon mieux.

– *Vraiment ?* »

Keira la fixa avec colère, en rejetant ses tresses en arrière.

« K. » Taylor tendit vers elle une main implorante. « Écoutons au moins ce que Roza veut nous dire. »

Keira secoua la tête en signe d'incrédulité, mais ne dit rien de plus.

« Merci. » Roza croisa les mains. « Si je vous ai demandé de me retrouver ce soir, c'est que je veux que nous prenions le temps de réfléchir avant de passer à l'étape suivante.

– L'étape suivante ? » demanda Wren.

Elle toussa, et je grimaçai en percevant un nouveau son de glaires dans ses poumons. En l'observant plus attentivement, je remarquai que son nez coulait et qu'elle avait les joues trop rouges. C'était la première fois que je voyais Wren encore plus malade qu'elle ne le laissait paraître.

« Oui. » Roza hocha la tête une fois. « L'étape suivante de notre retraite. »

On aurait entendu voler une mouche.

« Quoi ? dit sèchement Keira.

– Demain, nous reprendrons nos ateliers d'écriture. » Roza but une gorgée de son café. « Vos nouvelles pages sont attendues, comme d'habitude, avant ce soir minuit. »

Keira éclata d'un rire choqué. Je croisai les yeux de Wren de l'autre côté de la table, et nous partagions la même incrédulité. Roza leva une main.

« Keira, tu n'es plus tenue de respecter les délais puisque tu vas nous quitter. Mais pour toutes les autres, il faudra s'y soumettre.

– Mais, Roza… », intervint Wren d'une voix rauque. Ses yeux étaient brillants de larmes. « Poppy est *morte*. Nous ne pouvons pas continuer comme si de rien n'était. Nous n'avons même pas encore parlé à la police. »

Des rides creusèrent le front de Roza.

« Crois-tu que Poppy aurait voulu que l'on s'arrête comme ça ?

– Donc, ce que vous voulez, c'est qu'on continue à pondre nos bouquins pour vous en attendant de retrouver le cadavre de Poppy ? »

La voix de Keira était grave. Roza la fusilla du regard.

« Je ne sais même pas pourquoi tu participes à cette discussion. Tu n'as pas été invitée.

– Invitée ? rétorqua Keira d'une voix défiante montant dans les aigus. À quoi ? À prendre le thé avec vous ? Mais vous vivez sur quelle planète ?

– Ça suffit ! » Roza se leva. « J'ai essayé de supporter ton attitude, de me montrer compréhensive, mais j'en ai ma claque. Keira, c'est terminé. » Elle lui montra la porte. « Tu n'es plus la bienvenue dans cette réunion. Je te prie de sortir. »

Pendant un moment, Keira garda les yeux fixés sur la table. Puis elle hocha la tête en souriant légèrement et se leva, affrontant Roza du regard.

« Si vous pensez vous en tirer comme ça, dit-elle, vous vous trompez.

– *Immédiatement.* »

La voix forte de Roza résonna dans la vaste bibliothèque. Après un dernier regard, Keira quitta la pièce.

J'étais complètement d'accord, et j'aurais aimé pouvoir me lever et partir avec elle. Mais si je voulais conserver une chance de découvrir ce qui se tramait, je devais rester dans les bonnes grâces de Roza.

« Bien. » Roza se rassit. « Désolée de vous avoir infligé cette scène, les filles.

– Franchement... » Taylor s'éclaircit la gorge. « Elle n'avait pas complètement tort.

– Je le sais, dit Roza. Vraiment. Mais ce qui est arrivé à Poppy était un *accident*. Personne n'aurait pu le prévoir. Nous avons fait de notre mieux pour la retrouver. Maintenant, nous devons attendre les autorités. Et pendant ce temps... » Elle fixa chacune d'entre nous, à tour de rôle. « Vous allez devoir faire un choix : ou bien vous persévérez envers et contre tout, en dépit de ces circonstances si troublantes. Ou bien vous abandonnez. Bien entendu, vous êtes libres de partir avec Keira si vous le souhaitez. Je ne vais pas vous obliger à rester. Mais je vous demande de vous souvenir que je vous ai choisies pour une bonne raison. J'ai décelé une flamme en vous qui doit être attisée, maintenant plus que jamais. Nous sommes à la moitié de trois romans novateurs. Des romans qui deviendront instantanément des classiques. Ne perdez pas l'élan. Ne laissez pas passer cette chance. »

Wren se moucha. Taylor caressait les fleurs violettes tatouées sur son avant-bras. J'essayai de prendre un air pensif. Ce discours rassembleur allait complètement dans le sens de ma nouvelle théorie.

Je serrai les poings sur mes genoux. Je n'arrivais toujours pas à croire que tout cela était réel. Au bout du compte, comment est-ce que ça finirait ? Est-ce que le dernier jour Chitra se pointerait avec un gâteau géant pour que Zoé puisse en jaillir en criant *Surprise !!!* ?

C'était absurde. Et pourtant... Au final, Roza n'aurait rien fait d'illégal. Au contraire, ça ne pourrait que conforter sa réputation. L'une d'entre nous deviendrait riche, nous serions toutes les trois publiées, et nous raconterions cette ténébreuse retraite dans des interviews, en débattant sur les méthodes radicales de Roza.

« Je continue. » Taylor se redressa. « Juste pour avoir quelque chose à faire. Je ne supporte pas l'attente. La journée d'hier était un véritable enfer. »

J'échangeai un nouveau regard avec Wren. Elle avait l'air épuisée et misérable. Avec les yeux, je lui adressai un message silencieux : *Fais comme moi.*

« On peut toujours essayer. »

Je m'efforçai de paraître sincère, même si je savais que je serais incapable de m'asseoir et de me remettre à écrire.

« Splendide. »

Roza se tourna vers Wren, un sourcil levé. Après un dernier coup d'œil interrogatif dans ma direction, Wren hocha la tête.

« D'accord.

– Formidable. » Un sourire illumina lentement le visage de Roza. « Mesdames, je savais que vous étiez des battantes. Malgré les contretemps, nous allons donc poursuivre notre voyage ensemble. Et nous *allons* y arriver. D'accord ? »

Elle tendit la main pour prendre un pain au chocolat et se leva.

« Et la police ? demanda Wren. Vous avez dit que vous alliez essayer de la recontacter.

– Absolument, dit Roza, en ponctuant ce mot d'un doigt dressé. Je vais le faire sur-le-champ. »

Je crus presque entendre une conclusion inexprimée : *Avant d'oublier.*

Quand Roza fut sortie, Taylor grogna et se massa le haut du crâne, faisant rebiquer plusieurs de ses mèches blondes. Je la regardai un moment, puis pris ma décision.

« Les filles, il faut qu'on parle. » Je me levai. « Avec Keira. On se retrouve en haut à 10 heures ? »

Elles acquiescèrent, m'observant avec curiosité quand je me précipitai dans le couloir.

Ce matin-là, Roza portait des bottines à talons compensés qui faisaient un bruit sourd sur les tapis. Je la suivis en chaussettes, tel un fantôme silencieux. Elle traversa le hall à grandes enjambées. Ses semelles couinaient sur le marbre. Elle fredonnait doucement.

Le simple fait de la suivre fit remonter ma peur. Pas parce qu'elle risquait de me débusquer : j'aurais simplement dit que j'avais une question à lui poser. Peut-être était-ce dû à l'horreur de ce que je risquais d'entendre.

Elle se glissa dans son bureau, refermant la porte derrière elle. Je m'approchai et collai l'oreille contre le battant.

Pas un bruit.

Je me demandai si c'était parce que la porte était si épaisse et massive qu'elle estompait tout bruit à l'intérieur. Mais soudain, j'entendis clairement Roza qui toussait. Et le parquet qui craquait quand elle traversa la pièce. Elle reprit son fredonnement. Elle avait peut-être besoin d'un peu de temps, mais il n'y avait aucune raison que ça lui en prenne autant pour passer son appel radio à la police. À moins qu'elle n'ait pas l'intention de le faire.

« Vous avez besoin d'aide ? »

Je bondis en arrière. Yana, qui s'était approchée à pas de loup dans ses chaussures de sport, me toisait, les mains sur les hanches. Aujourd'hui, son jogging paraissait encore plus serré que d'habitude, révélant ses petites jambes compactes. Je fus frappée par sa ressemblance avec une entraîneuse sportive, peut-être d'une équipe de gymnastes, le genre qu'on n'a vraiment pas envie d'énerver.

« Non, tout va bien. » Je me redressai, m'efforçant de sourire. « Je voulais juste poser une question à Roza. »

Yana me lança un regard noir sans rien ajouter. La porte s'ouvrit d'un coup.

« Oh, rebonjour », dit Roza. Elle nous dévisagea l'une après l'autre. « Tout va comme vous voulez, mesdames ? »

Elle sortit, refermant la porte derrière elle.

« Elle vous attendait. »

Yana croisa les bras.

« Que puis-je pour toi, ma chère ? »

Roza me regarda droit dans les yeux, à la fois bienveillante et impatiente.

« Je… je voulais juste savoir ce que la police avait dit. Quand ils allaient arriver. Juste pour savoir… »

J'espérais avoir une voix légère et paraître sûre de moi.

« Très bien. » Ses yeux se radoucirent. « Ils seront là aussi vite que possible. Probablement cet après-midi. »

À ma grande surprise, elle passa un bras autour de mes épaules.

« Tu es vraiment une chic fille, Alex. Je me rends compte à quel point tu t'inquiètes. »

Dans la bouche de Roza, je ne savais pas si c'était un compliment ou une insulte.

« Je te verrai au dîner. Il est temps de te mettre à écrire, OK ? »

Elle me lâcha et s'éloigna. Yana m'observa encore quelques secondes avant de lui emboîter le pas.

Je fis semblant de me diriger vers le premier étage, mais m'arrêtai dans le grand hall et rebroussai chemin. Je saisis la poignée de la porte de son bureau. Puisque Roza n'avait pas essayé de contacter la police par radio dans les minutes précédentes, c'était à moi de le faire. Même si c'était une machination dont elle tirait les ficelles, je ne pouvais pas la laisser continuer. Pas avec l'ombre d'une possible mort planant au-dessus de nous. J'étais capable de supporter pas mal de choses, surtout de la part de quelqu'un que j'admirais, mais pas ça. Mais lorsque j'essayai de tourner la poignée, elle ne bougea pas.

La porte était verrouillée.

25

À l'étage, je retrouvai les autres qui m'attendaient dans la chambre de Wren, regroupées sur son lit. Je vérifiai que la porte était bien fermée et m'assis près de Keira, qui était allongée, les yeux clos.

À présent, j'avais la preuve que quelque chose ne tournait vraiment pas rond. Il était temps de partager ça, et pas seulement avec Wren. Ce n'était pas réglo de leur laisser croire que Zoé était morte, s'il y avait une chance que ce ne soit pas le cas.

« Qu'est-ce qui se passe ? demanda Taylor en tripotant son pendentif en forme de lapin.

– Roza n'a pas passé d'appel. » Je joignis mes mains sur mes genoux. « J'ai écouté à sa porte.

– Bordel, grommela Keira en se couvrant le visage.

– Tu en es sûre ? demanda Wren.

– À cent pour cent. » Je poussai un soupir. « J'ai aussi découvert quelque chose à la cave, et maintenant, j'ai une théorie. C'est... plutôt dur à avaler. Et je ne sais pas si elle tient debout. Mais je me dis que vous devez être au courant. »

Keira se redressa et Taylor m'encouragea d'un geste de la main.

« Vas-y, théorise. »

En leur racontant le clavier numérique dissimulé dans le mur, la caméra de surveillance et mes nouveaux soupçons concernant Zoé, je m'attendais à me heurter à leurs regards incrédules. Au lieu de ça, elles m'écoutèrent avec une grande attention.

Quand j'eus fini, Taylor se rongeait l'ongle du pouce, les yeux dans le vague. Wren me regardait fixement, horrifiée. Keira alla à la fenêtre et colla son front contre la vitre.

« Quelle salope, dit-elle sur un ton informel.

– Alors, qu'est-ce qu'on fait ? demanda Taylor.

– Vous me croyez ? »

Au lieu du soulagement attendu, je me sentais encore plus troublée. Ma théorie se transformait en possibilité réelle.

« Hélas, oui, dit Keira.

– Poppy. » Wren s'éclaircit la gorge. « Zoé, je veux dire. Si on la retrouve, tout ça, ce sera fini, n'est-ce pas ?

– Si elle est quelque part, c'est dans cette pièce secrète. » Keira se laissa choir dans le fauteuil de son bureau. « On a fouillé tout le reste de la maison, de la cave au grenier.

– Les filles, dit Taylor d'une voix grave. Je sais à quel point on a envie que Poppy soit en vie. Mais n'est-ce pas une manière de nous tromper nous-mêmes ?

– Non. » Keira se pencha en avant. « C'est notre façon de découvrir la vérité. Si Zoé est dehors dans les bois, c'est une chose. Mais s'il y a une chance qu'elle soit vivante, alors, on doit en avoir le cœur net. Mais d'abord, on doit joindre la police.

– La porte de son bureau est verrouillée, lui rappelai-je.

– Je devrais être capable de la forcer. » Keira se leva. « Alex, tu m'accompagnes ? Et prends ton téléphone.

– Moi je veux jeter un coup d'œil à ce clavier numérique », dit Taylor. Elle fit signe à Wren. « Tu me montres où c'est ?

– Mais la caméra… » Wren plissa les yeux. « Tu ne crains pas qu'on se fasse repérer ?

– On ne sait pas qui regarde… S'il s'agit de Roza, d'une autre personne qu'on n'a jamais vue, ni même s'il y a quelqu'un derrière. On ne sait même pas si elle est allumée. » Taylor jeta un coup d'œil à Keira, *de facto* notre nouvelle meneuse. « S'il y a quelqu'un qui regarde, il a probablement déjà repéré Alex. Pas vrai, K ? »

Keira hocha la tête.

« Je crois que ça vaut la peine d'essayer de trouver le code. »

J'avais laissé la niche du clavier ouverte, mais dissimulée derrière des cartons.

Lorsque je me dirigeai avec Keira vers l'escalier, les paroles de Taylor me revinrent en boomerang, faisant frissonner tout mon corps de terreur.

Une autre personne qu'on n'a jamais vue.

Nous savions qu'il y avait déjà au moins une pièce secrète à Blackbriar. Comment savoir s'il n'y en avait pas d'autres ? Et comment être sûres qu'elles n'abritaient pas des gens dont nous n'avions pas connaissance, et qui nous observaient comme des médecins surveillant leurs rats de laboratoire ?

Je m'obligeai à me concentrer sur une tâche à la fois. Pendant que Keira allait chercher des épingles à cheveux dans sa chambre, je réfléchis à l'excuse que je pourrais donner au cas où on tomberait sur Yana. Heureusement, on ne croisa personne dans les couloirs. Keira s'accroupit devant la porte, et je dirigeai le faisceau de la lampe de mon smartphone sur le cylindre de la serrure.

« OK, voyons si je sais encore faire. »

Keira sortit les épingles à cheveux de sa poche.

« Comment tu as appris ? demandai-je.

– Eh bien… » Elle tordit une épingle pour lui donner une forme de petit crochet. « J'ai une nièce très spéciale qui a décidé de s'enfermer dans la salle de bains le jour de son deuxième anniversaire. » Elle enfonça l'extrémité arrondie de l'épingle dans la serrure. « Ce jour-là, c'est vraiment YouTube qui a sauvé la fête.

– Délire. »

Une minute plus tard, elle tourna la poignée et la porte s'ouvrit comme par magie.

« Et voilà, s'exclama-t-elle.

– Incroyable. »

J'allumai la lumière. L'émetteur radio était posé sur son support, dans un coin, au fond de la pièce. Il ressemblait à deux briques posées l'une sur l'autre, avec plusieurs petits boutons et des interrupteurs sur la façade.

« OK. »

Keira fit basculer les interrupteurs. Sans résultat.

« On dirait qu'il est HS. Ça ne devrait pas s'allumer ? »

Je me baissai et vérifiai que le cordon d'alimentation était bien branché à une prise électrique.

« Ça devrait marcher. »

Elle releva les yeux.

« Tant qu'on y est, essaie voir le téléphone. Peut-être qu'il fonctionne. »

Je me dirigeai vers le bureau où trônait un téléphone blanc vintage à cadran rotatif. Je pris le combiné et le portai à mon oreille. Rien – moins que rien : un lourd silence de mort.

« Que dalle. »

Je me retournai vers Keira. Elle s'était raidie, les sillons de ses omoplates saillant sous son pull noir moulant.

« Quoi ? »

Je me pressai de la rejoindre. Elle avait retourné la radio. Le fond avait été forcé, et le boîtier vidé de son contenu. Des câbles arrachés recouvraient l'intérieur de la coque en plastique. Il me fallut une seconde pour appréhender la réalité de la situation. Pas de radio. Pas de téléphone. Nous n'avions aucun moyen de contacter le monde extérieur.

Keira me regarda, nous pensions la même chose : nous étions absolument livrées à nous-mêmes.

Nous retrouvâmes Taylor et Wren dans la cuisine.

« On a vu le clavier, dit Taylor. Impossible d'ouvrir la porte sans le code, évidemment. Wren a eu l'idée de chercher ce qui était situé juste au-dessus de la pièce secrète, pour voir s'il y avait un accès à l'étage.

– Vous avez pu appeler la police ? »

Fatiguée, Wren s'appuya contre l'îlot de cuisine. Keira me lança un regard.

« La radio est morte. Quelqu'un a arraché tous les fils.

– Quoi ? »

Taylor eut l'air sidérée, et Wren poussa un cri.

« Donc, je pense qu'on peut en déduire sans risque qu'aucun policier n'est en route pour nous sauver. »

Mon intuition s'était révélée exacte. Et il était évident qu'on ne pouvait plus croire la moindre parole de Roza.

« Qu'est-ce qu'on va faire ? demanda Wren d'une voix étranglée.

– Eh bien. » Keira se mit à tapoter nerveusement sur le plan de travail en marbre. « Je dirais qu'il faut qu'on trouve les clés de voiture de Roza et qu'on se tire le plus vite possible. Mais il a gelé ces derniers jours, et la neige n'a pas fondu. Et peu importe que la souffleuse à neige soit *vraiment* cassée, Roza ne va pas nous laisser le vérifier.

– Et la motoneige ? » demanda Wren.

On tourna toutes les yeux vers elle.

« Chitra a dit qu'il y en avait une dans le garage.

– Avec les clés dessus ? » demanda Keira.

Wren haussa les épaules.

« Je n'en sais rien.

– Hé, doucement ! Attendez une minute, intervint Taylor en levant les mains. À votre avis, qu'est-ce qui se passe, ici ? C'est clair que Roza se fout de nous. Mais au fond, est-ce que ce n'est pas une bonne nouvelle ? La preuve qu'en fait Zoé est toujours vivante ? »

Keira lui rit au nez.

« Pour autant, je ne vais pas rester ici en attendant la suite.

– Qu'est-ce que tu veux dire ? » Taylor croisa les bras. « Tu crois que Roza est dangereuse ?

– Je ne sais pas *ce* qu'est Roza, répondit Keira en haussant les épaules. Mais j'en ai marre d'être un pion dans son jeu. Je veux rentrer chez moi.

– Salut, les filles. »

Chitra fit son entrée dans la cuisine, le visage grave, et je sursautai comme si j'étais prise en faute.

« Salut. » Taylor afficha un sourire attristé. « Comment vous tenez le coup ?

– Mieux que je ne l'aurais pensé, vu les circonstances. » Chitra se mit à remplir une bouilloire au robinet de l'évier. « Un peu de thé, ça tente quelqu'un ? Ou quelque chose à grignoter ? »

Je l'examinai. Si tout cela était effectivement un jeu, Chitra en faisait-elle partie ? Elle avait mauvaise mine : la peau marbrée et les yeux rouges. Si elle jouait la comédie, c'était une sacrée bonne actrice.

« Non, merci, répondit Wren. Je n'ai pas faim.

– Je vais te réchauffer du consommé de poulet, trésor. » Chitra soupira. « Avec ce rhume, tu n'aurais pas dû rester si longtemps dehors, hier.

– Merci. »

Wren l'observa avec un soupçon d'appétit dans le regard. On se traîna jusqu'à la bibliothèque, que Taylor pensait située juste au-dessus de la pièce secrète. Keira voulait descendre à la cave pour jeter à son tour un coup d'œil au clavier, mais elle accepta d'attendre que Chitra ait quitté la cuisine. Depuis l'épisode du faux appel radio, nous étions obligées de soupçonner tous ceux qui travaillaient pour Roza d'être dans le coup.

« Là. » Taylor se positionna près des fenêtres, puis fit six pas dans la pièce. « Je dirais que c'est ici que le faux mur commence. Peut-être un peu plus loin. La cave – qui court sous toute la maison – est si vaste que c'est difficile à estimer. »

Keira se tourna vers moi.

« Est-ce que tu as lu quoi que ce soit sur une pièce secrète quand tu faisais tes recherches sur Daphné ?

– Non. »

Je m'en serais souvenue.

« Essayons de tirer le tapis par ici. » Taylor traîna un lourd fauteuil à l'écart de la fenêtre. « Peut-être qu'il y a une trappe. »

Pendant qu'on aidait Taylor à déplacer les fauteuils, Wren entreprit de rouler un des épais tapis d'Orient. Elle n'avait guère avancé quand Taylor vint l'aider, le décollant du sol et le repliant comme s'il ne pesait rien. On scruta la grande surface de parquet ciré. Taylor l'arpenta, puis s'accroupit et se mit à sonder le sol à coups de poing.

« Ça va aller ? demandai-je à Wren, qui avait toujours autant de mal à respirer.

– Ça ira. »

Ses joues étaient toutes rouges.

« Et ça, vous en pensez quoi ? »

Keira se tenait à environ trois mètres de la fenêtre sur la gauche. Elle regardait vers le haut des trois bibliothèques appuyées contre un volumineux pilier qui faisait saillie sur le mur.

« Et s'il y avait un passage secret à l'intérieur ? demanda Keira.

– Vertical ? »

Taylor regardait les bibliothèques, les mains sur les hanches.

« Il pourrait y avoir une échelle ou un escalier, dis-je.

– Peut-être que si on tire sur le bon livre, une porte va s'ouvrir. »

Wren s'était assise sur le parquet.

« Il y a plusieurs centaines de bouquins dans ces bibliothèques. » Taylor considéra les livres. « Ça risque de prendre un bout de temps.

– Et au-dessus ? » Keira pointa le plafond du doigt. « Qu'est-ce qu'il y a juste au-dessus de cette pièce ?

– L'aile ouest, proposai-je. La chambre de Roza. »

Keira fit un sourire sinistre.

« Évidemment. »

Pendant que Keira retournait à la cave, on déjeuna en silence, chacune perdue dans ses pensées.

Elle remonta bientôt. Alors qu'elle s'asseyait avec une assiette, je notai un changement dans l'énergie qu'elle dégageait : plus intense, presque frénétique.

« J'ai vu la porte, les filles. » Elle parlait à voix basse. « Poppy *doit* être à l'intérieur. Il faut qu'on trouve un moyen d'y pénétrer. Quelqu'un doit aller fouiller la chambre de Roza.

– Quoi ? »

Wren resta bouche bée, comme si Keira venait de suggérer un sacrifice rituel.

« Il y a forcément un moyen d'y descendre. »

Elle piqua une tomate avec entrain.

« Mais Roza est tout le temps dans sa chambre. » Taylor avait l'air intriguée. « Tu veux qu'on simule une urgence pour l'attirer à l'extérieur ?

– Déjà, nous savons qu'elle n'y sera pas ce soir, dit Keira. À l'heure du dîner.

– Si elle descend dîner avec nous, ajoutai-je prudemment.

– Elle viendra. » Keira leva les yeux au ciel. « Roza est une maniaque de l'emploi du temps. Elle veut tout contrôler.

– En parlant de ça… » Je laissai tomber mon sandwich, l'estomac bouillonnant de nervosité. « Vous croyez qu'elle s'attend vraiment à ce qu'on écrive aujourd'hui ?

– Peut-être qu'il faudrait au moins qu'on essaie, dit Taylor. Histoire de sauver les apparences. »

Wren fut prise d'une quinte de toux. Elle était de plus en plus livide, son teint tirant sur le gris.

« Tu devrais monter te reposer, lui dis-je. Tu n'as pas l'air en forme.

– Je vais bien. »

Taylor lui caressa l'épaule.

« Il faut que tu te requinques, d'accord ? On sera bientôt sorties d'ici.

– Je veux juste comprendre ce qui se trame. »

Wren baissa les yeux vers la table. Keira semblait perdue dans ses pensées.

Je soupirai.

« Comme nous toutes. »

« Il *doit* y avoir d'autres caméras », dit Keira.

Après avoir mis Wren au lit, on s'était réunies dans ma chambre. J'avais la chair de poule sur les bras et le cou. Je me sentais vaseuse et désorientée, me demandant si nous ne poussions pas notre paranoïa trop loin. C'était ce que devaient ressentir les conspirationnistes : *C'est encore pire que tout ce que tu peux imaginer !*

« Elles sont minuscules, continua Keira. Il y en a qui ont la taille d'une tête d'épingle. On peut les dissimuler n'importe où. Et n'importe qui peut les acheter sur Amazon. » Elle inspecta la pièce. « Si on en a trouvé une dans la cave, je parie qu'il y en a d'autres. Beaucoup d'autres.

– Comment tu t'y connais autant ? demanda Taylor.

– Je mate beaucoup de séries policières, d'espionnage, ou avec des nounous psychopathes. Ce genre de trucs. Un jour, j'ai commencé à m'intéresser aux caméras cachées, et je me suis renseignée. » Elle désigna mon téléphone. « Je peux l'utiliser ?

– Bien sûr. »

Je l'observais, dans un état second. Elle alluma la lampe torche du téléphone, la braqua vers le haut et suivit la jonction entre le mur et le plafond.

« Ça ressemble à quoi ? » Taylor entrelaçait son collier entre ses doigts. « Qu'est-ce qu'on cherche ? »

Keira inspecta le dessous du lit.

« Comme j'ai dit, ça peut être de minuscules points noirs. En général, elles sont reliées à un petit fil. » Elle se rassit. « Alex, tu veux bien inspecter les tableaux ?

– D'accord. »

Je décrochai la peinture la plus proche. Keira balaya la toile avec le faisceau de la lampe. L'arrière de l'imposant cadre était recouvert de papier. Keira le déchira avec ses ongles.

Je réprimai un cri de surprise. S'en prendre à un objet appartenant à Roza rendait tout ça encore plus réel. Mais elle ne nous avait pas laissé le choix. J'examinai d'autres tableaux avec Keira pendant que Taylor ouvrait les tiroirs de la table de nuit.

« Vérifie aussi la pendule, dit Keira en montrant le carillon accroché au mur près du bureau. Cherche des petits trous. L'objectif doit être braqué sur nous. »

Quand Taylor eut fini son inspection, Keira le posa par terre. Puis elle le piétina à coups de botte. Le carillon émit une sonnerie lugubre, comme s'il souffrait. Keira passa au crible les débris de verre et les pièces du mécanisme.

Taylor l'observait, stupéfaite. Je croisai son regard et pus presque entendre la question qu'elle se posait : est-ce que nous n'allions pas trop loin ?

« Hé, dit Keira en relevant les yeux vers nous. N'oubliez pas que Roza nous a menti en disant qu'elle avait appelé la police. Poppy a disparu. Et nous savons qu'il y a au moins une caméra qui nous surveille. Nous devons absolument comprendre ce qui se passe.

– Tu as raison. »

Je m'occupai de la commode, et Taylor de l'armoire. Une heure plus tard, ma chambre ressemblait à une zone de guerre. On avait tout retiré des murs, vidé les tiroirs, fouillé chaque meuble dans ses moindres recoins. Taylor s'était même juchée sur le dossier d'un fauteuil, soutenue par Keira et moi, pour examiner le lustre. Nous n'avions rien trouvé.

Des reliefs de notre mise à sac jonchaient la pièce. Je m'affaissai par terre, contre le lit. Taylor était assise au bureau, le menton dans les mains. Keira scrutait encore une fois le miroir sur pied avec son téléphone.

« Ça n'a pas de sens, murmura-t-elle.

– Bien au contraire. » Taylor se frotta les yeux. « Ça veut juste dire qu'on a pété les plombs.

– Mais la pièce secrète dans la cave ? demandai-je.

– Qui sait ? répondit Taylor. Peut-être que c'est une cave à vin à température contrôlée. Ou bien une *panic room*. Ou encore un coffre-fort gigantesque. Il y a plein de possibilités.

– Pourtant elle a menti à propos de la police, dis-je. Ça au moins, on en est sûres.

– Qui sait ? répéta Taylor, les yeux dans le vague, le visage sévère. Peut-être que la radio était *déjà* cassée et que Roza ne s'est jamais souciée de la faire réparer. Peut-être qu'elle attend que la ligne téléphonique soit rétablie pour pouvoir effectivement appeler la police. Et qu'elle nous a menti pour éviter qu'on panique en attendant. »

Keira s'assit à son tour par terre, entre nous deux, la tête dans les genoux. Une vague d'effroi déferla dans la chambre. Si c'était vrai – s'il y avait une explication rationnelle à tout cela –, alors ça signifiait que Poppy était bel et bien morte.

Je fermai les yeux et pressai mes paumes sur mes joues en gémissant. J'étais trop fatiguée pour pleurer. Mais le mot se mit à tourner comme en écho dans ma tête : *Morte, morte, morte.* Poppy était *morte*. Et qu'importaient son vrai nom et qui elle était en réalité, puisque je connaissais ses yeux étincelants, ses soudains éclats de rire et sa vivacité d'esprit. En se dissipant, le bref espoir laissait place à l'angoisse, à l'impuissance et au désespoir.

Quand je rouvris les yeux, Keira regardait Taylor avec une expression indéchiffrable sur le visage. Peut-être était-elle aussi en train de réaliser qu'en dépit des histoires que nous échafaudions – car c'était comme ça que fonctionnaient nos cerveaux d'écrivaines –, nous ne pourrions pas faire revenir Poppy ? Et que son cadavre était bien dehors quelque part, perdu dans la nature, congelé et figé dans la beauté de sa jeunesse, comme une Belle au bois dormant que personne ne réveillerait plus jamais.

Mais Keira se releva d'un coup et tendit la main vers Taylor.

« Donne-moi ton collier.

– Quoi ? »

Après une seconde d'hésitation, Taylor ôta la chaîne de son cou. Keira posa le bijou sur le bureau et saisit le bloc d'améthyste étincelant qui faisait office de presse-papiers. Elle le brandit au-dessus de sa tête et l'abattit violemment sur le pendentif. Le fracas me fit bondir.

« Bon Dieu », balbutia Taylor quand je les rejoignis près du bureau.

La pierre avait déjà bien enfoncé le ventre du lapin. « Ils sont en or vingt-deux carats, alors prenez-en soin », nous avait dit Roza durant notre premier dîner à Blackbriar. Je savais que l'or véritable était à la fois dur et tendre ; c'était ma mère qui me l'avait expliqué en me montrant les quelques bijoux que ses parents lui avaient légués, souvenirs de la bijouterie familiale. Malgré tous ses soucis financiers, elle ne s'était jamais résolue à les vendre.

Keira se mit à frapper de plus belle, encore et encore, arrachant à chaque coup des fragments du bureau : ce ne serait pas réparable, impossible à remettre en l'état. Enfin elle s'arrêta, essoufflée. Au début, je ne vis que l'amulette réduite à une pépite d'or broyée, méconnaissable. Puis Keira la ramassa et en retira quelque chose.

L'œil en diamant du lapin avait sauté de son orbite et pendait, retenu par un minuscule fil électrique, fin comme un cheveu.

26

C'était à Taylor ou à moi qu'incombait la mission d'aller fouiller la chambre de Roza.

Wren était trop malade. Keira s'était proposée, mais Taylor avait pensé qu'il était préférable qu'elle essaie d'arranger les choses avec Roza, histoire de ne pas éveiller ses soupçons. Faire acte de présence au dîner serait un bon début.

Nous étions assises sur mon lit. Posé entre nous trois, le téléphone de Keira crachait un morceau pop à fort volume. Ça n'aidait pas à la concentration, mais elle nous avait dit que s'il y avait d'autres caméras – ce qui était presque certain, même si nous ne les avions pas trouvées –, un fond sonore était nécessaire pour couvrir le bruit de nos voix. Et s'il y avait effectivement d'autres caméras ? Et si elle nous avait enregistrées en train de fouiner dans la cave, la bibliothèque et le bureau ?

« Jusqu'ici, il n'y a pas eu de réaction, nous expliqua Keira, la voix masquée par le martèlement métallique des basses. Je pense qu'il y a une chance pour que Roza ne nous ait pas surveillées de si près. Et même dans ce cas, elle n'emporte jamais son téléphone pour les dîners. Donc, elle ne pourra pas s'apercevoir en direct qu'on est en train de fouiller sa chambre. Et le temps qu'elle s'en rende compte, on aura peut-être trouvé la pièce secrète. »

Tout se résumait à ça, maintenant. En l'absence de certitudes, et dans l'incapacité de nous enfuir d'ici, nous nous étions concentrées sur la seule question qui, nous le savions, nous apporterait une réponse : comment accéder à la pièce cachée ?

Taylor porta la main à sa poitrine, tâtonnant pour caresser un collier qui n'était plus là. Depuis longtemps, Keira et moi avions rangé les nôtres au fond de nos valises. Mais elle avait mis le sien régulièrement, et j'imaginais que c'était elle la plus troublée.

Ou bien, une nouvelle pensée était en train de prendre forme : et si Taylor était dans le coup depuis le début ? Et si elle avait autant porté son collier *parce que* sa mission consistait à transmettre à Roza le plus d'infos possible ?

Ou bien : et si c'était Keira, la complice ? Si elle était là pour briser la routine de la retraite en faisant semblant de s'opposer à Roza ? Ses talents pour crocheter une serrure ou trouver des caméras cachées n'étaient-ils pas suspects ?

Ces nouveaux doutes me rendaient fiévreuse et irritable, comme si j'étais couverte de coups de soleil. Mais à Blackbriar, tout n'était que faux-semblants. Pour autant que je sache, Wren et moi étions les seules à ne pas jouer un rôle dans le *reality show* tordu de Roza. Une détermination nouvelle m'envahit. Wren était hors de combat. Si quelqu'un devait tirer tout ça au clair, c'était moi.

« Je vais y aller. »

Toutes deux se retournèrent.

« C'est moi qui irai fouiller la chambre de Roza.

– Tu es sûre ? demanda Keira, les sourcils froncés.

– Ouais, je suis sûre. » J'essayai de sourire. « Et vous, assurez-vous de me garder une assiette. »

Une fois notre plan établi, Keira et Taylor retournèrent dans leur chambre. Nous avions toutes décidé d'essayer d'écrire – même Keira – pour faire, autant que possible, mine de jouer le jeu. Ma nouvelle méfiance incluant Keira et Taylor, je devais faire semblant avec elles également.

Mais ça faisait mal. Je n'avais passé que deux semaines et demie dans ce manoir, mais j'avais l'impression de connaître

Taylor et Keira depuis bien plus longtemps. Je m'étais attachée à l'une comme à l'autre. Du moins, c'était ce que je pensais avant que les derniers événements n'éclairent tout d'un jour nouveau et ambigu.

J'ouvris mon ordinateur, sans m'attendre à grand-chose. Mais dès que mes doigts touchèrent le clavier, les mots commencèrent à affluer.

Deux heures plus tard, Taylor débarqua dans ma chambre.

« Hé, salut ! Tu es prête pour le dîner ?

– Je ne me sens pas très bien. » C'était notre plan : jouer nos rôles au maximum, compte tenu de l'éventualité d'une surveillance. « En fait, j'ai des nausées.

– Désolée pour toi. » Taylor s'appuya au bord de mon bureau et me fit un clin d'œil. « Je préviendrai Roza.

– Merci. »

Je me forçai à sourire.

« Oh. » Taylor se baissa. « Tu l'as trouvé où ? Je l'ai cherché partout. »

Elle ramassa un tube de baume à lèvres – celui que j'avais découvert dans la cave.

« Ah, ça ? » Les pensées se bousculaient dans ma tête. « Il était dans la salle à manger. Désolée. J'ai oublié de te le rendre.

– Pas de souci. » Elle l'ouvrit et s'en passa une couche sur les lèvres. « J'ai la peau tellement sèche en hiver. »

Je la regardai marcher jusqu'à la porte. Elle se retourna et me fit un sourire. « J'espère que ça va aller. »

Nous avions décidé que je leur laisserais dix minutes, le temps de s'installer pour dîner, et durant ce délai, je regardai par la fenêtre en cogitant.

Était-ce Taylor qui était avec moi cette nuit-là ? N'avais-je pas fait qu'halluciner un rapport sexuel ? Avions-nous réellement fait l'amour ? Je repensai à ce moment, plusieurs jours plus tôt, quand nous avions partagé une assiette de fromages sur son lit. Il y avait eu ce court mais intense échange de regards séducteurs. J'avais ressenti quelque chose, une forme d'attirance, et ça m'avait tellement fait flipper que je l'avais chassé de ma tête. Il était donc envisageable que nous ayons été attirées l'une par l'autre dans nos états de conscience altérée.

Mais alors, pourquoi n'avait-elle rien dit ? M'avait-elle laissé prendre l'initiative ? Était-elle également défoncée à ce point ? Il y avait aussi d'autres possibilités. Taylor avait pu perdre son baume à lèvres pendant le jeu des histoires de fantômes. Ou descendre à la cave à n'importe quel autre moment ; rien ne nous interdisait d'explorer le manoir.

Je poussai un soupir en consultant l'horloge de mon téléphone et quittai la chambre. À force d'accumuler les questions sans réponse, les épais murs de la réalité concrète s'écroulaient et j'avais de plus en plus l'impression d'errer dans le brouillard.

Je m'attendais à ce que la porte rouge de Roza soit fermée à clé, mais la poignée tourna dans ma main sans effort. Le petit couloir était plongé dans l'obscurité, mais plus loin les lumières étaient allumées. J'étais déjà venue deux fois dans sa chambre lors de causeries avec Roza, mais c'était différent d'y pénétrer toute seule. Aujourd'hui, j'étais vraiment nerveuse.

Concentre-toi. Tu n'as pas beaucoup de temps.

On avait convenu que je ne devrais pas passer plus de vingt minutes dans la chambre, dans l'éventualité où Roza finirait par se douter de quelque chose et quitterait la table. Les filles feraient de leur mieux pour la garder sur place, mais on ne pouvait rien garantir. Et il leur serait impossible de m'envoyer un texto ou de me prévenir si elle partait.

« Tout va bien », m'encourageai-je *in petto.*

Mon objectif principal était de trouver l'entrée d'un passage secret, aussi bizarre que cela puisse paraître. Et s'il y en avait un, il devait se situer dans un mur aveugle. Ou dans le sol.

Je commençai par inspecter le petit salon, passant un moment qui me parut durer longtemps autour de la cheminée, appuyant sur des pierres au hasard, examinant l'endroit où elle était scellée au mur. Je soulevai le tapis d'Orient, mais le sol semblait tout d'une pièce.

J'étais en train de remettre le deuxième fauteuil à sa place sur le tapis quand j'entendis la porte qui s'ouvrait en grinçant. Je m'accroupis, horrifiée. Rien qu'à la cadence des pas, je pouvais dire qu'il s'agissait de Yana. Si elle venait dans cette partie de la chambre, elle me verrait forcément. La saveur métallique de la peur remonta dans ma gorge. D'une certaine manière, c'était encore pire si c'était elle, plutôt que Roza, qui me trouvait ici. Yana était imprévisible. Une vision frappante me traversa l'esprit : elle me repérait, marchait droit sur moi et plaquait ses deux mains sur ma gorge avec son habituel visage vide de toute expression.

Mais elle dévia sur la droite et entra à grands pas dans la chambre à coucher de Roza en grommelant. Quand elle sembla assez loin, je risquai un regard au-dessus du fauteuil. La fenêtre la plus proche était encadrée par deux épais rideaux rouges. Je m'en approchai à pas de loup et me glissai derrière. Yana entra dans le petit salon et alla directement vers la cheminée. J'entendis un tintement de verres vides, m'évertuant à saisir quelques mots de son sabir. Elle marmonnait en russe. Enfin, elle repartit en claquant la porte derrière elle.

Je soupirai de soulagement et sortis mon téléphone. J'étais déjà là depuis une quinzaine de minutes, mais il fallait que je continue. Je passai en vitesse dans la chambre à coucher. Je ne me sentis pas bien en entrant dans cette pièce, gênée malgré moi d'empiéter sur l'espace vital de Roza. Je me rappelai la première nuit de la retraite, quand debout devant sa porte, j'avais écouté son orgasme. Elle avait dû sacrément hurler pour que je puisse l'entendre de l'autre bout du couloir.

Concentre-toi. Je procédai de la même manière, cherchant d'abord derrière le lit, puis autour. Alors que je balayais le dessous du lit avec la torche de mon téléphone, une question commença à me tracasser : *Mais qu'est-ce que tu fabriques ?*

Cette question me fit penser à ma mère, en train de me dévisager avec un mélange de surprise et de mépris. Et en imaginant son regard, je me sentis soudain ridicule.

Tu cherches un passage secret ? Mais tu as quel âge, huit ans ?

J'étouffai un sanglot de frustration. Je nageais vraiment en plein délire. L'hypothèse la plus probable, c'était qu'il y ait une explication rationnelle à la chambre secrète. Et même s'il y avait une autre entrée pour y accéder, elle pouvait être n'importe où.

Quand vas-tu te décider à arrêter de jouer les détectives débiles et simplement poser la question à Roza ?

Maman était une personne pragmatique. Elle faisait les gros yeux quand elle tombait sur les romans de fantasy ou de science-fiction que je laissais traîner partout dans la maison. Les rares fois où je lui avais frileusement donné à lire une de mes nouvelles, elle avait pris un malin plaisir à relever les moindres invraisemblances. *Ça ne se passerait jamais comme ça dans la vraie vie.* À l'âge de dix ans, j'avais appris à garder mon travail pour moi.

Je me tenais devant l'immense garde-robe qui occupait presque tout un mur. Derrière une porte ouverte en grand, un arc-en-ciel coloré de soies, de dentelles et de tissus. Un profond désespoir me mit la boule au ventre. Le problème avec l'idée d'interroger directement Roza, c'était que ça risquait de briser la fiction. Peut-être que Keira, Taylor et moi avions bâti une histoire pour garder Poppy – Zoé, je devais faire un effort pour me le rappeler – vivante. Faire d'elle la complice du terrible complot ourdi par Roza était de loin préférable à l'autre option.

Je poussai ses habits sur le côté et palpai la paroi au fond du meuble. Alors que mes doigts effleuraient le bois lisse, je concoctai un nouveau plan. En sortant d'ici, je me rendrais directement à la salle à manger. Il était temps de tout étaler au grand jour, de donner à Roza une chance de déconstruire notre intrigue. Et si elle y parvenait, nous devrions l'accepter. Et reconnaître que Zoé était bel et bien morte.

Mécaniquement, j'ouvris l'autre porte de la garde-robe, découvrant une rangée d'élégants et somptueux manteaux de fourrure. J'en repoussai deux sur le côté et tâtonnai vers le fond. Et je faillis tomber en avant. Je me redressai, le souffle court, et tendis à nouveau le bras, plus prudemment cette fois. Avais-je mal estimé la profondeur ? Mais non. Simplement, la garde-robe n'avait pas de fond. Et encore plus étrange, je sentais un doux courant d'air frais provenant de derrière les fourrures. La main tremblante, je braquai la lampe du téléphone vers l'intérieur. Juste après les manteaux, je découvris une petite porte d'environ soixante centimètres de large sur un mètre et demi de haut. Plus loin, un couloir s'enfonçait dans l'obscurité ; j'étais incapable d'en estimer la profondeur.

Je m'appuyai contre la porte de la garde-robe, sous le choc.

« D'accord », dis-je à voix haute.

C'était troublant. Je me sentais comme quelqu'un qui ne croit pas vraiment à la magie et se retrouve en train de flotter au-dessus du sol. J'étais venue pour chercher un passage secret ; je venais de le trouver. Et je n'avais qu'une envie, c'était de retourner en courant m'enfermer dans ma chambre. Une vive terreur me compressa les côtes. Je me pliai en deux de douleur.

Tu n'as qu'à t'en aller, me persuadais-je. Je pourrais très bien mentir et dire que je n'avais rien trouvé. Après tout, c'était ce que les autres s'attendaient à entendre. Mais évidemment, je n'allais jamais faire une chose pareille. Je m'obligeai à me redresser. D'abord, parce que je n'étais pas une menteuse. Ensuite, parce que, peut-être, je n'étais même pas lâche, même si au fond de moi, j'en avais toujours été convaincue.

Prenant mon courage à deux mains, j'écartai les manteaux de fourrure et pénétrai dans la garde-robe.

27

J'espérais presque qu'il n'y aurait rien derrière l'étroit passage : juste un espace vide où je dégringolerais comme Alice dans le terrier du lapin. Mais une fois passé la petite porte, le couloir boisé, dont s'échappait une forte odeur de cèdre, continuait tout droit sur environ six mètres, avant d'être obstrué par un mur. Près du fond, je discernai aussi une espèce d'équipement en métal. Je m'approchai, comme dans un rêve.

L'équipement en question était le haut d'un escalier en colimaçon qui s'enfonçait dans l'obscurité. Je pris une photo au flash. Au dernier moment, j'hésitai. J'adorais les films d'horreur, mais j'avais toujours trouvé que les protagonistes – principalement les femmes – négligeaient de manière flagrante les signes annonciateurs de danger. Est-ce que j'allais agir comme eux ? Pourtant, alors même que je me posais la question, je m'engageai sur les marches qui craquèrent sous mes pas.

J'essayai de me repérer : je devais être en train de traverser le haut plafond de la bibliothèque, puis de descendre à l'intérieur du gros pilier bordé de livres. Des parois boisées claquemuraient l'escalier branlant, et je m'efforçai de chasser la sensation de claustrophobie que je sentais enfler en moi. Mes cuisses commençaient à souffrir de cette descente abrupte.

Enfin, j'arrivai sur un sol en ciment. La température était glaciale. *J'aurais dû prendre un de ses manteaux de fourrure.* Je réprimai un ricanement déplacé. À présent, j'étais dans un couloir dont les murs étaient en béton. Cinq mètres plus loin, il aboutissait à une porte noire en métal.

En franchissant une petite goulotte d'évacuation creusée dans le sol, je me mis à trembler, sans savoir si c'était de froid ou de peur. Le couloir boisé m'avait paru plus chaleureux, secret et facétieux, mais faisant au moins partie du monde des humains. Cette galerie en béton donnait l'impression d'être ailleurs, dans un lieu glacé et caverneux parcouru de rigoles pour évacuer le sang.

Reste calme. Je m'approchai de la porte et découvris juste à côté un autre clavier sur le mur. Voilà, c'était la fin. Une sensation de soulagement me parcourut les épaules. Je n'avais pas le code. Je ne pourrais pas aller plus loin. Je ne saurais pas les horreurs qui attendaient derrière.

Mais alors je m'aperçus que la porte était entrebâillée sur un ou deux centimètres. À l'intérieur, la lumière était allumée. Je saisis la poignée et tirai. La porte s'ouvrit. Tout paraissait trop facile. Je m'en moquais. J'étais allée trop loin pour reculer maintenant. Sentant monter en moi une fatalité résignée, je franchis le seuil.

Après la pénombre du couloir, l'éclairage était si puissant que je plissai les yeux, le temps de m'accoutumer. J'étais dans une petite pièce. Sur la droite, des rangées d'écrans plats surplombaient un bureau. Ça ressemblait au local de sécurité d'un magasin ou d'un hôtel. Je m'approchai. De petits mouvements sur la mosaïque de moniteurs noir et blanc attirèrent mon regard : Chitra, dans la cuisine, se déplaçant entre le réfrigérateur et le fourneau. Les autres dans la salle à manger, tournant la tête vers Taylor qui agitait les bras de manière théâtrale. Je me penchai en avant, chancelante, et touchai l'écran par mégarde. Des sons emplirent la pièce.

« Je suis sérieuse ! » La voix trop forte de Taylor retentit. « Vous avez déjà vu ce qu'un type sous méth est capable de s'infliger à lui-même ? La dernière fois que… »

Je touchai à nouveau l'écran et le son se coupa. Je scrutai les autres écrans à la recherche de Yana. Je la repérai dans ce qui semblait être sa chambre, allongée sur son lit, immobile, les yeux au plafond.

Une boule dans la gorge, je découvris nos propres chambres – et nos salles de bains ! – toutes bien alignées, les unes après les autres. Depuis le début, Roza nous avait espionnées – même sous la douche ou sur la cuvette des toilettes. Les caméras filmaient en plongée ; elles devaient être installées dans les lustres et les luminaires des différentes pièces. Keira, Taylor et moi n'avions même pas pensé à inspecter ma salle de bains. Nous avions présumé que Roza ne serait pas allée aussi loin.

J'attrapai mon téléphone et pris quelques photos, essayant de calmer le tremblement de mes mains. Je m'étais préparée à un jeu. À de la surveillance, même. Mais ça allait bien au-delà. Et en aucun cas, Roza ne pourrait s'y donner le beau rôle en dehors des murs de Blackbriar.

Je m'obligeai à balayer les écrans une fois de plus, à la recherche d'une pièce secrète où Zoé serait enfermée. Mais je ne vis personne. Le cœur serré, je me retournai.

Et me figeai sur place.

Sur un autre bureau, un seul moniteur, plus petit que les autres, était installé. Je m'approchai. Je ne voulais pas croire ce que mes yeux voyaient. Située au plafond dans un angle, la caméra cadrait un petit matelas et des toilettes dans ce qui ressemblait à une cellule de prison.

Soudain, l'image s'anima. C'était Zoé, qui s'asseyait sur le matelas. Elle enserra ses genoux dans ses bras, les yeux dans le vide.

Zoé. Zoé était vivante ! Ce soulagement brutal fut tellement puissant que j'en eus le vertige. Mais alors que des larmes de joie me montaient aux yeux, un autre constat, bien plus sombre, me fit ravaler ces sanglots jubilatoires.

La chambre secrète *existait*, et c'était une prison.

« OK. » J'essayai de me ressaisir. Je devais la trouver. À l'autre bout de la pièce aux écrans, il y avait une autre porte.

Je m'élançai, je me jetai dessus sans même marquer d'arrêt, et la porte s'ouvrit.

Je me retrouvai devant une cellule étonnamment spacieuse, fermée par des barreaux en métal. Zoé n'avait même pas levé les yeux à mon entrée.

« Tu vas bien ? » m'écriai-je, m'arrêtant juste le temps de m'assurer que la porte ne risquait pas de se refermer.

Puis je me précipitai dans sa direction. Elle se dressa d'un bond, agrippant les barreaux. J'étreignis ses mains ; ses doigts étaient glacés. Je sentis aussi son odeur corporelle mêlée à celle, âcre, de la peur.

« Alex. Oh, mon Dieu, sauve-moi. Va chercher de l'aide. »

Elle avait les yeux exorbités et la voix paniquée. Son visage était livide, maculé de crasse, et ses cheveux blonds étaient gras. Elle portait la même robe rouge que lors de sa disparition, pendant la nuit de la Saint-Valentin.

« Qu'est-ce qui s'est passé ? haletai-je. C'est Roza qui t'a enfermée ? »

Je reculai d'un pas et balayai les barreaux du regard, repérant encore un autre clavier numérique.

« Alex. » Sa voix baissa d'un ton, de plus en plus déterminée. « Tu dois partir. Trouve les clés d'une voiture et roule jusqu'à ce que tu aies du réseau, ou jusqu'au couvent. Appelle la police. Il faut que… »

Elle planta son regard dans le mien, puis il dévia vers mon épaule gauche.

« Attention ! » cria-t-elle, mais c'était déjà trop tard.

Je sentis une piqûre dans le bas de ma nuque, douloureuse comme un dard d'abeille.

Et instantanément, tout devint noir.

28

Je me réveillai en sursaut.

Il y avait un problème. Je n'étais pas dans mon lit, lovée sur un matelas moelleux dans des draps de soie. J'étais couchée sur un tapis de sol de camping si fin que je sentais le froid se diffuser du sol en ciment. Les néons éclatants me firent cligner des yeux. Je m'assis lentement. La lumière aiguillonnait la migraine derrière mon œil droit.

Peu à peu, je sortis du brouillard. La dernière heure me revint en mémoire : la chambre de Roza, la garde-robe, le passage secret…

Le cachot.

Un peu plus loin, Zoé était recroquevillée sous une couette pleine de taches jaunâtres.

« Hé ! » Je m'éclaircis la gorge. « Zoé ? »

Elle ne bougea pas : est-ce qu'on l'avait droguée, elle aussi ? Je me mis péniblement sur mes pieds – l'air glacé était tonifiant, c'était rien de le dire – et longeai le mur en béton de la cellule rectangulaire. Le plafond était bas, et je devais me baisser pour ne pas me cogner. Une forte odeur d'urine émanait de toilettes de camping installées dans le coin du fond.

De l'autre côté des barreaux, on avait aménagé un petit espace où pouvaient s'installer ceux qui venaient s'entretenir avec les prisonnières. Un charmant petit vestibule, au plafond duquel brillait l'objectif d'une caméra. En dessous, un haut-parleur blanc et carré. Près de la porte, il y avait une prise électrique qui dépassait du ciment, et tout au bout, face à la salle de contrôle, une autre porte métallique encastrée dans le mur. Probablement celle qui ouvrait sur la cave.

« Alex. » Zoé s'assit. « Tu vas bien ?

– Je crois. » J'étais incapable de dire si c'était dû aux effets secondaires de la drogue qu'on m'avait injectée dans l'organisme, ou simplement parce que j'étais en état de choc, mais je me sentais complètement anesthésiée. « Je suis... je récupère doucement. Est-ce que quelqu'un m'a vraiment mise KO avec une piqûre ? C'était qui ?

– Je ne sais pas. » Elle se frotta le visage, laissant une traînée sale sur ses joues. « Elles sont toujours cagoulées. Je ne sais même pas s'il n'y en a qu'une ou plusieurs. Elles ont toutes la même taille. »

Je chassai cette image terrifiante. Si je laissais mon cerveau s'attarder dessus, je me jetterais par terre et me recroquevillerais en position fœtale. Je m'obligeai à respirer à fond plusieurs fois.

« Elles t'ont droguée, aussi ? demandai-je en m'asseyant près d'elle sur la couette.

– Non, je me suis juste évanouie. Ça m'arrive de plus en plus souvent. » Elle ramena ses cheveux gras en arrière. « Ici, le temps ne veut plus rien dire – elles n'éteignent jamais les lumières –, alors, je m'endors n'importe quand. Je ne sais même pas depuis combien de temps je suis ici.

– Trois jours », répondis-je.

Elle hocha la tête.

« Je croyais que ça faisait plus longtemps. Tu trouves le temps long quand tu n'as rien à faire.

– Zoé. » Je marquai une pause. « Ton vrai nom, c'est Zoé, n'est-ce pas ?

– Ouais. »

Elle cala son menton sur sa main. Sous ses yeux, les cernes violets viraient au noir. Je la revis, le jour de notre arrivée : pleine de vie, mignonne, sa voix occupant tant d'espace. Aujourd'hui, elle avait l'air malade et les traits tirés.

« On croyait que tu étais morte, dis-je. Que tu t'étais aventurée dehors, pendant une crise de somnambulisme ou en plein trip d'acide. La porte était ouverte et il y avait des traces de pas dans la neige.

– Malin. » Zoé pencha la tête. « Mais non. Je ne suis pas sortie. » Elle m'observa. « Comment m'as-tu retrouvée ?

– J'ai découvert le clavier numérique dans la cave. On a compris qu'il devait y avoir une pièce derrière. Ensuite, je suis allée fouiller la chambre de Roza pour voir s'il n'y avait pas un moyen de descendre ici... » Je me sentis un peu honteuse. « Je pensais que tu étais dans le coup, en fait. Que c'était une espèce de jeu. »

Elle renifla.

« Pour Roza, peut-être que c'est un jeu, mais putain, je t'assure que moi, je ne joue pas. »

Toute sale et pleine de rage, elle ressemblait à une jumelle grossière de Poppy.

« Alors, qui es-tu vraiment ? demandai-je. On a trouvé tes papiers d'identité. Et le bouquin que tu recopiais. »

Elle me fixa, stupéfaite.

« Et vous n'avez pas appelé la police ?

– On a essayé. Mais quand Keira et moi avons tenté d'utiliser la radio, elle était HS. Et quand on a découvert les caméras, on a bien pensé à s'enfuir, mais sans savoir comment. Roza disait que les routes n'étaient pas encore déblayées. Vrai ou faux, il y a encore presque un mètre de neige dans l'allée. » Les mots sortaient à toute vitesse, comme si je me confessais. « Après, on a appris qu'il y avait une motoneige, et on aurait pu s'en servir pour se tirer, mais une fois encore... on s'est dit que tu pouvais être dans le coup. On voulait d'abord entrer dans la chambre secrète. On ne pensait pas que... »

J'agitai les bras en signe d'impuissance.

« Ça peut se comprendre. »

Elle gratta sa jambe nue, vidée de toute colère ou irritation.

« Alors... qu'est-ce qui s'est passé ? Pourquoi elles t'ont enfermée ? »

Zoé tira la couette sur ses jambes.

« Elles m'ont chopée dans la salle de contrôle. J'ai perdu connaissance devant les écrans de surveillance. J'imagine qu'elles se sont dit que j'en savais trop.

– Sur l'espionnage de Roza ?

– Ouais. Je ne suis pas sûre qu'elles connaissent ma véritable identité. Mais si c'est le cas, elles ne me laisseront jamais sortir. Nous avons le même nom de famille.

– Qui ça ?

– Ma tante et moi. » Zoé laissa tomber son menton sur ses genoux, visiblement à bout de force. « Roza a tué ma tante.

– Roza a tué ta tante », répétai-je. Les mots semblaient absurdes. « Comment ? Pourquoi ?

– C'est Lucy, ma tante, qui a écrit *La Rose du lion*, dit Zoé. Roza lui a volé et l'a publié sous son nom. »

J'étais sidérée. *La Rose du lion* : l'histoire de la jardinière séropositive qui finit par déclarer le sida et survit grâce à son jardin.

« Je connaissais l'existence de son roman parce que Lucy avait travaillé dessus pendant des années, continua Zoé. Sa meilleure amie était morte du sida dans les années 1980 ; elle avait contracté le VIH par son mari, qui couchait en secret avec d'autres hommes. Bref, on était très proches, et comme j'écrivais aussi, elle m'avait fait lire des passages. À moi, et à personne d'autre. Alors, moins d'un an après la mort de Lucy, quand le nouveau roman de son amie célèbre est sorti et que c'était son histoire, j'étais la seule à savoir ce qui s'était passé. »

Des dizaines de questions se bousculaient dans ma tête, mais je parvins à n'en choisir qu'une seule.

« Comment Lucy et Roza s'étaient-elles rencontrées ?

– Lucy était l'assistante de l'éditeur de Roza. Je suppose que le courant est passé entre elles et que Lucy lui a servi de guide quand elle était à New York. Elles avaient toutes deux une vingtaine d'années. À un moment, Lucy a dû montrer son propre travail à Roza, et l'autre a trouvé que ça valait la peine qu'on la tue pour se l'approprier. »

Je déglutis, la gorge serrée.

« Comment l'a-t-elle tuée ?

– Elle a fait passer ça pour une overdose. » Le visage de Zoé était vide de toute expression. « Les gens y ont cru parce que Lucy avait été accro à une époque. Au moment de sa mort, elle était clean depuis des années. Bien sûr, elle traversait parfois des périodes de dépression. Mais elle n'aurait jamais replongé.

– Mais comment Roza s'y est-elle prise ? demandai-je. Pour simuler une overdose ?

– Je ne sais pas exactement. » Zoé haussa les épaules. « J'imagine qu'elle est restée coucher chez elle et qu'elle lui a planté une seringue dans le bras pendant son sommeil. Elle était seule dans son appartement quand on l'a découverte.

– Oh, mon Dieu. »

J'avais l'impression qu'on parlait d'une série. Ça ne pouvait pas être vrai.

« Quand le bouquin est sorti, j'ai piqué une crise, tu t'en doutes. Mais je n'avais aucune preuve. Lucy imprimait toujours les passages qu'elle me donnait à lire et je les lui rendais ensuite. Alors, quand j'en ai parlé à mon père – Lucy était sa sœur –, il s'est dit que j'étais dingue de chagrin. Mes amis me croyaient, mais qu'est-ce qu'ils pouvaient faire ? Nous étions en troisième au lycée. Même ma prof préférée a pensé que je délirais. Alors… » Zoé eut un sourire maussade. « J'ai commencé à envoyer des mails à des journalistes. Mais quand ils ont vu mon âge, ils ont tous disparu. Sauf un ado cinglé d'un trou perdu de l'État de New York, qui essayait d'attirer l'attention.

– C'est affreux. »

Mon cerveau faisait tourner en boucle cette nouvelle info. Roza avait-elle vraiment été capable d'assassiner quelqu'un ? Ça paraissait difficile à croire. Et qui sait… Peut-être que

Lucy avait bel et bien fait une overdose et que Zoé n'avait pas pu l'accepter ?

D'un autre côté, dans l'immédiat, c'était bien Zoé et moi qui étions enfermées dans le cachot de Roza. Alors peut-être que c'était moi qui avais du mal à accepter les choses.

« Donc, j'ai attendu, continua Zoé. Je savais que Roza finirait par faire un faux pas. Lucy m'avait raconté des trucs bizarres sur son compte, surtout vers la fin, après qu'elle avait commencé à réaliser quel genre de femme elle était vraiment. Elle m'avait parlé de l'assistante personnelle de Roza qui était tombée amoureuse d'elle jusqu'à l'obsession. » Elle haussa les épaules. « Yana.

– Yana ? »

Froide comme elle était, il était difficile de l'imaginer obsédée par qui que ce soit.

« Et elle m'avait aussi dit qu'elle avait rendu visite à Roza juste après son rachat de Blackbriar, avant les travaux de rénovation. Qu'elle lui avait fait faire le tour du manoir d'origine et qu'elle était particulièrement excitée par le passage secret et la pièce cachée qui s'y trouvaient. Et même qu'elle avait plaisanté sur l'idée d'en faire un atelier d'écriture clandestin où elle obligerait des jeunes filles à pondre ses propres romans. »

Ces paroles, prononcées par la voix atone de Zoé, me donnèrent le frisson.

« Et donc, même si personne ne me croyait, je ne laissai pas tomber. Je suivais Roza à la trace, lisant toutes ses interviews et les articles qui lui étaient consacrés à la bibliothèque. Il y en eut des paquets après la sortie de *La Rose du lion*. Personne n'avait aimé *Lady X*, mais tout le monde adorait *La Rose du lion*. Et lorsqu'elle publia de nouveaux romans – *L'Étoile polaire* et *L'Œillet de poète* –, je savais qu'en aucun cas elle n'en était l'autrice. Je continuais à attendre qu'éclate un scoop retentissant. Mais elle, elle continuait à s'en sortir. » Zoé soupira. « Dix ans après la mort de Lucy, Roza dépensa une fortune pour rénover Blackbriar. Là aussi, je lus tous les articles, mais aucun ne mentionnait le passage secret ou la chambre cachée. Pourtant, est-ce que ce n'était pas un truc génial à montrer aux journalistes ? Mais Roza garda ça pour elle. » Elle remonta la couette, les yeux dans le vague. « Mais ça n'avait pas d'importance. À cette époque, je me suis rendu compte qu'il fallait que j'avance. Je pouvais continuer à épier ses moindres faits et gestes, ça n'allait rien changer. J'avais vingt-cinq ans, je vivais toujours chez mon père. Pendant *des années*, j'avais gaspillé mon énergie et ma concentration. Alors j'ai repris mes études, j'ai passé ma licence et j'ai tâché de vivre normalement. J'ai trouvé un boulot, je me suis mariée, j'ai divorcé. Ça n'a pas été un moment agréable, mais dans l'ensemble, tout se passait plutôt bien. Je ne pensais même plus du tout à Roza. Jusqu'à ce que... » Elle ébaucha un sourire. « Je n'ai jamais cru au spirituel. Surtout pas après la mort de Lucy. Mais quand j'ai reçu ce SMS, j'ai dû revoir ma position. C'était trop pour être une simple coïncidence.

– Quel SMS ? »

J'étais complètement absorbée, imaginant Zoé, debout dans une cuisine ensoleillée, en train de consulter son téléphone.

« La fille d'une amie, qui allait à l'université à Atlanta, a été acceptée pour la retraite de Roza. » Zoé me dévisagea en ouvrant grand les yeux, comme si elle apprenait la nouvelle une seconde fois. « Tu imagines ? Et il s'agissait d'une de mes meilleures amies depuis le *lycée*. Elle savait donc tout sur Roza et il était hors de question qu'elle laisse sa fille passer un mois avec une meurtrière. Alors, il a fallu que je décide quoi faire de cette information. J'avais conscience qu'une opportunité comme celle-là ne se représenterait jamais. Je devais y aller. Si je parvenais à me faire passer pour Poppy, j'aurais la possibilité d'accéder à Blackbriar. Et une fois à l'intérieur, je pourrais fouiner, chercher la pièce secrète, trouver *quelque chose*, une preuve qui montrerait aux gens qui elle est vraiment : une arnaqueuse qui a tué au moins une personne et a volé les livres qu'elle prétendait écrire pendant toute sa carrière. Je savais que si j'arrivais à entrer à Blackbriar, je pourrais la détruire. » Zoé lâcha d'un coup la couette qu'elle tenait fermement dans son poing gauche. « Alors, j'ai persuadé Poppy de me laisser prendre sa place. Je lui ai donné plus d'argent que je pouvais me le permettre. Je me suis teint les cheveux et j'ai appris à m'habiller et à me maquiller comme une attachée de presse d'Atlanta de vingt-huit ans. Grâce à une amie libraire, j'ai dégotté un roman non publié que je pourrais recopier. Et je me suis pointée. » Zoé haussa les épaules. « Et ça a marché comme sur des roulettes. C'était plus simple que je ne l'avais imaginé. Wren – vous toutes –, tout le monde m'a crue. Après tout, qui laisserait passer une chance de rencontrer la grande Roza Vallo ? »

Nous étions toutes deux silencieuses. Son histoire m'avait donné le tournis.

« Donc, Roza n'a écrit aucun de ses livres ? finis-je par dire, ne sentant plus mes lèvres.

– Non. À part *Lady X*.

– Mais... » L'idée n'avait pas de sens. « Ce n'est pas possible. Elle a écrit...

– Le seul roman qu'elle a écrit, c'est *Lady X*, répéta Zoé. Celui qui a fait un bide. Tous les autres n'étaient pas de sa main. À une époque, j'ai engagé un expert judiciaire en écriture qui me l'a confirmé. Roza modifiait les livres pour les rendre plus personnels. Mais tous avaient été écrits par différentes personnes.

– Même *La Langue du démon* ? »

Je me sentis enflée d'une soudaine indignation dûe à cet affront, cet abus de confiance au cœur de ma propre passion pour l'écriture. Zoé me regardait avec un air désolé.

« C'est Mila, son amie prétendument tombée malade, qui l'a écrit. Roza l'a empoisonnée.

– Oh, mon Dieu. »

Je pris ma tête entre mes mains, à deux doigts de vomir.

« Je pensais que tu le savais. » Zoé semblait surprise. « Ou au moins que tu avais des doutes. Tu te rappelles cette histoire de fantôme que tu as racontée la première nuit ? Sur une fille qui tuait son amie ?

– Hein ? »

Je ne m'en souvenais pas, mais soudain les mots commencèrent à refluer, de loin, comme sortis d'un rêve. *Il était une fois une fille qui avait une meilleure amie. Elles faisaient tout ensemble. Elles jouaient, elles écumaient les librairies, elles faisaient des blagues à leur famille. Mais un jour, une des deux filles se comporta comme une vraie garce, et alors, l'autre décida de la tuer...*

« Je me suis dit qu'au moins tu avais des soupçons. Et que tu poussais Roza dans ses retranchements pour voir comment elle allait réagir. » Zoé plissa les sourcils. « C'est pourquoi j'ai voulu t'emmener à la cave quand elle nous a droguées. Je sais que j'avais du mal à m'exprimer clairement à ce moment-là.

– Non. Je n'avais aucun soupçon. »

Je n'avais même pas repensé à cette histoire par la suite, trop perturbée par mon expérience traumatisante dans la cave. Mais peut-être une partie inconsciente de mon cerveau avait-elle deviné et essayé de m'envoyer un message que j'étais trop bornée pour comprendre ?

« Alors, tes crises de somnambulisme... c'était du pipeau ? »

J'avais besoin de tout vérifier.

« Je trouvais que ce serait une excuse valable au cas où on m'aurait surprise en train de fouiner. » Elle sourit faiblement. « J'ai failli te révéler presque tout ce que je savais à ce moment-là. Mais je ne pouvais pas te faire entièrement confiance. J'avais peur que tu sois une amie de Roza infiltrée en douce dans la retraite. Mais lorsqu'elle nous a droguées, j'ai baissé la garde. Je n'étais plus vraiment dans mon état normal.

– À cause du LSD.

– Oui. Et aussi du Rohypnol.

– Quoi ? Elle nous droguait aussi aux médocs ?

– J'en suis presque sûre. » Elle se massa les tempes. « J'avais déjà pris de l'acide avant. Et ce n'était pas le même effet. C'est à peine si je me souviens de t'avoir entraînée au sous-sol. Je pense que j'étais seule quand j'ai trouvé le clavier. Je ne sais pas comment j'ai pu me rappeler le code dans cet état.

– Comment tu le connaissais ? demandai-je.

– Lucy m'avait donné la combinaison du coffre de Roza dans son appartement new-yorkais. À cette époque, elle avait trouvé ça émouvant. C'était la date du décès de Mila. » Elle fit la moue. « À présent, on sait à quel point c'est tordu.

– Alors, elle avait gardé le même code. Et tu as pu entrer.

– Oui. Par là. » Elle désigna la porte donnant sur la cave. « J'ai traversé la cellule et je suis entrée dans la salle de contrôle. J'ai un vague souvenir de m'être assise sur une chaise et d'avoir regardé les moniteurs. Ensuite, j'ai perdu connaissance, et je me suis réveillée ici. »

Elle frissonna. Je lui passai un bras autour des épaules.

« Je vais mourir dans ce cachot, dit-elle d'une voix plate.

– Bien sûr que non. »

C'était sorti tout seul ; mon cerveau était encore en train de faire le tri de tous ces nouveaux faits. Elle essuya les larmes qui commençaient à couler sur ses joues.

« Zoé, dis-je. Roza ne tue pas les gens sans raison.

– C'est une *psychopathe.* » Elle renifla. « Et maintenant, elle doit savoir qui je suis.

– Elle l'ignore. On a découvert tes papiers, c'est vrai, mais on ne lui en a pas parlé.

– Elle vous a vues, continua-t-elle avec force.

– Peut-être pas. Peut-être qu'elle ne nous regardait pas.

– Elle est *toujours* en train de regarder, insista Zoé. En plus, elle m'a vue entrer ici. Comment aurais-je pu connaître le code ?

– Je ne sais pas. » Je fermai les yeux une seconde. Ses questions semblaient trop complexes. « Peut-être qu'elle n'a pas vu ça non plus. Qu'elle s'est dit qu'elle avait mal refermé la porte et que tu y étais arrivée par hasard.

– Elle l'a vu. Elle voit tout. Qu'est-ce que tu crois qu'elle fait en ce moment ? » Zoé se recula pour me regarder avec incrédulité. « Elle n'est pas *en train d'écrire,* Alex. Cette histoire de retraite n'est qu'un stratagème pour vous piéger toutes ici et vous voler vos livres. »

Une sensation d'horreur enflamma ma poitrine. Ses phrases se disloquaient et ses mots ricochaient dans ma tête comme des balles de flipper : *Stratagème. Piéger. Voler.*

Soudain, un grincement dans la salle de contrôle nous fit sursauter. On se cramponna l'une à l'autre quand la porte s'ouvrit.

Mais il n'y avait nulle part où se cacher.

29

« Mais c'est quoi, ce bordel ? » Keira fit irruption dans la pièce et se précipita vers les barreaux. « Vous allez bien ? » demanda-t-elle d'une voix aiguë et étranglée.

Taylor entra derrière elle, les yeux écarquillés, enregistrant chaque détail. Enfin, Wren apparut. Avec ses joues rouges et son regard vitreux, elle semblait gravement malade.

« Les filles ! » Zoé bondit sur ses pieds, la voix sifflante de désespoir. « Vous devez aller chercher de l'aide. Là, tout de suite. »

Nous nous pressions toutes les deux contre les barreaux et j'eus l'image de chiots dans un chenil, dressés sur leurs pattes pour se faire remarquer. *Emmenez-moi !*

« Mais comment ? »

Taylor rejoignit Keira, serrant les mains autour de son visage, comme si sa tête risquait de tomber d'une seconde à l'autre.

« La radio est morte.

– Alex a dit qu'il y avait une motoneige. »

Zoé me regarda.

« Il faut que tu t'en empares et que tu ailles chercher de l'aide. »

Dans le dos de Keira, Wren murmura, hébétée :

« Mais qu'est-ce qui se passe ?

– Et c'est quoi cet endroit ? » renchérit Taylor.

Elle recula en levant les yeux vers le plafond.

« OK. D'accord. D'accord. » Keira rajusta ses lunettes d'une main tremblante. « Je vais prendre la motoneige. Et si je ne trouve pas les clés, j'irai à pied.

– C'est trop loin, dis-je. Il doit bien y avoir vingt kilomètres, d'ici au couvent. »

Taylor continuait de reculer vers la porte. Sa confusion se muait en une autre expression. Pendant un instant, je n'arrivai pas à mettre un nom dessus parce que ça n'avait pas de sens. C'était à l'évidence une expression de mépris.

« Taylor ! » hurlai-je pour avertir les autres.

Elles se retournèrent d'un coup vers elle.

Tout se passa en un éclair. Taylor franchit le seuil et referma la porte. Un claquement de verrou résonna dans la cellule.

« Non ! » Keira se précipita, essayant de tourner la poignée. « C'est verrouillé ! Taylor, ouvre cette porte ! »

Wren parvint à se redresser. Près de moi, Zoé expira lentement. Je sentis dans son souffle l'odeur âcre de la peur. Le cœur à cent à l'heure, je tombai à genoux.

Un grésillement retentit. Puis la voix de Taylor jaillit du haut-parleur incrusté dans le mur.

« Oh, putain ! » Elle semblait jubiler. « Si vous pouviez voir vos gueules...

– Taylor ? » Keira se tourna vers la boîte blanche. « Qu'est-ce que tu fous ?

– Je dois avouer que tu m'as impressionnée, Poppy, continua Taylor sur un ton désinvolte. Ou Zoé. Qui que tu sois, tu es encore meilleure actrice que moi. »

Wren se mit à gémir, les mains pressées contre les lèvres. Keira nous regardait à tour de rôle, la bouche ouverte et les yeux vides. Nouveau vertige : un autre pan de réalité s'effondrait devant moi.

« Taylor, appela Zoé, la voix soudain empreinte d'ancienne camaraderie. Hé, meuf, pourquoi tu ne reviens pas par ici pour qu'on cause ?

– Pour qu'on cause de quoi ? éructa Taylor sur un ton rageur. À quel point vous n'êtes toutes qu'une bande de connasses ? »

Pour le coup, ça nous cloua le bec.

« Vous savez, reprit-elle pensivement, je n'arrive même pas à savoir laquelle de vous est la plus chiante. Wren, tu es tellement imbue de toi-même que c'en est pas croyable. Tu penses vraiment être meilleure que les autres. Mais tu sais quoi ? Tu n'es qu'une influenceuse sans intérêt et tu vas retomber dans l'anonymat à la première ride. K, à ton tour. Tu n'arrêtes pas de te plaindre. En fait tu te plains *tout* le temps. Et tu crois que tout le monde a une dent contre toi parce que tu es noire, même si au fond, tu as eu beaucoup plus de perspectives d'avenir que moi. C'est à pleurer. »

Pétrifiée, Keira fixait le haut-parleur, sans expression. Je rougis à sa place sous l'effet de l'indignation, lorsque Taylor prononça mon prénom.

« Quant à toi, Alex… Argh. Tu fais de la peine. » Sa voix monta dans les aigus. « *Je suis Alex, plaignez-moi. Tout le monde est tellement méchant ! Peut-être que je suis* queer, *mais je suis une petite fille beaucoup trop immature pour l'accepter. Ou peut-être que je ne suis même pas* queer *et que ça me sert juste à jouer avec les gens.* »

Ses paroles me frappèrent comme de vrais coups de poing.

« C'était vraiment dégueulasse ce que tu as fait, continua Taylor. Flirter une minute avec moi, et me fuir celle d'après. Te jeter sur moi dans la cave, et ensuite faire comme s'il ne s'était rien passé. Putain de merde, meuf. Apprends à te contrôler. »

Je restai muette, les mains agrippées aux barreaux.

« Mais je ne suis pas Wren, hein ? soupira Taylor. Et franchement, je n'ai pas envie de me mêler à vos petits jeux sadomasos. Non, merci. Si c'est ce qui se passe après que tu as baisé, Alex, alors je considère que j'ai eu de la chance. »

Taylor était au courant de mon aventure avec Wren. Et je n'en avais parlé qu'à Roza.

« Bref. » Elle soupira. « Quel putain de soulagement de ne plus devoir faire semblant. Vous êtes vraiment trop lourdes, toutes autant que vous êtes.

– C'était le plan de Roza ? demanda Keira. Que tu nous pièges toutes ici comme ça ? »

Un grognement.

« Le plan de Roza, c'était de vous tuer. Mais ça ne change pas grand-chose. »

Wren haleta.

« Taylor ! » Keira se racla la gorge. « De quoi tu parles ? »

Pas de réponse.

« Oh, non ! Tu ne vas pas disparaître comme ça. » Keira se mit à crier. « Taylor ! »

Je me laissai tomber au sol. Les hurlements de Keira parurent de plus en plus lointains. Et peu importe le nombre de fois où elle appela son nom, Taylor ne répondit plus.

La première réaction de Keira fut d'essayer de forcer la porte. Wren s'approcha derrière elle, livide et attentive.

« Ça ne marchera pas », dit Zoé. Elle avait traîné la paillasse près des grilles, et on observait, assises côte à côte. « C'est un pêne dormant. »

J'étais sortie de l'état de choc où j'avais plongé. Désormais, j'essayais de calmer les soubresauts d'impuissance et de désespoir qui me soulevaient la poitrine.

« OK. » Keira poussa un soupir énervé et se tourna vers nous. « Poppy, Zoé ou qui que tu sois, il faut que tu me dises exactement ce qui se passe. »

Wren et Keira s'assirent par terre quand Zoé commença à parler. Je ne lui prêtai qu'une oreille distraite, repensant au dévoilement du rôle de Taylor. Je commençais à faire coïncider les images de la démone orange électrique avec son corps compact. Ce n'était pas Lamia dont j'avais embrassé les lèvres, fait durcir les tétons ou léché et excité le clitoris. C'était Taylor.

Dans d'autres circonstances, ça aurait pu être une expérience capitale. Parce que j'avais *bel et bien* tissé des liens avec Taylor au fil de nos conversations en tête à tête. Il y avait vraiment eu entre nous une attirance réciproque, même si j'avais été trop effrayée pour y répondre sur le moment. Et si Roza ne nous avait pas droguées, notre rapport sexuel dans la cave aurait pu être de ceux qui changent une vie. Cela aurait pu me montrer qu'il était temps pour moi d'admettre – de *célébrer* – le fait que j'étais attirée par certaines femmes.

Malheureusement, ça ne s'était pas passé comme ça. Et à présent, j'étais enfermée dans un cachot, et nous devions subir les railleries de ma partenaire sexuelle.

Peut-être que tu devrais t'interroger sur ton attirance pour les femmes. Cette pensée me fit monter aux lèvres un sourire crispé.

« Je ne me doutais pas que Taylor était dans le coup, conclut Zoé. Peut-être même que c'était elle, ma geôlière masquée. Je pensais que c'était Yana. Ou Chitra. Elles sont toutes plutôt petites. »

Mon estomac gargouilla bruyamment. En fin de compte, je n'avais pas dîné.

« Comment avez-vous pu descendre ici ? demandai-je, histoire de penser à autre chose.

– Roza a dit qu'elle allait prendre la motoneige pour voir si les routes avaient été dégagées, dit Keira. Et Taylor en a profité pour nous proposer de partir à ta recherche, puisque tu n'étais pas venue au dîner. C'est elle qui a trouvé le passage secret dans la garde-robe. Enfin, qui a fait semblant de le découvrir. »

J'imaginais très bien le visage surpris et excité de Taylor : *Les filles, regardez !*

« Qu'est-ce qu'on va faire ? » s'inquiéta Wren d'une voix râpeuse.

Elle toussa.

« On va trouver une solution. » Je n'avais pas la moindre idée d'où me venait cette certitude. Mon estomac gargouilla à nouveau. « On t'a donné quelque chose à manger ? » demandai-je.

Zoé hocha la tête.

« La femme masquée est passée quelquefois m'apporter de la nourriture et de l'eau.

– Et tu n'as jamais vu Roza ? l'interrogea Keira.

– Non.

– Il faut se battre, dit Keira à voix basse, en regardant Wren droit dans les yeux. Quelqu'un finira bien par franchir cette porte. Et à ce moment-là, on devra l'envoyer au tapis.

– Comment ? »

Wren se tordait les mains, pitoyable.

« J'essaie de me rappeler ce que j'ai appris pendant mon stage de self-défense. » Keira réfléchit. « C'était il y a longtemps.

– Vise les bijoux de famille, éructa Zoé en poussant un petit rire incongru. Mais le plus souvent, il faut bien reconnaître que l'agresseur est un homme.

– Les yeux », dis-je. Quelques années plus tôt, Wren et moi avions pris des cours proposés par notre employeur. « Et le nez ? Tu balances ta paume vers le haut et tu lui pètes le nez.

– Oui, bon. » Keira toucha l'épaule de Wren. « Nous n'aurons qu'une seule chance.

– D'accord. »

Wren sortit de sa poche un mouchoir en papier usagé et se moucha.

Malgré ses paroles rassurantes, je vis briller la peur dans les yeux de Keira. Ça me glaça le sang. Elle avait toujours été la plus calme, même quand il s'était agi de crocheter la serrure du bureau, ou de fouiller ma chambre à la recherche de caméras. Désormais, elle semblait terrifiée.

« On va s'en sortir. »

Je détachai chaque syllabe, lentement, comme une incantation. Mais ma phrase sonna creux, même pour moi.

Trois heures plus tard, lorsque la porte s'ouvrit, tout se passa si vite qu'on ne s'en rendit pas compte avant qu'elle se referme à nouveau. On bondit sur nos pieds une seconde trop tard.

Quelqu'un avait lancé dans la cellule des bouteilles d'eau en plastique qui roulaient sur le sol en béton.

Zoé grommela, agrippée aux barreaux. Keira ramassa les bouteilles et les posa contre le mur. Elles luisaient, dégoulinantes de gouttes glacées. Je déglutis en grimaçant, la gorge sèche.

« Quand est-ce que tu as bu pour la dernière fois ? demandai-je à Zoé.

– Ça fait pas mal de temps.

– Il ne faut pas boire ça. » Keira dévissa un bouchon. « Elles sont déjà ouvertes. Roza ou Taylor ont sûrement versé un truc à l'intérieur.

– Roza veut nous droguer ? » Mon ventre vide se crispa. « Encore ?

– Bien sûr. » Keira reposa la bouteille. « Elle a besoin d'enfermer Wren et moi avec vous. Je parie que cette eau est coupée au Rohypnol. »

Wren gémit et se laissa glisser à nouveau sur le sol. À présent, elle avait les joues rouges comme des pommes d'amour et les yeux brûlants de fièvre.

« Combien de temps peut-on survivre sans eau ? demandai-je.

– Quelques jours, pas plus. Trois, peut-être ? » Keira inclina la tête. « Je crois qu'on est supposé en boire deux litres par jour. L'équivalent de huit verres pleins. Exact ? »

Zoé guigna les bouteilles.

« Alors, je ne vais pas tenir longtemps.

– Et si elles sont empoisonnées ? dit Keira. Si elles essaient de se débarrasser de nous pour de bon ? Sérieux, comment vous croyez que ça va se terminer ? On en sait trop. Elles ne vont pas nous laisser repartir. »

Wren commença à pleurer en silence dans ses mains. Je l'observai. Elle avait toujours été la plus courageuse, la plus intrépide de nous deux. Elle s'était incrustée dans des soirées privées grouillantes de mannequins et de célébrités. Elle nous avait fait entrer dans des concerts complets en passant par les sorties de secours ou les cuisines. Elle s'était colletée avec des bikers tatoués, des dealers sous coke et même avec des filles bourrées du New Jersey réputées dures à cuire, leur balançant ses verres au visage quand elles osaient s'asseoir sur nos tabourets de bar, ou essayaient de piquer les shots qu'elle avait commandés. Et même ces grandes gueules du New Jersey avaient lâché l'affaire en proférant des insultes, parce qu'elles avaient senti ce que tout le monde savait : il ne fallait pas déconner avec Wren.

Alors, la voir s'effondrer ainsi, ça me filait le vertige. Mais peut-être était-ce aussi dû à la faim, qui me faisait basculer sans cesse d'une douleur lancinante à une envie violente de manger. Pire encore, les bouteilles d'eau m'avaient fait réaliser à quel point j'avais soif. J'avais l'impression d'avoir les lèvres craquelées et la langue duveteuse. J'imaginais l'eau fraîche remplissant ma bouche avec un désir ardent, quasi érotique, tel un orage soudain arrosant la terre sèche du désert.

« Bon, alors, qu'est-ce qu'on fait ? » demandai-je.

Zoé brisa le long silence qui suivit.

« Moi, je vais le faire.

– Faire quoi ? » l'interrogea Keira sur le ton du soupçon.

Elle avait passé son bras autour des épaules de Wren. Il devait quand même y avoir une espèce de chauffage dans ce sous-sol – après tout, aucune buée ne sortait de nos bouches –, pourtant, j'avais l'impression qu'il faisait très froid. Un courant d'air glacé s'infiltrait entre les mailles fines de mon pull. Et Zoé ne portait qu'une robe légère.

« Je vais boire de l'eau. » Elle désigna les bouteilles. « Comme ça, vous pourrez voir ce qui m'arrive.

– Tu crois vraiment que c'est une bonne idée ? » lui demandai-je.

Une demi-heure plus tôt, elle pleurait en disant qu'elle allait mourir dans ce cachot, et maintenant elle voulait ingurgiter une boisson à haut risque ?

« Elles ne vont pas me tuer avec une bouteille d'eau. » Elle haussa les épaules. « Ce n'est pas le style de Roza.

– De toute façon, cela n'arrivera pas. »

Keira secoua la tête.

« Elles ont éteint le chauffage. » Zoé se frictionnait les bras. « Il fait plus froid qu'avant. Et ça va être de pire en pire. »

J'entendis une rafale de claquements secs.

« Qu'est-ce que c'est ?

– C'est Wren. » Keira baissa la tête. « Ses dents.

– Désolée. » Wren grimaça. « J'ai vraiment froid. Et chaud. »

Keira toucha son front.

« Tu es en sueur.

– Elle a de la fièvre, dis-je. Ce n'est pas bon signe. »

Le haut-parleur grésilla, et on tourna toutes la tête en même temps.

« Bonsoir. » C'était Taylor, avec son accent de maîtresse d'école anglaise. « C'est votre guide, Mme Lillyput, qui vous informe que votre expérience immersive s'accompagne d'une série de directives. Règle numéro un : afin *de ne pas* mourir de soif, il est impératif que vous consommiez les boissons mises à votre disposition. Toutes, autant que vous êtes. Soyez assurées qu'elles sont absolument sans danger et ne contiennent que quelques gouttes d'un ingrédient spécial destiné à ce que votre première nuit soit la plus réparatrice possible. »

Wren enfouit sa tête dans le cou de Keira en gémissant.

« Règle numéro deux : pour éviter que notre invitée la plus fragile passe de vie à trépas, nous vous recommandons vivement de nous autoriser à lui fournir des médicaments, du chauffage et des couvertures. Dans cette optique, veuillez vous référer s'il vous plaît à la règle numéro un concernant les boissons.

– Taylor, l'interrompit Keira. Qu'est-ce qui déconne chez toi ?

– Règle numéro trois, poursuivit Taylor sans se laisser démonter : une fois que vous serez installées, vous pourrez vous entretenir avec la Gentille Organisatrice du voyage, l'incomparable Roza Vallo, qui se rendra disponible demain dans la matinée.

– Taylor, m'écriai-je à mon tour, histoire de faire taire son monologue délirant de psychopathe. S'il te plaît, tu peux venir ici et nous parler en face ?

– Si vous avez d'autres questions ou commentaires, vous êtes priées d'attendre la fin de la visite où un questionnaire de satisfaction vous sera distribué. Merci de votre attention, et passez une excellente journée. »

Un autre grésillement électronique, et elle était partie.

« OK, elle est devenue dingue ? demandai-je, exaspérée. C'est une décompensation psychotique ? Ou était-elle comme ça depuis le début ? Keira ? Tu étais proche d'elle, non ?

– On dirait que c'est toi qui as couché avec, rétorqua Keira, les lèvres pincées. Ne fais pas tout peser sur moi.

– Ce n'est pas ce que je fais. Je voulais juste... » Je sentis que je piquais un fard. « Ça s'est passé quand on était sous acide. Enfin... Je suppose qu'on se manifestait un intérêt mutuel. Mais...

– Ce n'est pas grave. » Zoé me toucha le bras. « C'est une psychopathe. Et Roza aussi. Elle sait plutôt bien imiter les émotions humaines, mais elle ne les ressent pas. Elle voit juste tout comme un jeu. »

Un jeu. Un souvenir refit surface.

« Wren, dis-je. Taylor m'a raconté qu'elle t'avait entendue dire à Roza que tu avais envisagé de demander une injonction d'éloignement contre moi. »

Wren secoua la tête.

« Je n'ai jamais dit ça.

– Eh bien, *à moi*, dit Keira en reniflant, elle m'a dit que tu n'aimais pas l'histoire que j'étais en train d'écrire.

– Que *moi*, je n'aimais pas ton histoire ? dis-je. Mais je l'adore.

– Elle m'a eue aussi, renchérit Zoé. Elle a dit que Wren s'était plainte que je me comportais avec elle comme une petite sœur collante. Comme si j'en avais quelque chose à faire. Ne le prends pas mal, Wren.

– Donc, elle n'a pas arrêté de mentir à chacune d'entre nous, dis-je. Pour nous monter les unes contre les autres. »

Le roulement de maracas reprit de plus belle : Wren recommençait à claquer des dents.

« On doit faire quelque chose. » Je sentais monter le découragement. « Elle est vraiment malade. »

Zoé passa la main à travers les barreaux.

« Donne-moi une bouteille.

– Non. » Je fis signe à Keira. « Donne-m'en une à moi. Je vais la boire.

– Nous devons *toutes* boire, dit Zoé. C'est ce qu'a dit Taylor. Laisse-moi seulement boire la première pour m'assurer que ça ira.

– On n'a pas le temps. » Je criais presque. « Ça fait des heures qu'on est ici. Et Wren a besoin d'aide tout de suite. »

Keira s'éloigna de Wren, qui se recroquevilla sur le sol en ciment. Elle nous tendit des bouteilles.

« Tu es sûre ? »

D'un coup, j'étais terrifiée à l'idée d'aller jusqu'au bout.

« Tu as raison. » Keira semblait résignée. « Wren est vraiment malade. On est là depuis trop longtemps. Et je ne veux avoir la mort de personne sur la conscience. » Elle attrapa les deux dernières bouteilles et se rassit. « Et je crois que Zoé est dans le vrai. Roza ne va pas nous tuer. Pas encore. » Elle toucha le dos de Wren. « Qu'est-ce que tu en penses ? »

Wren parvint à se rasseoir et attrapa une bouteille. On la regarda boire goulûment en silence. Des gouttes coulaient le long de ses joues. Lorsque la bouteille fut vide, elle se rallongea. Keira, Zoé et moi avions chacune une bouteille dans les mains. J'étais tiraillée entre deux envies puissantes et contradictoires : verser sans attendre l'eau dans mon gosier, et balancer la bouteille aussi loin que possible.

Zoé frémit, de froid ou de peur.

« Cul sec », dit-elle, et elle dévissa le bouchon.

30

Ce fut l'odeur du café qui me réveilla. Je m'ébrouai, protégée dans ce laps de temps douillet et flou qui sépare le sommeil de l'éveil. Pendant une seconde, je crus que j'étais revenue dans mon appartement de Brooklyn et que ma coloc faisait chauffer une cafetière dans la cuisine.

Mais mon matelas était trop dur. J'ouvris les yeux.

J'étais toujours dans le cachot.

Je m'assis lentement, pour faire le point. Il faisait beaucoup plus chaud, c'était déjà quelque chose. De l'autre côté des barreaux, deux radiateurs avaient été installés, assez proches pour qu'on puisse les allumer et les éteindre en tendant la main. J'étais toujours sur la couette repliée où j'avais perdu connaissance. Mais le sol de la cellule était à présent jonché d'oreillers, d'édredons et de couvertures en laine multicolores. Keira et Zoé dormaient dos à dos sur un futon. Plus loin, Wren gisait sur un matelas deux places.

Je me levai, chancelante, en proie à la nausée qui remontait de mon estomac. Luttant pour refouler un haut-le-cœur, je me hâtai vers elle, prenant soin de baisser la tête dans cet espace exigu comme une grotte. En passant, je remarquai un paravent japonais disposé devant les toilettes. Quelle délicate attention.

Le visage de Wren était caché sous une couverture. Je la tirai. Elle ne respirait pas. Son visage était cireux et blafard comme un masque mortuaire. Mon cœur s'arrêta. Mais à ce moment-là, elle battit des paupières et expira. Je me frottai les yeux et poussai un profond soupir. Elle était vivante.

« Al ? » Elle se redressa et posa la main sur son front. Sa bague en diamant étincela dans la pénombre. « Que s'est-il passé ?

– On a toutes bu de l'eau. » Je m'efforçai de paraître calme. « Ça nous a assommées.

– L'eau ? » Elle déglutit. « Ah, oui.

– Comment tu te sens ?

– Ça va. Je crois que je n'ai plus de fièvre. » Ses yeux se fixèrent au-dessus de moi. « Non, ce n'est pas vrai. » Elle se leva en titubant et courut vers la porte à barreaux, qui ne fit que cliqueter lorsqu'elle essaya de l'ouvrir. « Non ! »

Je m'approchai d'elle.

« Elle est verrouillée.

– Bordel, murmura-t-elle en me dévisageant.

– Je sais. » Je haussai les épaules, me sentant inutile et vaseuse. « Regarde, elles nous ont fait du café. »

Une grande cafetière électrique était posée par terre de l'autre côté des barreaux, branchée à une multiprise à rallonge avec les radiateurs. À côté, il y avait quatre mugs en grès, des petits pots de crème individuels et des dosettes de sucre. Keira et Zoé remuèrent sur le futon à l'autre bout de la cellule.

« Salut. »

Je me relevai et me cognai le haut du crâne contre le plafond. Je les rejoignis en essayant d'ignorer la douleur.

« Salut. » Zoé ébaucha un sourire. « Alors, on a survécu.

– Vous vous sentez comment ? » demandai-je.

En guise de réponse, Keira courut vers les toilettes. On l'entendit vomir derrière le paravent.

« Moi, ça va », dit Zoé. Elle cala une mèche derrière son oreille. Ses cheveux blonds étaient si gras qu'ils semblaient plus foncés. « Quelqu'un a changé la déco, non ?

– Ouais, dis-je. Dans le plus pur style cachot chic. »

Zoé jeta un coup d'œil derrière moi.

« Ça va, Wren ?

– Niveau physique, ça va mieux. » Wren revint s'asseoir près de Zoé sur le futon. « Mais dans la tête… c'est pas génial. »

Zoé se dirigea vers la cafetière électrique.

« Keira, tu veux du café ? »

L'intéressée se contenta de jurer à voix basse derrière le paravent.

Je m'approchai, et Zoé me tendit un mug.

« Tu ne penses pas qu'il y a de la drogue dedans ?

– Tout est possible. » Zoé haussa les épaules. « Mais on n'a pas le choix. »

Sans son vernis de jeune attachée de presse énergique, Zoé semblait être une tout autre personne : imperturbable, déterminée. Elle devait avoir près de quarante ans, et même si elle ne les faisait pas, elle en avait l'allure. Keira nous rejoignit.

« On est foutues, les filles. » Elle s'essuya la bouche et accepta le mug que lui tendait Zoé. « Maintenant qu'on est toutes bouclées là-dedans, on est baisées, c'est officiel.

– Pas encore. » Zoé nous fit signe d'approcher et chuchota : « Nous devons les convaincre d'ouvrir la porte de la cellule.

– Et on fait ça comment ? répondit Keira, les yeux mornes, en portant le mug à ses lèvres.

– Bonjour tout le monde ! » La voix de Taylor jaillit du haut-parleur. « Bienvenue au deuxième jour de la retraite de Roza. »

Son accent anglais contrefait me fit grincer des dents.

« Puisque vous avez suivi à la lettre mes instructions d'hier soir, vous vous verrez accorder une gratification. En plus des couvertures, du chauffage et du café. Restez bien à l'écoute ! »

Un peu plus tard – quinze minutes, trois quarts d'heure ? –, la porte s'ouvrit en grinçant. Nous étions toujours assises sur le futon. Parlant à peine, perdues dans nos pensées en attendant la suite. Je m'efforçais de trouver un sens à ce qui nous arrivait, mais mon cerveau était totalement embrumé. Parfois, je me laissais aller à l'idée que rien de tout cela n'était réel. Que j'étais tombée dans un cauchemar dont je ne pouvais plus me réveiller. Ce sentiment d'irréalité déclenchait en moi une panique profonde et abjecte. Alors, pour me ressaisir, je posais les mains sur le sol en ciment. Ça au moins, *c'était* bien réel. C'était notre réalité immédiate. Pourtant je ne pouvais pas me satisfaire de cette information. Mon trouble finissait par reprendre le dessus, et le cycle se répétait inlassablement.

Étrangement, l'arrivée de Taylor fut comme un soulagement.

« Coucou ! »

Lorsqu'elle franchit la porte d'un pas nonchalant, elle avait une drôle d'allure. Il me fallut une seconde pour comprendre ce qui clochait : elle portait les vêtements de Wren. Et comme Taylor était plus petite, sa combinaison bleu turquoise était tire-bouchonnée aux poignets et aux chevilles.

« Vous aimez ma tenue ? » Elle prit la pose, les mains sur les hanches. « J'espère que ça ne te dérange pas, Wren. Je ne voulais pas laisser perdre tes sublimes fringues de créateurs. »

Wren la fusilla du regard.

« Purée. » Taylor laissa retomber ses mains. « Non mais regardez vos tronches mal embouchées. Vous n'êtes pas contentes qu'il fasse plus de dix degrés ? Et d'avoir du café ? » Elle secoua la tête. « Mais quelle ingratitude. »

La fureur me crispait le ventre comme un poing serré. Taylor avait l'air aussi excitée que pendant la nuit de la Saint-Valentin. Elle semblait vraiment prendre plaisir à tout ça.

« Vous avez de la chance que ce ne soit pas moi qui décide. » Elle croisa les bras, faisant mine de réfléchir. « Ce cachot serait moins confortable, vous pouvez me croire.

– Taylor, dit Wren, la voix brisée par l'émotion. Je t'en supplie, laisse-nous sortir.

– Tu veux sortir ? Aucun problème ! » Un sourire s'épanouit sur le visage de Taylor. « Il suffit de deviner la formule magique. »

Un grincement retentit de l'autre côté. La porte métallique ouvrant sur la cave pivota lentement vers l'intérieur.

« Chitra ! »

Wren bondit et se cogna le crâne contre le plafond. Keira m'agrippa le bras.

« Ne lui adressez pas la parole ! » ordonna Taylor.

Chitra entra, les épaules voûtées, un plateau dans les mains. On aurait dit qu'elle avait pris dix ans tant elle semblait fragile.

« Asseyez-vous », exigea Taylor. Wren s'affaissa doucement sur le futon en se massant le crâne. Chitra déposa le plateau devant la porte de la cellule en évitant de nous croiser du regard. Elle avait les yeux rouges.

Les effluves qui filtraient par le couvercle d'un faitout – un plat de viande en sauce – me mirent l'eau à la bouche. À côté, posés sur le plateau, quatre bols, des couverts en argent et une miche de pain frais. Taylor s'accroupit devant la porte de la cellule. Elle pressa quelque chose, la partie basse des barreaux bascula de son côté comme une chatière et elle y fit glisser le plateau.

« À vos marques… Prêtes… » Taylor fit durer ce dernier mot. « Partez ! »

Zoé courut vers le plateau, souleva le couvercle et servit du ragoût pour tout le monde. Mon estomac faisait des bonds pendant que j'attendais mon bol. Je n'avais pas souvenir d'avoir jamais eu aussi faim.

Taylor interpella la cuisinière, qui avait déjà une main sur la porte donnant sur la cave. « Attends un peu, Chitra. Tu n'as pas envie de les voir savourer tes prouesses culinaires ? »

L'autre se retourna comme une zombie.

« Chitra », dis-je sur un ton normal et la bouche déjà pleine.

Elle me regarda droit dans les yeux.

« Je t'ai dit de ne pas lui parler. » La voix de Taylor résonna dans l'espace confiné. « Tu veux que je te prive de nourriture ?

– Non, dis-je en baissant la tête. Désolée.

– C'est mieux. » Taylor sourit et s'assit en tailleur sur le sol. « Chitra, tu veux raconter à Alex comment tu as fait mumuse avec elle dans la cave, le premier soir ?

– Quoi ? demanda Wren.

– Roza lui avait dit de souffler toutes les bougies, mais apparemment elle a désobéi et en a laissé brûler une à ton intention. »

Taylor secoua la tête. « Elle a de la chance que la flamme se soit éteinte d'elle-même. Apparemment, tu as été à deux doigts de l'apercevoir. »

Chitra resta figée, tête basse.

« Pourquoi ? » demandai-je.

J'avais du mal à répartir mon attention entre Taylor et mon repas.

« Roza voulait te bousculer. » Taylor gloussa. « Il faut dire qu'au début, tu étais plutôt limite. » Elle tourna la tête. « C'est bon, Chitra, tu peux nous laisser. »

Chitra s'éclipsa en refermant la porte de la cave derrière elle. Je mastiquai avec application. C'était étrangement rassurant de découvrir que l'épisode de la cave n'avait pas été seulement le fruit de mon imagination. Par contre, j'avais beaucoup de mal à envisager la douce Chitra jouer à cache-cache avec moi comme ça.

« Profitez bien, dit Taylor. Roza veut que vous soyez de bonne humeur quand elle viendra vous voir. »

Je croisai le regard de Zoé.

« Et ce sera quand ? s'enquit-elle d'une voix légère.

– Je ne sais pas. » Taylor lissa ses cheveux. « Bientôt, je pense. »

Ainsi, Taylor n'était pas vraiment aux commandes, bien qu'elle se comporte comme si c'était le cas : en nous donnant des ordres, en disant à Chitra de rester ou de s'en aller.

« Comment ça, tu ne sais pas ? » demandai-je.

Taylor me retourna un regard incendiaire.

« Pardon ? »

Je terminai mon deuxième bol de ragoût et le posai au sol.

« J'aurais cru que tu le saurais.

– Je le sais parfaitement, répliqua-t-elle d'un ton hargneux.

– Elle te fait juste faire le sale boulot. » Zoé avait lu dans mes pensées. « Depuis quand tu bosses pour elle ? Combien elle te paie pour faire tout ça ?

– Roza ne me paie pas. » Taylor ricana. « C'est ma petite amie. »

Un court instant de stupeur.

« Mais tu m'as dit que ta copine s'appelait Kitty, intervint Wren de sa voix chevrotante.

– C'est le petit nom que je lui donne. »

Taylor sourit d'un air satisfait. D'un coup, je repensai à ma première nuit à Blackbriar, quand j'avais entendu les cris d'amour provenant de la chambre de Roza. Ce n'était pas Ian, son éditeur, qui l'avait fait jouir ainsi. C'était Taylor.

Zoé fut la première à reprendre le fil de ses pensées.

« Alors, c'est pour ça que Roza te tolère chez elle. » Elle eut une moue dégoûtée. « Pas parce que tu n'es qu'une modeste maîtresse d'école qui se prend pour une écrivaine géniale.

– T'en veux, du génie ? » Taylor se releva, nous dominant de sa petite taille. « Tu veux qu'on parle de *L'Œillet de poète* ? Ça doit te dire quelque chose. Eh bien, devine qui l'a écrit ?

– Taylor. » La voix de Yana, monotone et sans timbre, retentit dans le haut-parleur. « Roza te demande en haut. »

Son ton calme me fit l'effet d'un glaçon collé sur la colonne vertébrale. Évidemment, elle aussi était dans le coup.

Taylor afficha un rictus dégoûté.

« Toutes les quatre, vous ne vous prenez pas pour de la merde. Mais vous n'êtes que des minables. Et vos histoires ne sont même pas si bonnes que ça.

– *Taylor.* »

La voix coupante de Yana la fit sursauter.

« J'arrive. »

Après un dernier regard haineux, elle sortit par la porte de la cave.

Je me tournai vers Zoé.

« Tu avais raison. Roza se sert des autres pour écrire ses livres. »

Zoé était occupée à lécher l'intérieur de son bol.

« Sans déconner ! »

À la suite du repas copieux, mon estomac gargouillait, et ça se jouait à pile ou face pour voir si toute cette nourriture allait y demeurer ou pas. J'allai pisser derrière le paravent, et les odeurs cumulées de mon urine et du vomi de Keira qui tapissait la cuvette me provoquèrent un haut-le-cœur. Quand ce genre de toilettes de camping étaient pleines, il se passait quoi ?

On s'installa toutes sur le futon comme si c'était une barque perdue sur l'océan. Les minutes, puis les heures passèrent. Enfin, la porte s'ouvrit et Roza fit son entrée, Taylor sur ses talons. On se leva d'un même mouvement, aimantées vers les barreaux par une force magnétique.

« Bonjour, mesdemoiselles. » Roza attendit au milieu de l'entrée que Taylor lui apporte un tabouret. Puis elle s'y assit, telle une souveraine majestueuse visitant ses prisonnières. Son parfum de jasmin flottait autour de nous. « Comment vous sentez-vous, aujourd'hui ? »

Après un temps, Keira prit la parole en notre nom à toutes.

« Non mais putain, vous êtes sérieuse, là ? »

L'expression de Taylor ne présageait rien de bon lorsqu'elle posa délicatement un lourd tote bag par terre. Roza, de son côté, avait l'air légèrement agacée, comme si on avait bouleversé ses plans pour la journée. Elle avait mis une épaisse robe grise en tricot, du rouge à lèvres écarlate et des bottines à plateau. À la voir ainsi, par-delà les barreaux, devant un mur en béton, elle semblait prête à se faire tirer le portrait pour un magazine branché.

« Je sais que vous êtes contrariées, commença-t-elle en levant une main. Et je le comprends. Les choses n'auraient pas dû se passer de cette façon. » Son regard se posa sur Zoé. « Mais j'ignorais qu'il y avait une intruse parmi nous.

– Roza ? » Maintenant, Wren utilisait sa voix calme et charmante même si elle tremblait un peu plus que d'habitude. « Tout ça, c'est une erreur. Un énorme malentendu. Si vous nous laissez sortir, on pourra en parler.

– Wren, chérie. » Roza la contempla avec affection. « Mon bel oiseau. J'aimerais que ce soit le cas. C'était tellement plus drôle de m'amuser avec vous là-haut. Maintenant, cela risque d'être un peu plus laborieux. Mais *c'est la vie*[1]. Vous avez toutes voulu – ardemment – éclaircir le mystère. Et voilà où ça vous a menées. »

Elle jeta un coup d'œil à Taylor, qui ramassa le tote bag et le poussa vers les barreaux.

« Reculez, s'il vous plaît », ordonna Taylor.

Je pris note du « s'il vous plaît » ; mais je savais qu'elle n'utilisait cette formule que parce que Roza était présente. On recula donc et on s'assit par terre. Taylor fit glisser des bouteilles d'eau entre les barreaux. Elles roulèrent jusqu'à nous. Zoé ouvrit la sienne sur-le-champ et but avidement. Je m'obligeai à n'avaler que quelques gorgées. Ce fut comme si de l'or liquide coulait dans ma gorge asséchée par le café et le ragoût salé.

« Bon, les filles, reprit Roza, je sais que c'est une surprise. Mais tant qu'à être ici, autant essayer d'en tirer le meilleur. »

Keira lui éclata de rire au nez. Elle n'avait pas touché la bouteille d'eau devant elle.

« Tu peux être furieuse contre moi, ce n'est pas grave. » Roza croisa les mains. « À présent, tu entres en situation de survie.

– De survie ? demanda Wren, paniquée.

– Ne m'interrompez pas. »

Soudain, la voix chaleureuse de Roza était devenue glacée. Je serrai la main de Wren dans la mienne.

« Je déteste les pleurnicheries, poursuivit Roza sur un ton sec. C'est compris ? Alors voilà ce qui va se passer. Vous avez deux options. Vous pouvez rester assises dans cette cellule en attendant de mourir de soif. Ça ne prendra que quelques jours. Or cette retraite est censée se terminer dans une semaine et demie, donc personne ne s'inquiétera avant qu'il ne soit trop tard pour vous.

– Ça fait beaucoup de cadavres, Roza, dit Zoé. Comment vous expliquerez tous ces décès ?

1. En français dans le texte original.

– Par le feu. » Roza sourit, comme si elle s'abandonnait à une douce rêverie. « Le feu brûle tout, sauf les os. Tu devrais le savoir, Alex. C'est ce qui est arrivé à Daphné. Il suffit d'une bougie oubliée sur un bureau, qui met le feu à un rideau. Toute l'aile de vos chambres partira en fumée. »

Son ton détaché me heurta comme si j'avais traversé la route sans regarder. La terreur provoqua des réactions étranges dans mon corps : mon pied droit fut pris de soubresauts et j'étais incapable de bouger les bras.

« Ce serait un événement tragique, dit Roza, solennelle. On fonderait probablement une œuvre de bienfaisance à vos noms pour venir en aide à d'autres jeunes écrivaines. Ce serait beau, vous ne trouvez pas ?

– Et la seconde option ? demandai-je. Vous avez dit qu'il y en avait deux. »

Roza sourit.

« Bonne question. »

Elle adressa un nouveau regard à Taylor, qui sortit du tote bag une rallonge et une multiprise. Taylor brancha le câble à la prise de courant située près de la porte et le fit passer entre les barreaux. Sans en croire nos yeux, on la regarda ouvrir la petite trappe en bas de la grille et glisser nos ordinateurs et leurs cordons d'alimentation à l'intérieur.

« Votre autre option, c'est d'écrire, poursuivit Roza. Aussi longtemps que vous rendrez chaque jour votre quota de mots, on vous donnera à boire et à manger. La quantité requise sera revue à la hausse, puisque nous avons perdu deux jours à cause de toutes ces sottises. Mais je pense que vous m'accorderez qu'enfermées comme vous l'êtes, vous n'avez plus grand-chose d'autre à faire.

– Et à la fin, il se passera quoi ? demanda Zoé d'une voix tremblante. Encore un incendie ? »

Roza se gratta le menton.

« Bonne question, mademoiselle Canard. Toujours aussi curieuse, comme cette chère Lucy. »

Je sentis Zoé se raidir à côté de moi.

« C'est ta faute, tu sais ? lui dit Roza. J'avais planifié cette retraite en espérant que nous pourrions toutes parvenir à un accord amiable. Je n'avais besoin que d'un seul roman. Je me disais même que nous pourrions choisir ensemble l'élue qui signerait son travail et celle dont le roman serait publié sous mon nom. Vous devez réaliser que si vous me donnez un livre, je prendrai soin de vous pour le reste de votre vie. Bien sûr, il y a pas mal d'ego dans ce groupe, et je pensais qu'une bonne dose de persuasion s'avérerait nécessaire. Mais au bout du compte, l'une d'entre vous aurait fini par accepter.

– Quel grand honneur », murmura Keira.

Roza lui lança un regard noir avant de poursuivre.

« Tout ça pour dire que j'avais bon espoir que nous puissions progresser, du début à la fin, en faisant du renforcement positif. Sans faire de mal à personne. Malheureusement, Zoé a ruiné cet espoir en déboulant ici comme un chien dans un jeu de quilles. Et même alors, j'ai fait tout mon possible pour protéger les autres en vous faisant croire qu'elle était morte. Mais vous n'avez pas pu lâcher l'affaire, n'est-ce pas ?

– Alors votre plan B, c'était de nous enfermer ? demandai-je, la voix brisée.

– Oui. » Roza se concentra sur moi. « J'ai toujours un plan B. »

Keira ricana.

« Comment pouvez-vous croire qu'on va faire quoi que ce soit pour vous, si vous avez décidé de nous tuer à la fin ?

– Je n'ai pas dit ça. » Roza rectifia sa position sur le tabouret. « Mes méthodes sont peut-être extrêmes, mais je sais qu'elles fonctionnent. Et si vous achevez vos romans dans ce contexte particulier, je peux vous garantir qu'ils seront magnifiques. Zoé, je sais que tu recopiais ce bouquin, mais je gage que tu sais encore écrire, même après plusieurs années sans pratique. Donc, je vais t'autoriser à commencer quelque chose de nouveau. Et nous suivrons le plan initial. Je n'ai besoin que d'un seul roman. J'ai beaucoup d'argent à partager, et je sais que, pour la plupart, vous en avez besoin. Évidemment, il me faudra des garanties pour m'assurer que vous ne raconterez à personne ce qui s'est passé ici. Mais dans les sectes, on fait tout le temps ce genre de choses. Et d'ailleurs... » Elle afficha un sourire suffisant. « Qui vous croirait ? Il n'y aurait aucune preuve. Vous n'auriez l'air que de pseudo-écrivaines tentant de se faire de la publicité. »

Wren secoua la tête.

« Je ne peux pas faire ça. Je ne peux pas.

– Eh bien, c'est fort dommage. » Roza leva la main. « Parce que c'est à prendre ou à laisser. Si l'une refuse de se prêter au jeu, personne n'aura à boire ou à manger. »

Wren enfouit son visage dans ses mains et poussa un cri étouffé.

« Putain !

– Je sais que là, tout de suite, vous me détestez, reprit Roza de sa voix chaleureuse. Pourtant, à la fin, vous me remercierez. Vous n'allez pas pouvoir tenir le coup bien longtemps, alors vous feriez mieux de vous y mettre tout de suite, plutôt que dans un jour ou deux. Mais dans un cas comme dans l'autre, le résultat sera magnifique. Rappelez-vous : "Ce qui apporte la lumière doit supporter la brûlure."

– Non, j'y crois pas... » Keira éclata d'un rire nerveux. « C'est de Viktor Frankl, hein ? J'adore votre ironie. »

Roza sourit doucement.

« Je crois que tu es celle dont je vais le plus apprécier l'évolution, Keira. »

Zoé cala son ordinateur sur ses genoux et l'ouvrit.

« C'est très bien, approuva Roza. Alors voyons, le nombre de mots requis est maintenant de six mille par jour. Nous allons vous descendre une imprimante et vous devrez les imprimer avant minuit. Si l'une d'entre vous ne remplit pas son quota, il n'y aura ni nourriture ni boisson le lendemain.

– Roza, balbutiai-je. Comment voulez-vous qu'on arrive à écrire dans ces conditions ? »

Roza se leva en s'étirant.

« Je pense que tu trouveras que c'est un grand confort, au contraire. Dans ce genre d'isolement, le cerveau a besoin de travailler. Sinon, il commence à s'autodétruire. D'autres questions ? »

Personne n'avait plus rien à dire.

« Bien. » Roza nous fit un signe de la main. « Dans ce cas, au travail, mes petites cailles. Et souvenez-vous : on vous regarde. Alors ne tentez pas un coup fourré avec tous ces câbles électriques. »

J'avais du mal à respirer.

« Attendez ! » s'exclama Wren d'une voix étranglée.

Mais Roza et Taylor étaient déjà parties, veillant à bien refermer la porte de la cave derrière elles.

Extrait de La Grande Transmission

Daphné agrippa les barreaux glacés, tremblante de froid et d'incrédulité. Son cerveau avait du mal à accepter ce nouveau décor. Elle avait l'impression de vivre dans un cauchemar. Ayant grandi dans des appartements exigus à peine chauffés, elle ne craignait pas les lieux fermés. Mais elle avait peur du silence, et Blackbriar était un espace silencieux qu'elle n'arrivait à supporter qu'en le remplissant de bruit. En invitant Florence et Abigail. En discutant avec Martha dans la cuisine. Même en fredonnant des chansons pour sa chatte, Goldie. Mais dans ce tréfonds, il n'y avait aucun autre bruit que celui de son propre souffle.

Horace avait drogué sa nourriture et elle s'était réveillée là. Martha avait dû lui prêter main-forte ; après tout, c'était bien elle qui avait déposé le plateau dans la nouvelle chambre où elle avait emménagé pour s'éloigner de son mari. Ils ne se parlaient pas depuis des semaines. Après qu'il avait brûlé ses peintures, elle avait poursuivi encore plus discrètement son parcours de purification. Mais elle s'était montrée encore trop sûre d'elle, trop insouciante. En espérant que ses voyages et sa liaison avec Dina, la jeune servante, le tiendraient occupé. Elle avait bien compris qu'il prendrait pour une provocation son refus de se comporter comme une bonne et convenable épouse. Mais elle avait sous-estimé Horace : elle n'avait pas imaginé les zones sombres et cachées qu'il gardait enfermées dans son manoir et dans sa tête.

L'air glacé traversait le mince tissu de la couverture. Elle s'allongea sur le dos et ferma les yeux, se demandant où était

Lamia. Depuis quelques jours, Daphné avait communiqué directement avec elle. Alors que Florence avait abandonné après la première transmission, trop perturbée pour poursuivre, Abigail avait continué à l'aider. Elle devait venir mardi pour les préparatifs. Daphné se demanda ce que Horace trouverait comme excuse à lui donner pour justifier son absence.

Sauve-moi, Lamia. Je t'en supplie, sauve-moi.

La réponse de Lamia surgit des profondeurs obscures, derrière les yeux clos de Daphné : Te sauver de quoi ? *Sa voix était étonnamment suave.*

Horace. Il m'a enfermée ici.

Et alors ?

Et alors ? *Daphné fronça les sourcils.* Comment pourrons-nous continuer si je ne peux pas sortir ?

Au contraire, *répondit Lamia.* Maintenant, tu auras encore moins de distractions quand tu te prépareras.

Mais comment pourrai-je consigner ton message ? La Grande Transmission…

Ne t'inquiète pas pour ça, *l'interrompit Lamia.* Contente-toi de te préparer comme nous en avons parlé.

Daphné resta silencieuse et morose.

Ça fait partie du parcours de purification, *continua gentiment Lamia.* Est-ce que tu as confiance en moi ?

Bien sûr, *répondit Daphné à contrecœur.*

Alors, retourne à tes exercices.

Daphné s'assit en soupirant, les jambes croisées. La haine ardente qu'elle éprouvait pour Horace coulait toujours dans ses veines.

Mais elle faisait vraiment confiance à Lamia. Et elle savait que sa puissance était de loin supérieure à la sienne. Ou à celle de Horace, d'ailleurs. Bientôt, elle la canaliserait à nouveau, et la sentirait fuser, comme un éclair dans ses veines.

Elle devait être prête à la recevoir.

31

Quelque temps plus tard, à une heure indéterminée, la porte de la cave s'ouvrit et Taylor fit son entrée. Elle apportait une horloge ronde avec un grand cadran que je reconnus comme étant celle de la cuisine.

On avait disposé le futon et le matelas deux places contre le mur du fond, entassant des oreillers pour les transformer en banquettes où l'on pouvait s'asseoir pour travailler. On fit une pause le temps qu'elle installe l'horloge par terre contre le mur. Les aiguilles indiquaient presque midi.

« Et voilà. » Taylor se redressa en se frottant les mains. « N'oubliez pas, les copies seront ramassées à minuit. Et nous éteindrons les lumières jusqu'à 7 heures du matin.

– Quand est-ce qu'on mange ? » demanda Keira, sans laisser paraître la moindre expression.

Taylor fronça les sourcils.

« Eh bien, c'est un peu prématuré. Vous n'avez pas encore rendu une seule page.

– Il faudra vider les toilettes, ajouta Keira avec un mouvement de menton.

– Tu me prends pour qui ? Ta putain d'esclave ? »

Keira posa ses mains sur ses genoux. Un grand sourire se dessina sur le visage de Taylor, comme si elle prenait soudain conscience des mots qu'elle avait choisis.

Je pris le relais.

« Hé, Taylor ! » Ça ne me faisait pas plaisir, mais il fallait continuer à discuter avec elle pour voir si on pouvait la manipuler. « C'est vraiment toi qui as écrit *L'Œillet de poète* ?

– Eh ouais. »

Taylor s'appuya contre le mur en croisant les bras.

« Cette liaison entre l'étudiante et sa professeure… c'était toi et Roza ? »

Je me penchai en avant, en ouvrant grand les yeux pour bien marquer mon intérêt. Keira, Zoé et Wren m'observaient.

« Pas dans la vie réelle. C'était basé sur un fantasme. Je l'ai écrit pour me distraire des arrogants petits gosses de riches dont je devais m'occuper toute la journée. » Elle ricana, méprisante. « Puis j'ai trouvé son adresse mail et je lui ai envoyé. Je ne me serais jamais attendue à ce qu'elle me réponde. » Les mots se bousculaient dans sa bouche, elle avait envie de parler. « Alors quand elle l'a fait, j'étais comme dans un rêve. Elle me proposait de venir la rencontrer à New York. C'était… » Elle soupira. « Ça donnait du sens à tout le reste, tu comprends ?

– Et donc, comment elle a réussi à te conditionner pour que tu la laisses publier ton livre sous son nom ? » demanda Keira.

Taylor se contenta de hausser les épaules.

« C'était juste un échange. Elle disait que je pourrais rester avec elle. Et à cette époque, nous étions avant tout amoureuses.

– Mais ça n'a pas été difficile ? demanda Zoé, sincère. De lire toutes les critiques, tous les articles ?

– Nous étions a-mou-reuses, répéta Taylor en surarticulant. Je voyais sa douleur de ne pas pouvoir écrire. Et pourtant, ce n'était pas faute d'essayer. Alors, j'étais heureuse de lui faire ce cadeau. En plus, combien de lecteurs j'aurais eus s'il y avait eu mon nom sur la couverture ? Et d'abord, quelles auraient été mes chances de voir mon roman publié ? »

La porte s'ouvrit, et Yana entra dans son jogging rose. Alors que Taylor était devenue plus loquace et qu'au contraire Chitra semblait éteinte, Yana, elle, était toujours la même.

« Roza te demande à l'étage », dit-elle.

Elle ouvrit le guichet dans la porte et fit glisser à l'intérieur plusieurs assiettes de sandwichs sous film plastique.

« Chouette, dit Taylor en bombant la poitrine. À plus tard, les loseuses. »

Je me demandai si Yana était descendue pour l'empêcher de nous parler. Et je me rappelai les paroles de Zoé, quand nous n'étions encore que deux dans la cellule.

Roza avait une assistante personnelle qui était tombée amoureuse d'elle. Yana.

« Yana, dis-je, alors que les choses se mettaient peu à peu en place dans ma tête. Vous n'étiez pas seulement son assistante. C'est vous qui avez écrit *L'Étoile polaire*, n'est-ce pas ? »

Elle ne répondit pas, mais deux taches roses apparurent sur ses joues. Zoé posa son ordinateur.

« C'était vous, hein ?

– C'est un roman magnifique », dit doucement Wren.

Yana se contenta de la regarder, les yeux ardents.

« C'est celui que j'ai préféré, ajoutai-je. La relation entre la fille et ses deux tantes. Comment ça vous est venu ? »

Yana ferma les yeux et se redressa.

« Contentez-vous de faire ce qu'elles disent. D'accord ? Et tout ira bien.

– Ben voyons, murmura Keira.

– Yana, vous ne voulez pas nous aider ? supplia Zoé. Nous sommes vraiment terrorisées.

– S'il vous plaît, Yana, aidez-nous », dit Wren en écho.

Elles allaient la faire fuir. Elle baissa les yeux vers le sol.

« Quand avez-vous rencontré Roza ? » demandai-je.

Mais c'était trop tard. Elle fit volte-face et se dépêcha de quitter la pièce.

Six mille mots, c'était beaucoup. Mais à minuit, au moment de l'extinction des feux, nous avions toutes imprimé notre quota de pages et les avions déposées sur le sol pour que Taylor vienne les ramasser. Keira et Zoé s'écroulèrent sur le futon, et je m'allongeai sur le matelas avec Wren.

Une idée noire et dérangeante m'avait taraudée toute la soirée. Je m'étais arrêtée pour écouter le concert des doigts sur les touches, et j'avais été frappée par la vitesse avec laquelle, une fois passée la colère initiale, nous avions accepté ce nouveau programme. Et j'avais réalisé qu'une fois encore Roza était en train d'obtenir de nous exactement ce qu'elle voulait.

« Wren », chuchotai-je.

Elle me tournait le dos.

« Tu dors ? »

Elle se retourna.

« Hein ?

– Je me demandais... » À nouveau, j'étais prise d'un vertige glaçant et désespéré en tentant d'analyser la réalité. « Tu penses que ça pourrait aussi faire partie du jeu ?

– Quoi ? répondit-elle sans élever la voix.

– Et si Roza nous avait encore menti ? Et si nous boucler toutes ici faisait partie du plan depuis le début ? Et si... » Je me forçai à prononcer la suite. « Et si Zoé et Keira étaient aussi dans le coup ?

– Tu es dingue, lâcha-t-elle, méprisante.

– Pourtant, on sait que Chitra en faisait partie, puisqu'elle s'était foutue de moi pendant le jeu des bougies. Je ne l'en aurais jamais crue capable.

– Chitra travaille pour Roza. Ce n'est pas le cas de Zoé et Keira.

– Ouais. » Je me frottai les yeux, un peu soulagée. « Tu as probablement raison. »

Après un moment, Wren murmura :

« Pourtant, c'est vrai que c'est bien Zoé qui nous a conduites à la cave.

– Exact. » J'en eus la chair de poule. « Et c'était plutôt spectaculaire, d'abord avec ses crises de somnambulisme, et puis quand elle était défoncée...

– Et toute cette histoire sur sa tante, et la fille de son amie qui était choisie pour la retraite ? » Wren poussa un soupir. « Ça fait beaucoup.

– Ouais. »

Chaque phrase me rendait plus anxieuse. Je massai mes mâchoires crispées.

« Et Keira ? demanda Wren. Elle sait vraiment crocheter une serrure ? Peut-être que quand vous êtes entrées dans le bureau, la porte n'était même pas fermée à clé.

– Tu crois qu'elles pourraient *toutes* être complices ?

– Je n'en sais rien. » Wren changea de position. « Tout est tellement tordu.

– Je suis bien d'accord.

– Et tu penses que Roza espère vraiment s'en tirer comme ça ? »

J'ouvris la bouche, puis la refermai. Je ne savais pas quoi répondre. *Oui* était peu probable. Mais *non* induisait une conclusion horrible que je ne voulais même pas envisager.

« Il faut juste qu'on continue de même pour le moment, finit par murmurer Wren. Peut-être qu'on trouvera un moyen de s'échapper.

– OK. » Il n'y avait pas d'autres options. « Tu peux me faire confiance. » Je sentais son souffle chaud sur mon visage. « Peut-être à personne d'autre. Mais moi, tu peux me croire.

– Pareil. »

Finalement, son souffle devint étale et elle s'endormit. Mon esprit continua à vagabonder, les pensées ricochant dans ma tête comme des billes de billard. Je sombrai à mon tour dans le sommeil, mais mes rêves étaient pleins de dangers. Une chose rampait vers moi dans le noir, de plus en plus proche à chaque respiration.

32

Ça se passa la nuit suivante.

La journée avait été très similaire à la précédente, avec une apparence grotesque d'emploi du temps : du café le matin, des sandwichs au déjeuner. On écrivait assises les unes à côté des autres, feignant d'ignorer nos odeurs corporelles de plus en plus tenaces et de ne pas remarquer quand l'une d'entre nous allait nécessairement se soulager aux toilettes. Au moment où Keira sortait de derrière le paravent en grommelant et en se tenant le ventre, j'échangeai un regard avec Wren.

Keira pouvait-elle réellement jouer un rôle dans tout ça ? Quel était le prix pour accepter d'attraper la diarrhée en étant incarcérée dans un cachot ?

Mais là encore, Roza avait donné une réponse : on avait toutes besoin d'argent. On n'était pas vraiment pauvres, surtout Wren. Mais combien avais-je dans mon bas de laine ? À peine de quoi tenir deux mois. Pas assez pour quitter un boulot que je détestais sincèrement.

À 19 heures ce soir-là, Taylor et Yana firent leur apparition.

« Bonsoir, mesdames, fredonna Taylor de sa voix grave pendant que Yana passait un plateau par le guichet.

– Pourquoi n'y a-t-il que trois assiettes ? » Les doigts de Keira se figèrent au-dessus de son clavier comme ceux d'une pianiste s'apprêtant à jouer. « Encore un jeu amusant auquel Roza désire nous faire participer ?

– En fait, répondit Taylor sur un ton suffisant, c'est tout le contraire. Vous avez toutes montré tellement d'application que

Roza a décidé de reprendre sur-le-champ ses séances en tête à tête. L'une d'entre vous va avoir le plaisir de monter dîner en sa compagnie. »

Je regardai Wren avec des yeux ronds. On pensait à la même chose. La porte de la cellule allait s'ouvrir. C'était l'occasion qu'on attendait.

« Hum. » Taylor nous observa. « Qui va être l'heureuse élue ? »

Je savais que nous étions toutes animées par le même désir forcené de sortir de cet espace confiné, de voir quelque chose au-delà de ces murs en béton, de respirer un air qui ne soit pas corrompu par la puanteur de nos excréments.

« Zoé. » Taylor lui fit un sourire. « Roza apprécie ton nouveau travail. Tu peux monter.

– D'accord. »

Zoé se leva lentement, son ordinateur à la main.

« Laisse-le ici. » Taylor sortit quelque chose de sa poche arrière : une paire de menottes. « Approche-toi de la porte et tourne-toi. Les autres, vous restez près du mur. »

Je lançai un coup d'œil à Wren, constatant les limites de notre lien psychique. C'était quoi, le plan ? Est-ce qu'on devait se précipiter vers la porte ? Plutôt avant ou quand Zoé serait menottée ? Je pouvais sentir la peur qui émanait de mon corps : une odeur âcre qui ressemblait à celle de l'oignon.

« Dépêche-toi » Taylor semblait agacée. « Ou je choisis quelqu'un d'autre. »

Zoé s'approcha de la porte et se retourna, comme demandé. Elle leva les sourcils et bougea les lèvres en silence : « Maintenant. »

Le corps de Keira se raidit près du mien. C'était le moment.

Mais Taylor tendit les menottes à Yana et sortit un objet fiché sous sa ceinture, à l'arrière de son jean. C'était petit, anguleux, et j'avais l'impression d'en avoir déjà vu dans un nombre incalculable de séries et de films. Un pistolet. Avec des lignes épurées et un éclat mat que je n'avais jamais envisagés avant. Pourtant, même en l'étudiant de près, j'eus un doute. Pouvait-il être factice ?

Keira expira et secoua imperceptiblement la tête. Le plan avait échoué.

« Très bien. » Taylor fit signe à Yana. « Pas de conneries, mesdames. Vous ne bougez pas du mur. »

Yana leva la main vers le clavier. Je comptai cinq *bip*. Un déclic retentit et la grille s'ouvrit.

À cet instant, Zoé fit vivement volte-face. La chute de Wren dans l'escalier du bar, le moment le plus horrible de mon existence, s'était déroulée au ralenti. Mais là, tout se passa en un éclair. Zoé s'agrippa aux poignets de Taylor, pointant le canon du pistolet vers le bas. Keira s'élança vers elles. Après un instant de stupéfaction, Yana essaya de rattraper Keira, mais Wren se jeta dans ses jambes et l'envoya bouler au sol.

Comment avaient-elles toutes pu bouger si vite ? La cellule était saturée de cris et de grognements, pourtant, malgré le vacarme, j'entendais mes respirations précipitées.

Bouge. Mais me lever, c'était comme marcher dans la vase. J'observais la violence comme un jeu : Wren en train de lutter par terre avec Yana, Zoé secouant les poignets de Taylor pour l'obliger à lâcher le pistolet, Keira essayant de lui faire une clé de bras par-derrière.

Une question tournait en boucle dans ma tête, comme un bandeau d'info défilant sous ce qui était en train de se passer : *Est-ce que tout ça est bien réel ?*

« Alex ! » cria Zoé.

Mais j'hésitais encore. Le flingue était-il factice ? Zoé jouait-elle la comédie ? Elles avaient réussi à tromper Wren. Allais-je aussi tomber dans le panneau ?

Wren hurla. Yana lui avait lacéré le visage à coups d'ongles et du sang ruisselait sur ses joues. Je fixai ces traces rouges. C'était la preuve. C'était réel.

Je me jetai dans la mêlée. J'eus l'impression d'être balourde et apathique. Je tentai de bloquer Yana, qui avait laissé Wren en train de brailler par terre, et en même temps, j'essayai d'agripper les bras de Taylor. Son visage déformé par un rictus sinistre virait au rouge à cause de la prise de Keira sur son cou. Je me joignis à Zoé, secouai ses poignets. Petit à petit, ses doigts commencèrent à se desserrer. Zoé libéra une main pour empoigner la crosse du pistolet. Pendant une seconde, elle sembla parvenir à l'arracher à Taylor, et je levai vers elle un regard de triomphe.

Mais à cet instant, Taylor parvint à saisir à nouveau le pistolet et le redressa vivement. Zoé ouvrit la bouche et hurla juste au moment où le coup de feu retentit. Ses yeux noisette si chaleureux et brillants s'écarquillèrent dans la lumière des néons, et ses lèvres s'arrondirent en un cri muet lorsqu'elle sembla voler en arrière et s'écroula sur le sol.

« NON ! »

Keira lâcha Taylor pour se précipiter vers Zoé. Subitement, Wren était debout à côté de moi, une main collée sur son visage ensanglanté. On resta là, immobiles, observant Keira qui pressait ses paumes contre la poitrine de Zoé. Le sang en giclait comme l'eau d'une fontaine, et même si Zoé bougeait encore les lèvres, aucun son ne sortait plus de sa bouche.

Pendant quelques secondes, les seuls bruits qu'on entendit furent ses halètements gargouillants et les paroles d'encouragement de Keira.

« Ça va aller. Tiens le coup. Tu vas t'en sortir. » Elle releva les yeux vers nous. « Au secours ! À l'aide ! Par pitié ! Au secours ! »

Son visage luisait de larmes.

Je restai immobile, le cœur au bord des lèvres à cause de l'odeur âcre qui emplissait l'espace confiné de l'autre côté des grilles. Taylor dit quelque chose, mais ses paroles ne pénétrèrent mon cerveau que lorsqu'elle répéta sa phrase, d'une voix plus impérieuse.

« Je vous ai dit de retourner dans la cellule. »

Aucune de nous ne bougeait. Elle abaissa le cran de sûreté. Elle pointa le pistolet sur Keira.

« Tout de suite, Keira ! »

Mon champ de conscience s'élargit. Dans ma vision périphérique, je vis Yana, debout derrière nous, les deux mains sur sa bouche. Keira avait les yeux braqués sur Taylor. Elle essuya son nez, déposant une traînée de sang sur son visage, et laissa échapper un sanglot.

« Taylor, par pitié. On a besoin d'aide. Il faut appeler une ambulance.

– Elle est morte, K. » Il y avait presque de la douceur dans sa voix. « Regarde-la. »

Les yeux vitreux de Zoé fixaient le plafond sans le voir.

« S'il te plaît, dit Taylor d'une voix épuisée, presque suppliante. Il faut que tu m'écoutes. Je ne veux pas te tirer dessus. Retourne dans la cellule.

– D'accord. » Keira ferma les yeux de Zoé, déposant deux taches rouges sur ses paupières. « D'accord. »

Elle se releva et repassa la porte. Je la suivis sans un mot avec Wren. Le fracas de la détonation résonnait toujours dans mes oreilles, obscurcissant et tenant tout le reste à distance.

« Pauvres folles stupides ! » éructa Yana en claquant la porte de la cellule derrière nous.

Sa queue-de-cheval d'habitude impeccable était échevelée et une mèche de cheveux blonds lui tombait dans les yeux.

« Ce n'est pas ma faute. » Taylor nous fixait avec gravité. « C'est vous qui l'avez tuée. »

Elle poussa un soupir et ficha le pistolet dans sa ceinture. Puis elle se pencha sur le cadavre de Zoé, l'agrippa sous les bras et le tira en grognant vers la porte de la cave. Yana ramassa les menottes et observa les traînées de sang.

« Quel bazar », grommela-t-elle.

33

Keira versa de l'eau sur les blessures de Wren et appliqua un morceau de tissu déchiré dans une taie d'oreiller sur son visage pour faire cesser le saignement. Puis Wren tira notre matelas vers le fond de la cellule et s'allongea en sanglotant.

À ma stupeur, Keira se remit à son ordinateur. Elle s'installa, le cala sur ses genoux et commença à taper. Je m'assis à côté d'elle. Ses doigts laissaient des empreintes rougeâtres sur les touches.

« Tu ferais bien de t'y remettre. »

Le ton calme de Keira me stupéfia. Elle s'arrêta de taper et leva les yeux vers moi. Ils étaient brillants, mais un peu égarés.

« Comment… »

Elle devait être en état de choc. Et moi, l'étais-je aussi ? J'avais l'impression d'être un sac de ciment humide. Je n'arrivais pas à réfléchir, je ne ressentais rien. Je n'étais plus sûre que d'une seule chose, et ce qu'elle impliquait était encore plus sombre que Roza, que ce cachot et que tout ce que nous avions enduré.

« C'est ma faute. » J'enfouis mon visage dans mes mains, et des étoiles se mirent à danser derrière mes paupières closes. « J'ai hésité. Je ne savais pas si… je n'étais pas certaine… et maintenant elle est… »

Je ne parvins pas à terminer ma phrase.

Peut-être qu'une personne plus imaginative que moi aurait pu décider que sa mort aussi était une partie particulièrement réaliste du jeu. Mais j'avais vu ses yeux sans vie. Je savais qu'elle était vraiment morte.

« Je ne sais pas quoi te dire, Alex, dit Keira en retenant son souffle. Je ne sais pas et je n'ai pas l'énergie pour te remonter le moral. Parce que... »

À nouveau, ses yeux se remplirent de larmes.

« Je sais. Et tu n'as pas à le faire. »

Étrangement, j'avais envie de la remercier pour sa sincérité. On resta assises en silence pendant un moment, les yeux rivés sur la grande traînée rouge sur le sol.

« Elles ne nous laisseront jamais partir, dis-je. Écrire n'a aucun sens.

– On a besoin de temps. » Keira essuya son visage. « Et Roza a besoin d'un roman. Elle va nous garder en vie jusqu'à ce qu'on finisse. On doit utiliser ce sursis pour trouver un moyen de s'échapper.

– Mais comment ?

– Je ne sais pas. » Keira secoua la tête. « *Putain.* Je *savais bien* que quelque chose déconnait. Je le sentais. J'aurais dû partir. Mais je pensais que c'était ma seule chance.

– Ta seule chance ? répétai-je en écho.

– Ma seule putain de chance d'être publiée.

– Mais tu as tellement de talent !

– Et tu crois que ça change quelque chose ? » Elle me fixa d'un regard incrédule. « Tu veux savoir combien de bouquins j'ai écrits ? Combien d'agents et d'éditeurs m'ont dit à quel point j'étais douée, mais qu'eux n'étaient pas tout à fait les "bonnes personnes" pour moi ? Ou que j'écrivais de la littérature de "niche", et que je n'aurais pas une audience assez "large" ?

– Je suis désolée.

– Fait chier. » Elle gémit en prenant sa tête entre ses mains. « C'est un putain de cauchemar. C'est... »

Elle se pencha en avant, voûtée sur son ordinateur. Je lui massai les épaules, le cerveau vide et en jachère. Derrière les barreaux, la traînée sombre était comme une comète qui filait dans l'espace.

Le lendemain, on nous donna à manger comme d'habitude, même si Wren et moi n'avions pas rendu le nombre de pages attendues la veille. Yana nous apporta du café, puis, quelques heures plus tard, des sandwichs.

« Toi, tu n'as pas fait tes six mille mots, dit-elle en me dominant de sa petite taille. Et *elle*, elle n'a pas écrit du tout ? »

Wren était toujours prostrée sur le ventre. Je ne savais pas si elle était endormie ou éveillée.

Yana avait dû descendre pendant la nuit pour essayer de nettoyer les traces de sang, parce qu'il ne restait plus qu'une grande tache informe et sombre sur le sol. Keira avait tapé toute la matinée, s'autorisant toutefois de longues périodes de pause. De mon côté, j'avais tenté de m'y mettre, mais comme la veille, j'avais l'impression d'employer toutes mes forces pour accoucher d'une seule phrase.

« J'essaie. » Je me sentais toujours aussi vide, robotique. « C'est difficile. Je suis désolée. »

Yana lança un dernier coup d'œil vers Keira et Wren, puis repartit sans un mot.

À l'heure du dîner, elle repassa la porte avec Taylor.

« Al. » Taylor me fit un signe. Elle semblait résignée. « Roza veut te parler.

– Quoi ? »

Je plissai les yeux vers elle. Malgré son air sévère, elle portait son tee-shirt « LAISSEZ-MOI VIVRE ! ». Est-ce que ça cachait un message ? Impossible. À moins que…

« Debout. »

Taylor tira le pistolet de son jean. Je reculai vers le fond de la cellule.

« Écoute. » Taylor pointa le canon vers le haut. « Je ne vais pas m'en servir si tu te tiens bien. Compris ? Je n'aurais jamais dû avoir à m'en servir. C'est votre putain de faute. Vous m'avez attaquée. Vous n'auriez pas dû. »

Yana jeta les menottes à travers les barreaux. Elles claquèrent à mes pieds.

« K, passe-lui les menottes », ordonna Taylor.

Keira les ramassa et les serra sur mes poignets. Les bracelets étaient froids et coupants. Je me sentais envahie par une passivité résignée.

« OK. Al, viens ici. K, tu te retournes et tu colles tes mains sur le mur. »

Keira s'exécuta et j'approchai de la porte. Yana l'ouvrit, me tira de l'autre côté et la referma derrière moi.

« Bien. » Taylor se détendit. « Vous voyez ? C'était pas si difficile. Maintenant, tu suis Yana. »

Une fois hors de la cellule, je pus me redresser sans risque de me cogner le crâne et soupirai de soulagement. Je suivis Yana dans la cave poussiéreuse, où un passage avait été aménagé jusqu'à l'escalier. Après des jours passés dans la cellule en béton, elle me parut presque accueillante. En montant les marches derrière Yana, j'avais mal aux genoux.

Je ralentis en arrivant à la porte de la cuisine. Chitra était aux fourneaux. Elle ne se retourna pas, figée telle une statue. C'était comme si j'étais devant un tableau vivant, un de ces dioramas grandeur nature qu'on voit au Muséum américain d'histoire naturelle : *La cuisinière personnelle d'une célèbre psychopathe prépare à dîner pour ses esclaves écrivaines.*

« Allons-y. »

Le canon glacé du pistolet s'enfonça dans mes reins. On reprit notre marche. Le sol paraissait tiède sous mes fines chaussettes. Les tapis dans le hall étaient incroyablement douillets. On monta le grand escalier de marbre. On suivit le couloir parsemé d'œuvres d'art. On arriva à la porte rouge de Roza, fermée. Yana frappa et l'ouvrit. Elle resta en retrait, nous laissant passer devant elle, et la referma derrière nous.

Je n'avais pas revu Roza depuis son passage devant la cellule. C'était trois jours plus tôt, mais j'avais l'impression que ça faisait des semaines. Lorsqu'elle me vit, elle se leva du canapé.

« Bonjour, ma chérie. » Elle portait une combinaison-pantalon rouge grenat et avait ramené ses cheveux auburn en chignon. « Assieds-toi. »

Elle désigna un des fauteuils face à elle.

Je m'assis. Le luxe environnant me semblait spécieux à présent, telle une couronne en or sur une dent gâtée.

« Taylor, très chère. » Roza regarda derrière moi. « Tu veux bien nous laisser ?

– Mais, Roza… Tu as besoin de protection.

– C'est vrai. » Elle lui fit signe que tout était sous contrôle. « Mais je suis capable de me défendre toute seule.

– Tu es sûre ? »

Taylor baissa les yeux vers le pistolet.

« *Tire-toi !* » cria Roza, si fort que toute la pièce vibra.

Je sursautai. C'était la première fois que je l'entendais s'emporter comme ça. Taylor lui tendit le pistolet. Puis elle prit la tangente après m'avoir lancé un dernier regard noir.

« Enfin. » Roza posa l'arme sur l'accoudoir du fauteuil en soupirant. « Ne travaille jamais avec tes fans, ma chérie. Ils se comportent toujours avec une familiarité déplacée. »

Je remuai dans le fauteuil, mes mains entravées m'empêchant de trouver une position confortable.

« Alors ? » demanda Roza en arquant les sourcils.

J'avais même du mal à parler. Je finis par articuler un : « Alors, quoi ?

– Tu écris à peine. » Roza croisa les jambes. « Donc, je me dis qu'il doit y avoir quelque chose dont tu voudrais qu'on parle. »

Cela m'aurait fait rire si j'en avais eu la force.

« Zoé est morte, Roza.

– Oui. Elle a attaqué Taylor. » Elle leva les yeux au ciel. « C'était vraiment stupide de faire une chose pareille.

– Stupide ? » Je sentis monter la colère en moi. « Et comment vous appelez tout ça ? »

Elle ébaucha un sourire.

« C'est bien. Il reste encore un peu de feu en toi.

– Roza, je vous en supplie. » Je secouai la tête, trop épuisée pour pleurer. « Par pitié, arrêtez ça. »

Elle tapota le pistolet.

« Laisse-moi te raconter une histoire. »

Je poussai un gémissement.

« Je n'en peux plus de vos histoires.

– Juste une dernière. Promis. » Elle déplaça sa main sur son genou. « C'est une histoire qui parle de moi. Tu sais, j'ai toujours pensé que l'écriture était ma raison de vivre. J'avais de bonnes notes en anglais. Et, bien sûr, je lisais énormément. Je présumais donc que je serais une bonne écrivaine. Ce fut avec Mila que je compris mon erreur. On avait commencé à s'écrire des nouvelles, et je m'aperçus tout de suite qu'elle avait beaucoup plus de talent que moi. Et si elle écrivait mieux que moi, il y en avait probablement beaucoup d'autres. » Elle haussa les épaules. « Ce fut dévastateur. Ça me semblait tellement injuste. Et ce ne fut qu'à sa mort que je trouvai ma véritable vocation.

– Vous avez *tué* Mila. »

Je me tassai dans le fauteuil, ignorant mes poignets douloureux.

« Eh oui, c'est vrai.

– Comment ? »

Elle me sourit avec indulgence.

« Avec une plante qu'on appelle l'aconit tue-loup. J'en mettais dans son thé, une petite dose chaque fois. Les médecins n'y virent que du feu. Alors qu'elle dépérissait, elle se démena pour achever son chef-d'œuvre, une histoire très bizarre qu'elle avait imaginée. Elle me demanda d'essayer de le faire publier, pour que son nom perdure après sa mort. Je ne savais pas trop quoi en penser, mais un de mes professeurs de première année à l'université eut le béguin pour moi. Et quand il découvrit que j'avais un roman, il demanda à le lire, puis me mit en contact avec plusieurs éditeurs new-yorkais. Comme tout le monde, je fus stupéfaite de voir qu'ils se battaient pour le publier. Mais ensuite, je compris. » Roza leva un doigt. « Mon rôle ne serait pas de créer mais d'aider à mettre au monde. D'agir comme une espèce de sage-femme pour les romans qui me tomberaient du ciel. Parce que je les retravaille, tu sais. J'y ajoute ma touche personnelle. C'est pour ça que personne ne s'est jamais douté de rien jusqu'à présent.

– Vous tomberaient du ciel ? répétai-je. Plutôt en expédiant au ciel celles qui les écrivaient.

– Deux seulement. Avec Mila, le livre était sans importance. Je voulais juste la faire souffrir. Pour Lucy, c'était différent. Je ne pris aucun plaisir à lui infliger ça. Mais c'était nécessaire. Je fis encore une tentative en écrivant toute seule *Lady X* – l'accueil de la critique ne servit qu'à cimenter ma vraie vocation.

– Roza. » Je secouai la tête avec incrédulité. « Cette vocation dont vous parlez... c'est au fond juste d'être éditrice. Vous vous en rendez compte ?

– Non, ma chère, ce n'est pas ça. *J'ai* un éditeur, rappelle-toi. C'est plus comme puiser dans une grande force. Une force qui me guide et me dit quoi faire. C'est comme une alchimie étrange qui veut que je sois le visage des livres. Une espèce de mythologie qui continue de se construire autour de moi. Dieu merci, de plus en plus, elles se sont mises à m'offrir leur travail de bon cœur.

– C'est vrai. Yana et Taylor. Pourquoi n'avez-vous pas pu leur soutirer d'autres livres ?

– Eh bien. » Roza soupira. « Elles ont sûrement essayé. Mais ce que je soupçonnais se vérifia : la plupart des gens n'ont qu'un seul vrai grand livre en eux. »

Comment Roza avait-elle pu s'entourer de ces femmes et les persuader de lui céder leurs créations les plus intimes ? Et faire en sorte qu'elles lui demeurent attachées, même après qu'elle eut jugé médiocres leurs nouveaux ouvrages ?

Pour moi, cela s'apparentait à de la torture. Peut-être que Taylor n'avait pas toujours été psychopathe et que c'était Roza qui l'avait mentalement détruite au fil du temps. Et peut-être que Yana avait un jour été pleine de vie et souriante.

« Est-ce que Chitra a aussi essayé d'écrire quelque chose pour vous ? demandai-je.

– Bien sûr que non. C'est seulement ma cuisinière.

– Oh. » C'était encore plus déprimant. « Alors, elle a accepté de participer par simple appât du gain ?

– Sa fille est très malade, trésor. Je prends en charge tous ses frais médicaux.

– Donc, ça en valait la peine, dis-je avec ironie.

– La mort de Zoé n'était pas prévue, répondit doucement Roza. Et souviens-toi, elle n'aurait jamais dû faire partie du groupe. »

Je l'observai. Elle était resplendissante : une peau éclatante, des yeux émeraude qui pétillaient. Avait-elle embelli depuis qu'elle nous avait enfermées ?

« Vous prenez du plaisir à tout ça, dis-je.

– Non. » Elle ferma les yeux. « Je trouve plutôt vulgaire de recourir à la violence. Je préférerais de loin discuter de ton manuscrit, mais pour cela, il faudrait que tu te remettes à écrire.

– Exact. »

Roza croisa les mains sur ses genoux.

« Alors voilà ce que je te propose. Tu continues ton livre. Tu persuades Wren de reprendre le sien. Et si toutes les trois vous arrivez au bout, je vous laisserai partir. Et vous pourrez emporter vos romans avec vous. »

J'éclatai d'un pauvre rire.

« Ben voyons. »

Un sourire entendu illumina son visage.

« Ça fait déjà longtemps que j'ai planifié ma disparition, tu sais. Quand tu accèdes à une chose qui te dépasse, cette force dont je te parlais… eh bien, tu apprends à la suivre, comme un parfum dans le vent. C'est pour ça que j'ai pris le risque avec vous. Je savais que mon rôle d'accoucheuse de chefs-d'œuvre arrivait à son terme. Et que ce serait le dernier livre que j'aiderais à paraître au grand jour. Je réalise à présent que mon ultime roman a déjà été publié : *L'Œillet de poète.* »

Le roman écrit par Taylor.

« Alors, c'est fini ? demandai-je. Vous arrêtez comme ça, d'un coup ?

– Sincèrement, je commence à être lassée de la célébrité. » Elle fronça les sourcils. « Je ne peux même pas sortir dans la rue sans que des gens m'abordent pour prendre des *selfies* avec moi. C'est épuisant. Sans compter que ça manque de dignité.

– Mais... » Cette nouvelle révélation n'avait aucun sens. « Si vous avez vraiment l'intention de nous laisser partir, pourquoi faut-il qu'on termine nos livres ici ? Pourquoi ne pas nous relâcher tout de suite ?

– Parce que sinon... » Ses yeux brillaient. « ... vous ne les *finirez* pas. Vous les laisserez en l'état et ne voudrez plus en entendre parler. Et même si vous vous y remettez un jour, ils ne seront jamais tels qu'ils sont aujourd'hui : écrits sur le fil du rasoir. Ils ne seront plus exceptionnels. »

J'ouvris la bouche, et la refermai sans répondre. Étrangement, je comprenais ce qu'elle voulait dire.

« Donc... » Elle esquissa un sourire, comme si elle pouvait lire mes pensées. « Vous allez rester et vous allez terminer. Et vous survivrez. D'accord ?

– Mais... attendez. Quand vous dites que cette partie de votre vie arrive à sa fin, qu'est-ce que ça signifie ? » J'avais du mal à comprendre. « Quelle suite vous envisagez ?

– Ne t'en fais pas pour ça. » Elle me sourit tendrement. « Je m'en sortirai très bien. Alors, marché conclu ? »

Après quelques secondes, le temps pour mon cerveau de déterminer le vrai du faux, je hochai la tête.

« D'accord. »

Elle sourit de toutes ses dents, et je pus presque entendre la fin tacite de sa phrase : *Brave fille.*

Mais pour moi, ce marché n'avait aucune valeur. Cette conversation l'avait clairement montré. J'étais sûre que Roza croyait ce qu'elle m'avait raconté : qu'une grande Force invisible lui avait dicté quoi faire. Pourtant, même si elle avait planifié sa disparition dans les moindres détails, je ne pouvais pas l'imaginer ouvrir la porte de notre cellule et nous laisser partir avec nos bouquins. C'était trop généreux, trop gentil. Pas le genre de Roza.

Et s'il y avait bien une chose que je *savais* d'elle, basée sur les romans qu'elle avait choisi d'encourager et de livrer au monde, c'était que Roza détestait les *happy ends*.

Extrait de La Grande Transmission

Avec un mélange d'horreur et de stupéfaction, Daphné découvrit Abigail – sa douce, aidante et innocente amie – qui franchissait la porte de la cave. Affichant une sérénité angélique, elle apportait un plateau. Pourtant, Daphné garda espoir en accourant vers les barreaux. « Aidez-moi ! Les clés… »

Abigail se baissa et déposa le repas froid à portée de Daphné. Puis, histoire d'être bien installée pour la tourmenter, elle s'assit doucement sur le tabouret que Dina avait descendu. « J'ai bien peur que vous soyez à la place qui vous convient. » Abigail observait Daphné avec une curiosité non dissimulée, comme une spectatrice devant un monstre de foire.

« Qu'est-ce que vous racontez ? » balbutia Daphné en serrant les poings. Abigail croisa sagement les mains sur ses genoux. « Au début, c'était comme un jeu, Daph, on s'amusait bien. Et puis… ça a pris le contrôle sur vous. C'est devenu obsessionnel. Ce n'était pas sain. Et… » Son visage se durcit. « … ce n'était pas réel. »

Pas réel ? Abigail était pourtant présente quand Daphné s'était mise à écrire des dizaines de pages sur des sujets qu'elle ne connaissait pas, dictées par des gens qu'elle n'avait jamais rencontrés. Comment pouvait-elle avoir vécu ces nuits en sa compagnie et penser… Quoi ? Que Daphné était en train de tout inventer ?

« Alors, Florence et vous… commença Daphné.

– Florence est partie depuis belle lurette. Cette vieille bique. »

Abigail secoua la tête, dégoûtée et en même temps satisfaite. C'était la même expression qui était apparue sur le visage de Dina : elle disait le soulagement jouissif et brutal de se débarrasser d'un voile de politesse, de déférence et de gentillesse. Ainsi allait le monde : quand on était une femme, on avait une tâche à accomplir, qui consistait à feindre d'apprécier tous ceux qui vous piétinaient en vous laissant des marques sur le visage. On attendait que vous fassiez semblant d'en avoir envie, et que vous en redemandiez. Mais ici, dans ce cachot souterrain… les règles habituelles ne s'appliquaient pas. Ici-bas, les femmes pouvaient être aussi franches qu'elles voulaient.

« Nous essayons de vous aider », dit Abigail en se penchant en avant.

Daphné voyait qu'elle ressentait un plaisir profond à la dominer ainsi. Mais en vérité, elle était impressionnée. Daphné avait toujours pensé qu'Abigail était la plus faible. Il était clair maintenant qu'elle avait juste attendu son heure.

« Nous ? » interrogea Daphné en connaissant déjà la réponse. Abigail lui retourna un sourire narquois.

« Il fallait bien que j'informe ce pauvre Horace de ce qui se passait. Ni lui ni moi ne nous étions attendus à ce que vous vous entêtiez ainsi, surtout pas après qu'il avait brûlé vos peintures.

– Abigail. » Daphné agrippa les barreaux. « Puisque vous croyez que tout était factice, pouvez-vous m'apporter du papier et des crayons ? Il n'y a aucun mal à ça, n'est-ce pas, si tout n'était qu'une illusion ?

– Daphné. » Abigail pencha la tête. « Je vous promets que vous recevrez toute l'aide dont vous avez besoin, dès que cette foutue tempête sera passée. »

Abigail en train de jurer – c'était peut-être ce qui la surprenait le plus. Daphné scella ses lèvres en un triste sourire. Et se demanda où Abigail avait bien pu dormir ces dernières nuits. Horace était-il une autre de ces pauvres brebis égarées qui avaient besoin de son aide ?

Peu importe. Daphné retourna vers le matelas crasseux et s'allongea, le visage tourné vers le mur. Elle n'aurait pas dû demander du papier et des crayons. Lamia se serait moquée d'elle en la voyant supplier comme ça.

« Plus qu'un jour ou deux. » La voix d'Abigail s'insinua jusqu'à elle. « Et tout sera terminé. Nous trouverons un bon endroit pour vous. Un endroit sécurisé. » Daphné voyait très bien le genre d'endroit dont elle parlait : rempli d'infirmières renfrognées avec des sangles sur les lits et d'incessants hurlements en bruit de fond.

Abigail se leva dans un froufrou de jupe et sortit. Daphné avait faim, mais elle se sentait trop fatiguée pour s'obliger à manger. Elle avait l'impression que tout son corps était farci de cailloux.

Reprends des forces. *Les mots jaillirent, clairs et puissants, comme prononcés à moins d'un mètre d'elle.*

Daphné s'assit. Donc, Lamia était là, après tout.

Tu savais qu'ils te trahiraient tous à la fin. *La voix de Lamia était calme.* À présent, tout est mis à nu. Et quand je te communiquerai la dernière Transmission, tu devras être prête.

Daphné n'était pas sûre de pouvoir trouver une réponse apaisée. Alors, elle préféra s'approcher du plateau et se mit à manger.

34

La surprise suivante survint quatre jours plus tard. Dans l'intervalle, les journées s'étaient fondues les unes aux autres : écrire, manger, dormir et puis recommencer. Mon cuir chevelu me démangeait et je me demandais si j'avais des puces. Je m'endormais à n'importe quelle heure sur le futon en rêvant que le bruit des doigts de Keira et de Wren sur leur clavier était le martèlement de la pluie sur un toit.

Ainsi que l'avait prédit Roza, mon imagination était plus fertile que jamais. Les scènes s'épanouissaient comme des fleurs, l'une après l'autre. Et à mesure que la possibilité d'une évasion s'éloignait, je m'accrochais à mon livre comme à une bouée de sauvetage.

Le jeudi après-midi, Taylor vint chercher Wren. « C'est ton tour de monter, princesse. » Elle jeta les menottes à travers les barreaux, plus une serviette humide. Wren la ramassa et se frictionna doucement la figure, puis sous les aisselles. Je n'aurais jamais imaginé la voir dans cet état : sale, les yeux caves, avec un air sauvage. Les profondes griffures sur sa joue semblaient toujours à vif, malgré la pommade antibiotique. Elle garderait sûrement des cicatrices.

Mais c'était ça la vie, maintenant. La veille au soir, j'avais revu Roza lors d'un nouveau tête-à-tête et écouté ses précieux commentaires sur l'histoire de Daphné et de Lamia. On pouvait dire ce qu'on voulait, c'était une excellente éditrice. Cette pensée me donna envie de rire et de ne plus jamais m'arrêter.

« Ne lui montre pas que tu as pleuré, dit Taylor lorsque Wren lui rendit la serviette. Ça la mettrait de mauvais poil.

– D'accord. »

Wren mit les mains dans son dos et je ramassai les menottes. Keira nous regardait, lointaine. Elle s'était mise à parler de moins en moins, et plus du tout de s'évader toutes ensemble. Les repas étaient devenus plus frugaux – peut-être que Chitra n'avait pas assez de réserves de nourriture –, et cela nous rendait encore plus apathiques.

Debout, courbée sous le plafond bas, Wren semblait si différente de la fille à l'impeccable maintien aristocratique qu'elle avait été. Ses vertèbres faisaient saillie dans sa nuque. « Ça va aller », murmurai-je. J'avais envie de la serrer dans mes bras, de lui faire un câlin comme à une petite fille, mais Taylor n'aurait pas apprécié. Une fois menottée, elle avança vers la porte. Pendant ce temps, respectueuses de la règle, Keira et moi attendions d'entendre la porte en fer se refermer, les mains appuyées contre le mur du fond.

Taylor sifflait l'hymne des Harlem Globetrotters en poussant Wren devant elle dans l'escalier. Keira retourna à son ordinateur. Je l'imitai. Une nouvelle angoisse m'étreignait : la peur de ne pas avoir assez de temps pour terminer mon roman. C'était drôle – mais était-ce le bon mot ? – que la fiction soit finalement devenue ma principale préoccupation.

« Tu crois qu'elles finiront nos bouquins à notre place si on n'y arrive pas ? » demandai-je soudain.

Keira fit une pause.

« Oui. »

Et elle se remit à écrire.

Vingt minutes plus tard, Yana fit son entrée. Je me demandai si elle venait chercher l'ordinateur de Wren – que Taylor avait sorti avant son tête-à-tête avec Roza. Mais au lieu de ça, elle s'approcha prestement, tapa un code sur le clavier et ouvrit la porte de la cellule. « Venez. » Elle nous fit signe de sortir et s'écarta pour nous laisser passer.

Après avoir échangé un regard stupéfait, on se leva dans un même mouvement et on se précipita vers elle. On franchit le seuil en se donnant la main, soudées l'une à l'autre, et on suivit Yana entre les piles de cartons vers l'autre bout de la cave. Elle s'arrêta devant la porte de l'escalier qui menait au jardin. Celui que, selon nos suppositions, Zoé avait emprunté quand elle jouait les somnambules. Cela semblait si loin.

« Habillez-vous. » Yana nous désigna un tas bigarré de bottes, de vêtements d'hiver et de manteaux de fourrure. Keira me lâcha la main et s'empara d'un pantalon de ski rouge. Je l'imitai, en tremblant sous l'effet de la stupeur et de l'adrénaline. Pourquoi Yana ferait-elle une chose pareille ? Mes propres bottes étaient dans la pile, mais le pantalon de ski était trop petit, et le manteau trop grand. Aucune importance. Je me sentis chanceler lorsque Yana ouvrit la porte. Le vent glacé me gifla le visage. Mais l'air frais était doux comme une crème glacée. J'en inspirai de grandes goulées.

Une couche de neige compacte couvrait toujours les marches, mais Yana avait creusé des sillons pour qu'on puisse les gravir. Bien que chaussée de baskets, elle nous conduisit jusqu'en haut de l'escalier. Le vent semblait un baume sur mon cuir chevelu irrité. Je respirai si profondément que j'en avais mal aux poumons. Dehors, le soleil se couchait et une énorme lune ivoire brillait déjà dans le ciel.

Yana nous fit contourner le manoir. La neige avait beau avoir fondu depuis la tempête, il en restait encore une couche épaisse d'au moins trente centimètres, mais elle était assez dure et glacée pour qu'on puisse marcher dessus. On traversa l'allée qui n'avait pas été déblayée, et on courut vers le garage. Yana ouvrit la porte latérale. À l'intérieur, deux voitures attendaient dans l'ombre comme de grands animaux endormis. Seraient-elles à même de rouler sur la neige ? J'eus la vision horrible de Keira et moi bloquées par une congère, les roues tournant dans le vide. Mais Yana tira une bâche en plastique, près de la porte. La motoneige apparut.

« Voilà, dit-elle en nous tendant un trousseau de clés brillant comme un bijou. Vous savez comment ça se conduit ?

– Oui. »

Keira se précipita vers l'engin.

« Prenez ça. » Yana sortit un bonnet et des gants de ses poches et me les tendit. « N'essayez pas d'aller trop vite. La route a été dégagée, mais ça risque d'être verglacé.

– Merci, Yana. »

Je la regardai, m'attendant à voir surgir Taylor à tout moment pour mettre un terme à la récréation, comme dans un autre jeu cruel. Mais quand Yana croisa mes yeux, elle serrait les mâchoires d'un air déterminé.

« Partez, maintenant. »

Elle se glissa dehors et disparut.

« Oh, putain, oui on se tire, murmura Keira, la voix tendue par l'excitation. Alex, aide-moi à la tirer dehors.

– Ouais. »

En accourant derrière la motoneige, mon pied buta contre un objet allongé, recouvert par une couverture. Une masse de poils clairs en dépassait. Il me fallut quelques secondes pour comprendre que c'était une touffe des cheveux de Zoé.

« Oh, mon Dieu. »

Je crus que mon cœur allait exploser. Je n'avais pas pensé à ce qu'elles avaient fait de son cadavre. Et il était là, glacé comme un poulet congelé ou une pizza surgelée.

« Qu'est-ce qu'il y a ? » Keira jeta un œil derrière moi et se figea à son tour. Puis elle s'aggripa au guidon. « Allez, viens. Il faut y aller. »

On parvint à tirer la motoneige sur le tapis neigeux. Sans hésiter, Keira enfourcha la selle et tourna la clé. Le moteur pétarada comme une mitraillette dans le silence. J'eus envie de retourner me cacher dans le garage en courant. Keira me fit signe de la rejoindre.

« Monte. »

J'hésitai. Elle se retourna brusquement vers moi. Elle portait un bonnet rose avec un pompon – celui de Yana ?

« Je ne peux pas, constatai-je, avant même de réfléchir à ce que je disais.

– Alex, *monte*, s'écria-t-elle. On doit partir *maintenant*.

– Mais... »

J'en étais aussi sûre que si Lamia était en train de murmurer à mon oreille : *Si tu pars, Wren mourra.* Cette évidence était dure et lourde telle une boule sur l'estomac. Et malgré mon désir furieux de sauter sur la motoneige et de m'enfuir d'ici aussi vite que possible... je ne pouvais pas l'abandonner à son funeste sort.

« Je dois aider Wren, criai-je en essayant de couvrir le grondement du moteur.

– Alex ! hurla-t-elle d'une voix suraiguë. On doit aller chercher de l'aide.

– Je suis désolée. Il faut que je reste. »

Le verrou de la grande porte du manoir claqua comme un coup de fusil.

« Vas-y, toi, continuai-je. Sérieux, je m'en sortirai très bien. »

Elle m'adressa un regard stupéfait. Puis, après un dernier hochement de tête exaspéré, elle mit les gaz et s'éloigna en glissant gracieusement dans le crépuscule. Une profonde tristesse s'abattit sur mes épaules. Je savais ce que rester signifiait. Je risquais de ne jamais plus revoir Keira – ni personne d'autre.

Taylor était sur le perron de l'entrée principale : j'entendais ses cris de fureur. Je fis demi-tour et repris le chemin de la cave en prenant soin de marcher dans nos traces de pas. Roza devait s'attendre à ce que j'abandonne Wren derrière moi. Elle pensait me connaître, que nous étions semblables dans notre soif inépuisable de survivre. Et pas seulement de survivre : de vaincre.

Et c'est vrai que j'avais été cette fille tellement bourrée d'angoisses et de complexes que je m'en étais pris physiquement à ma meilleure amie. Mais c'était parce que je me sentais impuissante. Comme si tout ce dont j'avais besoin, c'était d'une personnalité forte et protectrice qui prenne soin de moi. D'où probablement mon attirance pour Wren et Roza, dans les premiers temps.

De retour à la cave, je respirai profondément. Et ma tristesse se dissipa pour faire place à un fragile sentiment de quiétude. Je compris alors que le seul moyen de m'en tirer, c'était de m'écouter. Ou plutôt, d'écouter mon corps.

Lui, il saurait quoi faire.

QUATRIÈME PARTIE

LE GRENIER

35

Je retournai en courant vers le cachot. La cellule était vide ; Wren devait encore être en haut. Peut-être que dans la confusion je pourrai la trouver et nous cacher le temps d'échafauder un plan. Mais d'abord, je devais m'occuper d'autre chose.

Les caméras.

Je courus dans la salle de contrôle, qu'elles ne fermaient plus à clé depuis qu'on était toutes prisonnières. Balayant les moniteurs du regard, je repérai la petite silhouette sombre de Taylor qui faisait le tour du manoir dans la neige. Roza, Chitra et Yana étaient regroupées dans le grand hall d'entrée. Où était Wren ? Je la découvris dans la chambre de Roza, debout près de la fenêtre, les mains toujours menottées dans son dos. On aurait dit une visiteuse de passage en train d'observer le paysage.

Comment faut-il s'y prendre pour détruire un système de surveillance ? J'envisageai de fracasser un par un les moniteurs, mais le matériel avait l'air très sophistiqué, et Roza devait probablement disposer d'un accès direct aux images sur son téléphone. Je tirai donc la tour de l'ordinateur de sous le bureau et la débranchai. Tous les moniteurs s'éteignirent. Je dévissai en hâte les panneaux latéraux en plastique. Puis j'arrachai tous les câbles possibles. Et comme si ça ne suffisait pas, j'attrapai une paire de ciseaux et les coupai en deux. Pourtant, alors que je contemplai mon œuvre, la vue des écrans noirs me fit soudain paniquer : et si Roza, ou Taylor, était en train de descendre ? Je retournai en trombe dans la cave et m'engageai dans l'escalier. Mon lourd manteau me faisait transpirer. Mais je ne pus me résoudre à l'ôter.

J'étais une louve, à présent. Une louve ne pouvait pas enlever sa fourrure.

Dans la cuisine, les plafonniers étaient allumés. Des cris de colère me parvenaient de l'extérieur. Je me faufilai jusqu'au plan de travail, saisis un couteau sur le billot de boucher, puis me glissai dans le couloir. Je jetai un coup d'œil dans la bibliothèque ; un feu crépitait dans la cheminée, mais la pièce était vide. Je continuai vers l'avant du manoir.

« Comment as-tu pu les laisser s'enfuir ? »

Un aperçu de Taylor, dans le grand hall : elle braquait son pistolet vers l'escalier, ses cheveux étaient ébouriffés et elle était pieds nus. Je m'approchai à pas de loup et me dissimulai à l'abri d'une statue. Debout derrière Taylor, Roza et Chitra regardaient aussi vers le grand escalier. Chitra avait les mains sur la bouche. Elle tremblait.

« Tu vas me répondre ? » cria Taylor.

J'imaginai Yana sur les marches, avec son regard impassible, et pas impressionnée pour un sou. Taylor se mit à hurler.

« Maintenant, elles vont aller chercher la police ! »

Un claquement sec me noua le ventre.

« Taylor ! s'écria sèchement Roza. Arrête. Tu ne vas pas lui tirer dessus !

– Et pourquoi pas, bordel ?

– Parce que je te le dis. »

Le ton de Roza était glacial, mais pas particulièrement inquiet. Je me demandai ce qui pouvait lui passer par la tête. Deux de ses prisonnières s'étaient échappées. Quelles options avait-elle ?

« Boucle-la dans sa chambre, ordonna Roza. Et redescends Wren en bas. Chitra ? Est-ce que vous pourriez nous faire du thé ? »

La cuisinière marmonna une réponse inaudible. Je battis en retraite dans le couloir et me repliai dans la bibliothèque, où j'allai me cacher derrière les rayonnages les plus éloignés de l'entrée. Elles pensaient que j'avais fui. À moins qu'elles ne me trouvent, j'étais en sécurité. Après la cellule confinée, le manoir me semblait immense et luxueux. Un terrain de jeu idéal pour se cacher.

Quelqu'un courait dans le couloir : Chitra, en route vers la cuisine pour faire du thé à sa maîtresse. Bientôt, Wren serait à nouveau enfermée dans le cachot. Et à moins d'avoir le code pour déverrouiller la grille, je ne pourrais pas la libérer. Donc, il me fallait ce code. Et la seule personne susceptible de me le communiquer – du moins, je l'espérais, puisque je ne comprenais toujours pas ses motivations –, c'était Yana. Je devrais donc m'introduire dans sa chambre fermée à clé.

Mais dans l'immédiat, il y avait trop de va-et-vient dans le manoir, trop d'aléas. J'allais devoir attendre jusqu'à la nuit, lorsque Taylor et Roza auraient peut-être fini par s'endormir après le stress de la journée. C'est également ce qu'avait dû faire Zoé. Attendre que tout le monde dorme pour se glisser dans la cave. Feignant d'être somnambule pour le cas où on la surprendrait.

Une image s'imposa à moi : la touffe de cheveux blonds sur le sol du garage… Je la froissai comme une feuille de papier. Ce n'était pas le moment de repenser à ça. Keira allait trouver de l'aide. Si je parvenais à délivrer Wren, on n'aurait qu'à se cacher en attendant la police.

L'épuisement me tomba dessus d'un coup. Il fallait que je reprenne des forces. Je me recroquevillai sur moi-même et m'endormis.

Je me réveillai plusieurs heures plus tard, étonnamment reposée. Je pliai soigneusement mon manteau et mon pantalon de ski et les dissimulai derrière une étagère de livres. J'avais besoin d'être libre de mes mouvements pour jouer mes deux prochains coups qui consistaient à délivrer d'abord Yana, puis Wren. Le couteau à la main, je sortis de la bibliothèque, guidée par la lumière de la lune. Je pénétrai dans le grand hall, consciente des regards peints de Daphné et de Horace posés sur moi.

Je montai furtivement à l'étage, sentant chaque craquement de la vieille bâtisse. Arrivée sur le palier, je ne pris ni à gauche vers l'aile de nos chambres, ni à droite vers les appartements de Roza : je m'enfonçai tout droit, dans un petit couloir bordé de quatre portes closes.

Là, je fis une pause. Si je pénétrais dans la mauvaise chambre – celle de Chitra, ou peut-être même celle de Taylor, au cas où elle en aurait une autre que celle qu'elle occupait pour la retraite –, je risquais de les réveiller. J'avançai jusqu'à la première porte et tournai la poignée. Elle s'ouvrit sans bruit et je fis quelques pas à l'intérieur. Les rideaux étaient ouverts, et le clair de lune recouvrait tout d'une teinte argentée. Je m'approchai sans bruit d'une silhouette endormie. Je repensai soudain à une scène que j'avais écrite : le terrifiant fantôme qui se dressait au-dessus du lit de la jeune Daphné.

Dans son sommeil, le visage de Chitra paraissait juvénile. Son poing était replié sous son menton comme si elle était en train de réfléchir. Je me sentis soudain prise pour elle d'une étonnante affection. J'attrapai la photo encadrée posée sur sa table de nuit. Dans la pénombre, je ne pus distinguer que la silhouette de Chitra sur la gauche, et de sa fille à droite. Je me demandai de quelle maladie elle souffrait. Sa mère devait être vraiment désespérée pour continuer à protéger Roza et Taylor.

Si j'avais voulu, j'aurais pu lui trancher la gorge sur-le-champ. Ou l'étouffer sous son oreiller, en l'écrasant de tout mon poids. Mais même en mode survie, je n'arrivais pas à m'imaginer faire une chose pareille. Je ressortis, refermant doucement la porte derrière moi.

La porte suivante était fermée à clé. Ça devait être la bonne. Je toquai contre le panneau et perçus un mouvement de l'autre côté. Puis un léger tapotement en bas du chambranle. Deux épingles à cheveux dorées, recourbées en U, glissèrent sur le parquet. Ce vieux truc. Yana nous avait-elle observées, Keira et moi, quand nous forcions la porte du bureau ? Ou imaginait-elle que tout le monde savait crocheter une serrure ?

Je posai le couteau et ramassai les épingles. Et j'entendis la voix de Keira, bien qu'elle soit partie depuis longtemps. À cette heure, elle devait avoir rallié le couvent, ou peut-être qu'elle était déjà au poste de police, enveloppée dans une couverture de survie argentée.

Mais sans elle à mes côtés, crocheter la serrure s'avéra beaucoup plus difficile, et j'eus l'impression que ça durait des heures. Finalement, alors que la pâleur du clair de lune commençait à changer, à s'évanouir, j'entendis le minuscule déclic. Et tournai le bouton de la porte.

Presque sans m'accorder un regard, Yana passa devant moi en coup de vent et s'engagea résolument dans le couloir. Elle avait enfilé son manteau et des bottes, et portait un tote bag à la main. Je ramassai le couteau et la suivis dans l'escalier. L'aube se levait. Dans la cuisine, elle fourra dans son sac plusieurs denrées puisées dans les placards. Du beurre de cacahuètes. De la soupe. Enfin, elle daigna poser les yeux sur moi.

« Où est ton manteau ? »

La bouche pincée, elle me détailla d'un regard réprobateur, comme une mère qui fait des remontrances à son enfant. Elle ne sourcilla pas à la vue du couteau dans ma main.

« Dans la bibliothèque.

– Prends-le. »

Elle se remit à la tâche.

« Yana, dis-je, on doit d'abord aller chercher Wren.

– Pas le temps. »

Elle s'échina à ouvrir la porte de la cuisine donnant sur le jardin, mais elle était bloquée par la neige.

« Je ne pars pas sans elle. »

Yana abandonna et se dirigea vers l'escalier de la cave. Je la suivis. En bas, elle se hâta vers la porte de derrière.

« Attendez. » J'agrippai son épaule avec force. « Stop. »

Elle se retourna. Elle avait le visage pâle et défait, et des yeux gris de mer éteints. J'avais tant de questions à lui poser. Qu'est-ce qui s'était passé entre elle et Roza ? Pourquoi était-elle restée pendant tant d'années ? Quand et pourquoi avait-elle décidé de nous aider, Keira et moi ? Mais on n'avait pas le temps pour ça.

« La motoneige est partie, dis-je. Les voitures vont rester coincées dans la neige.

– Je me cacherai.

– Dans les bois ? » Je la lâchai. « Vous allez mourir de froid.

– Keira est bien partie ? Chercher de l'aide ?

– Oui.

– Alors la police ne va pas tarder à arriver. »

Elle me tourna le dos.

« Le code. Quel est le code pour ouvrir la cellule de Wren ? »

Elle énuméra les chiffres : 1-4-1-2-8-3. Je les répétai après elle. J'en déduisis que Mila était morte le 14 décembre 1983. Je m'élançai vers la porte ouvrant sur le cachot. J'entendis sa voix dans mon dos.

« Je vous attendrai dans le garage, d'accord ? Si vous n'arrivez pas, je m'en irai. »

Avant que je puisse répondre, elle était partie. Je fonçai vers la cellule. L'odeur âcre des toilettes trop pleines me sembla encore pire après quelques heures à l'air libre. Au début, je ne vis pas Wren, et la panique s'empara de moi. L'avait-on déplacée ? Ou gisait-elle sur le sol de la chambre de Taylor, saucissonnée comme une momie ? Mais non. Elle était là. Rien qu'un léger renflement sur le matelas. Je composai le code sur le clavier. Et un voyant rouge se mit à clignoter. *Merde.* Je recommençai. Le même clignotement rouge et un *bip* agacé. Wren commença à se réveiller. 13 décembre, c'est ça ? Pourquoi ça ne marchait pas ? Yana m'avait-elle menti ?

Wren s'assit en se frottant les yeux. Quand elle me vit, elle se précipita vers les barreaux.

« Sors-moi de là ! »

Les griffures rouges qui balafraient sa joue tressaillaient quand elle parlait.

« J'essaie. »

Je tentai encore une fois de composer le code. Cette fois, il n'y eut que deux *bips* plus puissants. Est-ce que ça risquait de bloquer l'ouverture ? Wren essaya de dire quelque chose, mais je la coupai d'une voix laissant peu de place à la discussion.

« La ferme. »

Elle s'exécuta. J'attendis, plongeant à l'intérieur de moi, cherchant à faire le vide.

14 décembre.

Le voyant passa au vert et le verrou coulissa en claquant. J'entraînai Wren à l'extérieur. En traversant la cave à toutes jambes, mon cerveau carburait à cent à l'heure. Je ne pouvais pas l'emmener dehors. Si je lui donnais mon manteau, alors ce serait moi – ou nous deux – qui mourrais de froid. J'ouvris la porte. Wren attendait derrière moi et poussa un juron quand je l'écartai du courant d'air glacé.

« On va leur faire croire qu'on est sorties par là », dis-je.

BOUM.

Un coup de feu retentit. On sursauta toutes les deux. Une autre détonation. Wren se cramponnait à moi, sanglotant contre mon épaule. Quelqu'un hurlait dans la cuisine.

Je la ramenai vers la cellule, puis dans la salle de contrôle. Les moniteurs hors d'usage reflétaient nos mouvements. J'ouvris la porte qui débouchait sur le tunnel, m'attendant presque à voir Roza se dresser devant nous comme une démone. Mais il n'y avait personne. On monta quatre à quatre l'escalier en colimaçon. J'avançai, le couteau pointé devant moi, en tâchant de ne pas trébucher et m'empaler dessus. On sortit par la garde-robe. Si Roza était dans sa chambre, elle ne pourrait pas nous manquer. Mais la pièce était vide. Je courus à la fenêtre. Dans les premières lumières de l'aube, j'aperçus une silhouette noire dans le grand jardin.

« Oh, non », murmurai-je.

Reconnaissable à son bonnet bleu clair, Taylor était agenouillée près d'une masse immobile. Yana, allongée sur le ventre. Des taches rouges souillaient la neige autour d'elle.

Taylor poussa un cri en direction du manoir. Je m'approchai de la vitre et baissai les yeux. Roza et Chitra étaient debout, juste en dessous de moi. Taylor se pencha sur le corps, et je retins mon souffle. Peut-être que Yana était encore vivante. Peut-être que Taylor prenait soin d'elle. En guise de soin, elle attrapa Yana par les poignets et la tira, sur le ventre, vers le garage. Cette fois, les traces ressemblaient à de splendides traînées d'aquarelle rose et saumon sur la neige immaculée.

36

J'étais assise avec Wren sur le plancher de la garde-robe, au milieu des vêtements suspendus autour de nos têtes comme des boucliers entre nous et le monde. J'avais posé le couteau sur mes genoux. Je frictionnais mes doigts raides en racontant à Wren ce qui s'était passé durant les douze dernières heures, terminant par la nécessité de rester cachées en attendant l'arrivée de la police. Wren ne prononça pas une parole, mais poussa un cri de surprise quand je mentionnai la découverte du cadavre de Zoé dans le garage.

« Elles vont me chercher, dit-elle lorsque j'eus terminé. Elles ne sont pas stupides.

– Non, c'est vrai. Mais elles peuvent être aux abois. Elles savent que Keira est partie chercher de l'aide.

– Alors, pourquoi ont-elles tué Yana ? »

Sa voix se brisa.

« Je ne sais pas. Roza avait dit à Taylor de ne pas faire de mal à Yana. Elle est peut-être en train de péter les plombs. De toute façon... » Je tiraillai mon lobe d'oreille. « On n'a rien d'autre à faire que rester planquées. Et si elles nous trouvent, nous battre.

– Je ne sais pas si j'en aurai la force », dit-elle d'une voix faible.

Je lui serrai la jambe.

« Hé, essaie de rester positive. On va s'en sortir. »

Alors que la mort de Zoé m'avait dévastée, celle de Yana m'avait plongée dans un grand calme. Ou même dans la résignation. Bien sûr, je ferais tout ce qui serait en mon pouvoir pour nous sortir d'ici. Mais rien ne disait que ce serait suffisant. Il ne nous restait plus qu'à attendre et voir.

On resta un moment silencieuses, le visage baissé.

« Je suis désolée, finis-je par dire.

– Moi aussi. »

Elle jouait avec sa bague de fiançailles.

« Non, je parle de ce qui s'est passé. » Cela me paraissait important de lui dire ça pendant ce court répit. « Pendant la soirée au bar.

– Oh. » Elle releva les yeux vers moi. « Ça.

– J'étais tellement en colère. » Je poussai un soupir aigre. « Je n'étais pas arrivée avec l'intention de te blesser, mais j'avais besoin que tu m'écoutes. Et tu avais l'air tellement dégoûtée... Je ne t'aurais pas poussée, mais j'ai tendu le bras et posé la main sur toi. Je savais que tu ferais un bond en arrière. Et je savais que tu étais juste à côté des marches.

– Arrête. » Elle secoua la tête. « On n'a pas besoin de faire ça.

– Je sais. Mais je voulais être honnête avec toi. Enfin. »

Wren ne répondit pas. On resta assises en silence. Et je me rendis compte à quel point j'étais soulagée. Peu importait sa réaction, j'avais fait la chose dont je ne me serais jamais crue capable. J'avais accepté d'assumer ma responsabilité.

Roza avait fait tout son possible pour attiser mon ressentiment. Et ça faisait du bien d'affronter une super méchante. Mais ce n'était pas si simple. Wren et moi étions toutes deux faillibles, imparfaites, parfois cruelles. Elle m'avait blessée tout au long de notre amitié, mais je l'avais laissée faire, parce qu'à ce moment-là c'était elle la Méchante Sorcière, et moi j'étais la Bonne Fée.

« Écoute. » Wren fit irruption dans mes pensées. « Moi aussi, je suis désolée.

– Merci de me le dire.

– Et ce n'était pas rien, continua-t-elle à toute vitesse. Ce que nous avons fait au lit. Être avec toi, comme ça... en fait, c'était très important pour moi. Mais je crois que j'étais perdue. Vraiment perdue. Je n'avais jamais couché avec une fille avant. Je sais que j'avais dit que je l'avais déjà fait avec des copines, mais ce n'était pas vrai. Et après… ça m'a paru plus simple de partir. »

Wren me prit la main. Le diamant de sa bague frotta contre mon doigt.

« Même si ça m'a rendue profondément triste.

– Moi aussi, j'étais triste. Et furieuse. Bordel. » Je lui souris. « Tu parles d'une rupture.

– Brutale. » Elle eut un sourire désolé. « J'étais en vrac, honnêtement. J'étais tellement déprimée à l'hôpital. Bien sûr, j'avais peur pour ma main, mais j'étais aussi terrifiée par l'idée que je ne pourrais jamais avoir une relation normale avec quelqu'un. Que j'étais vouée à mourir seule.

– Et puis, tu as rencontré Evan. »

J'avais dit ça à la légère, mais elle retira sa main.

« Ouais. Parlons-en, d'Evan… » Elle prit une profonde inspiration. « En fait, il m'a larguée il y a quelques semaines.

– Quoi ? » J'étais sidérée. « Mais la bague…

– Il voulait la récupérer, mais je lui ai dit d'aller se faire foutre. » Elle pouffa de rire. « Par contre, je ne la porte pas tout le temps. J'imagine que je l'ai mise ici juste parce que je voulais que tu penses… Je ne sais pas. Pour garder une barrière entre nous.

– Waouh ! »

Je me sentis toute déboussolée.

« Enfin. » Cette fois, Wren sourit de toutes ses dents. « Le côté positif, c'est que si on ne s'en sort pas vivantes, je n'aurai plus besoin de retourner sur des sites de rencontres. »

J'éclatai bruyamment de rire et collai la main sur ma bouche. Puis on fut prises toutes deux de gloussements convulsifs.

Finalement, on parvint à se reprendre.

« OK, dit Wren en se frottant les yeux. Ce n'est pas que je cherche à changer de sujet, mais je viens de penser à un truc. »

Elle fit durer le suspense. « Tu crois que Taylor pourrait avoir d'autres armes ? »

Je hochai la tête, impressionnée.

« Ça ne me surprendrait pas.

– Ça vaudrait le coup de jeter un œil.

– Je suis d'accord

– Je n'arrive pas à t'imaginer en train de poignarder quelqu'un. »

Elle désigna le couteau sur mes genoux.

« Tu penses que je ne serais pas capable de m'en servir ? »

J'ouvris prudemment la porte de la garde-robe.

« De poignarder quelqu'un ? Non. Mais de pousser quelqu'un du haut d'une falaise ? Clairement, oui. »

Je pouffai à nouveau, mais on parvint à refréner d'autres rires hystériques en se glissant vers l'entrée de la chambre de Roza. On s'arrêta devant la porte rouge. Pas un bruit à l'extérieur. Alors, on ouvrit et on avança devant les statues et les tableaux qui meublaient le couloir. Sur le palier, Wren se dirigea vers l'aile que nous occupions, mais je la retins par l'épaule.

« Taylor vit ici à demeure, murmurai-je. Tu ne crois pas qu'elle pourrait avoir une autre chambre – sa chambre habituelle – dans ce couloir ? »

On se figea en entendant des voix monter du rez-de-chaussée.

« Eh bien, allez les chercher. » Roza avait l'air exaspérée. « Chitra, toi, tu… »

Mais elle se retourna et je ne pus entendre la suite. On s'engagea dans le couloir, passant devant les chambres de Chitra et de Yana. La troisième porte n'était pas fermée à clé.

Les rideaux étaient ouverts et le soleil matinal projetait une lumière crue sur un désordre innommable. La pièce ressemblait à l'autre chambre de Taylor, mais en dix fois pire. Des vêtements chiffonnés étaient éparpillés sur tous les meubles disponibles. Des chaussures jonchaient le sol. Il y avait des livres, des journaux, des accessoires numériques. Et même, ici ou là, des bijoux étincelants près des trognons de pommes pourris et de verres à vin vides.

Par une sorte d'accord tacite, on se partagea la chambre en deux et chacune entreprit de fouiller sa partie. Je posai mon couteau par terre et j'ouvris une malle. Compte tenu du désordre, nous n'avions pas à prendre de gants. Je passai à la commode. Au-dessus, il y avait un enchevêtrement de colliers, ce qui pouvait sembler étrange vu que Taylor n'en avait porté aucun, hormis le pendentif en forme de lapin de Roza.

Et je tombai sur la fiole en verre contenant des fleurs violettes séchées. Celle qu'elle m'avait montrée à un moment qui me semblait à des années-lumière. Je fis glisser la fiole de sa chaîne et la cachai dans mon soutien-gorge.

« Oh, salut. »

Je me pétrifiai en reconnaissant cette voix si familière. Près du lit, j'entendis un bruit sourd et un juron étouffé. Taylor se tenait dans l'embrasure de la porte, son pistolet braqué dans ma direction. Elle avait les traits tirés et des petits boutons d'acné sur le menton.

« Ohé, Wre-enn ! » Sa voix était toujours aussi énergique. « Allez, sors, montre-toi ou c'est ta meilleure ennemie qui va prendre. » Elle fit un geste vers moi. « Toi, tu lâches ça. »

J'avais ramassé le couteau sans même m'en rendre compte. Je le laissai tomber sur le parquet.

« Et toi, tu sors de là ! »

Wren leva les mains. On aurait dit une biche effarouchée et fragile.

« Tout de suite, ordonna sèchement Taylor. Ou je tire dans la jambe d'Alex. »

Wren accourut près de moi, sa hanche collée contre la mienne.

« Alors, Al est restée derrière pour sauver sa bonne vieille Wren, se moqua Taylor. Tu es encore plus ridicule que je pensais, Al. Meuf, après tout ce qu'elle t'a fait, elle te tient *toujours* par la chatte. »

Je ne dis rien. *Survivre jusqu'à l'arrivée de la police.* Si Taylor avait voulu nous faire la peau, ce serait déjà fait.

« Qu'est-ce que Roza t'a ordonné de faire avec nous ? » demandai-je.

Je crus remarquer un petit tic près de l'œil gauche de Taylor. Elle n'aimait pas qu'on lui rappelle que ce n'était pas elle qui décidait.

« Franchement, je pensais que cette partie de cache-cache allait durer plus longtemps. » Un mauvais sourire déforma son visage. « Vous êtes trop pathétiques, les filles. Tout comme l'était Yana.

– C'est Roza qui t'avait ordonné de la tuer ? demandai-je. Ou est-ce que tu as pris la décision toute seule ?

– La ferme. » Nouveau tressautement de paupière. « Je vais vraiment finir par te buter, Al.

– Non, tu ne vas pas faire ça, rétorquai-je, presque avec certitude. Parce que Roza n'aimerait pas.

– Ah bon ?

– Non. » Je jetai un coup d'œil à Wren, qui me dévisageait avec un air horrifié. « Elle t'a dit de nous ramener vivantes. Pour qu'on termine nos romans. Pas vrai ? »

Taylor pouffa de rire, à nouveau dans sa zone de confort.

« Je dois dire qu'elle n'a pas tort. Je sais que j'en ai dit de la merde, mais je reconnais que vos deux bouquins sont excellents. À ce stade, je dirais que vous êtes au coude à coude. Celui de Keira n'est pas mal non plus, mais je ne sais pas si Roza se sentirait à l'aise de le finir et de se l'approprier.

– Qu'est-ce que tu fais encore ici ? demandai-je. Tu ne devrais pas déjà être au Mexique, à l'heure qu'il est ? »

Taylor arqua un sourcil.

« Tu crois que je devrais fuir les flics ? Parce que Keira s'est échappée et a donné l'alerte, c'est ça ? » Avec sa main libre, elle sortit son téléphone. « Laissez-moi vous montrer quelque chose. »

Elle scrolla sur l'écran et le tendit vers nous. Pendant une seconde, j'eus du mal à déchiffrer ce que je voyais. Puis tout se mit en place.

C'était Keira, allongée dans la neige. L'ombre d'un arbre tombait sur son corps. Mais je me rendis compte qu'en fait, ce n'était pas qu'une ombre, car sur la neige s'étendait une tache encore plus sombre.

« Vous avez pensé trop vite qu'on arrivait au bout. » Taylor afficha un sourire carnassier. « Mais vraiment, vous n'en êtes qu'au début. »

Extrait de La Grande Transmission

Daphné se figea sur le seuil. La frêle Abigail était couchée sur Horace. On aurait une chatte qui chevauchait un ours. Lentement, délibérément, elle se retourna et sourit à Daphné. Un sourire trop large qui dévoila une rangée de dents luisantes et tachées de sang. Le visage de Horace était paisible. Ce qui pouvait paraître incongru, compte tenu de la manière dont son estomac était ouvert en deux et ses entrailles dispersées à l'extérieur de son corps, comme le contenu vidé d'un porte-monnaie.

Daphné s'enfuit en titubant dans le corridor, le visage déformé par l'horreur, et le corridor se mit à danser autour d'elle comme si elle traversait un pont de singe. Elle était en danger – elle l'était depuis l'instant où elle avait refusé d'exécuter l'ordre de Lamia, qui consistait à tuer Horace lors d'une sanglante cérémonie sacrificielle. Daphné haïssait Horace de bien des manières, mais elle n'avait pas voulu le mettre à mort. Bien sûr, elle avait joui du soudain afflux de puissance qui l'avait envahie au moment où Lamia était entrée en elle. Mais même alors, c'était très clair dans sa tête : Je ne peux pas. Je ne le ferai pas. *Daphné avait senti le dégoût de Lamia au moment où la démone avait quitté son corps.*

Depuis le début, c'était le but ultime de la Grande Transmission, et Daphné avait failli. C'était pourquoi Lamia avait pris Abigail à sa place. Daphné entendait les rires gutturaux d'Abigail derrière elle. Son seul avantage, c'était que Lamia pensait qu'elle était faible. Qu'elle avait refusé parce qu'elle avait eu peur.

Ici. En haut, sur le palier.

Daphné sursauta. Une autre voix qu'elle connaissait bien remplit sa tête.

Grace !

C'était la voix de sa petite sœur bien-aimée, avec qui elle cherchait à entrer en communication depuis tellement d'années. Daphné eut envie de tomber à genoux et de pleurer de joie.

C'est pas le moment, Daph. Elle est juste derrière toi.

Daphné suivit les instructions de Grace et s'engagea vivement dans l'escalier. Elle risqua un regard derrière elle ; Abigail ondulait au bas des marches comme un serpent.

Mon Dieu, aide-moi, *pensa Daphné, tremblante de répulsion.*

Un petit rire moqueur qu'elle connaissait bien. C'est moi qui suis en train de t'aider. Que ton dieu aille au diable.

Arrivée sur le palier, Daphné hésita.

Par ici, derrière toi.

Daphné s'élança vers les logements vides des domestiques. Là, au fond du couloir, un escalier escamotable descendait du plafond.

Le grenier. Daphné ralentit. Elle avait toujours détesté le grenier. Elle sentit peser sur elle le regard impatient de Grace.

Dépêche-toi !

Après un sanglot, Daphné gravit les marches en toute hâte.

37

« Tu m'as surprise. »

Roza vida cul sec un grand verre de vin. Je me dis qu'ayant chargé Chitra de ramener le corps de Keira dans le garage, elle avait dû renoncer à son thé habituel.

Trois cadavres gelés : Zoé, Yana, Keira. Le bilan augmentait sans cesse. Taylor ne s'était pas fait prier pour tout nous expliquer pendant qu'elle nous redescendait au cachot, les poignets liés avec des ceintures prélevées dans son placard. Apparemment, à la suite de la tentative d'évasion de Zoé, Roza avait siphonné presque toute l'essence du réservoir de la motoneige. Keira n'avait eu que le temps de rejoindre la route avant de tomber en panne. Elle avait tenté de continuer à pied. Mais Taylor l'avait vite rattrapée et lui avait tiré une balle dans le dos. Ensuite, avec l'aide de Chitra, elle avait ramené son corps et la motoneige au garage.

« Je vous ai surprise », répétai-je d'une voix sourde.

J'étais dans le brouillard, anesthésiée, le cerveau saturé. Le jour même où Taylor avait abattu Yana et Keira, Roza voulait qu'on se remette à écrire. Je savais que c'était l'avant-dernier jour de la retraite : plus que six mille mots.

« Je n'aurais jamais cru que tu reviendrais chercher Wren. » Roza était curieuse. « Pourquoi as-tu fait ça ?

– Je ne voulais pas qu'elle meure.

– Et tu crois qu'elle aurait fait la même chose pour toi ? demanda Roza.

– Je ne sais pas. Peut-être. » Je réfléchis. « Peut-être pas.

– Je n'arrive pas à décider si c'était héroïque ou stupide. » Roza se resservit du vin, puis s'approcha et me glissa une paille entre les lèvres. « Tiens, ma chérie, bois. »

Docile, j'aspirai une gorgée. Mes poignets menottés étaient totalement ankylosés.

« En tout cas, c'est un bon rebondissement. » Roza reposa le verre et ramassa la liasse de feuilles de papier. « Pour ton histoire, évidemment. Je ne m'attendais pas à ce que Lamia devienne l'adversaire. Ni à ce que sa sœur Grace refasse surface. Tu savais à l'avance ce qui allait se passer ?

– Non. »

Elle sourit, ravie.

« Tu es douée. Ce serait dommage de t'interrompre si vite.

– Quoi, vous pensez que je pourrais avoir un autre grand livre en moi ? »

Mon sarcasme tomba à plat, inutile. Roza n'essayait plus de faire semblant d'avoir l'intention de nous libérer à la fin. Je savais exactement ce qu'elle et Taylor feraient dès que j'aurais écrit le point final.

« Peut-être devriez-vous me garder enchaînée pour essayer de m'arracher d'autres livres.

– J'y pense. »

Je la fixai du regard.

« Pardon ?

– Pas enchaînée. Écoute, je sais que tu me détestes maintenant. » Elle reposa les feuilles en soupirant. « Et tu as le droit de me haïr. Mais je me demande combien de temps cette haine pourrait durer. » Elle posa son menton dans sa main, m'examinant de ses yeux vert lézard. « Je ne nourrissais vraiment pas de grands espoirs à ton égard au début. Tu avais l'air tellement passive et faible. Mais lorsque j'ai découvert que tu avais blessé Wren, j'ai compris que tu avais un truc, malgré tout. Et ce risque que tu as pris pour revenir la chercher… c'était aussi quelque chose.

– Il faut vous remercier ?

– Alors, voilà ce que je te propose. » Elle se redressa. « Tu pourras survivre au feu qui va emporter toutes les autres. Et tu publieras ton roman sous ton nom. On pourrait le faire sortir au printemps, je dirais. » Elle réfléchit, le regard lointain. « Une fois encore, j'aurai besoin de garantie pour m'assurer de ton silence. Il faudra que j'enregistre tout. Mais je te faciliterai la tâche.

– Pour quoi faire ?

– Pour tuer Wren. »

Elle battit des paupières. Je ricanai faiblement.

« Il existe des moyens faciles. » Roza noua ses cheveux en chignon sur sa nuque. « Ça n'a pas besoin d'être violent. Peut-être juste une piqûre rapide dans le cou.

– Et ensuite, quoi ? » La démence tranquille de son plan était presque risible. « On part ensemble, main dans la main au crépuscule ?

– Je suis sûre qu'il te faudra du temps, et ça ne me dérange pas. » Elle haussa les épaules. « Peut-être que tu auras envie de faire ton deuil en visitant la Grèce. Ou de passer une année à Bali. Ou d'aller faire un séjour dans un de ces très agréables centres de soins, dans l'Ouest. Je peux t'organiser tout ça. Du moment que tu ne parles de notre accord à personne. Parce que si c'était le cas, je dirais que tu es folle. Et si ce n'était pas assez, je ferais fuiter la cassette. »

J'essayai d'intégrer ses paroles.

« Au risque de vous impliquer aussi ?

– Ce sera ta parole contre la mienne, chérie. Je dirai à tout le monde que j'ai découvert ce que tu avais fait et que j'ai essayé de t'aider à te réhabiliter. Ça ne leur plaira peut-être pas, mais ce sera moi qu'ils croiront.

– Et votre plan pour disparaître ? »

Mon intérêt était feint. Je ne croyais pas ce qu'elle disait, vraiment pas. Me laisser prendre du repos à Bali ? C'était grotesque.

« Ce qu'il y a de bien dans la disparition, dit-elle en souriant, c'est qu'on est libre de choisir son moment. Ça fait trois ans que je suis prête. J'ai tous les comptes en banque et les nouveaux papiers d'identité nécessaires. Quand tu as assez d'argent, ce n'est pas tellement difficile. » Elle but une gorgée. « Mais il n'est peut-être pas encore temps pour moi de tirer ma révérence. Pas si tu as envie qu'on travaille ensemble.

– Oh. » Je me détournai et regardai par la fenêtre. « Quel honneur, Roza. Vraiment.

– Tu devras me donner ta réponse demain. Lorsque vous aurez toutes les deux terminé vos romans.

– Pigé. » Je hochai la tête. « Je vais peut-être faire un tableau comparatif. Une colonne avec les avantages, une autre avec les inconvénients. »

Elle m'adressa un regard plein de sympathie.

« Je sais que ça fait beaucoup à encaisser, ma chère. Et je comprendrai complètement si tu refuses. Je peux même te promettre que ta fin ne sera pas plus douloureuse que nécessaire. Mais… »

Elle se redressa, je fis de même. Nous étions à présent liées l'une à l'autre, via quelque synapse profondément ancrée dans le tronc cérébral.

« … j'espère vraiment que tu vas y réfléchir. Surtout compte tenu de l'autre solution. »

J'étais allongée sur le futon, les yeux fixés sur une fissure dans le plafond. Les paroles de Roza tournoyaient dans ma tête. En aucun cas je n'allais tuer Wren. C'était absurde. Mais là encore, lorsque l'aiguille serait appuyée contre mon propre cou, est-ce que l'instinct de survie ne prendrait pas le dessus ? Pour sauver ma propre vie, irais-je jusqu'à détruire la sienne ?

Je roulai sur le flanc. Il était presque 21 heures, et Wren était encore en train d'écrire, courbée sur son ordinateur. On ne s'était pas reparlé depuis notre brève évasion. Chitra ne nous donnait presque rien à manger. On était déjà en train de mourir à petit feu.

Est-ce que Roza avait fait à Wren la même proposition ? Lui avait-elle dit à quel point elle était spéciale, combien elle avait envie qu'elle devienne sa protégée ? Et dans ce cas, quelle avait été sa réponse ? Sur la table : l'argent, le pouvoir, le prestige. Toutes ces choses que j'avais tant désirées, auxquelles j'avais goûté avec Wren et son fabuleux train de vie, sans jamais m'en repaître. Et Wren non plus, en vérité. Pas de contrat d'édition. Pas de fiancé. Elle avait eu autant que moi besoin de Roza et de sa retraite d'écriture.

Demain, ce serait la fin. Demain, tout serait dévoilé. Et en ce dernier jour de la retraite, je me rappelai que je détenais deux secrets que Roza ne connaissait pas. L'un était la minuscule fiole d'aconit tue-loup cachée sous mon sein droit dans mon soutien-gorge. L'autre, c'était le dénouement de mon roman.

C'était vraiment mon seul moyen de pression, même si je ne savais pas encore comment l'utiliser. Allongée sur le futon entre sommeil et éveil, je le faisais tourner dans ma tête. Il brillait au fond de moi comme une petite perle, ce dénouement. Bien sûr, Roza pourrait essayer de finir le roman toute seule. Et elle s'y emploierait, si on en arrivait là. Mais ce ne serait pas *la* fin. Celle qui était déjà là, enfouie sous la surface, et se moquait bien qu'on la découvre ou pas.

Et j'étais la seule qui pourrais la trouver.

***Extrait de* La Grande Transmission**

Daphné se recroquevilla derrière un rocking-chair, tremblante comme une agnelle qui vient de naître. Des mèches de ses cheveux emmêlés collaient à sa figure en sueur. D'un petit geste nerveux, elle les chassa vers ses tempes.

Le grenier était immense, rempli de meubles, de caisses et d'objets entassés. Il faudrait du temps à Abigail – ou plutôt à Lamia – pour la débusquer. Mais elle finirait par la trouver. Daphné empoigna une carafe en verre ; c'était le seul objet lourd qu'elle avait pu trouver autour d'elle. Abigail avait allumé la lumière, quelques ampoules éparses luisaient.

« Allez, sors de là, montre-toi, chantonnait-elle. Daphné, pourquoi as-tu tellement peur de moi ? Ne sommes-nous pas amies ? » Elle poussa un gloussement horrible.

Concentre-toi. *La voix de Grace allait et venait dans ma tête. Elle ne s'était plus manifestée depuis un moment, mais d'un coup, elle retentit à nouveau, forte et claire :* Il faut que tu la tues.

Et comment je fais ça, ma chère sœur ?

Daphné serra les dents.

Je ne sais pas, mais tu n'as pas beaucoup de temps.

Daphné avait envie de fondre en larmes. Comment s'était-elle retrouvée dans ce cauchemar ?

Pense à ses faiblesses.

La voix de Grace se tut à nouveau. Où est son point faible ? Lamia n'avait pas de point faible. C'était bien ça le problème.

Elle était puissante, trop puissante. Et quand elle avait dominé Daphné sur son lit, ça l'avait terrifiée et fait jouir à parts égales.

Abigail se rapprochait lentement. Le plancher craquait sous ses pas. Daphné murmura un juron. « Il était le sacrifice nécessaire. » Abigail poussa un feulement rauque. « Toi, tu es la Grande Transmission. Ton corps sera la porte. Ton sang sera la clé. Tu mourras pour renaître. Ma main droite. Mon amour. Ma fille. Je t'ouvrirai de nouvelles voies. Tu mourras en souris, mais tu renaîtras déesse. »

La pile de caisses devant Daphné fut soudain balayée comme un fêtu de paille.

Daphné poussa un hurlement.

Lamia se dressait au-dessus d'elle. Du sang séché zébrait son torse nu et ses seins. Elle semblait immense, et Daphné se rendit compte qu'elle flottait à une trentaine de centimètres au-dessus du sol. Ses yeux brillaient, rouges comme des rubis. La démone souriait. « Bouh », dit-elle en prenant la douce voix d'Abigail.

38

« Debout, les filles, c'est l'heure ! »

La voix de Taylor me réveilla en sursaut. Je m'assis lentement.

« Joyeux Dernier-Jour-de-Retraite, espèce de pétasses répugnantes. Aujourd'hui, vous avez droit à un traitement spécial : un bon petit bain. »

Taylor disposa un baquet rempli d'eau devant le guichet de la porte et le poussa à l'intérieur, l'accompagnant de shampoing et de savons. Chitra se tenait juste derrière elle avec un deuxième bac. Sa peau était pâle et desséchée, presque grise. Ses yeux noirs ressemblaient à des cailloux au fond d'un bassin trouble. Elle n'était plus que l'ombre de la joviale cuisinière qui nous avait accueillies quelques semaines plus tôt.

Taylor, de son côté, respirait la santé. Elle avait mis son sweat-shirt « LAISSEZ-MOI VIVRE ! » et artistiquement ébouriffé ses cheveux courts.

« Décrassez-vous, ordonna-t-elle. On va dîner en haut toutes ensemble. »

Mon estomac gronda, me rappelant qu'on ne nous avait rien donné à manger de toute la journée. L'horloge par terre indiquait 18 heures. Plus tôt, Taylor nous avait informées par haut-parleur que Roza voulait qu'on attende la nuit pour rédiger nos scènes finales. Peut-être était-ce dû à la faiblesse causée par la faim, mais Wren et moi avions réussi à dormir presque toute la journée.

« Lavez-vous les cheveux près de la goulotte, exigea-t-elle. Chitra vous apportera de l'eau en plus pour vous rincer. » Je fis attention en me déshabillant, dissimulant la fiole de verre dans mon soutien-gorge. Ce fut un plaisir presque sexuel de shampouiner mes cheveux graisseux. Je les lavai trois fois. On se savonna sans gêne l'une devant l'autre. Taylor fit passer des paniers contenant des serviettes blanches moelleuses et de quoi nous changer.

« On s'active, mesdames. » Elle claqua des doigts tout en scrollant sur son téléphone. « On n'a pas toute la journée. »

Entièrement nue, j'allai chercher les vêtements propres et les posai près de mon linge sale. En jetant un coup d'œil derrière moi, je vis que Taylor était toujours occupée. J'agrafai mon soutien-gorge et calai la fiole entre mes seins. Wren tamponnait doucement sa joue blessée avec une serviette blanche, la tachant de traces roses.

« Pas le temps de se maquiller. » Taylor nous regarda en grimaçant. « Mais au moins, vous ne puez plus la merde. » Elle nous lança une paire de menottes. « Wren, tu passes les bracelets à Alex. Ensuite, tu viens près des barreaux et je te menotterai. »

Elle nous aiguillonna à l'extérieur comme des moutons. Et nous *ressemblions* à des moutons. Je me sentais si faible – à cause du manque de nourriture, de l'angoisse permanente, et maintenant de cette agréable surprise –, que c'était tout juste si j'arrivais à tenir debout. En traversant la cuisine et le hall, lavée de près avec des vêtements propres, je me rappelai les premiers jours. Quand tout ce qui comptait, c'était gagner le concours. Quand la présence de Wren était la plus grande menace qui pesait sur moi.

Taylor nous dirigea vers la salle à manger. La table était richement dressée pour cinq personnes. Roza était assise au bout, patientant en dégustant un verre de vin. Ses yeux s'illuminèrent et elle se leva, radieuse dans sa robe longue rouge sang.

« Bienvenue, mes superbes chéries ! » Elle fit un grand sourire. « Vous avez bien meilleure mine que depuis pas mal de temps. »

Je me demandai si elle était de bonne humeur parce qu'on approchait de la fin. Garder les gens sous les verrous devait occasionner pas mal de stress, même à elle.

Taylor nous désigna nos sièges, à bonne distance de Roza.

« Non, chérie. » Roza tapota les chaises à côté d'elle. « Laisse nos invitées s'asseoir près de moi. »

Les yeux plissés, Taylor tira une chaise à mon intention, et Chitra fit de même pour Wren. Nous étions assez proches de Roza pour que j'imagine un instant planter mes dents dans son bras nu.

Chitra remplit nos verres de vin rouge. Comme j'étais toujours menottée, Taylor porta le verre à mes lèvres, faisant sciemment couler trop de vin dans ma bouche. Je m'étranglai à moitié. « *Tout doux.* » Roza la fusilla du regard. « Et pas trop d'alcool. Je veux que tout le monde soit lucide pour notre dernier jeu. »

J'échangeai un bref regard avec Wren. Elle se foutait de nous ? Elle ne nous avait pas encore assez torturées ?

Chitra apporta les assiettes et les posa devant nous : un plat principal qui mettait le filet de bœuf à l'honneur.

« J'ai pensé qu'il nous fallait du steak pour ce dernier repas. »

Roza me fit un clin d'œil en s'emparant de sa fourchette et de son couteau. Taylor me donna la becquée comme à un bébé, et Chitra fit la même chose pour Wren. La riche nourriture m'explosa les papilles. Je savais qu'elle me rendrait malade plus tard, mais je m'en moquais. À un moment, je levai les yeux et vis Chitra qui m'observait. Elle bougea les lèvres en silence : *Je suis désolée.* Puis elle se retourna tristement vers Wren et fit glisser une fourchette de petits pois dans sa bouche. Quand elle eut fini de manger, Roza reposa ses couverts. Chitra fit mine de se lever, mais Roza lui lança un regard noir et elle se rassit.

« Bien, les filles. Vous êtes arrivées au bout. »

Roza se pencha pour attraper la bouteille de vin. Elle remplit mon verre encore à moitié plein presque jusqu'à ras bord.

« Alex, je te le dis encore une fois, tu m'as vraiment surprise.

– À votre service. »

La nourriture et le vin me faisaient tourner la tête.

« Et toi. » Elle se tourna vers Wren. « Toi aussi, tu m'as étonnée. Tu es une fille gâtée et puérile, mais tu as aussi réussi à traverser tout ça. »

Wren regardait Roza, le visage impassible.

« Toutes les deux, vous avez beaucoup souffert durant votre enfance. » Une fois son verre rempli, elle se réinstalla sur sa chaise. « Et vous avez passé le reste de vos vies à faire souffrir les autres. Peut-être avez-vous trouvé une oasis quand vous vous êtes rencontrées, mais on ne peut pas dire que ça a fait de vous de bonnes et bienveillantes personnes, n'est-ce pas ? Vous avez affreusement traité les hommes. Vous n'étiez pas gentilles avec vos soi-disant amis. Vous vous êtes repues d'une relation mutuelle ancrée dans la codépendance et le sadomasochisme qui n'a eu besoin que d'un moment de rapport authentique pour voler en morceaux. Wren, c'est toi y as mis un terme en traitant Alex comme si elle n'existait pas. Et toi, Alex, tu as physiquement blessé Wren avant de sombrer dans un gouffre d'autoapitoiement. » Elle me fit un clin d'œil. « Ce n'était pas une si mauvaise histoire, finalement. »

Je restai de marbre.

« Qu'importe. » Roza croisa les bras. « Je vous donne l'opportunité de mettre un terme à cette fable sordide. Vous avez dû entendre parler du complexe d'Œdipe. Et de celui d'Électre ? En gros, pour grandir, pour évoluer, vous devez tuer votre mère ou votre père inconsciemment. Vos lamentables parents n'ont pas pu être des nôtres aujourd'hui, mais ce n'est pas grave. Vous vous êtes dressées l'une contre l'autre. Et vu que vous êtes toutes les deux malheureuses, je vous offre la chance de panser vos plaies. »

Une sensation de vertige m'envahit. J'appuyai fortement mon pied au sol. *Concentre-toi.* La voix de Daphné, montant des profondeurs de mon cerveau. *Reste calme et concentre-toi.*

« Comment comptez-vous nous aider à panser nos plaies ? finit par demander Wren d'une voix rauque.

– Vous n'arriverez pas à finir vos histoires, continua Roza comme si elle ne l'avait pas entendue. Pas sans annihiler l'autre. Je le vois bien, maintenant. » Elle se leva lentement. « Alors il faut peut-être que je vous donne un exemple. »

Elle dévisagea Chitra et Taylor à tour de rôle. La cuisinière lui retourna un regard méfiant, alors que Taylor attendait, peinant à contenir son enthousiasme.

« Chitra, très chère, dit Roza d'une voix douce. Je vais avoir besoin de vous pour tuer Taylor.

– Quoi ? bégaya Chitra en se contractant.

– Quoi ? répéta Taylor en gloussant.

– Il y a justement un couteau ici. » Roza désigna du menton le couteau à steak dans l'assiette de Wren. « Mais plus vous attendez, plus vous laissez passer l'élément de surprise. »

Taylor ricana à nouveau.

« Tu crois qu'elle va commettre un acte violent ? Elle est trop bien élevée, Roza. »

Chitra semblait tétanisée, les lèvres entrouvertes.

« Non ? » Roza tourna la tête. « D'accord. Alors, à toi, Taylor. Je vais avoir besoin que tu nous débarrasses de Chitra.

– C'est vrai ? »

Taylor se leva d'un coup, empoignant mon couteau à viande. Chitra se recula si vivement qu'elle renversa sa chaise. Taylor courut vers elle en contournant la table. Chitra fit vivement volte-face mais trébucha.

Lorsque le sang avait giclé de la paume de Wren, je me souvenais d'un arc de cercle parfait qui brillait sous les guirlandes lumineuses du bar. Cette fois, l'arc fut beaucoup plus grand. Quand Taylor l'agrippa par les cheveux et la tira vers elle, passant la lame du couteau en travers de sa gorge, le liquide rouge jaillit avec la puissance d'un tuyau d'arrosage et dessina une jolie traînée courbe sur la porte. Chitra poussa un braillement étranglé et s'écroula.

Je m'aperçus que j'étais presque debout sur ma chaise, la bouche ouverte. Chitra avait les yeux fixés sur moi, et elle haletait comme un poisson pendant que son sang, d'un rouge profond qui me rappela un splendide vernis à ongles que j'utilisais autrefois, dégoulinait le long de son cou vers le sol. Je reconnus cette odeur âcre et métallique, désormais familière.

Le souffle court, Taylor regagna la table. Elle tira bruyamment sa chaise et se rassit. Elle avait les yeux exorbités, et les joues piquetées de petites gouttes rouges.

« Pfiou ! s'exclama-t-elle avant d'éclater de rire. Alors ça, c'était dingue. »

Wren était toujours assise, figée, muette, les yeux dans le vide.

« Vous voyez ? nous demanda calmement Roza. Deux dans le même espace, ça fait toujours une de trop. Chitra avait tendance à se faner, de toute façon. » Elle jeta un coup d'œil au cadavre recroquevillé de la cuisinière et sur la flaque qui se propageait comme une œuvre d'art contemporain pas franchement intéressante. « Mais je prendrai soin de sa fille. Je lui en avais fait la promesse. »

Un flot de supplications hystériques bouillonnait dans ma gorge : *Roza, c'est de la folie. Roza, laissez-nous partir.*

Chut, susurra Daphné à mon oreille. *Tais-toi. Fais-lui croire que tu vois les choses sous un angle nouveau.*

Alors je baissai les yeux vers mon assiette, et me perdis dans la contemplation des traînées roses et humides du steak cuisiné par la main experte de Chitra, si peu de temps auparavant. Je hochai imperceptiblement la tête.

« Bien. » Soudain, Roza se mit à applaudir joyeusement. « Il est temps de passer au salon. C'est l'heure de notre dernier jeu. »

39

Devant un feu crépitant, deux tables laquées nous attendaient. Nos ordinateurs étaient posés dessus, ainsi qu'une pile de feuilles bien nette. Sur le buffet près du mur, une carafe de vin rouge à la robe foncée et des verres à dégustation. La pièce n'était éclairée que par des bougies disposées sur le manteau de la cheminée et la table basse. Quel beau tableau ça aurait fait.

« Prenez un siège. » Roza s'installa sur le canapé rembourré qui faisait face aux tables, à trois mètres de distance. Taylor s'assit près d'elle, piaffant d'impatience comme une petite fille qui va assister à son premier spectacle de Broadway. Je pris place derrière le bureau le plus éloigné d'elle, et Wren se laissa tomber sur la chaise à côté, le dos voûté.

Rouge. Brillant. Métallique. L'image de la flaque de sang en expansion fit remonter un gémissement d'impuissance dans ma gorge.

Arrête. Daphné éteignit l'image d'un seul coup. Les grands yeux suppliants de Chitra devinrent moins nets, puis flous, et disparurent enfin. *Alex, concentre-toi. Tu as vu l'ampleur de sa folie. Si tu ne te concentres pas, tu n'y survivras pas.*

« Maintenant. » Roza croisa les mains sur ses genoux. « Vous êtes toutes deux très proches du dénouement. Comme vous l'avez compris pendant nos tête-à-tête, il vous manque encore deux choses · la résolution et la scène finale. Je pense que les deux pourraient tenir en trois mille mots, pas plus. Mais je vous laisse en décider. »

Le feu me chauffait les genoux. J'étais calme.

« Donc, poursuivit Roza, le dernier jeu consistera à finir ces deux scènes et à les imprimer ici. » Elle désigna l'imprimante posée sur une table d'appoint, près du canapé. « Et ensuite, de décider entre vous de celle qui sera la gagnante.

– Quoi ? » Wren leva les yeux et me lança un regard en biais. « Vous voulez dire, lire...

– Non, l'interrompit Roza. Je veux dire détruire. Je sais que vous avez toutes les deux peur de la violence physique, alors, vous allez vous battre par manuscrits interposés. »

Taylor était tout sourire. Je sentis monter une flambée de haine. *Bien*, dit Daphné. *Utilise la haine pour te renforcer.*

« Donc, en gros, vous voulez qu'on jette au feu le roman de l'autre ? demandai-je.

– C'est une idée. » Roza haussa les épaules. « Vous pouvez faire tout ce que vous voulez. Le déchirer en mille morceaux. Le manger. Du moment que vous vous en débarrassez. Il n'y a pas d'autre copie. »

Sans que je m'y attende, ses paroles me serrèrent la poitrine. Tout ce temps passé à écrire, toute cette énergie... pour en arriver là. Roza sortit son téléphone.

« Et pour m'assurer que vous participiez au jeu, je vais vous donner un délai. Vous avez deux heures. C'est court, mais vous pouvez y arriver. Si, à la fin de ce compte à rebours, aucun manuscrit n'a été détruit, vous mourrez toutes les deux. » Elle haussa les épaules. « Moi, ça me va dans un cas comme dans l'autre, franchement. Mais j'espère vraiment continuer à travailler avec l'une de vous à l'avenir. Vous avez beaucoup de talent. »

Le sourire s'évanouit sur le visage de Taylor. Et je compris tout ce qui s'était passé dans cette étrange famille marquée par le malheur. Yana avait été la première. Roza avait séduit sa jeune assistante, su gagner sa confiance et fini par lui voler son roman. Elles s'étaient aimées : j'en étais autant persuadée que si on me l'avait raconté. Quand est-ce que ça avait commencé à changer ? À quel moment Yana avait-elle été reléguée au rang de gouvernante ? Avant ou après l'arrivée de Taylor, tellement enthousiaste, tellement désireuse de faire plaisir ?

Chitra en avait fait partie aussi, mais pas de la même manière. Chitra, c'était un gibier différent. Roza ne l'avait pas attirée par le sexe ou la validation, mais par l'amour qu'elle vouait à sa fille. Elle avait repéré son point faible et su comment l'exploiter. Mais entre Yana et Taylor, pour la première fois, il y avait eu de la concurrence. Yana avait perdu. Chitra était devenue inutile et on l'avait sacrifiée pour nous montrer qui était notre vraie rivale.

Taylor.

Est-ce que Taylor avait conscience de ce qui était en train de se passer ? Que la gagnante, Wren ou moi, était appelée pour prendre sa place ? Ça ne serait pas facile pour elle. Roza allait la faire souffrir. Et ça aussi faisait partie du jeu.

Wren fut prise de tremblements et se mit à pleurer.

« Apporte-lui une couverture », ordonna Roza.

Taylor lui jeta un plaid en laine sur les genoux.

« Et débarrasse-les de ces bracelets, ajouta-t-elle. Wren ? Tiens le coup, chérie. C'est l'heure de te mettre à écrire. »

Fichant son pistolet dans sa ceinture, Taylor détacha les menottes et les laissa tomber sur le sol. Je massai mes poignets endoloris, ouvrant et refermant la main pour faire circuler le sang dans mes phalanges blanchies. Quand Taylor s'écarta, Wren me regarda, les yeux dans le vague.

« Concentre-toi », dis-je à voix haute.

Elle avait l'air confuse. Et ça se comprenait. À quoi bon ? Dans quel but ?

Un reflet brillant m'attira l'œil derrière elle dans la lumière tamisée. La carafe de vin sur le buffet. *Va te servir à boire*, dit Daphné.

« Attendez. » Je me tournai vers Roza et désignai la carafe. « C'est pour nous ? Je peux en avoir ? »

Je me levai.

« Holà ! » Taylor bondit et braqua le pistolet dans ma direction. « Repose ton putain de cul sur ta chaise.

– Tout va bien, chérie. » Roza lui tapota la hanche. « Sers-lui un verre de vin.

– Je peux le faire moi-même. » Je frottai mes mains et agitai les doigts. « J'ai besoin de bouger un peu avant de me mettre à écrire. Question de nervosité, j'imagine.

– Ça peut se comprendre. » Roza leva les yeux vers Taylor. « Laisse-la faire. »

Taylor resta debout quand je m'approchai du buffet. J'essayai de l'ignorer, tout comme son arme qui me semblait plus solide et réel que n'importe laquelle d'entre nous. Si Taylor voyait ce que je faisais, elle allait s'en servir pour m'en empêcher, avec ou sans l'autorisation de Roza.

Je lui tournai le dos. Tout en saisissant la carafe d'une main, je plongeai l'autre dans mon décolleté pour sortir la fiole de mon soutien-gorge. Et j'ôtai le bouchon en la tenant serrée pendant que je me servais à boire. Le bouchon et la tige séchée tombèrent sur le buffet. Je ramassai les fleurs et les émiettai dans la carafe. Puis j'envoyai voler le petit bout de liège qui alla se nicher entre le bord de la table et le mur. Je jetai un coup d'œil à la carafe et remis la fiole vide dans mon soutien-gorge. Le vin était assez foncé pour masquer l'aconit. Ou alors, l'aconit s'était déjà dissous.

Bien joué, murmura Daphné, satisfaite.

« Dépêche-toi, connasse », cria Taylor.

Je retournai à mon bureau en buvant une gorgée de vin acidulé et épais. Il ne restait plus rien à faire qu'espérer qu'elles se servent à boire. J'appuyai sur une touche et clignai des yeux quand l'écran lumineux s'alluma brillamment dans la pièce obscure.

« Très bien, mesdames. » Roza appuya sur son téléphone. « Il vous reste deux heures. »

40

Lamia flottait en l'air, dominant Daphné. Un sourire se dessina sur ses lèvres souillées de sang séché. « Oui. » Daphné se leva, les mains tendues. « Recevoir la Grande Transmission serait un magnifique honneur. Tu as dit qu'il y avait une cérémonie ? Quel matériel faut-il ? Et où le trouverai-je ? » Lamia redescendit de quelques centimètres.

« On a besoin de feu.

– Le salon, répondit Daphné du tac au tac. Allons au salon. »

Le visage d'Abigail commençait à se distendre et à couler comme un masque de cire. Derrière, le vrai visage de Lamia apparaissait. Daphné savait qu'elle n'avait pas beaucoup de temps.

« Je sais que tu n'es pas encore convaincue, dit Lamia. Mais ça viendra. Je connais les pressions que les autres ont exercées sur toi. Et combien tu as souffert. Lorsque tu renaîtras, tu auras le pouvoir absolu. »

Qu'est-ce que ça voulait dire ? Le pouvoir de tuer ? De servir Lamia ? Daphné s'efforça d'enfouir ses pensées profondément, comme des graines dans la terre. Si elle le voulait, Lamia savait lire en elle. Mais à ce moment précis, les réactions de Daphné semblaient être le cadet de ses soucis.

Suffisance. *Lamia se pensait invincible. C'était son point faible. Elle avait raison quand elle avait dit que Daphné avait souffert dans sa jeunesse. Mais elle avait survécu. Ce qui signifiait qu'elle aussi, Daphné, avait son propre pouvoir.*

Mes mains s'immobilisèrent au-dessus des touches. Le mot « pouvoir » saturait mon cerveau. Il ne m'avait jamais paru aussi étranger, inatteignable, qu'en ce moment où j'écrivais sous la menace d'une arme. Je pensai à Chitra, à son corps recroquevillé sur le sol de la salle à manger. À Zoé, à Yana, à Keira, gelées et empilées comme des bûches dans le garage.

Je jetai un coup d'œil à Wren. Penchée sur son clavier, elle tapait à toute vitesse. Elle était terrifiée, elle était blessée, pathétique. Et pourtant, autrefois, elle avait exercé un tel pouvoir sur moi. Même en son absence, elle avait été un fantôme tout-puissant qui hantait toutes mes pensées. Je me rappelais la terreur qui m'avait assaillie dans le métro, quand j'allais à la soirée pour la sortie du livre d'Ursula, rien qu'à l'idée de la voir. J'eus la vision de Wren enfant, enfermée dans le placard, les bras et le dos couverts de bleus.

Je jetai un coup d'œil vers Roza et Taylor – qui n'avaient malheureusement même pas accordé un regard à la carafe de vin. Roza lisait sur son téléphone, Taylor examinait son pistolet – et là encore, un voile se dissipa. Je les vis toutes les deux dans une version plus jeune d'elles-mêmes, fraîches jeunes filles se rendant lentement compte que dans le monde où elles étaient nées, il n'y avait pas de place pour elles. La jeune Roza, qui avait échappé de justesse aux horreurs de la guerre et retombait dessus chez sa meilleure amie. Et Taylor adolescente, grandissant dans un lieu où les filles étaient tellement haïes qu'elles décidaient de mettre fin à leurs jours. Elle avait dû repousser si loin sa haine qu'elle s'était envenimée dans le noir.

Et je me revis, moi. Une jeune fille qui rencontre un monstre dans les bois et devine au fond d'elle que ça annonce la fin de quelque chose. Que les disputes à voix basse, les sales regards, l'énergie sombre qui circulait chez moi, c'était bientôt fini. Comment affirmer ton pouvoir dans un monde qui n'avait eu de cesse de t'en dépouiller, encore et encore ? Et comment le reconquérir quand les forces dominantes l'agitaient au-dessus de ta tête en criant : *Seuls les plus forts survivent* ? Est-ce que faire mal aux autres était le seul moyen ? Ou ça aussi, c'était un piège ?

Peut-être que la réponse était encore plus simple que je n'aurais pu l'imaginer. Peut-être que ce pouvoir n'avait jamais disparu et qu'il vivait toujours en moi, dans mes tripes et mes os. Peut-être que tout ce que j'avais à faire, c'était accepter de le voir.

C'est ça. La voix de Daphné, fière et solennelle, pénétra mes pensées. *Tu as enfin décelé la vérité. Derrière tout ça. Derrière Roza. Derrière toi-même. Tu as atteint la fin. C'est terminé.*

Je poussai mon ordinateur devant moi.

« J'ai terminé, dis-je d'une voix de nez maussade.

– Qu'est-ce qu'elle a dit ? » demanda doucement Taylor.

Roza leva les yeux de son téléphone. Je me raclai la gorge et me tournai pour leur faire face. « J'ai fini. » Wren arrêta de taper et me dévisagea de ses yeux immenses et effrayés. « Tu n'as écrit que pendant cinq minutes. » Roza fronça les sourcils. « Tu ne peux pas avoir fini. » Je reniflai. Le bruit me fit sursauter, puis j'éclatai d'un rire exubérant. La force de ma résistance me remplissait, scintillante comme un million d'étoiles.

« Merci, Roza, dis-je. Il m'aura fallu tout ce temps pour comprendre.

– Alex, chuchota Wren sur un ton paniqué.

– Vraiment, ma chérie ? »

Roza claqua son téléphone sur la table. À la lumière des chandelles, son visage semblait un peu épuisé.

« Oui. D'une manière vraiment tordue, je crois que vous m'avez sauvée. » Ma voix se raffermit. « Avant tout ça, j'étais vraiment comme une somnambule. Je me sentais tellement engourdie. Tellement malheureuse. Désespérée. » Je pris une profonde inspiration. « Mais en étant ici… je me suis souvenue grâce à vous que j'avais le pouvoir de créer des *mondes* entiers à l'intérieur de moi.

– Hum. » Taylor lança un coup d'œil vers Roza. « Elle est sérieuse, là ?

– Pendant longtemps, continuai-je, j'ai laissé les autres m'expliquer que je n'étais pas assez bonne. Que pour devenir une vraie écrivaine, je devais trouver un agent ou un éditeur qui crut en moi. Et que jusque-là, écrire ne serait qu'un fantasme. Mais c'étaient des conneries. Parce que même si je ne publie jamais rien, je serai quand même une écrivaine. » Je marquai la pause pour reprendre mon souffle. « Je suis une écrivaine, et ça, personne ne pourra me l'enlever. »

Roza se contentait de m'observer, un sourcil arqué en accent circonflexe.

« C'est comme une illumination, continuai-je. Et d'une manière bizarre, je l'ai ressentie, Roza. Vous vous êtes donné tant de mal pour la voler aux autres. Mais vous n'aurez jamais ce pouvoir. »

Elle souriait, à présent.

« Et donc... »

Je me levai et pris appui sur le dossier de la chaise. Taylor était prête à bondir, mais Roza leva la main pour la retenir.

« Et donc, je l'emporte avec moi. J'ai terminé. » Je saisis ma pile de feuilles, j'allai droit vers la cheminée et les jetai au feu. Wren poussa un cri. Je regardai brûler mon livre. La paix se répandit en moi, douce comme une phalène, alors que les pages se racornissaient en noircissant. Je sentais la présence spectrale de Daphné à mes côtés. Elle rayonnait, fière comme une mère. Les autres pouvaient faire ce qu'elles voulaient à mon corps, elles n'auraient pas mon histoire.

« Oh, Alex, dit Roza en se grattant le front. « Espèce de petite sotte. Tu n'as *quand même pas* cru que c'était la seule copie ? » Elle avait l'air de bien s'amuser. « Quel acte héroïque, toutefois. Et quel discours ! Je suis heureuse que tu aies vécu ça, ma chérie. Tu mérites de sortir par la grande porte. » L'allégresse déserta son visage quand elle se tourna vers Taylor. « Tue-la. »

41

« Pour de vrai ? » Taylor semblait surprise.

« Oui, pour de vrai. » Roza poussa un profond soupir. « Je leur ai trop lâché la bride. Je m'en rends compte maintenant. Enfin. On apprend tout au long de sa vie. S'il te plaît, occupe-toi d'Alex. Et ensuite, Wren pourra jeter un coup d'œil au cadavre de sa meilleure amie et décider comment elle veut qu'on procède.

– Non ! s'écria Wren, la voix brisée par l'angoisse.

– Attendez. » Mon cœur battait à tout rompre, mais Daphné continuait à m'apaiser. *Reste calme. Encore un essai.* Je désignai mon verre de vin. « J'ai droit à une dernière volonté ? »

Roza hésita. Elle voulait qu'on en finisse et qu'on n'en parle plus, mais elle était aussi dotée d'un sacré sens de la curiosité.

« Laquelle, chérie ?

– Un toast. Je veux porter un toast. » Lentement, je tendis la main et levai mon verre. « À tout ce que nous avons traversé ensemble.

– Sérieusement ? dit Taylor d'une voix stridente. C'est hors de question. »

Et ce fut ce refus, combiné à l'inclination de Roza pour le drame, qui cimenta tout le reste.

« Pourquoi tu lui refuses ? demanda-t-elle avec colère. Tu as un emploi du temps chargé ? Sers-moi un verre. Et un pour Wren aussi.

– C'est tellement, tellement ridicule. »

Taylor ficha le pistolet dans sa ceinture. Aucune de nous ne la quitta des yeux pendant qu'elle remplissait les verres sur le buffet. Elle tendit le premier à Roza, posa le deuxième sur la table de Wren et garda le troisième.

« Contente comme ça, Alex ? »

Comme par défi, elle se laissa tomber sur le canapé et but une grande gorgée.

« À Alex. » Roza se leva et brandit son verre. « Une jeune écrivaine vraiment talentueuse qui a enchanté notre monde avec son chef-d'œuvre. Enfin, une bonne partie. »

Elle porta le verre à ses lèvres. Machinalement, Wren fit de même.

« Wren, non », murmurai-je doucement pendant que Taylor avalait une nouvelle gorgée.

Wren s'immobilisa, mais Roza m'avait entendue.

« Que se passe-t-il ? » Elle fit tourner le verre devant ses yeux et l'étudia. « Tu as mis quelque chose dans le vin ?

– Hein, *quoi* ? »

Taylor écarquilla les yeux. À cet instant, je saisis un mouvement dans ma vision périphérique. Une ombre – quelqu'un ? – rampait vers nous. D'abord, je pensai à une illusion d'optique due à la lumière des bougies, mais l'ombre se matérialisa en une forme indistincte et pourtant concrète qui avançait à quatre pattes. Elle se faufila sans un bruit sous la tête de bison naturalisée. J'étais stupéfaite. Avais-je provoqué la renaissance de Daphné ? Était-ce mon désespoir qui l'avait ramenée à la vie ? Ou est-ce que j'étais en train d'halluciner comme à la Saint-Valentin, après avoir avalé par mégarde quelques molécules d'aconit ? Taylor bondit sur ses pieds, pointant le pistolet sur moi.

« Al, qu'est-ce que tu as foutu ?

– Là. » Roza retira un truc dégoulinant de son verre. « On dirait de... »

Taylor s'en empara.

« De l'aconit. Mais comment tu as pu... »

Elle leva les yeux, déconcertée. Daphné se rapprochait, un gros objet blanc à la main. Elle portait une cape en fourrure dont la capuche occultait son visage. Je devais détourner leur attention.

« ... trouver ça ? »

Je plongeai la main sous mon pull et exhibai la fiole vide que je lançai en l'air. « Tu ferais mieux de garder les substances dangereuses en lieu sûr, T.

– Oh, merde. On peut mourir avec ce truc, Alex ! »

Taylor se laissa tomber par terre, abandonnant le pistolet, et s'enfonça un doigt dans la gorge. Elle se fit vomir. Daphné était arrivée juste derrière le canapé. La lueur des bougies fit briller ses yeux et ses dents.

« Juste ciel ! » Roza sourit. « Eh bien ça, c'était inattendu. Bravo, chérie. Mais j'espère que tu as compris que ce n'est qu'un court délai supplémentaire. »

Daphné se dressa sur le dossier du canapé et, prenant appui sur les coussins, déploya toute sa haute carrure. Elle avait combattu Lamia et remporté la victoire, mais à l'évidence, ça n'avait pas été une partie de plaisir. Sa cape en fourrure était couverte de taches de sang. Ses lèvres craquelées s'arrondirent en un méchant rictus lorsqu'elle brandit un gros vase en céramique. Le temps sembla se figer. Roza commençait juste à se retourner quand Daphné fracassa le vase sur le crâne de Taylor, l'entourant brièvement d'un halo d'éclats blancs, avant que la violence du choc ne la projette face contre terre.

Quand le temps reprit son rythme normal, Taylor gisait, allongée sur le ventre. Autour de sa tête, une auréole de sang se propageait sur le tapis. Il y avait un problème avec son crâne. Il était déformé. Concave. Ses cheveux ensanglantés collaient à son cuir chevelu enfoncé. Daphné était dressée au-dessus d'elle, haletante. Sauf que ce n'était pas Daphné. C'était Keira. Elle rabattit sa capuche et me fixa, le souffle court. C'était la première fois que je la voyais sans ses lunettes. Au milieu de son visage rougi et meurtri, la peau autour des yeux et le bout de son nez étaient violacés. Son regard était saturé de fureur et de détermination.

Roza, la bouche grande ouverte, fixait le pistolet. Au moment où Keira se baissa pour le ramasser, Roza se précipita vers la porte. Keira s'élança à sa poursuite. Je leur emboîtai le pas, avec Wren.

Auparavant, quand je fouinais dans la maison ou me cachais dans la bibliothèque, je m'étais sentie comme une proie. Mais jamais prédatrice. À présent, alors que toutes les trois, nous pourchassions Roza dans le couloir, je n'avais qu'une envie : la mettre en pièces.

42

Roza déboucha dans le grand hall. On la suivit dans l'escalier, sur le palier, puis dans le couloir qui menait à sa chambre. Je me jetai sur la poignée, mais la porte était verrouillée.

« Keira, tu es vivante ! »

Je n'en croyais pas mes yeux. Sans m'accorder un regard, elle nous repoussa et braqua le pistolet vers la serrure. La détonation me vrilla les oreilles. Puis elle donna un grand coup de pied dans la porte et se glissa à l'intérieur. En m'élançant derrière elle, j'échangeai un regard avec Wren. Encore un des talents cachés de Keira.

« La cave ! » m'écriai-je alors qu'on traversait le vestibule en direction du petit salon.

Elle avait dû y descendre pour se barricader entre les épais murs de ciment. Mais on découvrit quelque chose qui nous stoppa net dans notre élan. Un escalier escamotable était déployé vers une trappe ouverte dans le plafond comme une mâchoire béante. Le grenier.

J'éclatai de rire, sidérée de constater une nouvelle collision entre ma réalité et celle de Daphné. Je l'imaginai en train de gravir quatre à quatre l'escalier du grenier, encouragée par Grace, sa sœur morte depuis longtemps, alors que Lamia la suivait de près. Qui étais-je à ce moment précis ? Étais-je encore Daphné ? Ou bien étais-je devenue Lamia ?

« Attends ! s'écria Wren quand Keira s'apprêta à monter. Pourquoi on ne la laisse pas là-haut ? On ne peut pas juste se tirer d'ici ?

– Comment ? répondit Keira d'une voix râpeuse ; c'étaient les premiers mots qu'elle prononçait.

– Je ne sais pas. »

Wren secoua la tête.

« Pas d'essence pour la motoneige. » Keira fit le décompte avec ses doigts. « Trop de neige pour prendre les voitures. Et trop de distance à parcourir à pied. »

Gros plan : je m'aperçus que ses oreilles avaient été noircies par les gelures.

« Mon Dieu. »

Je tendis la main vers elle, mais elle se détourna.

« Si nous ne la tuons pas, c'est elle qui va *nous* tuer, siffla Keira.

– Tu as raison. » J'agrippai l'épaule tremblante de Wren, ravalant ma propre panique. « Ça va aller ?

– Ouais. »

Wren frissonna mais se redressa. Keira monta la première en braquant le pistolet vers le haut. Son épaule gauche pendait bizarrement et elle progressait de guingois. Elle sentait le grand air, l'odeur boisée des sapins. Je la suivis, et Wren m'emboîta le pas. Le temps que nos yeux s'accoutument à la pénombre du grenier, je ressentis une bouffée d'angoisse. Exactement comme je l'avais imaginé, l'endroit était bourré de caisses, de meubles sous des draps et de piles de cadres dorés. On passa près d'un fauteuil en velours rose couvert de poussière. Un énorme trou en défonçait l'assise, et la bourre dégorgeait comme des vomissures.

La voix de Daphné, qui m'expliquait quoi faire, s'était tue. Maintenant, nous n'étions plus que trois, progressant en formation serrée, lentement, comme des soldats en reconnaissance dans une forêt. Je balayai le grenier du regard. Roza pouvait être n'importe où. C'était trop dangereux. Wren poussa un cri. On se retourna dans le même mouvement.

Reculant devant nous, Roza empoignait Wren et pressait un couteau sous sa gorge. Les yeux de Wren semblaient sur le point de sortir de leurs orbites, et elle gémissait de terreur. Pour une fois, la chevelure de Roza était décoiffée, et son visage luisait de sueur.

« Lâche-la, grogna Keira en braquant son arme.

– Non. » Sa voix était calme, mais elle crispait les mâchoires. « Non, je ne pense pas.

– Roza. »

Keira fit un pas en avant et Roza recula d'autant, entraînant Wren avec elle.

« Eh bien ! s'exclama-t-elle, affectant un sourire. Encore un coup de théâtre : Keira, qui revient des enfers ! Je savais que Chitra cachait quelque chose, quand elle s'esquivait de la maison. Elle t'a apporté à manger, des couvertures, peut-être même un radiateur ? Tu as eu de la chance. Même si ces gelures risquent d'avoir de lourdes conséquences sur ton look. » Elle soupira. « Arrête de geindre, chérie. »

La lame du couteau traça une ligne sur la gorge de Wren ; quelques gouttes de sang giclèrent.

« Lâchez-la. »

Notre impuissance était vertigineuse.

« Mesdames, ne perdons pas de temps. Vous n'avez aucune envie que je l'égorge. Alors, voilà ce qu'on va faire. » Le sourire de Roza évolua en rictus. « Keira, tu vas faire glisser ton arme par terre dans ma direction. Et ensuite, je vais vous enfermer dans une chambre le temps de m'enfuir. Qu'est-ce que vous en dites ? »

Keira lui rit au nez.

« Parce que tu crois qu'on va te faire confiance ?

– Vous avez ma parole. Je sais qu'elle ne vaut pas grand-chose. Mais envisagez l'alternative. »

Wren poussa un cri en sentant son sang dégouliner le long de son cou jusqu'à sa clavicule.

« Honnêtement, pour moi, ce n'est pas la pire sortie possible. » Roza haussa les épaules. « La prison m'a toujours paru ennuyeuse, mais la mort ne me fait pas peur. Alors vous avez le choix. Soit vous me donnez le pistolet, soit je coupe la gorge de votre amie et j'accepte de mourir. Vous avez dix secondes. » Elle commença le décompte. « Dix, neuf... »

Wren nous implorait des yeux. Je croisai le regard de Keira. Des gouttes suintaient de la partie la plus desquamée de son visage. *Qu'est-ce qu'on doit faire ?* Je savais sans l'ombre d'un doute que Roza irait jusqu'au bout. Après tout, ce n'était qu'un échelon supplémentaire dans l'escalade : des fleurs venimeuses à une profonde balafre sur la gorge, en passant par une seringue dans le bras.

« Un. »

Le bras de Roza commença à remonter. Wren ferma les paupières et déglutit.

« Stop ! » Je levai les mains. « On accepte. Mais arrêtez ! »

« Alex, je voudrais te parler en tête à tête. »

Je m'arrêtai sur le seuil de la chambre de Yana. Les autres étaient déjà à l'intérieur. Wren sanglotait, allongée par terre, et Keira était agenouillée près d'elle. On échangea un regard puis Roza ferma la porte à clé. Ensuite, elle se tourna vers moi, le pistolet pointé négligemment sur le côté. Quand elle l'avait ramassé dans le grenier, elle l'avait braqué dans le dos de Wren avant de lâcher son couteau. Puis elle nous avait ordonné d'avancer devant elle, ajoutant que ça ne lui poserait aucun problème de l'abattre si on essayait de s'enfuir. Keira et moi avions suivi ses consignes à la lettre. Maintenant, j'observais Roza avec méfiance, ne sachant pas ce qu'elle avait en tête.

« Eh bien. » Elle lissa ses cheveux en arrière. « Ça aura été un sacré voyage, hein ? »

Elle avait envie de discuter. Et moi, j'avais envie de lui éclater de rire au nez, mais parvins à garder le contrôle.

« On peut dire ça.

– Je veux que tu réalises ce que je fais pour vous. » Elle eut un signe de tête vers la chambre fermée à clé. « J'aurais très bien pu vous tuer toutes. Mais... » Elle soupira, baissant les yeux. « Je ne sais pas. Peut-être m'as-tu rendu un peu plus douce. »

Je gardai le silence, sans perdre de vue le pistolet. Aurais-je une chance de m'en emparer ? Je devais continuer à l'occuper.

« Comment vous allez vous échapper ? demandai-je. À pied ?

– Je t'en prie, chérie. Tu sais que je suis plutôt douée pour élaborer des plans. » Elle afficha un petit sourire narquois. « J'ai caché un bidon d'essence pour la motoneige dans le garage. » Elle me regarda intensément, et son sourire s'épanouit. « Est-ce que tu veux m'accompagner ? »

Pendant plusieurs horribles secondes, je crus qu'elle était sérieuse et qu'elle allait me forcer à partir avec elle. Elle vit mon expression, et son sourire s'acheva en ricanement.

« Je plaisante, mon cœur. J'ai bien peur que nos chemins divergent à partir de maintenant.

– Peut-être que vous devriez rester. »

Je m'efforçai d'avoir l'air naturelle, comme si je discutais avec une copine à la fin d'une soirée qui s'éternisait.

« Tu sais bien que c'est impossible. » Elle tendit la main et me toucha le bras. « J'ai tenu à te parler parce que je voulais que tu saches : malgré tout ça, tu t'en es très bien sortie. »

Son expression était tendre, presque maternelle.

« Merci. »

J'en étais arrivée à la conclusion que si je tentais le moindre mouvement pour m'emparer du pistolet, elle aurait le temps de me tirer dans le ventre.

« Nous aurions pu passer de très bons moments toutes les deux. Mais tu as choisi une autre voie. » Elle plissa les lèvres. « La sécurité. La stabilité. Et Wren, cette idiote pleurnicharde. »

De manière inattendue, elle me donna envie de me défendre. De lui dire que ce n'était pas Wren que j'avais choisie, mais moi-même. Mais c'était inutile. Elle ne comprendrait pas.

« Peut-être que vous avez raison. »

Je haussai les épaules, sentant l'épuisement me submerger peu à peu.

« Quoi qu'il en soit. » Elle recula d'un pas. « Il y a une clé USB sur mon bureau. Dans la coupelle où je range mes bagues. Elle contient tous vos romans.

– Merci. » Je me forçai à sourire. « Vous pourriez bien être en train de vous *adoucir*, en effet. »

Roza me sourit à son tour.

« Tu sais quoi ? Je crois que tu vas avoir une longue carrière. Bien lancée par mes soins et cette folle expérience, évidemment. Mais longue, quand même. Et j'ai hâte de la suivre. » Elle se rapprocha d'un pas. « *Ciao*, chérie. »

Et comme si c'était la chose la plus naturelle du monde, elle se pencha et m'embrassa sur les lèvres.

Ce baiser me révolta. Je fis un bond en arrière et elle se redressa, toujours souriante, contente d'elle. Puis elle rouvrit la porte de la chambre et me fit signe d'entrer. Je m'assis par terre près de Wren et de Keira, j'écoutai le claquement du verrou et les pas de Roza qui s'éloignaient dans le couloir.

« Qu'est-ce qu'elle voulait ? » demanda Keira avec méfiance.

Wren était recroquevillée en position fœtale. Endormie, peut-être.

« Je ne sais pas. » Mon cerveau tournait à cent à l'heure. « Me dire adieu, je crois. »

Keira hocha la tête.

« Tu étais sa préférée. »

Malgré moi, je me sentis rougir. Et pendant qu'on retournait la chambre de Yana à la recherche d'épingles à cheveux, je tentai de chasser cette étrange bouillie de rage, de répulsion et de désir.

Si les choses avaient tourné autrement, si Zoé n'avait pas fait s'écrouler le château de cartes, peut-être que Roza *aurait réussi* à me convaincre de lui céder mon livre. Et la retraite aurait pu s'achever autrement. Et j'aurais pu arriver à persuader Roza que Taylor n'avait pas à mourir pour que je prenne sa place.

Je nous imaginai embarquer toutes les deux dans un avion, et prendre place en première classe. Roza, tout sourire, serrant ma main dans la sienne, et moi, répondant à son étreinte. Nous aurions connu nos plus noirs secrets, et cette connaissance nous lierait l'une à l'autre plus fortement que tous les couples autour de nous. Pendant une seconde, je ressentis l'allégresse qui m'aurait envahie au moment du décollage, dans cet avion en partance vers notre nouvelle vie commune.

43

Six mois plus tard

Après l'ultime combat avec Lamia, Daphné dormit pendant quinze heures. Quand elle se réveilla, l'après-midi suivant, elle prit un bain puis se prépara un copieux petit déjeuner et entassa autant de nourriture qu'elle put dans un sac à dos. Ensuite, elle s'habilla avec les vêtements de Horace, serrant son pantalon avec une ceinture. Elle se sentait merveilleusement libre, délivrée des faux-culs et des corsets bâtis comme des cages. Elle mit la dernière touche à sa tenue en se coiffant d'une chapka de chasse en fourrure. Elle se contempla dans le miroir de rasage de Horace. Elle avait les yeux brillants et les joues roses. Elle sentit un frémissement qui lui montait des tripes. Quelque chose – elle ne savait pas quoi – attendait.

Elle sortit par la porte de la cuisine dans l'éclatante lumière du jour. Le ciel resplendissait d'un azur sans faille. Le soleil faisait scintiller le gel sur les branches des grands arbres. Elle sortit sa boussole. Le monastère était situé à l'est. C'était à des kilomètres, mais elle était persuadée d'y arriver. On l'accueillerait, on lui donnerait un refuge et à manger. On l'amputerait de quelques phalanges noircies, aux pieds et aux mains. Et ensuite, elle pourrait entamer sa convalescence. Elle s'était déjà choisi un nouveau nom : Elizabeth. Elle laissait derrière elle celle qu'elle avait été. Et qui sait où ça la conduirait ?

Le cadavre carbonisé d'Abigail gisait dans la cave. Peut-être parviendrait-on à l'identifier, mais ce n'était pas sûr. Daphné savait qu'Abigail ne s'était pas vantée de ses penchants pour le spiritisme auprès de sa famille ou de ses amis. Et même s'il lui répugnait de ne pas leur rendre de corps à enterrer, elle n'avait pas le choix. Surtout si elle visait elle-même à s'échapper. Et peut-être lui avait-elle évité les entrailles de l'enfer.

Daphné respira à pleins poumons, savourant le craquement de la neige sous ses semelles. Bientôt, le givre fondrait. Des bourgeons verts éclateraient dans les arbres. Elle pourrait se débarrasser de ses différentes couches de vêtements et nager nue dans les ruisseaux tièdes.

Un petit cri strident retentit sur la droite. Sur un rocher, pas loin, un minuscule écureuil jacassait dans sa direction. « Salut », dit Daphné. Comme s'il avait attendu sa permission, l'animal bondit devant elle. Peut-être voulait-il être son nouveau guide. Peut-être était-il la réincarnation de sa sœur Grace, revenue pour l'aider une fois encore.

Quoique... Grace avait toujours détesté les rongeurs. Alors, peut-être pas.

« Attends-moi ! » Daphné pressa le pas, repoussant les branches sur son chemin, s'enfonçant plus profondément dans la forêt vers sa nouvelle vie. Les frondaisons balançaient sur son passage et se refermaient derrière elle, de nouveau immobiles.

Je levai les yeux, refermant le livre.

« Merci. »

Il y eut un tonnerre d'applaudissements. Ça m'effraya – tous les bruits forts et inattendus continuaient à m'effrayer –, mais je me forçai à arborer un grand sourire.

« Merci, Alex ! »

Tonya, la modératrice, et une autre romancière prometteuse serraient mon roman contre leur cœur, les bonnes pages marquées par des Post-it. Dans le public, des dizaines de mains se levèrent.

« Bien, nous allons en rester là. »

Tonya ignora l'assistance. Je hochai la tête, soulagée. J'avais prévenu « l'équipe » que je ne lirais qu'un extrait lors de mon cocktail de lancement. Que je ne répondrais pas aux questions d'un modérateur, ou des spectateurs. Parce que je savais que ces questions porteraient inévitablement sur Roza.

« Merci, tout le monde, profitez bien de la soirée ! » s'écria Tonya. Alors qu'on se levait, elle me fit une accolade. « J'ai adoré votre livre, murmura-t-elle à mon oreille.

– Merci, répondis-je.

– Je me suis laissé dire que vous aviez déjà vendu les droits ciné ? » Elle recula. « C'est magnifique. Maintenant, vous allez pouvoir prendre un peu de repos, non ?

– Je l'espère. »

Les six derniers mois étaient passés à toute vitesse. L'éditrice avait voulu accélérer la sortie du livre. Alors j'avais dû écrire les quelques dernières scènes, éditer l'ensemble, relire les épreuves et donner mon avis sur la couverture en quelques semaines. J'avais fait tout ce qu'on me demandait. Sauf pour la presse.

« Alors, dites-moi. » Tonya se rapprocha. « J'ai aussi entendu que vous pourriez écrire un roman sur votre expérience avec les deux autres survivantes. C'est vrai ? »

Votre expérience. Quelle manière délicate d'envisager les choses.

« Probablement pas. » Je haussai les épaules. « Mais plusieurs studios sont intéressés par notre histoire.

– Ça ferait une *incroyable* minisérie. » Elle me colla sa carte dans la main. « Je suis scénariste. Si vous avez besoin d'un coup de main – et d'une personne de confiance –, appelez-moi.

– Merci. »

Je glissai sa carte dans ma poche. Je la donnerai à Melody, l'agente d'Ursula, qui était devenue aussi la mienne. Mais si on vendait les droits, je ne voulais pas m'en mêler. Tout ce qu'on pourrait en faire n'arriverait jamais à retranscrire ce qui s'était réellement passé. C'était mon histoire, et celle-là, je ne voulais la partager avec personne. Parce que, franchement, je commençais à peine à la digérer moi-même. Ursula me tomba dessus à l'entrée de la salle.

« Hé ! La femme du jour ! Tiens. » Elle me tendit une coupe de champagne en plastique. « À la tienne, *baby.*

– À la tienne. »

Je portai la coupe à mes lèvres mais ne bus qu'une toute petite gorgée. Ces derniers temps, l'alcool m'attirait de moins en moins. Les seuls effets que ça me procurait, c'était un mal de cœur et une violente migraine. Ce qui était une vraie déception puisque j'avais beaucoup compté dessus pour brouiller les cauchemars et les flash-back qui me harcelaient. Ils m'avaient pas mal perturbée, mais les séances chez mon nouveau psy me faisaient du bien.

« Comment tu te sens ? »

Ursula semblait plutôt enjouée, mais je voyais dans ses yeux la même préoccupation silencieuse que chez presque tous les gens que je croisais. Je ne savais pas comment faire comprendre que je n'étais pas en miettes. Que malgré les effets secondaires persistants, j'étais plus forte qu'ils ne m'avaient jamais vue. J'avais juste besoin d'un peu de temps pour me réadapter. À cette nouvelle vie, à ce nouveau moi – je me demandais encore qui j'étais devenue.

« Je vais bien, dis-je sincèrement, et elle sourit.

– En tout cas, il a l'air génial. »

Elle brandit mon roman. Sur la couverture, le titre en lettres blanches gauffrées se superposait à une des toiles de Daphné accrochées dans le hall. Melody avait dû pas mal batailler avec l'équipe éditoriale – ils voulaient mettre une photo sexy de femme nue vue de dos –, mais j'aimais bien le résultat. Je savais parfaitement pourquoi il avait été choisi et publié si vite. Et c'était toute la question : est-ce que mon roman aurait intéressé les éditeurs s'il n'y avait pas eu notre histoire avec Roza en arrière-plan ? Je n'en avais aucune idée. Probablement pas. Mais ça n'avait pas d'importance. C'était agréable que des gens aient envie de lire mes mots, même si leur intérêt n'était que passager. Et l'argent, en attendant, aidait infiniment.

« Salut. »

Je me retournai et découvris Pete, mon vieux collègue-ami-coup d'une nuit. Il leva son verre de rosé. On trinqua.

« La classe, hein ? » Je haussai les sourcils. « Alcool gratuit à volonté. Enfin. »

Ursula s'éclipsa en douceur en me lançant au passage un regard faussement effarouché.

« Très *hype*. »

Pete désigna la librairie indépendante qui m'accueillait. C'était une des plus grandes de Brooklyn, et pourtant, on s'y sentait confiné et il y faisait toujours trop chaud. Quelqu'un venait d'ouvrir les portes pour laisser pénétrer un peu de brise nocturne.

« Merci. Tu me connais. »

Je levai les yeux au ciel.

« Comment tu vas ? » demanda Pete à son tour, les sourcils froncés. Je me rappelai soudain qu'il avait essayé de prendre de mes nouvelles par e-mail, et que j'avais oublié de répondre. Je sentis la honte monter le long de ma colonne vertébrale. Je ne l'avais pas bien traité. Bien sûr, la décision de coucher ensemble, nous l'avions prise tous les deux sur un coup de tête alcoolisé. Mais juste après, c'était moi seule qui avais décidé de laisser s'étioler notre amitié. Exactement comme Wren, en fait.

« Je vais bien. Mais je voulais te dire… » Je me penchai vers lui. « … Je suis désolée de la manière dont ça s'est passé entre nous. J'ai agi de manière complètement immature. Je n'aurais pas dû t'éviter comme ça.

– De l'eau a coulé sous les ponts. » Il agita sa main. « J'ai même du mal à croire que tu t'en souviennes encore, avec tout ce qui t'est arrivé juste après. » Il secoua la tête. « Bordel, j'arrive toujours pas à mettre des mots sur ce que tu as dû endurer.

– Moi non plus. » Je lui souris. « Mais c'est sympa de me pardonner.

– En tout cas. » Pete souleva le livre, visiblement disposé à passer à un autre sujet. « C'est un roman génial. Je l'ai lu genre en une journée. Tu veux bien... » Il sembla un peu embarrassé. « ... Tu veux bien me le dédicacer ?

– Bien sûr. »

Je sortis un stylo de la poche de ma robe. *Pour Pete. Merci d'être un si bon ami.*

« Je me demandais aussi. » Il rougit. « Est-ce que je peux... est-ce qu'on peut déjeuner ou dîner ensemble un de ces quatre ? Juste en amis, je veux dire. Enfin... on verra. »

Il avait l'air tourmenté. Sans réfléchir, je le serrai dans mes bras, et quand on s'écarta, il semblait soulagé.

« J'adorerais, dis-je sincèrement. Mais je déménage à L.A. ce week-end.

– Ce week-end ? » Il ouvrit des yeux comme des billes. « Bordel.

– Eh ouais. » J'entendis le rire d'Ursula et tournai les yeux vers elle. « J'avais besoin de changement.

– Ben, si jamais tu repasses par New York... »

Il sourit. Je hochai la tête.

« Je t'appelle. Promis. Mais par contre, pas de shots de whisky.

– Alex ! Oh, mon Dieu ! » Craig, un des amis de Wren qui patientait derrière Pete, commençait à s'impatienter. Il passa devant lui et m'attrapa pour m'enlacer dans des effluves de cigarettes et d'eau de Cologne musquée. « Trésor, ton bouquin est *fa-bu-leux.* »

Ridhi surgit à ses côtés dans une robe débardeur rose vif qui aurait été plus adaptée à une boîte de nuit de Miami.

Je n'avais même pas envisagé que mes anciens amis puissent débarquer, mais ils étaient là, évidemment. Attirés par la lumière.

« *Tellement* fabuleux », renchérit Ridhi en me plongeant dessus pour m'embrasser.

Je souris et discutai quelques secondes, jusqu'à ce que je remarque la personne qui attendait derrière eux. Craig et Ridhi s'interrompirent net au milieu d'une phrase et s'écartèrent pour laisser passer Wren.

« Salut, Al. » Elle m'étreignit fortement pendant que Ridhi et Craig s'éclipsaient respectueusement. « C'est formidable.

– Merci. »

C'était une des premières personnes que je citais dans les remerciements, même si on ne s'était pas beaucoup vues pendant les six derniers mois. En réalité, elle m'avait tendu la main de nombreuses fois, m'invitant à des soirées de première classe, à des défilés de mode ou à des inaugurations de restaurants. On aurait presque dit une ex cherchant à me reconquérir. Mais je n'y étais pas allée. Les choses avaient trop changé. *Moi*, j'avais trop changé.

« Tu as fini tous tes cartons ? » Wren me tenait dans ses bras, m'examinant comme une maman fière de sa progéniture. Les cicatrices sur son visage n'étaient plus qu'à peine visibles, grâce à un des meilleurs dermatologues de Manhattan. Elle portait une tenue décontractée : un jean large et un marcel. Elle avait commencé à laisser pousser sa frange sur le côté et portait un rouge à lèvres couleur pêche au lieu du rouge éclatant qui était autrefois sa marque de fabrique.

« Presque tout bouclé. » Je hochai la tête. « Les déménageurs arrivent demain. Je dois me coucher tôt.

– Promets-moi que tu reviendras cet automne, pour la sortie de mon roman. »

Elle souriait, mais ses yeux s'emplirent de larmes.

« Évidemment », m'exclamai-je. Et les larmes me montèrent aussi, parce qu'on savait toutes deux que c'était peu probable. Il avait fallu un massacre, au sens littéral, mais l'histoire avec Wren était officiellement terminée. « Tu me manqueras. »

Je le pensais, et on s'enlaça une dernière fois.

D'autres personnes attendaient, avides de me parler, alors Wren me serra le bras et s'éloigna. Craig et Ridhi la suivirent comme des poussins derrière une poule.

« Félicitations ! » Mon éditrice, Sheena, me prit dans ses bras. « Ce soir, savoure, jeune dame. » Elle me fit un grand sourire et un clin d'œil, sans remarquer mes yeux brillants. « Demain, nous parlerons de ce que tu vas écrire ensuite. »

Cette nuit-là, allongée sur mon canapé, cernée par des cartons de déménagement, j'échangeais des textos avec Keira. Elle m'avait aidée à trouver un appartement près du sien, organisant le rendez-vous avec l'agent immobilier sur FaceTime. Elle avait aussi passé sur le gril le gérant de l'immeuble et même négocié une petite baisse de loyer. Niveau autonomie sociale, j'avais encore beaucoup de choses à apprendre d'elle.

Avec Keira et Ursula sur place, je savais que le déménagement se passerait bien. Comme Daphné, je n'avais aucune idée de l'endroit où j'allais arriver. Mais à ce moment de ma vie, je me sentais attirée par la chaleur et le soleil de L.A.

J'ai envoyé un SMS au père de Zoé aujourd'hui, écrivit Keira. *J'ai dit qu'on prévoirait un autre appel groupé avec lui et M ce mois-ci.*

Parfait, merci, répondis-je. Keira, Wren et moi avions décidé de fonder une association venant en aide aux jeunes autrices qui porterait le nom de Zoé, avec le soutien de son père et de son petit ami – qui s'appelait Michael, et non pas Jack, comme elle nous l'avait raconté. Je commençais tout juste à pouvoir penser à elle sans sombrer dans un chagrin sans espoir et sans fond.

Il y avait tellement de choses qui étaient injustes. Que nous ayons survécu et que Zoé et Chitra soient mortes. Que la fille de Chitra soit maintenant orpheline. Que Zoé ait passé le plus clair de sa vie à traquer un secret qui avait fini par la tuer. Et que sa tante Lucy soit morte avant d'avoir trente ans sans vivre assez longtemps pour écrire d'autres livres.

Mais c'était comme ça et il nous faudrait apprendre à vivre avec ces injustices.

Au fait, ta soirée avait l'air trop bien, écrivit Keira. *Quelle foule !*

C'était génial, répondis-je. Et c'était vrai. Étrange, mais génial.

Il faudra que tu me donnes des tuyaux. Son propre livre sortait deux mois plus tard. *Je déteste être le centre de toutes les attentions.*

Je la voyais très bien, vêtue d'une élégante tenue d'intérieur noire, en train de tirailler ce qui restait de son oreille droite – un nouveau tic d'anxiété que j'avais repéré lors d'un appel FaceTime – qu'on avait dû amputer à moitié à cause des gelures. Heureusement, après une opération et des mois de physiothérapie, son épaule gauche et son bras fonctionnaient normalement, même s'ils étaient encore faibles. Je trouvais curieux qu'entre Wren, Keira et moi, je sois la seule à être sortie de Blackbriar sans séquelles physiques.

Entraîne-toi à dire merci et à faire la bise, tapai-je. *Tu n'as que ça à faire !*

Je reposai le smartphone et mordis dans un restant de muffin au chocolat. La soirée – et la vie dans l'ensemble – avait conservé un vernis surréaliste, que je ressentais depuis mon départ de Blackbriar. Ma thérapeute avait donné un nom à ça : syndrome de stress post-traumatique. Mais je m'étonnais de constater que mon vécu traumatique pouvait paraître plus solide et réel que ma vraie vie.

Je me laissai entraîner encore une fois vers les dernières heures passées à Blackbriar. Keira avait réussi à crocheter la serrure de la porte et on avait trouvé une trousse de premiers secours dans la cuisine pour soigner les blessures de Keira et de Wren. On avait fabriqué une écharpe de fortune pour l'épaule et le bras de Keira. Heureusement, son nez et son visage avaient retrouvé un teint normal, mais son oreille était toujours noire.

Je leur avais préparé des toasts au fromage pendant que Keira nous racontait comment elle avait réussi à survivre plusieurs jours dans le garage. Et que Chitra, devant l'impossibilité de la ramener grièvement blessée à l'intérieur du manoir, lui avait apporté des radiateurs électriques, des couvertures, des anti-douleurs et de la nourriture. Elle nous dit qu'elle était restée assise chaque nuit auprès d'elle, changeant ses pansements, lui prodiguant un peu de réconfort. Apparemment, ça faisait un bon moment que Chitra voulait quitter Roza ; elle avait prévu de partir pour de bon à la fin de la retraite. Et tout avait dégénéré en chaos. Horrifiée, elle avait été témoin de nos séquestrations, puis des mises à mort… et elle avait décidé d'attendre son heure et d'aller chercher de l'aide à la première occasion.

Mais cette dernière nuit, Chitra n'était pas venue. Keira sentit qu'elle avait recouvré juste assez de forces pour se glisser dans le manoir. Bien consciente que son corps était au bord de l'épuisement, elle avait prévu de mettre la main sur le pistolet – une amie du Wyoming lui avait appris à s'en servir –, quitte à mourir en essayant.

Après les toasts au fromage, on s'était toutes endormies sur les deux lits de la chambre de Wren. Le lendemain, comme un coup de pouce, le temps s'était réchauffé rapidement, faisant fondre suffisamment la neige pour qu'on puisse essayer de partir au volant d'une des voitures de Roza. On avait parcouru à peine quelques kilomètres quand Wren trouva du réseau sur son téléphone. Arrêtées au bord de la route, on attendit qu'elle ait fini d'essayer d'expliquer la situation à l'opératrice du 911, tout en s'interrompant plusieurs fois pour éclater de rire. Keira et moi pleurions également de rire, mais nos larmes étaient autant dues à l'hilarité qu'au soulagement.

On retourna à Blackbriar pour attendre la police. On descendit nos valises au rez-de-chaussée, on prit une douche et on mit des vêtements propres. Je trouvai la clé USB dans la coupelle, à l'endroit que m'avait indiqué Roza. On évita le petit salon et la salle à manger. Keira avait surmonté sans sourciller le meurtre de Chitra, mais je me demandais si c'était parce qu'elle était en état de choc. Trois voitures de police avaient surgi, toutes sirènes hurlantes, peu de temps après.

« Vous avez pu chopper Roza ? »

C'était la première chose que Keira avait demandée, sur le porche de l'entrée, alors que les flics montaient les marches. Ils ne nous le dirent pas tout de suite, mais la réponse était non. On découvrit plus tard que d'autres policiers étaient déjà en train d'interroger les voisins les plus proches, dont les religieuses. Mais nulle part, ni au couvent ni ailleurs, on n'avait trouvé trace de Roza.

Le détective en charge de l'enquête – il nous avait demandé de l'appeler Larry – pensait qu'il était impossible qu'elle ait pu disparaître comme ça, en motoneige, avec un seul bidon d'essence, dans une région tellement isolée. Quelqu'un, dans une station-service ou une ferme, finirait bien par la repérer, d'autant que son visage faisait la une des journaux. L'histoire était déjà sortie, propulsée par Internet.

Où donc se trouve Roza Vallo ? Il y avait aussi des mèmes avec *La Femme en rouge*, à cause d'une photo d'elle de profil dans un imperméable rouge. Mais en dépit de quelques fausses alertes, personne ne la vit nulle part – ou du moins, personne ne reconnut l'avoir vue. À cette heure, ses comptes en banque étaient déjà vidés, et sa fortune probablement convertie en cryptomonnaie.

Larry, qui se révéla plus ouvert que je ne l'aurais espéré de la part d'un détective, nous dit qu'à son avis, le plus probable était qu'elle soit morte de froid quelque part dans les grands espaces boisés. Il prédit qu'on retrouverait son corps au printemps après la fonte des neiges. Ce ne fut pas le cas. Mais ça ne l'ébranla pas dans ses certitudes. Il y avait des milliers d'hectares de forêts dans la région. Un jour, un chasseur finirait par tomber sur son squelette. Je n'en étais pas si sûre.

Après tout ça, j'étais rentrée dans le Midwest. Et même là-bas, les journalistes me harcelèrent. Maman prenait les appels – elle avait encore une ligne filaire – et raccrochait avec une expression impassible. J'appréciais son stoïcisme. Ni elle ni Steve, son mari, ne m'avaient posé la moindre question, ce qui était à la fois bizarre et réconfortant. Leurs enfants étaient à l'université, donc nous n'étions que tous les trois. Maman avait pris des congés et me préparait des cookies, du thé, et même un goulasch hongrois quand j'en avais envie. On s'asseyait dans le salon et on regardait de vieux épisodes de *La Roue de la fortune* et du *Juste Prix* sur une chaîne de jeux télé. De temps en temps, elle me serrait l'épaule, comme pour se rassurer en vérifiant que j'étais bien vivante.

Melody, l'agente littéraire d'Ursula, m'envoya un bref texto m'informant qu'elle était intéressée par le roman que j'avais écrit au cours de la retraite. Et qu'elle me priait de l'excuser, si je trouvais sa proposition prématurée. Peut-être était-ce le cas, mais je lui envoyai quand même mon roman. Le lendemain, elle voulut organiser une réunion téléphonique à trois entre Sheena, une éditrice en vogue, elle et moi.

À cette période, ma boss, Sharon, était passée à l'offensive, m'adressant d'interminables e-mails sur un ton très passif-agressif avec des questions sur mes projets, en me rappelant que mon arrêt pour troubles de santé mentale allait bientôt expirer. Une fois signé mon contrat d'édition, je pus démissionner. Ce fut fait dans un courriel d'une ligne, le dernier jour payé de mon congé maladie. Puis je me déconnectai à jamais de mon compte professionnel.

Mes principales préoccupations étaient la sortie de mon roman et mes séances de psy deux fois par semaine. Ma nouvelle thérapeute semblait un peu inquiète par la masse de travail qui me tombait dessus, mais il s'avéra que Sheena, mon éditrice, n'avait pas trop de suggestions à me faire. Je supervisai les révisions, les corrections, le bon à tirer, observant le processus qui cristallisait mes mots en quelque chose de permanent. Maintenant, c'était terminé. Le livre vivait sa vie, objet à part entière qui ne m'appartenait plus. Même si, depuis le départ, il ne m'avait jamais appartenu.

Je repris un morceau de cupcake, et le glaçage provoqua un afflux de sucre dans ma bouche. J'ouvris le site de rencontres où je m'étais inscrite. Je n'avais pas encore créé de profil. Je me disais que j'allais d'abord m'installer dans ma nouvelle ville. Mais l'idée de le mettre en ligne et de cliquer sur *tout le monde* quand me serait demandé le sexe des personnes que je cherchais à rencontrer m'excitait et me terrifiait à la fois.

Ding. Je reçus un autre SMS et cliquai sur l'icône, m'attendant à un nouveau message de Keira. Mais il venait d'un numéro inconnu. C'était un long texto : un grand bloc de mots verts. Mon cœur s'emballa.

Salut, chérie. J'ai lu ton livre et je voulais te mettre un mot pour te dire que j'adorais le dénouement. Je ressens un brin de fierté, puisque tu n'aurais jamais écrit cette histoire s'il n'y avait pas eu la retraite. J'aurais aimé pouvoir te dire tout ça de vive voix, mais c'est impossible, évidemment. Sens-toi libre de montrer ce message à la police, puisque, dans cinq minutes, je vais jeter ce téléphone prépayé dans l'océan. (Quel océan ? Les enquêteurs baraqués se grattent la tête.) J'aimerais tellement que tu sois ici avec moi. Mais je comprends que tu avais besoin de rentrer chez toi. Ta vie sera moins trépidante, mais cette stabilité est peut-être ce que tu recherches. Souviens-toi néanmoins qu'il y a cette violence qui couve toujours au fond de toi. S'il te plaît, protège-la, entretiens-la, prends-en soin. Et qui sait, peut-être parviendras-tu à réussir l'impossible en écrivant plus d'un chef-d'œuvre dans ta vie. Sois assurée que je te suivrai et que j'encouragerai la créature féroce qui sommeille en toi pour le restant de mes jours. Baisers. R

Je n'arrivais pratiquement plus à respirer. Je me précipitai à la fenêtre, scrutant la rue comme si j'allais l'apercevoir sur le trottoir, les yeux levés vers moi. Pendant un instant, quand je lisais ses mots, elle avait été à mes côtés, repoussant ses cheveux roux en arrière et fixant sur moi son regard émeraude. Je sentais même son parfum de jasmin.

J'appelai Larry sur-le-champ. Il ne répondit pas, donc je lui laissai un court message vocal, remarquant le calme de ma voix. (*Il est mince, Roza, pas baraqué.*) Ça me sembla urgent, mais en définitive, ça ne l'était pas vraiment. Bien sûr, qu'elle avait survécu. Et puis, elle avait disparu.

Je passai par toute une mosaïque de sentiments : la stupeur, la colère et la peur, mélangés à d'autres, moins appropriés, comme la joie qu'elle ait pris le risque d'entrer en contact avec moi, l'intense satisfaction que mon livre lui ait plu et le violent désir de parler avec elle. Tant d'émotions qui se fondirent en une profonde torpeur, comme quand toutes les couleurs de l'arc-en-ciel se combinaient pour faire du blanc.

Je m'assis, les yeux dans le vague, au bord du canapé, regardant sans les voir mon cupcake à moitié mangé et les vermicelles de sucre rose dans l'assiette blanche. La voix aguicheuse de Sheena me revint en mémoire : *Demain, nous parlerons de ce que tu vas écrire ensuite.*

Achever mon livre avait été facile, les derniers chapitres coulèrent comme de l'eau, même si j'imputais cette fluidité à l'aide de Daphné. Je ne savais pas si la connexion entre nous deux était réelle ou fantasmée, mais il s'était passé quelque chose pendant l'ultime confrontation avec Roza. Ma psy pensait que Daphné avait été une stratégie de survie, une voix calme surgie des profondeurs de mon inconscient qui m'avait permis de rester saine d'esprit au seuil de la mort. Et c'était l'hypothèse la plus censée.

Mais ma psy n'était pas écrivaine : elle ne pouvait pas savoir ce que ça faisait d'entrer en communication avec une messagère venue de l'au-delà. Je voulais respecter ça, et respecter Daphné.

À mon grand désarroi, depuis que j'avais terminé *La Grande Transmission*, je n'avais pas eu la moindre idée pour un nouveau livre. Mon ordinateur ouvert m'apparaissait toujours comme un mur de briques. Le plus frustrant, c'était que je sentais qu'il y avait bien *quelque chose* de l'autre côté, qui débordait d'énergie et de potentialités. Mais je n'arrivais pas à enfoncer ce mur. Ça m'effrayait de penser que le syndrome de la page blanche était peut-être de retour, pour de bon cette fois.

Et à présent, le mur était tombé. Des formes commencèrent à sortir de l'obscurité. Je m'enfonçai dans le canapé et posai mon ordinateur sur mes cuisses. J'imaginai Roza assise à la terrasse d'un café, les yeux dissimulés derrière de très grandes lunettes de soleil et les lèvres pincées, en train de lire un livre. Ses cheveux étaient courts à présent, et teints en noir, avec des accroche-cœurs qui rebiquaient sur ses tempes. Un serveur s'approcha et lui apporta un café. (Et en Slovaquie, un thé ? Et un jus de fruits frais au Vietnam ?) Elle était tellement absorbée par sa lecture qu'il fallut le bruit de la tasse pour la faire sursauter, lever les yeux et sourire.

Roza était une tueuse psychopathe. Je ne pourrai jamais – *jamais* – oublier les choses horribles qu'elle avait faites. Et en même temps… elle m'avait guidée comme une lumière dans les ténèbres, depuis le jour où j'avais ouvert *La Langue du démon*. À treize ans, elle m'avait appris que les filles n'étaient pas obligées d'être de douces et frêles créatures, qu'elles pouvaient au contraire être sombres, furieuses et sexuelles. Elle m'insuffla l'envie d'écrire, à l'époque où, passant de ville en ville avec ma mère, je me mis à noircir des carnets bon marché. Et des années plus tard, elle m'accueillit à Blackbriar. Elle m'encouragea à tenir bon. Elle me montra comment utiliser mes peines les plus profondes pour façonner une chose magnifique.

Alors. Personne n'en saurait jamais rien. Et *d'ailleurs*, personne ne pourrait le comprendre. Mais une partie de moi, minuscule et secrète, continuerait à écrire pour elle. J'ouvris un nouveau document et observai la page blanche sur l'écran. Et lentement, puis de plus en plus vite, je me mis à écrire.

REMERCIEMENTS

Si *La Reine du noir* existe aujourd'hui, c'est grâce aux efforts de toute une communauté de personnes incroyables.

Merci à mon agente, Alexandra Machinist, qui a immédiatement compris le potentiel du livre (et m'a comprise, moi). Tu t'en es occupée comme une championne – et ça a été un réel plaisir de travailler avec toi ! Merci également à Sophie Baker et Cathryn Summerhayes, qui ont fait preuve d'un engagement enthousiaste et sans répit pour vendre les droits à l'étranger.

Merci à mon éditrice, Emily Bestler, dont le retour avisé et le soutien chaleureux ont été d'une importance inestimable durant la première étape du roman. Et merci à Lara Jones pour son aide incroyable en qualité d'éditrice associée, elle s'est vraiment surpassée. Merci également à toute le monde chez Atria : Libby McGuire, Dana Trocker, Ariele Fredman, Maudee Genao, Chelsea McGuckin, James Iacobelli, Esther Paradelo, Paige Lytle et Iris Chen. Quelle équipe de rêve, vraiment !

Merci à Ariane Resnick de Salt & Sage Books pour sa relecture et ses commentaires qui se sont révélés très éclairants, notamment lorsqu'il s'agissait de relever mes impensés – qui, en tant que femme blanche cisgenre, sont nombreux.

Merci à Megan Giddings pour son retour sur le premier chapitre du roman, à l'occasion de l'événement Authors for Black Voices. Je me suis sentie sacrément chanceuse d'avoir pu rencontrer une autrice que j'admire tellement.

Merci à Andi Bartz, qui me fait l'honneur d'être ma sœur, et Leah Konen, qui est celle de ma famille de cœur. Vous êtes toutes deux une source d'inspiration et de soutien dans ma vie, et ce fut indispensable dans les moments où j'ai douté de mes capacités d'écrivaine et eu envie de tout arrêter. Vous êtes aussi brillantes en tant qu'autrices qu'en tant que personnes et je suis honorée d'être si bien accompagnée. Merci à vous d'avoir pris le temps de me lire et de me faire des retours, sur ce roman et sur d'autres, et merci plus généralement pour les conseils, les encouragements et les discussions profondes. Vous êtes deux lumières dans ma vie.

Merci aux adorables Amanda Leipold, Abbi Libers et Cassie Schmitt qui ont lu les premiers brouillons, m'ont fait des remarques judicieuses et n'ont même pas cillé devant les scènes les plus perturbantes !

Merci à tous mes autres amis proches qui me soutiennent depuis maintenant des décennies : Jenny Leinen, Krista LaFave, Shivani Tripathi, Sarada, Chris Benigni et Phil Edwards. J'ai tellement de chance d'être entourée de personnes aussi intelligentes, bienveillantes et hilarantes, et ce depuis le temps lointain de Chadbourne. (À Jen : BCHS !)

Merci aux amis post-études qui m'ont également soutenue toutes ces années : Julie Eisen, merci d'avoir lu mes récits sur Philly et pour ton amitié qui traverse les distances géographiques. Rebecca (Booters) Liebmann-Smith, tu es toi aussi une sœur de ma famille de cœur, et je suis si contente d'avoir percuté ta trajectoire à Elsevier et de l'avoir suivie depuis. Merci au gang de Brooklyn : Blaire Briody, Kate Dietrick, Kate Lord et Thomas Sander. Je suis heureuse qu'on continue à s'organiser des week-ends fabuleux malgré nos vies bien remplies. Merci à mes amours de New York : Eve Blazo, Meghan Felice, Sky Koltun, Samantha Langdorf, Alex Mager et Hollis Wansley. Les soirées à danser, les marathons de téléréalité, les manucures, les virées fauchés et les invocations, c'est juste la vie.

Merci à mon partenaire, Rey Gonzalez, pour ses démonstrations d'amour et sa capacité d'acceptation, et pour me faire rire si souvent. J'ai tellement de chance de t'avoir rencontré.

Merci à toute l'équipe qui s'est occupée de ma santé mentale, notamment durant les dernières années. J'éprouve une réelle gratitude envers ma thérapeute, Meghana Sawant, sans qui je n'en serais pas là. Merci à Amanda Leipold, ma conseillère spirituelle non officielle et sorcière consœur. Merci à Daniel Ryan et Amanda Yates Garcia pour m'avoir aidée à guérir. Merci aux incroyables profs de yoga de HealHaus, et toute l'équipe de Slope Wellness.

Merci à ma famille, qui a toujours encouragé ma créativité : papa et maman, Tom et Cathy, et mamie Denes. Votre enthousiasme autour du livre a tellement compté pour moi.

CET OUVRAGE
A ÉTÉ ACHEVÉ D'IMPRIMER
SUR ROTO-PAGE
PAR L'IMPRIMERIE FLOCH À MAYENNE
EN OCTOBRE 2023

#lisez engagé !
www.lisez.com
Pour plus d'information :
Imprimé sur du papier issu de forêts gérées durablement.

N° d'impression : 103407
Imprimé en France